BESTSELLER

Fernando Villegas (Santiago, 1949) se licenció en sociología por la Universidad de Chile y pasó por una variedad de trabajos hasta desembocar en el periodismo, primero como reportero gráfico y luego como informador, articulista y finalmente columnista. Ha escrito más de una docena de libros que han gozado de éxito en Latinoamérica. *Una novela rosa* es la primera obra que publica en España.

FERNANDO VILLEGAS

UNA NOVELA ROSA

DEBOLS!LLO

Primera edición en Debolsillo: septiembre, 2015

© 2008, Fernando Villegas
© 2015, Penguin Random House Grupo Editorial, S. A. U.
Travessera de Gràcia, 47-49. 08021 Barcelona

Penguin Random House Grupo Editorial apoya la protección del *copyright*.
El *copyright* estimula la creatividad, defiende la diversidad en el ámbito de las ideas
y el conocimiento, promueve la libre expresión y favorece una cultura viva.
Gracias por comprar una edición autorizada de este libro y por respetar las leyes del *copyright*
al no reproducir, escanear ni distribuir ninguna parte de esta obra por ningún medio sin permiso.
Al hacerlo está respaldando a los autores y permitiendo que PRHGE continúe publicando libros
para todos los lectores. Diríjase a CEDRO (Centro Español de Derechos Reprográficos,
http://www.cedro.org) si necesita fotocopiar o escanear algún fragmento de esta obra.

Printed in Spain – Impreso en España

ISBN: 978-84-9062-850-8 (vol. 1092)
Depósito legal: B-14032-2015

Compuesto en Comptex & Ass, S. L.
Impreso en Novoprint
Sant Andreu de la Barca (Barcelona)

P 628508

Penguin
Random House
Grupo Editorial

LA PROPUESTA

1

—Hola, «llámenme Ismael» —oí decir apenas puse el teléfono en mi oreja. Con esa sola frase supe quién me llamaba. ¡Qué extraña cosa es la memoria! A veces el más mínimo estímulo nos trae al magín vivencias de años o decenios de antigüedad. En otras ocasiones no somos capaces ni de recordar nuestro número de teléfono.

«Llámenme Ismael» es la línea con que Melville inicia su gran novela *Moby Dick* y siendo Ismael mi nombre de pila el maestro del taller literario al que asistí por un tiempo decidió designarme de tal forma. Habían pasado los años pero con ese recuerdo despertaron varios otros, anécdotas insignificantes de un curso que abandoné a los seis meses de iniciado, convencido de lo que percibí o sospeché la primera semana: no me serviría de nada. Hablo del taller literario de Ernesto Ovalle, escritor de novelas rosa, quien ganó fama tras su debut con una novela de amor a cuyo personaje principal, una atormentada mujer con aspiraciones poéticas, le colgó todos los melindres de una intelectual de buena cuna según como la conciben en su fantasía las damas de clase alta. Creyéndose retratadas, recibieron la obra con entusiasmo.

Me inscribí en su taller simplemente porque para mí era gratis. Ovalle, al que conocí en un evento cultural celebrado en la Biblioteca Nacional, me lo ofreció sin costo. Su arrebato de generosidad de seguro fue motivado por el ánimo triunfal y la enorme satisfacción que lo embargaba por su recién publicada segunda novela, aún más exitosa que la primera, aún más relamida, más empapada o ya totalmente sumergida en la pegajosa atmósfera de sentimentalismo que todavía era popular en esos años, período desafortunado en el que sin previo aviso se declaró una pandemia de novelas intolerablemente melosas en su descripción de emociones, pesares, melancolías, dolores y resurrecciones femeninas, a las cuales después se sumaron, a menudo en estilo arrabalero y poblacional, las dedicadas a las «sensibilidades alternativas», como se llama hoy a la mariconería. Ovalle se hizo parte de eso. Se convirtió de la noche a la mañana en hiperbólico heredero de esa novelística hormonal que infectaría la literatura escrita en español a partir de los años ochenta. De hecho Ovalle llegó incluso donde ni siquiera las más relamidas escribanas se atrevieron a incursionar, a la cursilería de frentón, descarnada y descarada. Y para esto conjuró los despojos embalsamados de un género perpetrado hacía ciento cincuenta años por señoras y señoritas victorianas. Hablo de historias de amor sin un ápice de sexo, de productos anémicos de una era de romanticismo eunuco, delirantes en su castidad e ilegibles hoy en día. Ovalle vino y probó que en ese cuerpo aún quedaba un soplo de vida.

Pero no fue todo: Ovalle intentó hacer pasar sus novelitas rosa por literatura original, actual y de calibre. Su iniciativa fue extraordinaria por dos razones: por su anacronismo y porque tuvo éxito. ¿Quién hubiera imaginado posible crear por segunda vez novelas de una castidad equivalente o superior a las de Louisa May Alcott o Jane Austen? Al momento de encontrarnos en la Biblioteca Nacional, Ovalle, el Resucitador, ya lo había logrado. Y lográndolo avanzaba de lleno por lo que él mismo describió como un triunfal y lucrativo camino. Por eso, cuando acepté ir a su taller, no fue por la ilusión de ponerme a la sombra de un genio superlativo sino porque supuse que tal vez aprendería algún truco para conjurar el éxito, una eficaz metodología de trabajo, cualquier cosa digna de saberse. También fantaseé con otras posibilidades. Nunca se sabe con quién vas a coincidir en esos sitios, a qué mujer interesante, inquietante o al menos con inquietudes puedes conocer. Y estaba el propio Ovalle, un tipo con contactos, bienquisto en el mundo editorial puesto que vendía, alguien capaz de ayudarme a salir adelante porque, ha de saberse, yo también quería avanzar de lleno por un «triunfal y lucrativo camino». Ya hablaré de eso.

La ilusión duró apenas una semana. Mis compañeros de taller resultaron ser un par de viejas jubiladas con pruritos de alta cultura y la idea de sacar algo en limpio de la «cocina literaria» de Ovalle resultó imposible, o peor aún, ridícula. No había nada por aprender. Ovalle solo manejaba un recetario de media docena de clichés o fórmulas incesante e incansablemente usadas con el desparpajo de un criminal en serie seguro de salirse con la suya. Por todo esto asistí al taller solo esporádicamente. Aun así Ovalle alcanzó a conocer uno o dos de mis cuentos y dijo estar impresionado. Eso, incluso siendo Ovalle quien era, me alentó y dio motivos para tomarme la molestia de dar un pretexto decente cuando decidí alejarme de su taller. Nos despedimos en buenos términos y quedamos de vernos algún día, lo cual pensé que nunca sucedería.

Y entonces, saliendo de la nada, recibí ese telefonazo:

—Hola, «llámenme Ismael»…

—¡Don Ernesto, qué grata sorpresa! —grazné. Era, en efecto, una sorpresa, pero no fue eso lo que me cerró el gaznate sino una casi instantánea premonición de que algo importante saldría de esa llamada.

—Qué bien que te acuerdes de mí, Ismael —dijo—, después de tanto tiempo… Pensé que ya habías olvidado a tu viejo maestro…

«¿Cuál maestro?», estuve tentado de contestar, pero no me fue difícil vencer la tentación. No estaba en condiciones de tomar a la broma ni siquiera a un autor de novelitas rosas. No tenía peso suficiente ni siquiera para eso.

—Por supuesto que me acuerdo de usted, cómo no… —dije, meloso.

—Qué bien, porque tengo algo importante que proponerte. Tan importante que no voy a perder tiempo preguntándote cómo ha estado tu vida en estos años ni nada de eso…

—¿Ah, sí? —pregunté. El corazón me dio un par de sobresaltados tumbos.

Cuando se trabaja de empleado de librería en un país que casi no lee y solo se han escrito cuentos que a ningún editor interesan, cuando es cada vez más difícil o ya imposible intentarlo o cuando al hacerlo la pantalla en blanco nos mira implacable, en fin, cuando hasta se ha fantaseado con el suicidio, el menor atisbo prometedor se recibe como un preciado regalo.

—Sí —respondió—, es algo bueno para los dos. ¿Te interesa?

—Sí, claro que sí, don Ernesto —le dije.

No tenía sentido jugar al tipo importante que se la debe pensar. Me necesitaba y por eso me llamaba, pero yo lo necesitaba a él mucho más. Uno no piensa en la vida de mierda que lleva hasta que suceden estas cosas, estos timbrazos o telefonazos, los llamados del destino que parecen prometedores aunque solo sea porque rompen la rutina. Pero, por lo mismo, con ese inesperado llamado mi invalidez existencial se me presentó con súbita y chocante evidencia. Necesitaba cualquier cosa que me rescatara. Verlo tan desnudamente me remeció.

—Entonces debemos conversar, pero en persona —continuó Ovalle—. No es asunto para tratarlo por teléfono. Es cosa larga y complicada, debemos verlo con cuidado. ¿Podrías venir a mi casa?

—Claro, cómo no, don Ernesto —dije sin poder evitar una voz temblorosa. El corazón me latía a todo dar.

—¿Te acuerdas dónde vivo?

Me acordaba. Aun así me dictó la dirección e insistió en que la apuntara. Le dije que lo estaba haciendo, aunque no tomé nota de nada. Recordaba muy bien dónde quedaba y cómo era su casa. Pero para no irritarlo le hice creer que seguía sus lentas y prolijas instrucciones. Tenía la sensación de que, cualquiera fuese la oferta de Ovalle, podía perder la oportunidad por el más mínimo error de mi parte.

—Entonces, ¿te parece el próximo sábado a las tres de la tarde?

Le respondí que sí, nos despedimos, reafirmamos el mutuo deseo de vernos y la conversación terminó. Todo esto ocurrió un martes y confieso que los días hasta el momento de la cita se me hicieron lentos y fatigosos. Para distraerme intenté adivinar qué me propondría. «Conveniente para ambos», había dicho. Pero ¿a qué llamaba conveniente? Mi hipótesis más sólida fue que se trataba de algo muy provechoso para él y de beneficio solamente lateral para mí. Me usaría, concluí, como burro de carga, el tipo que va a los archivos a buscar material, hace el trabajo pesado y a cambio recibe un agradecimiento en el prólogo.

En esas divagaciones me pasé toda la semana hasta el momento de la cita.

2

A las tres en punto del sábado siguiente toqué el timbre de su casa. Estaba ubicada en uno de esos barrios antiguos que fueron de clase alta cincuenta años atrás y hoy son vecindarios de clase media, lugares ya pasados de moda, remansos urbanos donde no llegan parejas jóvenes ni los nacidos o criados allí se quedan a hacer sus vidas. En subsidio abundan pensionistas, jubilados, viudas y ancianos cuyas familias esperan con impaciencia sus decesos para vender la propiedad a una constructora. Los árboles son también viejos, crecidos, frondosos y a su sombra no hay niños ni bicicletas, solo algunos automóviles de quince o más años de antigüedad que parecen aparcados por igual lapso. El calor, contagiado con la atmósfera del lugar, era distinto al del resto de la ciudad, no vigorosamente ardiente sino como producido por el peso de una pila de cobertores. Oí el rumor de la fronda de los árboles que se levantaba a intervalos y con desgano. De la distancia llegaba el apagado fragor del tránsito de una avenida importante. Nada de todo eso interrumpía o quebraba el silencio, sino lo hacía más denso. Incluso el timbre, que toqué varias veces, sonaba casi en sordina, con la falta de entusiasmo de un músico de Nueva Orleans que repite ante los turistas su millonésima ejecución de *Old Man River*. Sentí que los párpados me pesaban, que me dormiría ahí mismo, de pie, apoyado en el umbral, aunque al mismo tiempo tuve la extraña sensación de que desde alguna parte me miraban a hurtadillas.

Don Ernesto se tardó una eternidad en abrir la puerta. Cuando lo hizo se plantó frente a mí vistiendo una blusa al menos dos medidas más grande de lo debido y tan desteñida que los motivos de su estampado me resultaron indescifrables. Su amplio y flojo escote dejaba ver un pecho cubierto de vellos blancos, largos y lacios. Mi impresión general fue la de estar enfrentando una versión notoriamente deteriorada del Ovalle que había conocido.

—Ah, qué bien, viniste a la hora —dijo con el tono forzado de quien detesta recibir visitas aunque él mismo las haya convocado.

—Sí, soy puntual —respondí.

Y apenas dije eso se me fue el alma a los pies. Ovalle, pensé, no había estado hablando en serio cuando me llamó o si su interés por conversar conmigo realmente existió, ya se había evaporado. Me miró como lo hace quien viene saliendo de una larga y pesada siesta, con reconcentrada atención, intentando reconocer el mundo a través de la pegajosa capa del sueño apenas espantado, pero enseguida frunció el ceño por motivos que me fue imposible descifrar. Tal vez le disgustó que hubiera aceptado su invitación y estuviera frente a la puerta de su casa. O quizás la luz de la calle lo molestaba. Cualquiera haya sido la causa, su expresión no era de bienvenida. Le tomó unos segundos esbozar una sonrisa e invitarme a pasar.

—Bueno, Ismael —dijo—. Una vez más, mi casa es tu casa…

Tomé esa frase como una muestra desganada pero real de un deseo de parecer simpático y hasta acogedor. Me dio la espalda y se echó a caminar. Lo seguí por un pasillo que recordaba muy bien. En sus muros cuelgan fotografías de personas solas o en pareja y unas pocas, no más de tres o cuatro, de grupos más numerosos. Las primeras, en blanco y negro, eran viejas fotografías familiares; las demás inmortalizaban despedidas, asados, cenas de camaradería y esa clase de eventos. Todas estas últimas eran en colores, pero víctimas de esa decoloración que traen los años y presagia la inminente vacuidad del blanco. La penumbra les agregaba dosis adicionales de deterioro. Desembocamos en el living —sofá con cojines de cretona, mesa de centro con revistas y diarios desparramados, un antiguo equipo de música, televisor prehistórico y muros con artesanías de origen mexicano— y sin detenernos ahí avanzamos por otro pasillo hasta llegar finalmente a su estudio, al cual nunca antes me había invitado.

Pero debo precisar: la palabra *estudio* no le hace justicia. En los tiempos que corren, bárbaros y analfabetos, si acaso hay un sitio dedicado al ejercicio de la lectura o de la escritura se trata de un minúsculo aposento dotado de un escritorio de colegial y una repisa con a lo sumo veinte libros, fotos y banderines del colegio o de equipos de fútbol. El de Ovalle era, en cambio, una abrumadora biblioteca, un cuarto de gran tamaño —el mayor de su casa—, en cuyos muros se extendían desde el suelo hasta el techo estantes repletos de libros. Calculo que no menos de tres mil volúmenes atestaban ese espacio, quizás más. Frente a la repisa del fondo presidía una enorme mesa de buena y rica madera, la clase de muebles que ya no se fabrican, imponente e inamovible, la que usaría un monarca shakesperiano para redactar su testamento político en una corte ya desierta. Sin embargo, pese a su gran dimensión, me costó imaginar cómo se las arreglaba Ovalle para escribir ahí cosa alguna pues su superficie la ocupaban casi por completo altas pilas de libros, posiblemente los recién comprados, los por leer o releer y otros que estaba consultando. Vi entre esas columnas algunos papeles sueltos, recortes, unas tijeras de sastre y una vieja jarra de cerveza llena de lápices. Todos estos objetos parecían intrusos caídos o dejados por error en ese lugar y luego olvidados. A un costado de ese valioso monstruo antediluviano había una de esas mesas metálicas con ruedas de goma que se compran en las liquidaciones de artículos de oficina y sobre la que estaba su computador. Su desmesurado tamaño me lo reveló enseguida como un trasto obsoleto. Había también, en la esquina opuesta, un kárdex de metal que potenciaba la incompatibilidad de ese baturrillo de muebles, pero la habitación carecía de ventanas o estaban tapadas por los estantes y en la penumbra reinante —pues solo existía una ampolleta que notoriamente había servido de retrete a generaciones de moscas— toda diferencia parecía borrarse, diluirse. Completaba el amoblado un sillón ejecutivo forrado en material sintético. En un rincón, casi invisible, vi una silla de madera. Fue en la que Ovalle me invitó a tomar asiento.

No me importó. El intenso olor de tantos libros, en su gran mayoría ediciones económicas cuyo papel primero amarillea y luego se pone quebradizo, me tenía casi en estado de hipnosis. Y a ese aroma que invitaba a la ensoñación se sumó la apacible voz de Ovalle. Siempre había tenido, recordé en ese momento, un tono bajo y casi susurrante, pero allí en su biblioteca, donde todo ruido vibraba en cámara lenta, su efecto se hacía casi somnífero.

—Me gustaría, antes que todo —dijo Ovalle en su tono cansino—, antes de que entremos en materia, que le eches una mirada a mi biblioteca por si algo en ella pudiera ser de tu interés.

—Se lo agradezco mucho, don Ernesto —dije, saliendo con esfuerzo de mi adormilado pasmo—. Su biblioteca, permítame decirlo, es impresionante.

—Es lo único impresionante relacionado conmigo —respondió.

Luego, incorporándose, caminó hacia uno de los estantes, se detuvo a medio camino como si se lo pensara mejor, me dirigió la mirada a los ojos por primera vez desde que entramos a su biblioteca, y me dijo:

—La razón por la que te he invitado es porque últimamente me he sentido algo fuera de forma, ¿entiendes?, desinteresado de mi propia profesión y porque veo en ti a un joven con ideas, una suerte de inspiración y fuerzas para retomar mi camino…

Ese discurso preparatorio me sonó falso, un exordio cuidadosamente preparado para tenderme una trampa. Sin embargo cuando habló de «inspiración y fuerzas» su voz cambió: pasó de una apagada indiferencia al tono de quien se esfuerza por controlarse pero apenas lo consigue. Fue ahí cuando me dominó un sentimiento ya no de suspicacia sino de cierta incomodidad. ¿Qué vendría después? ¿Qué emociones mantenía a raya? Le tengo pánico a las efusiones sentimentales. Pese a mi estado de necesidad, a las vagas esperanzas que había alentado esos días, me sobrevino un repentino y frenético deseo de marcharme, desaparecer de ese lugar sombrío y ambiguo, pero Ovalle, como si lo hubiese adivinado, terminó su frase con una sonrisa que lo borraba todo y reanudó su marcha al estante, parándose frente a una hilera de libros y recorriendo sus lomos con el dedo. Desde ahí, sin mirarme y con la vista puesta en lo que hacía, trasformó su postura de hombre agotado al borde del desplome en la de un confiable archivero.

—Ven a echar un vistazo —dijo.

Lo que sentí me pareció, incluso en ese momento y no solo cuando lo examiné después con calma, una tontería fantasiosa y quizás hasta contaminada con algo de bajeza. Lo cierto es que me acerqué pensando que si ese desplante calmado e invitador era falso, aun si lo más escandaloso llegaba a materializarse, aun eso podría serme útil. En breve me acerqué a Ovalle simulando aceptar su postura de archivista y simulando ser, yo mismo, un bibliómano interesado en su colección. Mientras tal cosa hacía y por si la situación adquiría un matiz equívoco y tortuoso exploré de antemano los posibles cursos de acción para contenerlo sin herir su orgullo; incluso y en el horizonte más lejano de mi pensamiento consideré de qué manera, si tal percance ocurría, podía sacarle partido. Y puesto que insisto en ser franco, confesaré también lo siguiente: junto a ese oportunista hilo de pensamientos hubo en mí un mohín de coquetería como si no fuera tan molesto que el decrépito escritor de novelitas rosas me contemplara con la mirada del anciano que llega a desear la intrínseca lozanía y vigor de la piel joven. Por eso, mientras me ponía cerca de él, le ofrecí mi mejor perfil, el lado derecho de mi cara. Casi enseguida mis calculados movimientos y mi postura pasaron al olvido borrados en un instante por las abrumadoras impresiones que sufrió mi olfato. Primero, el olor de esos libros, algunos de ellos memorables piezas de colección, costosas ediciones de autores europeos; después, la fragancia de una fuerte colonia mezclada con la humanidad misma del hombre de letras, un aroma similar al primer y casi imperceptible signo de descomposición de un recién fallecido. Se sumó a esto la envolvente atmósfera del recinto que, al carecer de ventanas, sin duda empozaba capas geológicas de respiraciones, pedos y bostezos evacuados a lo largo de infinitas tardes de horrible tedio. De solo pensar en todo eso estuve a punto de soltar una arcada. Debo haber empalidecido o quizás hasta enverdecido. Ovalle lo notó y preguntó si me sucedía algo.

—No, nada —respondí, tratando de disimular el asco—... es que me impresiona casi físicamente lo completo de su biblioteca. Veo aquí los clásicos de nuestra literatura nacional en ediciones originales y ni siquiera me atrevo a imaginar qué más tiene usted entre tantos libros...

—Esto es el resultado de toda una vida de compras motivadas por mi afán de lector impenitente y luego, de modo creciente, por simple coleccionismo —comentó, extendiéndose sobre este punto—, porque el coleccionismo empieza cuando termina tu vida activa. Es una confesión de que no estás en condiciones de aportar en tu campo o hasta de comprender lo aportado por otros o de que por cualquier razón ya no puedes hacer mucho más, limitándote a juntar objetos asociados a él. Te vas por las ramas. Es un modo de irse por las ramas que...

—Perdone, don Ernesto, pero ¿está diciendo que se considera acabado como escritor?

No bien hice la pregunta, me arrepentí. Era demasiado fuerte. Temí que se molestara. No iba a patearme el culo, pero podía perder la proposición anunciada, el anzuelo que me llevó a su madriguera. No obstante nada en su expresión facial reveló que la pregunta lo fastidiara.

—Mi carrera no está acabada —dijo—, pero sí quizás disminuida.

—¿Ha perdido su interés? —pregunté. Ya era tarde para recular. La curiosidad me impulsaba a seguir. Era curiosidad no de la suerte personal de Ovalle sino, mirando el horizonte mismo de la vida de cualquier escritor, de las razones por las que el ardiente interés por escribir llega un día a apagarse. ¿Cómo sucedía? ¿Dependía de la edad o de los fracasos? De algún modo extraño creí que su respuesta era importante para mí. Me sentí agitado y ansioso como si Ovalle fuera un astrólogo interpretando mi horóscopo.

—... disminuida por ausencia, para qué negarlo, de una trayectoria realmente distinguida —y agregó—: No es fácil distinguirse en este campo. Hay demasiada competencia y cada vez menos lectores. Vivimos una era de creciente analfabetismo, Ismael. Uno siente que…

Ovalle explicaba todo eso mirando al suelo como si leyera ahí un responso grabado de su carrera ya muchas veces recitado.

—… tarde o temprano esa experiencia de lo poco que importa hoy en día la literatura carcome tu deseo de seguir adelante, remueve tus esperanzas y ambiciones. Además, el diminuto espacio disponible y el escaso aire respirable está férreamente en posesión de unos cuantos y es celosamente custodiado por ellos. Sospechas, incluso, que esa gente hallará el modo de boicotearte…

—¿Le ha pasado eso?

Ovalle frunció el ceño, sumido, o así parecía, en profunda meditación o acaso vacilando en la respuesta a ofrecer.

—No lo sé a ciencia cierta —dijo—, pero siempre he tenido la sospecha de que me ocurriría. ¡Sé que le ha pasado a algunos de mis colegas!

Curiosamente, mientras bajaba o elevaba el tono según requería su discurso, Ovalle no alteraba su expresión facial. Era como si la voz proviniera no de su boca sino de una radio a pilas oculta en sus bolsillos trasmitiendo un conmovedor episodio de *reality show*. Sin embargo y pese a dicha presunta impavidez algo sucedía dentro de él mientras explicaba todo eso porque, al terminar y tras un breve silencio, literalmente se desmoronó ante mis ojos. Pareció encogerse, su rostro se contorsionó en una expresión de dolor mudo pero intenso, cerró los ojos y casi a tientas regresó a su majestuoso sillón y se dejó caer en él. Luego, todavía con la cara a medias escondida tras sus manos y como si esa radio invisible, tras una tanda de avisos, comenzara con otro programa, Ovalle pasó abruptamente a tocarme el punto que nos congregaba.

—Respecto de nuestro asunto, Ismael —dijo—, de lo que se trata es muy simple: tengo compromisos con la editorial para entregarles novelas del tipo que ya conoces y necesito ayuda para hacerlo. Ya no puedo solo.

No sabría ahora decir exactamente, después de todo lo sucedido y reinterpretando los hechos con otra coloración, cómo me lo tomé en el momento cuando me lo propuso. Creo que por un instante me excité ante la idea de involucrarme con el trabajo de un autor consagrado, pero me enfrié enseguida. Aún no sabía a qué clase de ayuda hacía mención. Se me vino a la mente la desagradable imagen del ayudante escarbando archivos.

—¿Qué dices a eso? —preguntó.

Salí de mi marasmo y me la jugué por la franqueza:

—Me siento honrado de que me haya considerado para ayudarlo en lo que sea, don Ernesto, pero ¿de qué ayuda se trata? Porque como investigador soy un desastre…

Ovalle retiró la mano de su cara, tomó honda respiración, exhaló el aire en un interminable suspiro, se echó hacia atrás en el respaldo de su trono y al final de esos protocolos agitó la mano en el aire como barriendo los restos y migajas de mi frase.

—¡Claro que no es eso! —dijo.

—¿Entonces?

—Si necesitara un archivista recurriría a cualquier ganapán de una escuela de periodismo o de historia, a cualquiera. No. Te he llamado a ti porque recuerdo los cuentos que me presentaste hace años en el taller, muy prometedores… Lo que necesito es talento, no a alguien hurgando papeles viejos.

Dijo eso y se quedó mirándome fijo para estudiar, supongo, mi reacción, la cual fue más bien una mezcla de reacciones: orgullo y satisfacción porque recordara mi cuentos; porfiada incertidumbre respecto a qué quería exactamente de mí; sospecha de estar siendo llevado a alguna clase de trampa por un viejo astuto y lleno de mañas; dudas de que dijera la verdad y nada más que la verdad; el temor de ser adulado para adormecer mi estado de alerta. Lo expongo como si hubiesen sido hebras nítidamente distintas en el —llamémoslo así— tejido de mi mente, pero eso es producto del análisis que hago al narrarlo. En la realidad experimenté una sensación en la que esos componentes daban como resultado un producto ambiguo, indefinible, molesto. Ovalle debió haberlo notado. Al menos notó que yo no saltaba de alegría. Seguro consideró entonces la necesidad de explicarse más y para eso se reclinó apuntando hacia mí, su blanco, la artillería de la elocuencia. Supe que esta vez usaría munición contundente.

—Ismael, se trata de lo siguiente: tengo contrato con la editorial para otros dos libros del tipo que conoces, literatura hecha con prolijidad, pero principalmente centrada en temas amorosos, ya sabes, cosas de mujeres, romance, en fin, esas tonterías…

Dijo «tonterías» en un tono diferente, desdeñando el mismísimo género que le daba éxito. ¡Qué horrible debe ser, pensé, tener éxito en algo que se desprecia!

—El problema, Ismael, es que el editor me está pidiendo algo distinto de lo habitual. Ni siquiera él sabe qué o simula no saberlo. La última vez, cuando le mostré un borrador, me dio a entender que era material demasiado conocido, quizás obsoleto. Y me habló de un tal Gutiérrez que ha escrito novelas parecidas a las mías y ha tenido mucho éxito. La última de este tipo va en la tercera edición. ¡Imagínate! Ha vendido más que yo, ¿entiendes? Está teniendo más ventas que yo…

Al mencionar a su competidor el tono de Ovalle pasó del desdén al desprecio militante como si solo fuera Gutiérrez quien explotaba ese deleznable género.

—En fin, el editor está preocupado, supongo que cree que he perdido la garra. No encuentra cómo decírmelo, pero sé que quiere hacerlo, quiere decirme que me recicle u otra de esas estúpidas frases del mundo empresarial, ya sabes, «reinventarse todos los días» o algo así.

Tras decir esto, Ovalle cerró la boca y se sumergió en lo que pareció una larga y detallada reflexión acerca del penoso estado actual del mundo, época absurda y estéril en la que imbéciles como Gutiérrez aparecían de la noche a la mañana y se permitían vender más que él. No me atreví a interrumpirlo. No tenía nada con qué hacerlo. Me absorbió la contemplación de sus posturas y gestos, el significado de sus palabras. Primera vez que veía y oía a un escritor fuera de su caparazón.

Y fue incómodo. El hombre podía quedarse así la tarde entera y yo, entonces, perdería miserablemente el tiempo. Sentí también que en los confines del pesar de Ovalle por tanta maldad pululaban posibilidades aún más detestables. Me sobresaltó la idea de que se dejara llevar por las emociones y buscara consuelo en mi persona. Nunca antes, cuando fui alumno de su taller, puse atención a la sensibilidad sexual de Ovalle. Debo haberlo considerado tal como aparecía, un hombre normal, entrado en años, sin ningún interés en los encantos del par de patéticas señoras que constituían su alumnado. Aun así, me dominó una inquietud nacida de fondos aún más profundos y atávicos que el simple disgusto o temor por una posible desviación sexual, esa sospecha que toda persona joven alienta ante la decrepitud, una instintiva desconfianza ante los viejos porque a veces son menos frágiles de lo que pretenden y en su mañoso fingimiento pueden manipularnos, someternos a sus designios con recursos inesperados, caernos encima como vampiros, sorbernos la vitalidad, abusar de nosotros.

Eso, o al menos una fugitiva sombra de eso, se agitó en mi alma por ridículo que parezca. Y todavía más lo parecerá el que yo creyese que si no abría la boca y rompía el hechizo dichos miedos insubstanciales y paranoicos cobrarían inmediata realidad. Recordé el olor de su colonia y me estremecí. Casi enseguida abrí la boca:

—¿Cómo puedo ayudarlo, don Ernesto? —dije, casi en un susurro.

Ovalle levantó la mirada hacia mi rostro. Me estudió un par de segundos y soltó su bomba:

—Me ayudarías mucho si secretamente, sin que nadie lo sepa, secretamente, repito, sin que jamás nadie llegue a enterarse, tú tomas los borradores de lo que yo hago y les haces los cambios que te inspire tu imaginación, poniéndole ese *extra* que yo, por mi parte, no imagino qué puede ser ni tengo ya ganas o energías para averiguarlo.

¡Eso era! ¡Ovalle me invitaba a colaborar en la creación de su trabajo! Por un momento no pude creer en mi suerte. Mil pensamientos dispersos, todos exultantes, se aglomeraron en mi mente. Ernesto Ovalle ya no apareció ante mí como un escritor de literatura desechable y repelente, sino toda una figura de las letras ofreciéndome su mano desde gran altura, una personalidad del Olimpo literario abriéndole las puertas del templo al joven y prometedor novato. Imágenes de éxitos y de gloria me colmaron con su halago fácil y brumoso por más que al cabo de un instante de deleite me percaté de que se solicitaba mi colaboración, mi edición, pero no una coautoría. Es más, se me pedía expresamente el anonimato. En breve, Ovalle quería a su servicio una suerte de *ghost writer* menor. O, como se dice en España, un negro. Un pequeño negro a cargo de corregir frases y agregar aquí y allá una palabra o dos.

—Supongo que has oído hablar —dijo Ovalle en ese momento— de los *ghost writers*. Lo que te ofrezco suena parecido, pero no es lo mismo. A ver si soy claro: no te pido que escribas a partir de cero, sino que agregues, corrijas y hasta reescribas un par de líneas basándote en mi trabajo previo. Es una labor casi editorial, pero con algo más de iniciativa.

Viendo mi expresión carente de entusiasmo, Ovalle agregó su argumento de venta:

—Sé que te puede parecer frustrante que tu nombre no aparezca, que no te conozcan… y si la colaboración funciona te sentirás aun peor, pensarás que se te quita tu parte de gloria, pero…

«Eso, exactamente eso», quise contestar, pero un nudo en la garganta de solo imaginar esa desgracia me impidió decirlo. Me vi en el único rincón oscuro de una gran sala de eventos iluminada triunfalmente y donde se estuviera festejando a todo trapo la última, la exitosa, la fantástica novela de Ovalle.

—… pero hay beneficios —continuó— que debes considerar. Desde luego, te pagaré muy bien. Estoy seguro de tu habilidad y de que quedaré satisfecho y eso tiene su retribución.

Lo vi lejos, en el podio, a distancia inalcanzable, sonriendo satisfecho en medio de esa tormenta de ovaciones. Apenas lo oiría entre los ensordecedores aplausos.

—Además —agregó—, la experiencia de trabajar sobre el esqueleto de una obra de un tipo experimentado como yo será de mucha importancia para ti. Aprenderás trucos, maneras de… sé que los escritores jóvenes imaginan poder reinventarlo todo desde cero, pero créeme que no es así.

La cara me ardía como sintiendo los efectos de una fea insolación. Creo que mis ojos estaban llorosos o por lo menos empañados, pero aun así vi nítido a Ovalle apaciguando con un elegante y señorial gesto los aplausos de la distinguida concurrencia y preparándose para hablar. Es difícil de creer, lo sé, pero mientras se me hacía una interesante oferta que yo podía tomar o dejar, me consideré aprisionado y burlado, víctima inerme de un anciano mañoso. Se produjo otro silencio. Mi talante desencajado debió ser evidente para Ovalle, quien no supo cómo continuar o creyó mejor darme tiempo para reponerme. Traté de hacerlo, poner en claro mis pensamientos, eliminar esas imágenes con las que me castigaba gratuitamente. Carraspeé e incliné la cara hacia el suelo para disimular mi expresión y sugerir que meditaba en el asunto.

—Créeme que no es así… —repitió Ovalle.

Pasaron varios segundos antes que un destello de lucidez me despertara. Lo hice y mi ánimo cambió. ¿Acaso no había ventajas en la oferta? ¿Qué podía importarme que Ovalle se llevara los laureles? Estos serían laureles asociados a una literatura que yo despreciaba. Lo mejor que podía pasarme era permanecer de incógnito. ¿No era así?

«¡Claro que sí!», me respondí pasando de la pesadumbre a la euforia. Hice rápida contabilidad de los beneficios ofrecidos y a esos, alegremente, agregué otros: aprendería de Ovalle más de lo que me ofrecía como enseñanza, conocería sus tratos con las editoriales, sus negocios con los libreros. Y por cierto, además de dinero, el hombre quedaría en deuda. Si todo funcionaba bien, de lo cual estuve inmediatamente seguro, me iba a deber. Más aún, me necesitaría más y más. ¡Quién sabe cuántos beneficios podía sacar de eso!

Al hacer estas consideraciones, el rostro me traicionó. Ovalle lo notó y el suyo, de rebote, volvió a resplandecer. Seguro me consideró en sus manos. Pero no quise entregárselo tan fácil y decidí ponerle algunos problemas.

—Don Ernesto, como le dije, estoy muy halagado por su oferta —espeté—, pero me gustaría entrar en detalles.

—¿Te refieres a la plata?

—Entre otras cosas, sí. Perdone que sea tan franco.

—Para eso estamos aquí, para hablar a calzón quitado —respondió Ovalle. Lo dijo con un repentino cambio de postura y tono de voz, pasando de viejo y cansado escritor en busca de ayuda a la actitud de rudo parcelero discutiendo con el bodeguero local el precio de sus sacos de papas.

Para eso bastó la frase «a calzón quitado». El lenguaje tiene esa cualidad; no solo refleja lo sentido y pensado, sino que crea sus propias disposiciones anímicas. Yo mismo me sentí distinto, enfático y listo para una dura y hasta casi grosera negociación entre labriegos.

—¿De cuánto estaríamos hablando? —dije en tono seco.

Me contestó. Sería un sueldo mensual superior al que obtenía en la librería. Y a eso debía sumarle, si le gustaba mi trabajo, un bono por cada libro al que yo metiera mano. Y más aún, si el libro vendía bien, habría un segundo bono.

—Imagínate el cuadro completo —dijo Ovalle chasqueando los labios como si se aprestara a engullir un delicioso trozo de torta y deseara tentarme a probar un bocado—… mírate ganando bastante más dinero, piensa en los bonos que estoy seguro obtendrás, mírate trabajando en tu casa y si no tienes computador, aquí, en la mía. Te armo un rinconcito cómodo por ahí.

Dicho eso y sin esperar respuesta Ovalle salió de su relativa inmovilidad y se dirigió al kárdex. Abrió uno de los compartimentos, hurgó unos instantes y sacó un archivador repleto de hojas delgadas de color amarillo.

—Échale un vistazo a esto —me pidió mientras me lo entregaba.

Aun antes de que yo examinara la primera de esas hojas impresas, dando por sentado que todo estaba ya dicho y arreglado, Ovalle insistió en su principal punto, el que más lo angustiaba, el que pese a su pose de seguridad y optimismo constituía su talón de Aquiles.

—De esto, nadie, Ismael, ¿entiendes?, absolutamente nadie debe saber ni una palabra.

Solo entonces un temblor de voz distinto a todo lo que antes le había oído, incluso al de sus previos desfallecimientos, traicionó su angustia. Así se me reveló lo desesperado que estaba, lo cerca del final de su carrera literaria que sentía hallarse.

3

Supongo que debo presentarme. Hasta aquí solo he sido un nombre y la voz, más bien la escritura, de un desconocido narrando cómo Ernesto Ovalle, un autor cansado y envejecido, literal y literariamente se puso en mis manos para salvar su carrera. Al Ismael de verdad aún no lo conocen y yo mismo, ahora, apenas lo reconozco. Ha pasado el tiempo. No solo su rostro tal como lo recuerdo sino también lo demás que le pertenecía me parece hoy cosa remota o propia de un tercero. Pero no todo se ha desvanecido: puedo aún recordar los trazos más gruesos del sujeto que recibió esa tarde el primer encargo de Ovalle. Tenía veintiséis años, había nacido y fue criado en provincia, vino a Santiago a trabajar y a estudiar Letras y su verdadero propósito era escribir. Ismael, ese Ismael que fui entonces, deseaba ser escritor.

Llegué a la capital a los veintiún años animado por una esperanza loca que cinco años después estaba muy lejos de preservar. Tenía méritos académicos suficientes para ser aceptado en la carrera que quería, Letras, pero además conseguí un trabajo de medio tiempo en el Museo Histórico Nacional y encontré una pensión barata adecuada para mí. Todo estaba en orden, a pedir de boca. Y así continuó las primeras semanas.

Mi turno de trabajo en el museo se cumplía en las tardes y mis clases, al menos la mayor parte, eran en las mañanas. Por eso asumí el cargo si no con entusiasmo, al menos con ánimo positivo. Me hice la ilusión de que durante mi labor, muy rutinaria, podría hallar tiempo para escribir. El trabajo no era más que sentarse en una silla y vigilar unas cuantas salas. Ocasionalmente debía ponerme de pie y dar una vuelta, pero eso era todo.

Las salas que me asignaron eran de poco interés y a menudo nadie entraba a ellas en toda la tarde. Lo consideré una bendición. La luz no era mucha, pero completo el silencio. ¿No eran estas las mejores condiciones para abrir mi cuaderno de notas y escribir? Abrirlo sobre mis piernas, inclinarme sobre sus páginas y empuñar el lápiz, solo eso necesitaba, pero al cabo de unos días fue evidente que no escribiría nada. No avanzaba. Comprendí, con asombro, que ese silencio absoluto no me dejaba concentrarme. O eso al menos fue lo que creí en un principio. Un día me pareció que detrás de ese estado de suspensión de los sonidos normales de la vida había un susurro muy quedo, la voz de algo o alguien que me hablaba. Y una vez que se me ocurrió tan absurda idea ya no pude quitármela de la cabeza. Por supuesto no había nadie, excepto yo o algún eventual visitante. Entonces, ¿de quién era esa voz, si acaso una voz era? Supuse que al cabo de unas semanas sometido a ese silencio total había enloquecido un poco. Tal vez, me dije, nadie puede preservar plena cordura en medio de tanta soledad repleta de objetos muertos. Podía ser que lugares así hicieran perder la cabeza al más pintado. Comprendan, por tanto, que no es extraño el haber pensado que esos susurros eran las voces de todas las cosas condenadas a estar inmóviles dentro de sus cárceles de cristal, objetos olvidados que al fin encontraban alguien con quien hablar. Me hablaban. Fue al menos una fantasía con ribetes literarios. Por un lapso le di rienda suelta y pretendí convertir en criaturas de mi imaginación las voces que cuchicheaban en esa bóveda de silencio y cuyas palabras no podía identificar. De ahí a sentir que todo a mi alrededor estaba plagado de cosas inquietantes no hubo sino un paso. Para espantar esa torpe ilusión me levantaba de la silla y recorría las salas a mi cuidado. Sabía que esas voces o susurros no podían existir, pero aun así no me dejaban en paz. ¿Cómo podía escribir en esas circunstancias? Tras unos minutos mi ansiedad era tal que me veía obligado a respirar a fondo como saliendo con dificultad de una larga inmersión. Poniéndome de pie celebraba por instantes ese ejercicio respiratorio. De nada servía. La voces se acallaban, pero en reemplazo me abrumaba la sensación de que el aire del lugar, detenido, pegajoso y viejo, comenzaba a encerrarme, a envejecerme, a convertirme en parte del catálogo del museo.

Una tarde decidí solemnemente obviar estas fantasías. Juré que lo haría. Trabajaría en mi literatura sin dejarme impresionar por ese ruidoso silencio repleto de voces imaginarias. Las desoiría por mucho que hablaran. Para eso abrí mi cuaderno de notas, tomé aliento como para zambullirme a rescatar un objeto del fondo de una piscina y cerré los ojos reconcentrando mis pensamientos en lo que iba a iniciar. Fue entonces cuando los susurros se hicieron inteligibles, entendí el mensaje y comprendí su origen. No venía de los artículos del museo sino era mi propia voz poniéndome sobre aviso. ¡Me oí a mí mismo, a Ismael, hablándome desde un lejano futuro para hacerme advertencias! Oí a quien soy ahora advirtiéndole a quien era entonces. Me dijo o le dije que no esperara nada. Mi vida, dijo, dije, sería como una interminable tarde sentado en una silla. Más valía olvidar tantas ambiciones literarias, olvidarme de todo, simplemente flotar en ese silencio, dejar que pasaran las horas, ser como los objetos en las vitrinas, ir diluyéndome, imitar al museo y su contenido.

Ustedes lo calificarán como una estupidez o un sueño. Y yo concuerdo: casi con toda seguridad se trató de eso. *Casi.* ¿Pero cómo asegurarlo en un cien por ciento? Dormido o despierto hay una cosa que sí es irrefutable: supe, aunque lo olvidaría hasta hoy, que en mi futuro no habría gran diferencia con lo que experimentaba en ese momento e iba a rodearme y sofocarme la misma vacuidad; solo estaría en otro punto del espacio y el tiempo pero con la misma página en blanco frente a mí, sin nada entre manos, sin otra compañía que la certeza de no ir a ninguna parte.

Menciono esto porque, aun sin ser consciente de eso, esa advertencia me marcó a fuego. Los jóvenes gustan de hacerse ilusiones acerca de su porvenir y yo también las tenía, pero esa tarde las perdí todas. Y aún más raro, no me dolió perderlas. No sentí estar perdiendo algo ni estar en desgracia, no sentí pesar, lástima de mí mismo, nada. Todo esto suena extraño, árido y enredoso; tal vez esperen que en unas líneas más les diga que estuve en fusión mística con la divinidad y que las cosas de este mundo me parecieron vanas, pero no fue ni será así. Solo sucedió que desde entonces y hasta el día de hoy se apoderó de mi ánimo una invencible inclinación a ceder al oscuro placer de la pasividad, de entregarme a lo que ocurra sin ofrecer mayor resistencia.

Dicha condición tuvo el efecto de arruinar completamente mi vida académica. La pereza y somnolencia constantes me fueron quitando las ganas. Me decía cada vez con mayor frecuencia «qué me importa la literatura». En la universidad, los días que iba, solía quedarme en el casino en vez de asistir a las clases. Y apenas llegaba de regreso a mi cuarto me echaba en la cama y permanecía allí por horas, sin hacer nada, fantaseando, dormitando. En el cine me dormía no bien se apagaba la luz. Algo similar me sucedía en un pequeño jardín de la facultad. Nada en ese espacio revelaba mucho cuidado y era, por tanto, perfecto para mí: el césped estaba completamente seco, los arbustos y plantas se veían mustios, la tierra agrietada por falta de agua y un par de árboles daban claras muestras de sobrevivir a duras penas. La glorieta que se erguía en el medio, en cambio, como si estuviese en un mundo paralelo y más generoso lucía una espléndida buganvilla cuyas ramas se entretejían con su parrilla de madera de modo que su interior quedaba oculto y a la sombra. Ahí es donde gustaba recogerme. Me sentaba en el asiento de piedra y disfrutaba el frescor y la paz de una penumbra apenas interrumpida aquí o allá por un claro entre las hojas y las flores de la buganvilla, intersticios que hacían posible que por el suelo, sobre las baldosas, muy lentamente se movieran algunos manchones de luz. Eso, lejos de perturbar la sombría calma del lugar, la acentuaba. Pese al abismo que mediaba entre el inmóvil aire del museo y la sombra refrescante de la glorieta, en ambos casos la esencia del asunto era precisamente que me sentía libre del tedio o la ansiedad de la espera, del estar aquí o allí, de hacer diferencias y discriminar. Así fue, sumergido en esa suerte de hipnosis, que un día perdí un examen importante. Cuando lo supe, no me alarmé. Era como un drogadicto terminal que ni siquiera intenta librarse de su adicción. ¿Y qué hacen los adictos sino escapar? Yo escapaba de una vida frustrada y frustrante. Huía del patético hecho de no estar yendo a ninguna parte. Seguramente deseaba evadir la realidad de que mis estudios de Letras eran una completa pérdida de tiempo, insoportable ejercicio de mediocridad compartida con otros tipos igualmente aferrados a la ambición o más bien ilusión de algún día hacerse un nombre en el campo literario. Y si estar toda una tarde en una silla era el colmo de la pasividad, examinar la semántica de algún poetastro hispano no fue nunca un ejercicio mucho más activo y conducente. Al fin se me había revelado esa verdad tan simple.

Una semana o dos después de esa tarde renuncié a mi trabajo. El día antes me aseguré de conseguir un puesto en una librería. Tuve suerte: jornada compatible con mis estudios. La renuncia fue fácil y a nadie le importó. ¿Acaso es difícil conseguir gente para que se siente en una silla?

Creí entonces que superaría esa negligencia atroz y retornaría a la esperanza y ánimo optimista de las semanas iniciales en la ciudad. Me dije que podía tolerar perfectamente la atmósfera de medianía que reinaba en la facultad y sacar provecho aun de eso. Haciéndome dichas consideraciones olvidé esa presunta y fatalista voz mía hablándome desde el futuro. Poco a poco me fue ganando un sentimiento similar al del reo que acaba de ser puesto en libertad. Todo me pareció posible y hasta presentí una indefinida acumulación de buenas noticias esperándome a la vuelta de la esquina. Fue un momento de liberación que iluminó mi vida al punto de poder recordarlo ahora con mucho detalle, pero la sensación apenas duró un par de días.

Después de ese lapso volví a ser simplemente Ismael, y sin otra novedad que haberme convertido en el flamante vendedor de una librería especializada en temas religiosos. Y ahí seguía, años después, cuando recibí el llamado telefónico de Ovalle. Me pregunto cómo supo que trabajaba allí. Debió verme a través de los cristales de la vitrina, en mi postura habitual, apoyado en un estante a la espera del improbable cliente. Debe haberme visto así y no pude darle una gran impresión porque con el paso de las semanas, meses y años fui adaptándome a tal punto que era ya casi invisible.

«El paso del tiempo»… Esta expresión, vacía ya de contenido de tanto citarse, encierra todo lo que pudiera decirse de mi vida durante esos años. *El paso del tiempo* agotó mi paciencia con las clases de literatura y las abandoné antes de que terminara el primer semestre. *El paso del tiempo* me había transformado en un suave y modoso vendedor de libros espirituales hasta que, sin que yo hiciera nada al respecto, me puso un día en la sala de la Biblioteca Nacional donde se ofrecía una conferencia y tendría una charla con Ernesto Ovalle, el escritor. Y cuando él, amablemente, me ofreció asistir a su taller sin costo alguno —ya le había hecho saber mi calidad de empleado con pocos medios—, fue también el *tiempo* el que decidió por mí, un tiempo tan vacío que llegaba a doler.

Ya lo dije: estuve en ese taller solo seis meses. Seis meses era lo que duraban mis años. No pude soportar más. Lo que Ovalle pudo enseñarme, los consejos acerca del arte de escribir que un par de viejas anotaban concienzudamente, como escolares, en gruesos cuadernos con forros repletos de motivos florales y ecológicos, eran banalidades elementales que hasta un imbécil, con solo pensar dos minutos en el asunto, hubiera podido descubrir.

—Es importante —solía repetir Ovalle— que tengan muy claro de qué van a escribir. Comenzar así, nada más, garrapateando una línea tras otra, no conduce a ninguna parte…

Apenas oída esa monumental perogrullada, las señoras la anotaban como si hubiera sido cosa novedosa e inédita. De los consejos u observaciones menos obvias y que Ovalle soltaba muy pocas veces, celoso de ellas como un avaro que solo deja ver su tesoro levantando apenas la tapa del cofre, nunca tuve claridad. Su vaguedad era infinita. Seguramente sentía que no era cosa de revelar por una miserable pitanza los secretos mismos de su oficio y de su fama.

Ovalle había obtenido un gran éxito con su primera novela de amor —*Ars amandi* la tituló, lo que yo considero un acto de bandidaje literario— y tal vez temía ser imitado precisamente por la simplicidad de sus fórmulas, las que intentaba ocultar tras una farragosa exposición que daba a las señoras la idea de estar teniendo el privilegio inaudito de oír a un genio supremo. Yo, en cambio, hacía un esfuerzo para disimular lo evidente del truco, el fingimiento y mala fe tras sus palabras. Y había sesiones aún peores, cuando debíamos leer nuestros ejercicios. No era oír los cuentos de esas ancianas lo más desagradable, ni siquiera los comentarios de Ovalle, tan melifluamente construidos para no irritar a sus clientes; lo intolerable era leer los míos. No es que no confiara en su calidad o temiera las críticas de esas viejas o de Ovalle. Lo que sentía era que el solo hecho de leerlos frente a esa concurrencia los confundía en una misma melaza con sus penosos trabajos, los disolvía en el seno de ese harapiento universo donde solo hay planetas muertos repletos de obras mal hechas, ridículas, un cosmos plagado de literatura que jamás se hizo pública, de los intentos fallidos de aficionados sin talento, de manuscritos botados o perdidos, de borradores guardados para siempre.

Supe entonces, como aún lo recordaba cuando Ovalle me hizo su inesperada oferta, que mi trabajo literario estaba en otro nivel y él jamás sería capaz de mejorarlo o siquiera entenderlo. Ahora ya no estoy seguro de nada. Sin embargo sabía también que el tiempo agotaba mis oportunidades carcomiendo mi deseo e incluso la desesperación con que lo veía encogerse y disminuir. Por eso abandoné el taller. Imaginé que si asistía un día más me jodería para siempre.

Después de dejar la universidad apenas escribí algo. Pese a mi talento me tomó una eternidad preparar los relatos que dos editoriales rechazaron con cierta brutalidad. Ya se ve; dejar atrás a Ovalle y a las viejas no me sirvió de nada. Para peor poco a poco fui olvidando mi vocación, si acaso alguna vez había existido. Apenas puedo describir los años que siguieron. Quizás sea difícil recordar porque no hay nada que recordar. Como un arqueólogo pésimamente informado, intento hallar indicios de una civilización donde nunca hubo otra cosa que sucesivas capas de tierra estéril y vacía. Sencillamente esos días caían uno tras otro a un pozo devorador.

El paso del tiempo... ¿Me convertí sencillamente en un vendedor de libros religiosos? Debo haberme convertido en uno bastante bueno pues trabajaba todavía en ese rubro cuando recibí la llamada. Y también en un respetuoso y cumplido huésped de la casa de pensión donde permanecí esos años. Lo que leí lo he olvidado. Fui mucho al cine. Y estaba Julia, de quien supongo hablaré más adelante. Como sea, haciendo esas cosas mi vida se movió lejos de mí, hacia atrás, rápida o lentamente según el talante del día, alejándose como si se resistiese a partir o yéndose como un soplo que apenas percibimos.

Esa era mi vida cuando me telefoneó don Ernesto.

4

Con curiosidad y también algo ansioso, ese mismo sábado y ya de regreso a mi cuarto de pensión examiné lo que me había entregado Ovalle. Era un archivador que contenía hojas muy delgadas de color amarillo e impresas a doble espacio. Estaban numeradas y la última tenía el 236. Con un lápiz de mina Ovalle había encabezado la primera página con el siguiente título escrito en grandes caracteres: *Amores rotos*. Era, sin duda, otra novelita rosa, su especialidad, sin ningún tapujo o pretensión de que no lo fuese. El título lo confesaba abiertamente. Uno de sus libros, el ya citado *Ars amandi*, había proyectado una vaga pero ostentosa ambición de cosa superior con reverberaciones clásicas y todo. Los dos o tres libros siguientes, tanto por sus títulos como sus primeros capítulos, daban a entender que Ovalle no iría, así como así, tras los pasos de las señoras escritoras que se especializaban hacía años en esa clase de literatura. Sin embargo este, el que me acababa de entregar para su revisión, dejaba de lado todo escrúpulo e iba directo a la vena de las señoras clientas. ¿Por qué no? No costaba ponerse en el lugar de Ovalle. Debía haber notado, ya en los comienzos de su carrera, que su prosa no produciría grandiosas vaharadas de incienso en el altar de la literatura. No obstante era escritor y quería hacer algo en ese campo. ¿Por qué no, entonces, probar la mano en un género de cuya infinitud daban garantías las legiones de señoras semialfabetas que comenzaban, en esos años, a lloriquear sobre historias de mujeres que descubrían su vida y/o su sexo a los cincuenta, ya viejonas, para luego romper sus antiguas vidas y empezar otras nuevas poniendo oído a sus emociones y a sus vísceras? Quizás Ovalle se dijo que el hacerlo desde la perspectiva masculina podía agregar algún condimento a la sopa. Era probable, además, que estuviera convencido de escribir mejor que las damas a cargo de suplir el mercado hasta ese momento. Con el ya mencionado *Ars amandi* cosechó incluso —milagro entre milagros— buena crítica de los tres o cuatro individuos dedicados por ese entonces, desde sus columnas literarias, al oficio de enmierdar a todo el mundo. Uno de ellos dijo de su prosa que «retrataba con admirable profundidad los sentimientos más ambiguos, los mismos que en otros escritores de temas similares no se encontraban jamás, aplastada como estaba toda sutileza bajo una capa pastelera de sentimentalismo barato...». Cuando se repasan esas reseñas, ahora tan obsoletas como lo que reseñaban, resulta obvio que Ovalle les había gustado menos como autor que como instrumento para atacar a esas odiadas damas, a las consagradas, a las tan injustamente famosas por el mero volumen de sus ediciones y su descarado éxito comercial. Pero a Ovalle también le sirvió. Esas críticas sumaron puntos a su popularidad. Su libro se vendió rápido y alcanzó cuatro ediciones. Los dos siguientes, publicados uno y dos años después, fueron también exitosos y consolidaron a Ovalle entre las lecturas obligadas de las damas suspirantes. Naturalmente los escritores que llevaban años instalados en el círculo oficial de la literatura, los dueños de nombres por todos conocidos e incluso, algunas veces, con obras sólidas tras sus espaldas, lo miraron con desdén. Uno o dos dedicaron sendas columnas para hacerlo pedazos, pero, al igual que las reseñas, fueron olvidadas hace mucho. Las voces de la crítica, como los ladridos de un perro en la madrugada, molestan por un momento pero a la mañana siguiente nadie se acuerda de haberlos oído.

En la época en que Ovalle me contactó, aquietada hacía mucho la estela comercial y el ruido mediático de esos éxitos, las novelas del comienzo de su trayectoria solo ocupaban ocasionalmente las canastas dedicadas a las ofertas, encarnando lo que a él le pareció, con razón, el principio del fin. Su última publicación no había concitado el furor de las vacas sagradas. No se le había mencionado ni siquiera para hacerle mal. Las páginas literarias lo ningunearon olímpicamente y el público lector tampoco lo acompañó. No me lo dijo, pero adiviné que la mención de no estar vendiendo como antes era un modo indirecto de Ovalle para referirse a una catástrofe comercial y no a un mero retroceso. Lo recordé diciendo «ha vendido más que yo, está teniendo más ventas que yo». Se refería a Gutiérrez y el éxito de su meloso libro de cuentos titulado *Dímelo otra vez*. Yo sabía algo de él porque la mujer a cargo de la librería donde trabajaba, doña Anita, una solterona a la que presumía virgen, lo tenía de libro de cabecera, si así puede llamarse al que se tiene en el lugar de trabajo. En este caso la palabra cabecera viene a cuento dado el escaso movimiento de la tienda, las largas horas vacías que ella y yo, único vendedor, experimentábamos todos los días. La sorprendí leyendo el libro con reconcentrado interés. Me confesó, ruborizándose, que «los cuentos del señor Gutiérrez la entretenían mucho». Yo supuse que la excitaban y malévolamente insistí en que me aclarara ese punto. ¿Por qué la entretenían? Ella me miró a través de sus gruesas gafas con ambos cristales empañados y no pude ver su expresión. Respondió algo confuso, una tontería que apestaba a falsedad. Al hacerlo se quitó los lentes y pude divisar qué vidriosos estaban sus ojos, de lo cual colegí cuán cierto era lo que se decía de Gutiérrez, de su gran habilidad para suscitar lágrimas.

Así pues, me dije, Ovalle se sentía amenazado por un escritor que hacía lloriquear a una solterona cartucha. Lo pensé y solté la risa. ¿A ese punto había llegado? Era fácil averiguarlo. Me bastaba leer el material entregado, lo que de todos modos debía hacer si quería ganarme el dinero prometido. Y entonces con ganas nacidas de la curiosidad y del ocio, pues no tenía otra cosa que hacer, me eché de espaldas en la cama, acomodé la cabeza en un almohadón, tomé la primera página y me puse a leerla, continuando hasta completar una docena.

Me bastó con eso para aquilatar cuán bajo había caído don Ernesto. No era mi especialidad ni de mi interés el campo de la novela de amor, antigua o moderna; nunca había hecho más que hojear, por fugaz curiosidad, algunos títulos de ese repertorio. Había leído y estudiado algo, en la universidad, a Jane Austen y otras victorianas que hicieron del sentimiento una verdadera industria, pero a estas al menos las revestía una capa de interés histórico y anecdótico; leyendo *Orgullo y prejuicio* se aprende, con un discreto interés que no pretende ir muy lejos, un poco acerca de otras épocas. Con las damas del presente, ¿qué se podía aprender? Bastaba imaginarse a una Corín Tellado sin su equipo de ensamblaje literario y con al menos un par de escrúpulos estilísticos para no equivocarse. Pero en *Amores rotos* Ovalle renunciaba hasta a eso. Había soltado las amarras para navegar a plenitud en un océano de mierda. Su mal gusto se estaba desbocando. Cualquier regla estética que antes hubiera obedecido ya no estaba presente. Pongo aquí un ejemplo. El fragmento intenta describir el primer encuentro entre Emilio, el héroe, con Evangelina, la heroína:

… apenas la vio, su corazón dio un vuelco. Quizás estuvo a punto de hacer una tontería, pero nunca lo supo porque ese desarreglo duró tan solo un momento, reemplazado enseguida por esa forma de admiración auténtica y desinteresada que produce la contemplación de la belleza pura, sin mácula ni mancha…

Más adelante, seguía:

… para Evangelina, la presencia de Emilio fue en verdad muy turbadora. Su corazón apresuró su ritmo, su respiración se hizo anhelante y no supo qué hacer hasta que, al oírlo hablar dirigiéndose a ella, sintió que un rubor ardiente le quemaba las mejillas y emociones hasta entonces desconocidas agitaron su pecho…

Y en la página doce, donde suspendí mi lectura cuando al fin ese par de badulaques se besan por primera vez, don Ernesto describía la escena de este modo:

> *Emilio puso sus manos en sus hombros, muy suavemente, para de ese modo atraerla hacia sí, dulcemente, lo cual hizo sin despegar su mirada de sus ojos, muy tiernamente, en los cuales, a tan corta distancia, descubrió honduras inenarrables y así fue que al fin, teniéndola ya muy cerca, posó sus labios sobre los de ella...*

En ese párrafo interrumpí la lectura, muerto de la risa. Me reí a carcajadas y por largo rato. No podía creerlo. Nadie, me dije, puede escribir seriamente de esa manera. ¿Qué le pasaba a Ovalle? Nunca había sido sino una medianía, pero esto era demasiado.

Cuando la hilaridad se me agotó en un último espasmo de risa, lo gracioso del asunto se desvaneció de golpe: si deseaba ganarme esos billetes debía leer no doce, sino las 236 páginas. Y además tendría que arreglar esa basura. ¿Cómo podía hacerse tal cosa con algo que era una porquería? ¿Pretendía Ovalle que reescribiera el libro línea a línea? ¿Qué me convirtiera, por así decirlo, en otro Gutiérrez, pero a su servicio?

Pensando en eso me vino un enorme, casi irresistible deseo de llamarlo y decirle que por tal o cual razón me era imposible cumplir con el encargo, muchas gracias por la confianza que depositó en mí. Llegué incluso a buscar en mi celular el número de Ovalle y presioné la tecla para iniciar el llamado, pero apenas marcó un par de veces apagué el aparato. Lo reconsideré. ¿Para qué me apresuraba? Podía hacerlo en cualquier momento. No hacía dos horas desde que habíamos conversado. Podía llamarlo mañana. O pasado. Tal vez el libro no era tan malo como me pareció en la lectura de esas primeras hojas. Quizás la pomada mejorase más adelante. Me paseé de un lado a otro de mi pieza intentando encontrar una razón para no arrojar esas hojas al canasto de los papeles. No, claro que no mejoraría desde la página trece en adelante. El tono, el estilo, todo era parte de un modo de escribir completamente formado así. Era imposible imaginar un cambio radical. ¿Sería al menos la trama algo más interesante? ¿Sucederían giros inesperados capaces de sostener la atención del lector? Lo dudé. Novelas de ese tipo se atienen a una estructura invariable: chico conoce a chica, chica no cotiza al chico, luego chica se enamora del chico, surgen dos o tres obstáculos, luego chica y chico se unen y son felices para siempre. O tal vez esto: señora cincuentona entra en crisis, cuestiona su vida, abandona a su marido, conoce a alguien mucho más joven, fornica a destajo y la vida comienza una vez más. El galán o es soltero o es casado, la heroína o es casada o es soltera. Esquemas como esos no dan para muchos giros. Puede haber más o menos obstáculos en el camino del amor, pero es todo. Tampoco las lectoras esperan otra cosa.

Sin saber qué hacer, qué decidir, no hallé otra respuesta salvo continuar leyendo. No esperaba encontrar nada bueno en este último y penoso esfuerzo literario de Ovalle, de lo cual ya tenía doce páginas de prueba, pero se despertó en mí cierta curiosidad extranumeraria por averiguar hasta dónde podía llegar o más bien caer en su prosa, en sus concesiones al mal gusto, en su afán por satisfacer a las damas que constituían su mercado. Regresé al lecho y tomé la siguiente página con la intención de acabar con el asunto lo antes posible. A poco andar, sin embargo, mi tranco disminuyó arrastrándome a duras penas de una línea a otra; mi estado de ánimo fue pasando de la curiosidad a un hipnótico flotar entendiendo quizás la mitad de lo que leía. De ese modo pasé la vista sobre párrafos enteros sin darme cuenta de qué trataban. Cinco o seis páginas después me venció el sopor, pero de manera tan gradual que, habiendo cruzado el umbral que separa la vigilia del sueño, creí continuar despierto y leyendo una página tras otra. Estas habían cambiado de su color amarillo original a uno rosado, pero lo consideré natural. En los sueños uno no se inquieta por naderías. Leí sin darme cuenta que solo soñaba leer. Leía *Amores rotos* de Ovalle en su versión onírica y recuerdo que uno de los párrafos me excitó y sentí una inquietud angustiosa apretándome el estómago. No podría ahora recordar qué cosa fue capaz de causarme ese efecto, pero sucedió.

Desperté con la impresión de tener una idea, a medias nada más pero ya era algo, solo la sensación que con algo de suerte y mucho trabajo podía mejorar el texto de Ovalle. Y antes de que esa vaga pero prometedora impresión se diluyera me incorporé de la cama, tomé una de las páginas de la obra del veterano, dispuse a su lado una hoja en blanco y reescribí a mano el párrafo que en la página doce había provocado mi risa e interrumpido la lectura.

El párrafo de Ovalle decía:

Emilio puso sus manos en sus hombros, muy suavemente, para de ese modo atraerla hacia sí, dulcemente, lo cual hizo sin despegar su mirada de sus ojos, muy tiernamente, en los cuales, a tan corta distancia, descubrió honduras inenarrables y así fue que al fin, teniéndola ya muy cerca, posó sus labios sobre los de ella....

Medio en serio, medio en broma, produje la siguiente variación:

Emilio puso sus manos en la cintura de Evangelina de tal modo que sus meñiques alcanzaban a insinuar un contacto con el inicio de sus nalgas, pero tan suavemente, tan leve, que se hubiera dicho era algo accidental, involuntario. Mientras, no despegaba su mirada de ella, como desafiándola a interpretarlo todo de otro modo o a aceptarlo como al fin hizo, pues, ya estando ambos muy cerca, fue la propia Evangelina quien acercó sus labios, trémulos de ardor. Muy pronto ofreció también su lengua, toda ella, introduciéndola golosamente en la boca de Emilio...

Leí varias veces ambas versiones y la mía la encontré ocultamente graciosa y algo erótica además. No era el tipo de material que me interesaría escribir, pero si era necesario satisfacer a ese público de señoras a medias calientes y a medias suspirantes, pensé que esa era la manera de hacerlo. ¿No me había pedido Ovalle que soltara mi imaginación y le pusiera condimento a su texto? ¿Y no querían en el fondo, dichas damas, que alguien les apretara suave pero firmemente los pezones literarios? Impulsado por ese pensamiento y una módica cuota de renacido entusiasmo borré el párrafo de Ovalle y puse el mío en su lugar. Luego, husmeando otros párrafos especialmente ridículos, di con este:

… apenas la vio su corazón dio un vuelco. Quizás estuvo a punto de hacer una tontería, pero nunca lo supo porque ese desarreglo duró tan solo un momento, reemplazado enseguida por esa forma de admiración auténtica y desinteresada que produce la contemplación de la belleza pura, sin mácula ni mancha…

Y lo reemplacé por el siguiente:

… apenas vio sus contornos, las morbideces que Evangelina desplegaba en su inocencia, muy inconsciente de tenerlas, su corazón se sobresaltó y en un rapto que evitó con enorme dificultad estuvo a punto de intentar tocarla para obtener siquiera un mendrugo de esas delicias prometidas; luego, ya bajo control, se limitó a mirarla con esa forma de admiración auténtica y desinteresada que produce la contemplación de la belleza…

Y así trabajé un par de horas hasta rehacer gran parte de esas primeras doce páginas. En eso estaba cuando sonó mi teléfono:
—Tengo una llamada perdida tuya en el celular… ¿Pasa algo?, ¿necesitas algo?
—No, nada, don Ernesto —respondí, alegre, casi entusiasta—. Era para contarle que ya empecé el trabajo en su novela.

5

Transcurrió una semana, quizás dos, ya reconstruido cerca de la mitad del borrador de Ovalle, cuando se me ocurrió mostrarle a Julia los frutos de mi trabajo. No fue por un afán ególatra de hacerle ver de lo que era capaz, sino porque no había nadie más a quien presentárselo. Tampoco se trataba de amor. Sencillamente Julia estaba a mano.

«Estaba a mano» es una expresión bastante más exacta que haber dicho «éramos pareja». Lo estaba desde hacía al menos cinco años. Si les parece una descripción algo desabrida, antes de juzgarme considérese cómo empezó todo. Fue en la única fiesta estudiantil a la que asistí durante mi breve pasada por la universidad, lo cual hice no por compartir la velada con mis compañeros de estudios sino por obra y gracia de mi perenne necesidad de escapar del aburrimiento. El tedio, por paradojal que suene, era el resorte de muchos de mis actos. A mí me agobiaba una variante aún más persistente e invasiva que la ordinaria porque se manifestaba hasta en los sueños, tan deslavados y faltos de trama como los cuentos que oiría de labios de las viejas del taller de Ovalle.

Yo estudiaba Letras y ella estudiaba Odontología; lo mío, entonces, eran las humanidades y las vagas ambiciones y fantasías líricas que suelen acompañarlas y que se agitaban aun en medio de mi letargo, mientras que lo de ella era cosa cien por ciento instrumental y sin ambición de ninguna especie. Eso contribuía a que no hubiera nada especialmente destacable en Julia, nada capaz de llamar la atención, menos aun de interesar. Desde luego no su apariencia: era menuda, de trasero pequeño y plano, ubres imperceptibles y una cara diminuta en la cual el único atributo aceptable eran sus ojos, muy grandes en comparación al resto de las facciones. Poco agraciada y de talante taciturno, contaba con todo lo necesario para hacerla accesible a mi escasa vitalidad y cero entusiasmo. Estaba sola y miraba el reloj a cada momento. De seguro ya había decidido largarse. Sin embargo estaba todavía disponible.

¿Disponible para qué? No tenía ningún propósito a la vista. Era yo, como lo era ella, un bulto inerte. No tenía nada que hacer en esa fiesta a la que solo me arrastró la ilusión, propia de todos los aburridos vitalicios, de que tal vez en otra parte será posible librarse del mal. Llevaba largo rato sentado en un rincón, desapercibido, invisible, lo cual no es un buen preparativo anímico para iniciar una conquista. De todos modos y al verla representando a las claras el papel de chica abandonada se me ocurrió acercarme e hilar conversación porque me pareció mejor alternativa que regresar a la pensión. En mi cuarto no me esperaba nada salvo echarme en la cama, leer a medias alguna cosa, apagar la luz y darme vueltas de un lado a otro intentando conciliar el sueño.

Me acerqué entonces a Julia, me senté a su lado, le pregunté su nombre, le dije el mío, la interrogué sobre sus estudios, le ofrecí una bebida —«no bebo alcohol», susurró— y en todos los sentidos hice un sostenido esfuerzo por no permitir que la charla se extinguiera pues amenazaba hacerlo a cada instante, tal era su parquedad o timidez o quizás ambas cosas, de modo que en verdad mi lucha estuvo dirigida a que no se apagara mi propio monólogo. Apenas le sacaba algo más que palabras sueltas, pero persistí. Varias veces, sintiéndome como si intentara seducir a un maniquí, tentado estuve de despedirme y abandonar el campo lo más rápido posible. Si no lo hice fue por puro agotamiento de la voluntad. Era incapaz hasta del acto de la rendición, de levantarme e irme. Al fin, callé. Había agotado mi conversación y se extinguió el deseo de llegar a nada. Y además, en esos momentos de inercia total, ocupó mi mente una pregunta que había estado todo el tiempo en segundo plano: ¿qué diablos era eso que quería?, ¿adónde deseaba llegar? «A ninguna parte», me contesté. Literalmente hablaba por hablar.

Estaba sumergido por entero en la tarea de pasar revista a las idioteces dichas por mí hasta ese minuto cuando Julia cobró vida y mirándome con un matiz de preocupación me preguntó si acaso me sentía mal. «Se ha quedado callado tan repentinamente que no puedo sino pensar que le sobrevino un ataque de algo». La oí con pasmo no solo porque inesperadamente sacara la voz, sino además porque la ironía de su tono me pareció abrumadora. La miré. Esa mujer que de súbito ofrecía muestras de poseer el don del habla me pareció otra Julia. Tenía expresión. Vi en sus ojos una luz pequeña pero notoria de sarcasmo y en el acto sentí que mi postura se hacía aún más ridícula. Con un ramalazo de espanto y vergüenza comprendí que me estaba catalogando como un estúpido y un charlatán. Enrojecí y cerré los ojos para escapar de la situación. Había metido las patas. Acababa de hacer el idiota. Se había reído todo el tiempo de mí escondida tras su apariencia de ser nada ni nadie; se deleitó viéndome caer como cualquier tonto en la ridícula retórica del macho en busca de una conquista fácil. Respiré hondo. ¿Dónde hallar fuerzas y recursos para salir del paso? En ese momento Julia me allanó el camino:

—¿Me traerías una bebida? —dijo, dándome oportunidad y pretexto para salir del lío.

Hice lo que me pidió en mucho más tiempo del necesario para así recomponerme. Regresé a su lado con la idea, única posible, de volver a empezar de cero. No era que me interesase esta nueva versión de Julia, pero al menos me quedaba suficiente amor propio como para interesarme en no quedar como un imbécil. Tenía la vaga esperanza de poder decir algo que de un golpe borrara lo sucedido y me pusiera bajo mejor luz, pero no sabiendo cuál podía ser dicha luz, no atiné a nada efectivo. Una vez más ella me sacó del apuro haciendo esta vez el gasto de la conversación. Fue como si la bebida hubiera sido el combustible requerido para poner en marcha su lengua. Habló y me hizo preguntas tan tontas como las que yo había hecho y con cada una de ellas sentí, con alivio, que nos alejábamos del vergonzoso episodio previo pues nos igualábamos en la representación del mismo libreto. Luego temí que estuviera condescendiendo. ¿Por qué supuse un tono de sarcasmo en lo que pudo ser un comentario inocente?, ¿por qué imaginé que su curiosidad ocultaba una actitud de superioridad? No sería la primera ni la última vez que revelaría una sensibilidad enfermiza ante la más ligera sospecha de ser objeto de desprecio o subestimación.

Ese fue, tal como lo he contado, el primer encuentro, el acto fundacional de nuestra relación. Sus primeras piedras fueron mi hilera de preguntas huecas y las no menos vacías e inútiles de Julia. No llegábamos a puerto y tampoco sabíamos si había alguno adonde llegar. Terminadas las preguntas, no quedaba nada por decir. «Nada» es la palabra que corresponde al entero asunto. Estábamos en punto muerto. Lo único que avanzaba era el tiempo en su peor manifestación, esa que nos tapa la boca con las cenizas de todo lo que pudimos hacer pero no hicimos. La fiesta, entretanto, proseguía con gran animación y el silencio casi vergonzoso que nos envolvía se hizo aún más notorio. Ignoro cuánto rato estuvimos simulando interés en lo que sucedía en el salón principal antes de que se activara uno de esos comportamientos que acomete de improviso como si dentro de mí no solo habitaran bocas invisibles prestas a enviarme mensajes desde otro mundo, sino cuerpos completos, entidades con cabeza, tronco y extremidades capaces de entrar en acción. Lo cierto es que en el momento cúspide de mi bochorno hizo repentino acto de presencia un Ismael cortesano, sinuoso y almibarado, un verdadero galán de película. Ese sujeto le tendió la mano y en tono sereno, seguro de sí mismo y con leve matiz imperioso le soltó la siguiente frase del repertorio: «¿Te parece que bailemos?».

¿Quién era ese gomoso imbécil? Lo oí hablar y extender mi mano como si fuera la suya. El hecho me produjo verdadero asombro. Julia, por su parte, como también poseída por una personalidad anexa, aceptó el envite con la sonrisa debida. Y he ahí que ambos, hasta ese instante al borde del colapso social, nos vimos enlazados para bailar una pieza lenta y modosa, azucarada en extremo.

Entonces todo se hizo natural si extendemos el significado de esa palabra para incluir la sucesión de clichés que algunas ocasiones demandan; natural fue que ella apoyase su mejilla en mi pecho y yo tomase una de sus manos engarfiando mis dedos en los suyos como si, en ese momento, ambos confirmásemos públicamente una larga y fructuosa relación. No éramos nosotros los que tal hacíamos sino la postura misma, el libreto ya escrito y adosado a ese predicamento. Al comienzo me sentí ridículo porque estábamos desempeñando nuestros papeles como esos espectadores persuadidos algo forzadamente a subir al escenario para someterse a los trucos de un hipnotizador, pero muy pronto la ejecución de los gestos y posturas del baile nos envolvió con esa seguridad que otorga el conducirse conforme a la ley. Nos integrábamos plenamente a la fiesta, abandonábamos la lastimosa condición de ser un par de ganapanes tratando de pasar desapercibidos. Ahora éramos una *pareja*. A ojos de los demás tal vez me convertí en el hábil seductor engatusando a la cándida *mina* que se llevará a la cama. Fuimos parte del equipo universal de la comedia humana y en dicha calidad comencé a sentirme a gusto. Más aún, la postura y los movimientos propios del baile, el juntar y frotar de nuestros cuerpos, tuvieron efectos bastante auténticos: experimenté una módica erección y sentí en el estómago esa ansiedad que preludia al deseo. Autorizado me sentí para depositar un respetuoso beso en su frente. La vi sonreír y la apreté un poco más. Cualquiera haya sido la torpeza del lapso de preguntas y respuestas anodinas que habíamos compartido, ya estaba superado y no era necesario pasar revista a nada. Julia hundió otro poco su cabeza contra mi pecho y mis manos descendieron un par de centímetros desde su cintura al inicio de su esmirriado trasero.

Comprobé con el tacto lo que la vista me había sugerido: no había casi frontera entre la tiesura de su espalda y dicha parte de su anatomía. Persistí en dicha faena con la porfía que nace de la vaga esperanza de que cavando algo más saldrá finalmente una pepita de oro. Ella me dejó hacer. Estaba, como yo, presa de un papel. ¿Acaso no bailábamos?, ¿acaso no reposaba su cabeza en mi pecho? No opuso resistencia a esa tímida exploración digital que en todo caso se mantuvo dentro de los límites de la decencia. Me pregunté qué seguía. ¿Un beso en la boca? ¿Debía decirle algo? ¿Se esperaba de mí alguna clase de narrativa? Comencé a sentirme un poco incómodo, pero una vez más el tipo que se había adueñado de mi mano para invitarla a bailar salvó la situación. Deteniéndose en mitad de una canción, inclinó la cabeza —mi cabeza— hacia la de Julia y le susurró en los oídos un «ven, acompáñame».

Ese tipo audaz y atropellador la llevó al jardín trasero, el de la glorieta, mi lugar favorito, bajo la buganvilla. Julia no se resistió. Estaba casi completamente a oscuras salvo por el lechoso resplandor que se colaba entre los huecos dejados por la hojarasca. Nos sentamos en la helada banca de piedra y me hizo besarla. Julia pareció que se disponía a hurtar su boca, pero aceptó lo que venía, mis labios resecos de ansiedad, mi ademán torpe y brusco debido a la oscuridad, mi condición de marioneta del intruso. Luego hubo una breve pero intensa lucha por entreabrirle los labios y dientes con la lengua, un afán por entrar en su cavidad bucal como si fuera yo y no ella quien estudiaba odontología. Solo de ese modo podía justificarse todo, solo yendo más allá de los límites exteriores de su poquedad, de su falta de atractivo. Cuando lo logramos y estuvimos allí, no surtió efecto. No había nada que reivindicara los esfuerzos hechos. Mi lengua se movió en el vacío. La de Julia apenas la sentí como algo pequeño y escurridizo intentando huir. ¿Qué podía hacer? Solo simular que, llevado por la pasión, no notaba su desapego o la creía sumida en mi mismo estado de ánimo.

En esos momentos ya estaba solo. La presencia interior, el intruso que manejara mis asuntos, acababa de evaporarse. Me abandonó cuando aún tenía mi lengua dentro de la discreta caverna que era la boca de Julia. Todavía con los ojos cerrados, pues así besan los galanes del cine, me pregunté qué seguía a continuación. Su actitud pasiva no era en nada cooperadora. Traté desesperadamente de atinar con un acto o una frase adecuada. Demos gracias al Señor que Julia, posiblemente impulsada por el mismo libreto escrito para estas ocasiones, puso sus manos en mis hombros como si, vencida por el amor, se decidiera a hacer entrega de todos sus bienes. Me consideré autorizado para llevar mi mano derecha a su seno izquierdo y con el pulgar y el índice apretarle suavemente el pezón. Ella, entretanto, agitaba frenéticamente su lengua compensando su inactividad anterior y quizás también para insinuar que, en su concentración en dicho acto, no tenía modo de saber qué ocurría en sus pechos. Proseguí con mi exploración hasta que pude al fin sentir, por segunda vez, un comienzo de erección. Lejana nos llegaba la música del interior de la escuela. Parecía provenir del espacio exterior, una suerte de mala música de las estrellas. Nadie nos molestó, nadie se asomó a ese bendito jardín, solitario y abandonado. Trajiné un poco entre sus ropas y alcancé a sentir uno de sus muslos, delgado y frío. No hubo obstáculos a la marcha de mi palma. El beso, mientras tanto, continuaba como si ambos estuviésemos poseídos de un furor erótico inextinguible. ¿Qué pasaba por su mente en esos momentos de fingida pasión, en medio de ese torpe refregarse? ¿Se sentía atrapada en una secuencia cinematográfica de la cual no había escapatoria? Espanté esas preguntas inútiles y procedí a pasar a una etapa más avanzada de mi quehacer para cuyos efectos, tomándola de los sobacos, la puse sobre sus pies para luego con mi mano derecha levantarle el vestido mientras la izquierda trajinaba en mi marrueco aprestándome para negocios más serios. Evitando una mutua asfixia dejé de besarla, separé mi boca de la suya, me alejé, alejé mis ojos de su semblante y al abrirlos aparecí frente a ella como un ser con identidad, una cara con ciertas facciones, un mirar, un estar ahí frente a frente sin ocultar el propio rostro y como de costumbre ignorando qué hacer en esas nuevas circunstancias. Para entonces estaba ya con el pene fuera, al aire libre. Mi mano derecha había alcanzado las fronteras de sus calzones y laborando con habilidad los bajó hasta sus rodillas. Con uno de mis dedos sentí la módica mata de vello púbico de Julia. Qué sintió ella, lo ignoro. Ya en ese trance no había mucho más por meditar o cuestionar; llegaba el momento de completar la tarea y asignar parte de mis pensamientos a la delicada cuestión de la vigilancia. ¿Había alguien asomando la nariz y nos miraba? Con la cabeza algo inclinada hacia mi izquierda para mantener bajo escrutinio la puerta de entrada al jardín fue como procedí a penetrarla. La penetré con mi órgano solo en regular estado de merecer, pero en condiciones para hacerlo; el de ella, frío y apenas húmedo, no ofreció mayor resistencia. Creo que al estar del todo dentro de su vagina la besé una vez más. Enseguida acabé.

Lo sucedido esa noche inmediatamente después del acto se me ha borrado en su mayor parte. No debe haber sido, supongo, nada de gran envergadura emocional. No puedo siquiera imaginar qué le dije al terminar la faena. Recuerdo con nitidez tan solo su sonrisa. Pero tal vez por lo mismo junto a esa sonrisa iba asociado un compromiso: entregada la flor de la virginidad o algo parecido, dicha dama era entera de su esposo y tácitamente su esposo era entero de ella. Del mismo modo, menos enfáticamente tal vez pero no con menos autoridad, Julia me dijo: «Llévame a casa».

6

Así comenzó nuestra relación. La chica tímida, insignificante, invisible casi, toleró que la penetrase sin amor ni pasión en la oscuridad de una glorieta en medio de un jardín reseco y con una fiesta a nuestras espaldas, pero a cambio de dicho acto —y de los similares que vendrían más adelante— impuso sobre mí, del mismo modo quieto y apenas perceptible, el yugo de su leve autoridad. Nunca se intercambió ni una sola palabra formal al respecto. Nunca le dije ni ella a mí nada que describiera de cualquier modo nuestra relación. Ni siquiera se dijo que existía una relación. En resumen, jamás nos miramos como pareja ni hicimos planes o nos hicimos ilusiones. Sencillamente salíamos juntos, paseábamos, nos sentábamos en un escaño hablando naderías e íbamos al cine. No hablaba mucho de sí misma, pero averigüé que estudiaba odontología no por gusto sino porque sus padres, de modestos recursos, con dificultades financiaban sus estudios y en compensación deseaban que su hija fuera una profesional que les asegurara sostén económico.

¿Qué podía yo haberle dicho que superase esa modesta vara? ¿Qué había en las clases de literatura que fuese de más elevado vuelo en comparación con sus lecciones para arrancar muelas? ¿Qué había en mí que me permitiese mirarla de arriba abajo? Al contrario, mientras estaba a su lado sentía que me establecía junto a ella en el mismo paraje vacío e inmóvil. Enmudecíamos y caíamos en una suerte de marasmo y durante ese lento descenso me acogía una dulzura extraordinaria como si ya no fuera necesario preocuparse de nada y no restara sino cerrar los ojos y dormir. Era, una vez más, como ocupar la silla del museo.

De ese modo y con pocas variaciones fueron pasando los meses, los años. Difícil precisar la causa de tanta duración. ¿Qué veía en mí? ¿Qué encontraba yo en ella? No un gran placer, por cierto. Hasta mucho después, el sexo con Julia nunca fue mejor que el de esa ocasión en la glorieta. Su presencia no era muy estimulante. Supongo que simplemente nos otorgábamos una compañía sin calificativos, sin emociones, pero segura y confiable. A veces tuve la sensación de que bloqueaba mi interés o necesidad por buscar una pareja más adecuada, pero nunca fue cierto. Su presencia no era diaria ni insistente, mis espacios de libertad eran grandes; pude, en teoría, conocer y trabar relación con alguien más. Nunca hubo ese alguien más. Mi rutina de vida, estrecha y circunscrita, quedaba satisfecha.

En retrospectiva los años con Julia fueron como son los sueños comunes y corrientes, casi siempre tan fragmentarios e intrascendentes que resulta imposible rememorarlos incluso cuando acabamos de despertar y por mucho que nos esforcemos. Con dificultades podría describir media docena de escenas de ese período, incluyendo la noche inaugural en la glorieta. Pero ¿qué otros sucesos podría recordar? Parecerá que exagero, pero por entonces, joven como era, tenía la nítida e irrefutable sensación de que mi vida ya había acabado. No esperaba nada del futuro, salvo una reiteración de lo vivido hasta ese momento. Me consideraba un fracaso y asumía que es propio de la naturaleza del fracaso no dejar escapatoria. Un par de editoriales habían rechazado mis cuentos y mi actitud hacia el mundo se hizo distante. De hecho, después de mi último traspié dejé de escribir. Más tarde, trabajando en la librería, rodeado de libros, creí que sentiría un renovado deseo de hacerlo, pero esa abrumadora masa de títulos que en su inmensa mayoría jamás serían leídos me convenció aún más de la inutilidad de todo el asunto. ¿Qué importaban y qué estaban haciendo esos innumerables ejércitos de papel alineados en las repisas de todas las librerías del mundo? ¿Quién recordaría a sus autores? Mirarlos día a día estacionados en sus mismos puestos a la espera de un lector que jamás llegaba me causó un fastidio casi intolerable. Fantaseaba con prenderles fuego o arrojarlos al piso y deslomarlos a patadas. Llegué a odiarlos, pero también detesté la ambición de escribirlos. Me concentré en la tarea de odiar el oficio de escribir, en lo cual, todavía lo creo, me asistía mayor razón. Los libros no eran más que los hijos bastardos de una ambición inextinguible y ridícula. Hablo de un desprecio secreto. Sepultaba la indignación en el escondrijo de mis disimulos, en mi amable disposición y mis buenos modales. Debía morderme la lengua e impedir que mis comentarios parecieran efecto de un odioso resentimiento. Sentía que mi desdén a hurtadillas era la única reacción posible ante ese universo de papel.

No fue difícil entonces que Julia me condujera desde *la tierra del nunca jamás* literario a la llanura infinita, calma y vacía de la vida común y corriente. Y allí me dejé estar. En ese paraje el tiempo apenas era perceptible. Los días, las semanas, los meses se esfumaron sin notarlos. Los paseos por el parque, las idas al cine, las visitas al motel donde copulábamos una vez a la semana sin mayor pasión aunque tampoco disgusto, se sucedían de tal modo que resultaba difícil distinguirlos, difícil decir «en tal ocasión fue así, en tal otra de esta manera».

Todo cambió esa tarde en que decidí pedirle que leyera mi trabajo. El acicate fueron mis dudas. ¿No me estaría sobrepasando en mis correcciones? ¿Iría por la senda equivocada? Quise saberlo y supuse que no había mejor sujeto de prueba que la modesta y callada Julia. Solo se interponía una pequeña dificultad: no la veía ni llamaba desde hacía tres semanas. El suave y lento proceso de extinción de nuestro mezquino interés mutuo iba espaciando nuestros encuentros. Con Julia todo acontecía de ese modo, en sordina o con cuchicheos o silencios. No era la primera vez que estábamos largo tiempo sin vernos. Me costó recordar nuestro último encuentro. Tal vez visitamos el motel de costumbre y estuvimos allí una hora o dos.

Me encogí de hombros. No importaba. Tenía que hacerlo. Sin reflexionar más en el asunto tomé el celular y la llamé. Me respondió al instante. El consultorio dental donde trabajaba, abierto desde hacía año y medio, aún no conseguía clientela estable. La imaginé hojeando una revista a la espera de un cliente.

—Hola, Julia —dije—, ¿cómo estás?

—Bien, gracias. ¿Y tú? —contestó sin sorpresa, molestia o curiosidad.

—Bien, también —respondí, mientras una vez más y como siempre me ocurría con Julia fui despojado de todo ánimo o deseo; el celular pegado a mi oreja me pareció un objeto que alguien hubiese puesto allí sin razón alguna. Debí esforzarme para recordar el propósito de mi llamado y, luego de recordarlo, me pareció insensato.

Ya sin ganas ni motivos, apenas logré salir del marasmo.

—Te parecerá raro —le dije—, pero necesito que me hagas un favor... uno literario... Que leas una cosa que me han pedido corregir, ¿puedes?

La oí respirar, pero no contestó ni una palabra. Insistí:

—Es importante para mí... un trabajo nuevo... podría librarme de la librería.

—No sabía que el trabajo en la librería era para ti una carga.

—¿No te lo había dicho?

—Nunca.

Posiblemente era así. Si alguna vez le había hecho confidencias de ese tipo, no lo recordaba. Por años, casi durante todo el tiempo que nos conocíamos, nuestro comercio mutuo se había deslizado por la más exhaustiva y perfecta superficialidad. Todo eso se vino a mi mente y me asombró que Julia me reprochara no saber esto o aquello sobre mí, puesto que siempre me había ignorado. No le di más vueltas al asunto y me concentré en mi tarea.

—Lo cierto, Julia —agregué—, es que un autor a quien conocí me entregó su nueva novela para que le eche una mirada y corrija aquí y allá las faltas que puedan haber... ya sabes, un trabajo de edición. Me pagará bien y sería para mí una oportunidad, pero quiero estar seguro de no estar metiendo las patas. ¿Podrías leer lo hecho hasta ahora y darme tu opinión?

—Por qué no —me contestó, ante lo cual, sin darle tiempo para que lo reconsiderara, le dije que nos juntáramos a las siete en el boliche de siempre a tomarnos unas cervezas, comer alguna cosa y entregarle el material.

—*No problem* —respondió.

Luego de cortar me sentí incómodo. No había hecho el menor esfuerzo por justificar esas semanas de silencio. No eran infrecuentes, pero al menos intentábamos alguna explicación. No hice sino ir directo al grano con el fin de satisfacer mi necesidad. Eso me perturbó, pero menos por auténtica vergüenza ante la impudicia de mi egoísmo que por temor a que, molesta, rompiera el compromiso. La necesitaba. Era la única persona a la que conocía lo suficiente como para mostrarle los frutos de mi labor. Además pensaba que tras los silencios de Julia, tras su reserva hermética y esa suerte de misterio no había nada atesorado, ninguna cosa de valor salvo el vacío ceniciento y taciturno propio de un temperamento flemático asociado a una inteligencia mediocre. Supuse, por lo mismo, que Julia era exactamente la clase de mujer dispuesta a leer novelitas rosas, historias de amor capaces de humedecer el alma más reseca; supuse que esos espíritus mustios son sensibles solo ante las formas más banales del sentimiento. ¿No era para esa clase de gente que Ovalle escribía? ¿No era a ellos a quienes yo, el corrector, debía tener en cuenta?

De esa incomodidad por mi descortesía me despreocupé en menos de un minuto, pero invertí dos o tres en preparar una excusa para explicar esas semanas de incomunicación. Acerté en el acto con una: usaría el mismo libro. Diría que las correcciones me habían absorbido todo el tiempo. Y tan importante era el asunto que recurría a ella. Me pareció una explicación redonda. Sin pensar más en sus posibles reproches llegué con buen ánimo a la fuente de soda. Julia ya estaba ahí y me esperaba en la mesa de costumbre, junto a la amplia vidriera que daba a la calle.

—Hola —le dije y la besé muy ligeramente en la boca. Tuve la sensación de que nada había sucedido que necesitara explicación; su mirada, su casi imperceptible sonrisa y su postura eran las de siempre. Para todos los efectos nos habíamos visto la tarde anterior.

—Hola, Ismael, tanto tiempo —respondió.

Lo del «tanto tiempo» le salió sin ninguna entonación de reproche o ironía. Salió de su boca como un trozo de información carente de emociones. Pudo igualmente haber dicho que hacía frío. Algunas veces eso me ofuscaba o confundía, pero ahora no me importaba y en verdad ni siquiera lo percibía.

—Así es —dije—, un montón —y enseguida despaché la excusa que llevaba preparada.

La oyó sin cambiar su expresión o más bien su falta de ella. No me hizo preguntas. En vista de eso, entré de inmediato en materia. Le repetí lo de Ovalle teniendo cuidado de disminuir lo más posible el peso de mi participación porque no deseaba que sospechara cuán importante era hasta el momento. Insistí en haber hecho lo que los editores llaman, con una expresión bastante engañosa, «corrección de estilo», aunque a veces no es sino corregir evidentes faltas de ortografía y redacción. Al mismo tiempo hice hincapié en lo que era importante.

—Si he cometido aunque sea solo un error grueso, Ovalle me despedirá —le dije.

No respondió, pero a su sonrisa flotante y apenas delineada se sumó un pliegue no muy marcado en lo que solía ser una frente absolutamente serena, despejada. Su mirada tampoco fue la habitual. Esta vez discerní una sombra de molestia. Quizás había ido demasiado lejos. Una cosa era olvidarla por tres semanas y otra muy distinta reiniciar los encuentros pidiendo favores. Pero ya no podía hacer nada salvo seguir adelante.

—Por favor, Julia, échale una mirada a mis correcciones —dije mientras le pasaba el material.

No cabía duda de que estaba en inferioridad de condiciones, como siempre lo está quien solicita favores. Nunca antes lo había hecho. Su permanente pasividad, esa indiferencia abismal que era la suya, la ponía en esa esfera intangible de desapego ante la cual nadie en su sano juicio pierde tiempo haciendo peticiones. Mientras tanto Julia se dignó a abrir el sobre. Tomó las páginas, miró dos o tres y las regresó al envoltorio.

—¿De qué trata? —preguntó.

— Conoces a Ernesto Ovalle?

—Me suena...

—Bueno, él es el autor del libro que estoy corrigiendo. Acudió a mí porque perdió fe en el corrector de su editorial, al menos eso parece. Me llamó luego de años..., me conocía de hace tiempo y cree que puedo hacer un mejor trabajo. Pero, no sé...

—¿No sabes? Eres escritor, al menos escribías, me lo dijiste una vez.

—Eso fue en el pasado. Hace mucho tiempo que ya no escribo nada. Puedo estar oxidado.

—Para corregir no necesitas haber escrito tus obras completas. ¿De qué se trata la novela?

Oí ese comentario sobre «mis obras completas» como si fuera un ácido sarcasmo. Debo haber estado muy sensible esa noche porque me pareció que se mofaba de mí por más que la ambición de ser escritor estuviera olvidada ya, como se olvida un chiste viejo y malo. Ni siquiera recordaba habérselo dicho. Cerré los ojos para esconderme. Las mejillas me ardieron. Que eso me sucediera me avergonzó aún más. Creció en mí la sospecha inquietante, similar a la de la noche cuando la conocí, de no haber nunca aquilatado todo lo que se agitaba bajo la superficie de Julia o de olvidarme de eso apenas lo notaba. Pensé en cuántas otras ocasiones no me habría juzgado desdeñosamente tal y como parecía estar haciéndolo en ese momento. Me penaba el fantasma de aquel primer encuentro. Imaginé, tras sus ojos tan calmos que bordeaban la inexpresividad, una vida interior sin otra meta que examinarme como a un espécimen de laboratorio, el caso clínico del pobre imbécil abandonando su carrera apenas empezada, el fulano despreciable que echa por la borda sus ambiciones luego del primer tropiezo y se deja estar en un trabajo miserable. Considerando todo eso no me atreví a mirarla de frente. ¿No era también una muestra de desprecio, me dije, que hubiese guardado las páginas de mi trabajo sin molestarse en leer ni una línea? Mi decepción y sensación de derrota fueron mayúsculas. Se me fue el alma a los pies. Estuve seguro de que Julia no leería siquiera una página. Sentí absurdamente, lo reconozco, que Julia podía convertirme en un cero a la izquierda.

Mecánicamente, sin invertir otra energía que la necesaria para poner en movimiento el aparato bucal, respondí a su pregunta:

—¿De qué trata? Es una novela de amor, es lo que escribe Ovalle... Un género muy popular entre las lectoras femeninas.

—Y tú quieres mi opinión...

—No precisamente tu opinión en el sentido de si te gusta o no. Lo que quiero saber es si encuentras ripios o si te es fácil leerla, o sea, si he corregido bien o no.

Ya mientras la decía me pareció una explicación poco creíble. ¿A título de qué un escritor o siquiera un fallido escritor habría de solicitar esa clase de ayuda de una dentista? De golpe y para mi bochorno, el cual superó en mucho el que había sentido unos momentos antes, me pareció evidente que Julia creía —o pronto creería— que yo era el autor de la novela, pero que, víctima de una inseguridad nacida de muchos fracasos previos, no tenía ni la más mínima confianza en mi trabajo y ocultaba mi autoría. Había además otra lectura del asunto que se desprendía de la primera y era la siguiente: ¿cuán bajo había caído el pobre de Ismael si llegaba al extremo de buscar apoyo en una persona sin conocimientos literarios, a quien alguna vez había calificado, medio en serio y medio en broma, como una linda analfabeta?

—De acuerdo, le echaré una mirada —dijo, tras lo cual bisbiseó algo acerca de asuntos que debía atender y echando la silla hacia atrás se paró, me hizo un gesto de despedida con la mano, chasqueó los labios a guisa de beso y agregó un «te llamo y te cuento lo que me parece».

Y se marchó.

REVELACIONES

1

Por casi una semana estuve, si me permiten el cliché, en ascuas. Fueron cinco o seis días en los cuales no recibí noticias de Julia. No quise llamarla. No me animé a descender tanto en la escala de mi autoestima. Ya a partir del siguiente día de nuestro encuentro esperé su llamado, pero, al no producirse, una vez por hora verificaba si mi celular estaba encendido o guardaba un mensaje de texto pasado por alto. Esas angustias me sirvieron para darme cuenta de esto: durante el largo tiempo que me consideré persuadido de la bajeza e inutilidad del oficio o ambición de escribir, no había hecho sino engañarme. Si la opinión de una mujer como Julia podía ponerme en ese estado de angustia, entonces no era cierto que estaba por encima del deseo de abrirme camino en la república de las letras.

¡Todo era tan absurdo! No solo Julia carecía de méritos para enjuiciar siquiera un libro como ese, sino que tampoco era yo el autor y por tanto no era a mí a quien juzgaría. Julia juzgaría a Ovalle, a un Ovalle rehecho aquí y allá pero bajo cuyo nombre ese esperpento se publicaría, si se publicaba. Con ese nombre, sí, aunque enseguida me pregunté hasta qué punto el libro seguiría siendo del viejo. Esa era la raíz de mi ansiedad. Me sentía no el padre, pero al menos el padrastro. No era verdad que simplemente editaba, como le había dicho a Julia. Había re-creado y mejorado esa porquería ilegible. Era tanto mía como de él. Bien vistas las cosas, asumiendo un resultado mucho mejor al original, era más mío que de Ovalle, pero al mismo tiempo la paternidad de Ovalle, indesmentible, arrojaba sobre mis aportes la sombra pesada y aplastante del ridículo texto original. Y si bien por un lado me sentía el verdadero autor, temía también que la banalidad inigualable de la prosa de Ovalle llevara a Julia a pensar que era de mi entera responsabilidad. Porque, pese a mis labores y a mi afán, sería —siempre lo supe— un bodrio sentimental inaguantable.

Que Julia me creyese el autor de tal basura y fuera víctima de ese sentimiento tan curioso llamado *vergüenza ajena* fue una de las alternativas que barajé para explicarme su mutismo. Luego me pareció que su desinterés no era simplemente cosa suya, sino, mucho peor, parte de una indiferencia universal: a nadie en el mundo le interesaban ni jamás le interesarían ni mis obras ni mis actos. Representados en el silencio de Julia estaban todos los no-lectores del presente y del futuro, quienes me despreciaban ya o me despreciarían más adelante por mi desafinada postura, mi costumbre de ir a la deriva, mi incapacidad para llamar la atención, mi vocación de completo fracasado.

Cuando me dominaban esos negros pensamientos, lo cual era casi una costumbre, solía comportarme como lo hacemos al examinar una llaga que nos ha estado molestando mucho tiempo, refregándola sádicamente no para librarnos de ella sino para averiguar hasta dónde puede fastidiarnos. Con el mismo espíritu detallé una a una las múltiples pruebas de mi poquedad y como resultado de dicho ejercicio me califiqué el más miserable ser humano imaginable, un completo imbécil sin nada de valor, un auténtico impostor. Así entonces y por contraste con mi degradación Julia se trasformó en gran dama de recio sentido común capaz de detectar perfectamente la mierda en la que estaba yo involucrado. ¡Dios, cuántas estupideces de mi parte habría ya tolerado, cuántas presunciones infundadas, arrogancias sin base, histrionismos ridículos! Ahora y para colmo, como acabada coronación de todo, me sabía o imaginaba escribiendo o ayudando a escribir una porquería. Y luego de pensar en todo eso mi cara estallaba en llamas y me hacía la observación de cuán justo era que así fuera; si los escribidores no éramos sino una horda de charlatanes, bastardos arrogantes intentando darle curso forzoso a sus penosas criaturas, a sus trazos en un papel, a sus expectoraciones verbales, sus presunciones, sus poses estatuarias, sus reclamos de gloria y notoriedad, yo, entre todos ellos, era el peor de todos. ¡Ah, adecuado era entonces que Julia frustrara mi deseo de recibir un instantáneo llamado suyo! Su indiferencia no hacía sino impartir justicia. Con mi demolición se celebraba el aplastamiento merecido por toda la casta literaria desde el principio de los tiempos.

Pensaba en todo eso y caminaba de un lado a otro en mi diminuto cuarto explicándoles mi predicamento a los pobres muebles que me rodeaban y sin apartar la vista de la mesa donde reposaba el teléfono celular. Así arreglé cuentas conmigo mismo. Julia, concluí, no era sino el verdugo a cargo de ejecutar la sentencia. Ya no me restaba sino llamar a Ovalle y decirle no estar en condiciones de cumplir con la tarea, perdone usted; después regresaría a mi condición previa al último y agitado par de semanas, volvería a mi calma chicha, a mi rol como dependiente de una librería religiosa. «Es preciso volver a todo eso y dejarme de pavadas», me anuncié la última tarde de ese lapso de espera. Me lo dije y me dejé caer de espaldas en la cama. Entrecerré los ojos. Me preparé para entregarme a una buena siesta. Suspiré profundamente. «¡Al diablo con todo!», proclamé a guisa de resumen y cambié mi postura hasta quedar en estado fetal.

Pero entonces canturreó mi celular y de un salto salí del lecho. El corazón, permítanme otro lugar común, se me salía por la boca. Era Julia, desde luego.

—Hola, Julia —logré decir en medio de carraspeos.

—Te llamo por lo del libro —contestó, directo al grano.

—Claro… —murmuré.

Julia, fiel a su estilo, se mantuvo en silencio a la espera de lo que yo dijese y mi ansiedad cedió su lugar a una deprimente convicción: procedería a hacer pedazos el material que le había entregado. Solo había incertidumbre acerca de qué lenguaje ocuparía para hacerlo.

—Bueno, Julia, ¿qué piensas del libro? —le dije poniendo fin a ese atormentador silencio.

—Me gustaría conversarlo en persona —respondió.

No supe qué decir, pero esta vez ella tomó la iniciativa.

—¿Qué te parece —agregó— si nos juntamos esta tarde, como a las ocho, en el lugar de siempre?

—Claro, por qué no —respondí penosamente, tal era el desconcierto, la emoción confusa y angustiosa que me dominaba. Muchas preguntas se apiñaban en mi cerebro, pero en tal revuelo no atiné a escoger ninguna. Mi corazón latía en desatada taquicardia. Abrí la boca a más no poder para conseguir algo de aire.

Terminada la breve conversación traté de poner orden en mi cabeza. ¿Qué diablos significaba todo eso? ¿Por qué me citaba en vez de darme de inmediato su opinión? Quizás Julia no deseaba ser demasiado dura o descortés conmigo y pretendía ofrecerme su juicio negativo en persona, suavizarlo con matices que solo la presencia física puede dar.

De solo pensarlo me sobrevino un arrebato de encono y fastidio.

«¿Querrá esta imbécil jugar conmigo al gato y al ratón?», le pregunté en voz alta a mi pobre entorno de cuarto de pensión. Pero fue solo un arrebato fugaz. Sin energía para sostener la rabia que había creído a punto de explotar, tan solo la expresé en forma vaga, tosca y elemental. Me aplastó la sensación de haber alcanzado un desamparo tal que incluso una pobre tipa sin muchas luces se sentía obligada a usar conmigo especiales miramientos.

Salí de mi domicilio con bastante anticipación. Pretendía darme un espacio para reordenarme y refrescarme un poco, pero no logré nada de eso. Me limité a hacer tiempo avanzando a paso de caracol, sin atinar a desarrollar un solo hilo de pensamiento. Una y otra vez volvía al punto de partida, a la pregunta inicial: ¿Por qué me había citado? Y una y otra vez me respondía: «Para mandarme a la mierda a mí y a mis correcciones, pero de modo civil y comedido».

Llegué a la fuente de soda empantanado en esa espiral inacabable. Ella aún no llegaba. Nuestra mesa habitual estaba ocupada, pero hallé una libre en el último rincón del recinto, al lado de la puerta que conducía a los baños y a la bodega, normalmente el peor lugar en esta clase de comercio, sitio con olor a fritangas, a líquidos de limpieza y una vaga remembranza de orines. Me pareció adecuado que así fuera. Era un modo conveniente de comenzar mi vía crucis. Una vez que Julia me hubiese demolido, ¿debía mostrarme impasible, como si no me importara lo que dijera? ¿Debía mandarla a la mierda aprovechando la oportunidad para acabar con una relación anodina que se prolongaba demasiado? ¿Debía explicarle las dificultades del trabajo aceptado? ¿O hacer todo eso a la vez, explicarme, mostrarme impávido y de paso mandarla a la mierda?

En esas meditaciones tan confusas e indecisas estaba cuando Julia apareció frente a mí.

—Hola, Ismael —me dijo.

—¡Qué bueno que viniste! —le contesté estúpidamente considerando que ella había sido la de la idea.

No me atreví a mirarla directo a los ojos, pero me incorporé a medias para besarla suave en los labios como hacen los personajes de Ovalle. Ya sentada, acomodada, no me quedó otro remedio que preguntarle con el tono más calmo y normal que pude si deseaba servirse algo.

—Una cervecita —respondió, lo cual me llamó la atención.

Julia jamás había ordenado ese producto. Era mujer de Coca-Cola. Pestañeé varias veces porque me sorprendió su deseo, pero más aún la expresión de su rostro. No la esperaba. En medio de mis cavilaciones relativas al encuentro de esa tarde, solo una cosa resaltaba entre la vaguedad de todo lo demás y era precisamente el semblante que me encararía, imaginado muchas veces con lujo de detalles. En mi obsesión construí una faz en donde se mezclaba la habitual bonhomía de Julia con un dejo de desprecio y de lástima, todo junto. Sería condescendiente conmigo y pondría el rostro compasivo y superior que requiere dicha actitud. Era a eso a lo que creí me enfrentaría, no a la sonrisa ni a la inédita expresión de sus ojos, anhelantes y soñadores. Sentí un enorme peso que se me iba del pecho en un Jesús, María y José. Pero a ese alivio no alcanzó a seguirlo ningún sentimiento o pensamiento específico, pues Julia dijo presta:

—Ah, Ismael, ¡estoy encantada! Nunca creí que… no sé cómo decírtelo, porque jamás había leído algo así, romántico y atrevido a la vez, bueno, tú sabes mejor que yo cómo es, qué increíble mezcla de…

Y antes de que me pudiera reponer de la sorpresa, agregó:

—Y pensar que tú tienes participación en esto, por más modesta que sea… ¡qué orgullo debe ser para ti!

«Por más modesta que sea…» De no ser por esa parte de su discurso, mi ánimo se hubiera elevado sin límites hacia aquella esfera de satisfacción y arrogancia donde puede uno flotar sin esfuerzo y por largo tiempo, pero dado ese deprimente comentario mi espíritu asemejó un modesto globo aerostático que a cinco metros del suelo sufre una pinchadura, se desploma y arrastra ignominiosamente a los audaces aeronautas por una pradera repleta de bostas de vaca.

—Sí, claro —dije de mala gana, pero Julia no notó nada y siguió adelante.

—No sabes cuánto me gustaría conocer a Ovalle. ¡Qué genial! ¿Cómo es, Ismael? ¿Muy viejo? ¿Muy…?

Y continuó con otras idioteces por el estilo. Mis mejillas eran cacerolas donde se procedía al cocimiento de una papilla espesa e incomible. Seguro que resplandecían. Mis orejas estallaban en llamas. Bajé la cara como si fuera esencial examinar una migaja de pan que la moza no había limpiado y a la que aplasté despiadadamente con el dedo. No quería que Julia viese mi expresión. Mientras tanto ella, todavía con los ojos entornados, cantaba las loas de Ovalle.

—Te juro que no tenía muchas ganas de leerlo, pero ya en la primera página me agarró y no lo pude soltar más.

No se requería de un genio de la lógica para entender esas palabras: yo, el solicitante, quien puso el libro en sus manos, había sido un obstáculo y no un estímulo para que celebrase su lectura y solo el talento luminoso de Ovalle logró superarlo. Sin embargo no fue eso lo que estuvo a punto de sacarme de mis casillas. Lo que verdaderamente me dolió fue percibir en sus palabras la primera muestra de lo ocurriría si el libro era exitoso. Lo único inevitable era que mi contribución jamás sería conocida. Incluso Julia, quien sabía de mi intervención, tácitamente la consideraba nula. ¡Ni una sola palabra para mí, ni un solo tributo a mi técnica, ni siquiera una pregunta acerca de mi aporte, nada! Y eso no era por un propósito voluntario de herirme o cobrarme esas semanas de abandono. Julia, dejándose llevar por la línea gruesa del relato de Ovalle, sencillamente olvidaba mi participación. Y al hacer tal cosa asumía que cada episodio y excitante párrafo eran de autoría del viejo.

Pero hubo algo más. La frase «por más modesta que sea» significaba que no me olvidaba del todo, sino me ponía en lo que consideraba mi lugar. Me pregunté cuál era el lugar que imaginaba. No quise saberlo. Comprendí que mi ansiedad de los últimos días a la espera del veredicto de Julia era una bagatela en comparación con lo que tarde o temprano sentiría cada vez que alguien derramara sus bendiciones sobre don Ernesto Ovalle, ese viejo hijo de puta.

Una repentina punzada en la sien me anunció el inicio de una jaqueca. Julia, mientras tanto, se explayaba jubilosa comentando aquellas secciones que la habían emocionado. Yo había logrado librar mi mirada de la poderosa gravitación de la miga de pan y enfocarla en la punta de su nariz. Incluso esbocé una sonrisa. Se diría que escuchaba con placer su revisión literaria, pero no solo no la veía aunque la estuviese mirando, tampoco la escuchaba aunque parecía oírla.

Y entonces, del modo más inesperado, Julia alargó su mano derecha, la posó sobre el dorso de la mía y me sonrió ampliamente, a mí, al insignificante Ismael, al pobre «llámenme Ismael» que había recolocado una coma por aquí y corregido un error ortográfico por allá.

—Supongo —dijo— que estás contento de haber aceptado este trabajo, de ser parte de esto. ¡Piensa en lo mucho que puedes aprender, tú, que siempre has querido ser escritor!

No supe qué responder. Me pregunté una vez más cuándo y cuánto la había informado de esa ambición. En cualquier caso no supe entonces ni sé ahora qué emoción me poseyó. Creo que ninguna. El resultado de las palabras de Julia, de su sonrisa y su gesto de condescendiente cariño, fue dejarme como una cáscara que no envuelve nada. Nada es la palabra, una vez más. No tuve fuerzas para reaccionar. Nada, porque luego de darle la espalda por tanto tiempo a mis esperanzas y ambiciones, forzándome a olvidarlas y dejándome caer en un estado de negligencia permanente, al permitirme una prolongada residencia en la banalidad de eso que llaman el diario vivir, no había dejado en mí cosa alguna que pudiera perder. Lo que hizo Julia fue refrendar el sentido de esa caída anulando los años transcurridos desde que nos conocimos, declarando un cero a la izquierda los cinco años pasados, poniéndome una vez más en la condición de principiante con mucho por aprender. Yo no era nadie o al menos nada fui desde que nos conocimos hasta ahora, en la fuente de soda. En pocas palabras, qué fácilmente era devuelto a esa glorieta de una noche de mierda como si en el intertanto nada hubiera pasado.

Pero si se hubiera tratado solo de eso, de la liquidación brutal de mis pretensiones, podría haber resistido con cierta elegancia. Hay algo gratificante aunque amargo en degustar el áspero veneno del desastre, acabar el cáliz hasta el fondo, etcétera, pero las palabras de Julia agregaban tácitamente algo intolerable sin ni una pizca de la grandeza del sacrificio final: ella creía que yo no estaba total y grandiosamente acabado, sino, en su bondad, consideraba que aún había en mí una porción rescatable, pero siempre y cuando reconociera mi insuficiencia y me preparara alegremente para un nuevo comienzo con ánimo chispeante y entusiasta, aquel por el cual Julia me llevaría de la mano, aquel de las resplandecientes avenidas sentimentales abiertas para ella y para mí gracias al genio de Ovalle. En breve, en esa gran producción tenía yo derecho a corregir un par de comas y a hacer de confidente y hablarle de Ovalle, de las pantuflas de Ovalle, de las simpáticas y geniales costumbres de Ovalle.

Naturalmente todo eso fue mero fantaseo, pero aun así reflejaba, estoy seguro, el cariz de la situación. Reflejaba, además, quién había sido yo para Julia todo ese tiempo: un perdedor bueno solo para llevarla al cine, sacarla a comer a una fuente de soda de mala muerte y, de vez en cuando, meterla a la cama. Se me hizo claro que en todos esos años, en los cuales me sentí dueño de la situación, amo y señor transitorio de ese ser presuntamente anémico, por el contrario, siempre había sido yo la parte disminuida, el tipejo cuya nulidad no hacía necesario un gran compromiso sino cuando más una débil sonrisa, algunos monosílabos y los meneos tibios y poco convincentes de su cuerpo.

Tal fue mi vergüenza y mi pena ante tamaño fracaso como escritor y como persona que se me empañaron los ojos y casi derramé unos lagrimones. Para ocultar mi desazón me tapé la cara con las manos y con los dedos refregué mi frente para que mi postura diera la impresión de estar meditando profundamente, quizás ya haciéndome a la idea de reiniciar mi vida bajo nuevos auspicios. Era claro que, como entusiasta lectora de Ovalle, Julia se sentía en condiciones de señalarme lo que valía la pena aprender.

— ¿Te pasa algo? —preguntó.

—No, nada —grazné.

—Estás raro —me dijo Julia.

—Es cierto —respondí, sabiendo que no podía negarlo, para luego, en un rapto de inspiración, confesar una muy plausible causa de eso—. Me he estado dando cuenta —musité, aprovechando el tono rasposo y angustiado de mi voz para darle verosimilitud a lo que seguiría— de lo abusivo y desconsiderado que he sido contigo. No te llamo por largo tiempo y de repente lo hago para pedirte un favor. Créeme que le he tomado el peso a eso recién ahora... ¿Me perdonas, Julia?

Debo haber tenido en esos años, pese a la disolución de mis facultades como resultado de mi descuido y falta de fe, un singular talento histriónico pues no solo esa parrafada me salió en el tono y ritmo debidos para convencer hasta a Santo Tomás, sino que yo mismo me lo creí hasta el punto de sentir en mi corazón un sustantivo grado de bochorno por cómo me había comportado y el descaro con que ahora, por necesidad, recurría a su buena voluntad. Esperé varios segundos, pero la respuesta no venía. Me temí lo peor sin dar muestras de nada; estaba listo para mantenerme así a perpetuidad si era necesario, mostrarme como un alma contrita dispuesta a limpiar sus pecados. Me preparé también para oírla reír.

Pasado un lapso decente levanté la cara. Julia me miraba con una sonrisa cuyo significado no pude discernir. Se la devolví. De ese modo, ambos sonriendo, hicimos aún más difícil que alguna vez pudiéramos sincerarnos, decir lo que sentíamos y cómo éramos, aclarar las cosas, establecer quién era cada quien. En vez de eso, agazapados tras esas sonrisas, no se dijo nada verdadero. No pude saber si Julia me habría creído o se reía de lo obvio y falso de mi supuesta confesión, como tampoco si su sonrisa era de lástima ante un perdedor por el que sentimos cierta simpatía.

—Te perdono —dijo Julia.

—Gracias —respondí.

Y así se zanjó el asunto, aunque bien sabía que mi posición frente a Julia ya era otra. Me había convertido en el casi invisible y prescindible ayudante de Ovalle, todavía un pobre tipo, el Ismael que ya al fin conocemos, ese que estamos viendo ahora que todo se ha revelado pero al menos con el privilegio de hacer de amanuense de un genio superlativo. Aun sin decirlo, Julia pensaría que yo, esbozo frustrado de escritor, no era quién para decir cualquier cosa, la más mínima, que menoscabara el evidente y majestuoso talento de Ovalle.

—Ovalle... —dije, como meditando cuál de entre tantos rasgos notables del maestro de la pluma sacar a colación para satisfacer su curiosidad.

Y para mi propia sorpresa comencé a hablar de él. La mayor parte de lo que le dije fue pura invención. De su persona sabía muy poco, pero adiviné lo que Julia deseaba escuchar. Quería oír, sin duda, anécdotas humanas del *gran hombre* y le suministré varias. La satisfice con lo que todo prosélito o acólito desea escuchar, esto es, de cuán sencillo y accesible es en realidad el personaje. Supongo que en el proceso de hacerlo y a medida que entregaba más y más detalles, muestras de la gran intimidad con que me agasajaba Ovalle, a la par fui subiendo en la estimación de Julia. Yo no era sino un secretario menor, una suerte de criado literario, pero aparecía dotado de mucha confianza por parte del maestro.

Es curioso, pero pronto me alivió que Julia creyera en esa presunta intimidad profesada hacia mí por el gran genio. En medio de la ruina general de mi vida pasada y mi destino futuro, no podía sino obtener beneficios si se me consideraba, al menos, el fiel valet y confidente de Ovalle, una fuente de información relevante, probable y futuro autor de una biografía desde la intimidad. Así, rebozando cálculo y cinismo, dejé que ocurriese ese proceso de trasformación y desde esa nueva identidad decidí que iba a extraer de esa mujer lo que me viniese en gana.

¿Qué podría ser? Explorando esa posibilidad, a ese fulano en quien acababa de transformarme, a ese cínico y frío mozo, a ese mero afilador de lápices, típico gañán reducido a sus instintos, hombre sin sentimientos finos ni delicados con los cuales controlar sus impulsos le sobrevino un deseo enorme por culearse a Julia.

2

La irrupción de dicho deseo fue muy inesperada. Era el Ismael candidato-a-ser-escritor-algún-día el que se tiraba a Julia, no este paje al servicio de Ovalle. Y fue precisamente la condición de sirviente sin nada que perder lo que me inflamó tan de súbito. Pero, por lo demás, tampoco Julia era la misma de antes; los poderosos efectos del maridaje entre el apolillado romanticismo de Ovalle con el condimento erótico de mi cosecha la habían trasformado. No solo el sirviente literario en que me había trasformado la veía más apetitosa y atractiva, sino también ella se sentía de ese modo, liberada, desnudada a zarpazos de sus melindres por el genio de Ovalle, quizás hasta decididamente calentona y muerta de ganas de recibir un buen pedazo de miembro entre las piernas. Tan fuertes se hicieron mis ganas que casi suspendieron mi discurso relativo a la interesantísima vida privada de Ovalle. Hablo de un deseo distinto en cantidad y calidad al que nos llevaba rutinariamente al lecho, muy diferente a ese opaco e insignificante cosquilleo con poco de carnal y mucho de trámite. Se apoderó de mí al punto de que ya no supe qué decía.

Así de misteriosos y recónditos son los caminos del Señor. Y perdonen el lenguaje bastante grosero con que he expuesto las ansias de ese bruto. Lo cierto es que acodado en la mesa de una fuente de soda había pasado, como Jesús en su calvario, por sucesivas estaciones de sufrimiento, pero en apenas cinco minutos y no luego de tres días ya estaba resucitando, alerta, ganoso y con un claro designio en mente. Supongo que debe habérseme reflejado en el rostro pues el talante de Julia cambió a uno de divertida curiosidad con un matiz de asombro.

—Me estás mirando muy raro —me dijo.

—Lo que pasa —le dije, hablando lentamente para reforzar el impacto— es que hace mucho tiempo no hacemos el amor y creo que debiéramos hacerlo ahora mismo. ¿Tienes ganas?

—Eres un descarado —contestó, no con ira ni molestia o sorpresa, sino como si la idea de hacerlo hubiera también estado rondando por su mente.

Los ojos se le nublaron contemplando una fantasía de su cosecha y entonces alargué la mano y tomé la suya en gesto original y único en la entera historia de nuestra relación. Un espasmo de risa estuvo a punto de vencer mi resistencia y brotar como carcajada mandando al diablo mi propósito de cogerme a la odontóloga, única cosa que en ese momento me importaba. Seguramente por lo mismo y apenas contuve esa tentación una serie de preguntas aparecieron en mi cabeza: ¿Qué diablos significaba todo? ¿Quién o qué era yo? ¿Dónde estaba el sujeto que esperaba con angustia un llamado de Julia? Ninguna de esas preguntas tomó la forma discursiva con que aquí las describo: se manifestaron solo como un estado de asombro sin acompañamiento de palabras. Se desplegaron por medio de imágenes en las sucesivas fases de mis recientes experiencias con Julia.

Fue entonces y no antes cuando debí reír, pero continué la farsa y apreté los dedos de Julia mirándola con una sonrisa mientras con la otra mano agotaba de un trago la cerveza. Ella me imitó embuchándose un par de sorbos. Se podría decir que con eso cerrábamos la sesión en la fuente de soda y caía la cortina sobre lo que se había representado allí. Llamé al mozo, pedí la cuenta, pagué y nos fuimos. Sin decirnos nada, nos encaminamos al motel. Íbamos tomados de la mano y con un tranco que revelaba nuestra ansiedad por llegar pronto a destino. Para mí, sin embargo, mucho más importante que el entusiasmo con que me encaminaba al motel fue la sensación de alejarme del circuito donde siempre había vivido o más bien dormitado y aproximarme, en cambio, a espacios de los que nada sabía pero que irradiaban ciertas promesas. Me comprometí a no ser nunca más el Ismael derrotado antes de presentar batalla.

¿Qué fundamentos tenía ese estado de ánimo? Ninguno. Ninguno salvo el estar moviéndome, el necio optimismo que acompaña el ponerse en marcha como si solo abandonar un punto del espacio para ir hacia otro modificara sustancialmente lo que somos o seremos. Es posible que esta reflexión mía, de viejo, haya recorrido mi mente también entonces aunque solo fuera como una vaga sospecha. Ilusoriamente dejaba sentado en una silla de la fuente de soda al viejo Ismael, ese lamentable costal de fracasos y proyectos abortados. Cerré los ojos a todo lo pasado y miré hacia ese futuro inminente que se desarrollaría en el lecho del motel en esa, la primera vez que verdaderamente deseaba a Julia y ella quizás a mí.

Ya en el cuarto, uno donde recordé habíamos estado un par de veces, procedimos como nunca antes lo habíamos hecho. Julia no se encerró en el pequeño baño a desnudarse para salir de él después de que yo apagara la luz. Esta vez se acercó y me dijo que la desvistiese. Lo hizo con los ojos cerrados y un susurro trémulo en el que se confundían los nervios y quizás el deseo. No pude evitar el pensamiento de que no era al viejo y querido Ismael a quien hablaba, sino al espectro del personaje central de la novela de Ovalle. Sin importarme el ser sustituido por un fantasma literario de poca monta le desabotoné el pantalón mientras ella tentativamente hacía lo mismo con mi camisa. Faltos de costumbre y práctica, nuestros dedos se enredaban y no avanzábamos y las maniobras, que debieron celebrarse con la apresurada pero eficaz urgencia del ardor, se demoraron y estuvieron en un tris de convertirse en el comportamiento despacioso y renuente de un enfermero novato que por primera vez desviste a un viejo terminal para pasarle la esponja por el culo. Abandonamos la tarea y cada quien se desvistió por su cuenta. Pero incluso así la operación constituía un gran progreso respecto de las usanzas del pasado. Me pregunté si alguna vez Julia había visto mi pene a plena luz. Creo que no. Al menos yo jamás antes la vi a ella de ese modo, ostentando el pequeño y ralo triángulo de su pubis y su enjuto trasero. Recordé que nunca había tocado mi miembro y nunca la vi con la boca entreabierta y los ojos entelados, sumida en su interminable sueño romántico y erótico, como hizo esa vez. Nos metimos al lecho y bajamos la intensidad de la iluminación sin apagarla del todo. Tendiéndonos de costado nos miramos de cerca, detenidamente, como debimos haberlo hecho siempre. La sola transformación en el modo de mirar cambió a Julia por entero: la llenó del misterio y encanto que suscita lo que apenas conocemos, lo que guarda secretos, lo que no se entrega cien por ciento a nuestra indagación. Eso la hizo valiosa, aún más deseable, objeto de aspiración y anhelo. Fue con ese renovado espíritu que me encaramé sobre ella y procedí a penetrarla.

Ahora bien, engañaría la buena fe del lector de esta crónica si dijera que Julia dejó de ser el inerte y frío cuerpo de costumbre para convertirse en la encarnación misma de la fogosidad y la pasión. En lo principal siguió siendo la criatura apenas receptiva al afán del varón, disponible pero no entregada. Sin embargo hubo signos prometedores. Al terminar de hundir enteramente mi miembro en su vagina la vi sonreír y la nube de sus ojos cerrados a medias se hizo más profunda y espesa. Me pareció que se movía, que tímidamente cooperaba con una leve agitación de sus caderas, que a su manera se hacía partícipe del acto. Era poca cosa, pero establecía un abismo de distancia con los encuentros del pasado. A la luz de esos positivos hechos sentí que mi implemento crecía en dureza y contundencia. Supe que en esa ocasión mi goce sería superior y me dije que quizás también Julia obtendría, al fin, la remuneración debida. Fue entonces cuando sus pequeños dedos aterrizaron en mis nalgas con la levedad de un pájaro posándose en la rama de un árbol. ¡Sus manos, las que durante el acto solían reposar a un costado de su cuerpo como las de un cadáver, habían cobrado vida! No pude creerlo cuando los dedos fueron algo más allá hundiéndose un poco en mi piel. Eran dedos romos, con uñas cortadas al ras y yemas pequeñas. Casi sentí cómo se clavaban en mi carne. Mi estupor fue inmenso. Abrí mucho los ojos mientras Julia, en cambio, los mantenía cerrados, completamente concentrada en lo suyo. Sus dedos se clavaron con más fuerza y pasé a una esfera desconocida y jamás antes experimentada ni con Julia ni con nadie, una donde la lubricidad, hasta entonces cosa módica y mezquina concentrada en mis genitales, se extendió por otras zonas de mi cuerpo. Un calofrío me recorrió la espina dorsal desde el cuello hasta el final del trayecto, una suerte de mareo bendito, un deseo sincero de desplomarme a un abismo, de ser severamente lesionado camino a la perdición, de que me sorprendiesen en nefandos crímenes, vejado y pateado. Creo haber también cerrado los ojos cuando, sin poder ya resistir, eyaculé mientras susurraba en las orejas de Julia la siguiente y ridícula frase: «Te amo, te amo Julia…».

3

Permítanme continuar con el relato de esa encamada de nueva factura luego de que Julia me convirtiera, virtualmente, en el mucamo de Ovalle. Y quisiera responder unas preguntas: ¿Por qué dije «te amo»? ¿Y por qué de inmediato me pareció absurdo haberlo dicho? ¿Por qué el sentir un arrebato de amor, aunque solo fuera por un segundo, lo consideré casi en el acto de modo tan despectivo? Ninguna de dichas preguntas alcanzó en ese momento la claridad y significado inequívoco que tienen en este relato. Lo cierto es que mientras yacía con Julia luego de habérmela fagocitado como nunca antes y pronunciar esa ridícula afirmación, varios estados de ánimo me asaltaron uno tras otro y, en su confusa mezcla, parieron una criatura angustiosa: la certidumbre aplastante de haber metido las patas a tal punto que de ahí en adelante mi vida tomaría otro carril, no supe cuál, pero quizás peligroso o al menos fastidioso ya que en vez de ponerle punto final a una relación estéril acababa de insuflarle nueva vida. Todo eso se me reveló en un fogonazo de angustia. Apenas dicha certidumbre asomó su alarmante y fea cara vine y cerré los ojos como si de ese modo pudiera negar lo recién ocurrido, retroceder en el tiempo, retroceder, por Dios santo, siquiera un par de segundos y cuidarme esta vez de mantener la boca cerrada. Es más, me dije que ni siquiera debí llevarla al motel. ¿No había averiguado ya en la fuente de soda que mi trabajo iba bien encaminado? Pensando en eso no me atreví a mirar a Julia para ver cómo se había tomado mis palabras.

Dos escenas posibles, ambas desagradables, cruzaron por mi mente: Julia mirándome con el arrobo de una chica a la que acaban de solicitarle matrimonio o Julia mirándome con sorna, descreimiento y hasta desprecio. Gran alivio sentí cuando la vi en postura relajada. Tenía los ojos cerrados y un casi imperceptible arrebol en su rostro. Todo en ella era siempre así, minúsculo, microscópico e inasible. Me pregunté si me habría oído y dado crédito a mis palabras. Todavía inquieto deposité suaves y dulces besos en su rostro como ha de hacer un cumplido caballero para compensar el hecho de que la prometida comunión de las almas solo consiste en lo que sabéis.

No supe si me oyó. ¿Cuándo sabe uno nada de nada? Solo sabemos olvidarnos, olvidar el predicamento en que nosotros mismos nos ponemos, cerrar los ojos a todo. Y por eso apenas un minuto después se disipó mi inquietud y la reemplazó un estado de ánimo optimista. Me eché de espaldas cuidando de tomar la mano de Julia y me quedé dormido hasta que ella me despertó y urgió a que nos vistiéramos y retiráramos. Lo hice con buen ánimo. Ya en la calle, cuando la dejaba en un taxi, me despedí con mucha calidez. Todo estaba bien y podía olvidarme de ella. Me había dado la información que necesitaba y con eso mis energías y ánimo recibieron un sustantivo aporte de esperanzas y ganas.

El resto de la semana me aboqué a terminar el libro de Ovalle trabajando furiosamente en cada minuto disponible. Ya no hubo dudas ni segundos pensamientos; lo consideré como materia prima que se toma tal como viene y con la cual debe hacerse lo mejor que se pueda. Y en el trasfondo de ese entusiasmo latía la creencia de que esa ardorosa noche con Julia tenía su origen en mi trabajo. ¿Qué pudo trasformar a Julia, sino eso? Y si mi prosa era capaz de tamaña trasformación de un carácter sexualmente anémico, ¿de qué no sería capaz si le daba rienda suelta?

Oh sí, ¿de qué no era yo capaz? Tal fue mi sentimiento básico por esos días. Mi sopor de siempre fue sustituido por una sensación de poder y optimismo. Completar el trabajo me tomó menos tiempo y esfuerzo del imaginado porque encontré un ritmo, una fórmula y también placer en la tarea de trasformar los insulsos párrafos amorosos de Ovalle en escenas donde respirara un hálito de vida, de carne y sangre de verdad. Creo que durante ese lapso ni una sola vez pensé en él, en mi mandante, en el veterano escritor cuya carrera desfallecía a ojos vista y estaba perdiendo confianza en sí mismo. Pero al terminar me fue inevitable hacerlo. Necesitaba someterme a su juicio. Era su encargo y yo su encargado. Eso nubló un tanto mi optimismo. Podía pasar que Ovalle, aunque desconfiado de la presente eficacia de su prosa, se escandalizara por mis audaces cambios; también era posible que se resintiera ante la calidad de mi obra. Podía sentir celos. O simplemente no compartir mi opinión sobre las sustituciones. Como fuera, no podía evadir el bulto. Tenía que llevarle mi trabajo y someterme a juicio. Tomé el teléfono y le comuniqué que el asunto estaba listo y me ponía a sus órdenes.

—Excelente, Ismael, excelente —dijo en tono monocorde—, estoy seguro de que hiciste un gran trabajo. ¿Puedes venir el próximo sábado en la tarde?

—Cómo no —respondí—, ahí estaré.

Y eso fue todo. No preguntó nada de carácter literario ni me interrogó acerca de cómo iba mi vida. Por un par de segundos me quedé con el fono pegado a la oreja como si haciendo tal cosa pudiera convertir en vocablos adicionales el monótono sonido de la señal. Me asaltó la desagradable impresión de que Ovalle había cambiado de idea. En el tiempo trascurrido desde el día de su encargo todo el asunto debió parecerle, me dije, una idea absurda y peligrosa. A mí mismo se me había ocurrido que lo era. No fue difícil ponerme en sus zapatos, imaginarlo lleno de dudas, desconfiado, temeroso y maldiciéndose por siquiera haber tocado el tema, confidenciado sus problemas literarios, su debilidad, su pérdida de posición en el mercado y haber hecho todo eso con un joven al que no veía desde hacía años. Era comprensible que, horrorizado ante ese enorme error, pretendiera subsanarlo. ¿Cómo? Estuve seguro de averiguarlo el sábado. Y por cierto comencé a estudiar el tema de mi remuneración: exigiría un elevado estipendio. Mi labor y malos ratos valían bastante dinero.

4

Imbuido de ese espíritu mercantil acudí a la casa de Ovalle con el talante a medias temeroso y a medias pendenciero de quien espera una desagradable escena. Me preparé mentalmente repasando una y otra vez mis líneas de diálogo: ¿Creía que no me había costado muchas horas de esfuerzo rehacer su novela? ¿Acaso mi tiempo no valía nada? Lo imaginé espetando ácidas afrentas, ingeniosos y malévolos desdenes, hojeando despreciativamente las hojas que le llevaba, afirmando que nada valían y cómo podía yo pretender recibir ni un cinco por ellas.

Resultó ser una tarde muy parecida a la de mi primera visita, muy calurosa y lerda. El aire, inmóvil, no daba respiro. Las veredas estaban sembradas de hojas resecas anunciando el otoño, pero se preservaban todos los rigores de un verano que parecía no tener fin. Me sentí sofocado y molesto en anticipación de un mal rato. Con renuencia pulsé el timbre y me dije que debía ser firme y estar preparado para cualquier cosa. Ovalle abrió enseguida como si me hubiera estado aguardando toda la tarde al otro lado de la puerta, temeroso de no oírme, de no recibirme, de por pura e involuntaria desatención dejarme ir lleno de furia.

—Qué gusto verte, Ismael, pasa, pasa —cloqueó en tono meloso, palmoteándome la espalda.

Tanta afección y premura me infundieron aún más sospechas. Me pareció que pretendía compensar con alardes de cortesía un capítulo posterior previsto como tormentoso. Pensé que Ovalle temía desagradarme más allá del mínimo absolutamente necesario, lo cual hacía evidente su intención de comunicarme la defunción del proyecto.

—Pasa, pasa, por favor —siguió diciendo mientras nos adentrábamos por el pasillo en dirección a su estudio.

Ya ahí me indicó la silla y él se acomodó en su amplio y aparatoso sillón de escritorio. Cruzó las manos sobre su vientre, sonrió en dirección al techo y soltó algunas banalidades.

—Un calor así en esta época del año... No lo había sentido nunca —me informó.

—Así es, don Ernesto —respondí.

Siguió un largo silencio que Ovalle, viejo zorro, sostuvo con maestría sin otro apoyo que su inmutable sonrisa. Al instante supe que, de seguir las cosas de ese modo, de permitirle dominar la situación, pronto íbamos a encaminarnos por el sendero que yo temía y del que no había regreso, el de la descontinuación de mi trabajo y, por tanto, de las vagas ideas de adelanto y prosperidad que estaba comenzando a alentar. Entonces en un rapto de inspiración y energía tomé la palabra.

—¿Me permite, don Ernesto —le dije de sopetón antes de que él pudiera decir nada— leerle un par de parrafitos del libro?

Sin esperar respuesta hurgué dentro de mi portadocumentos de plástico, saqué una hoja del comienzo y poniéndome los anteojos me apresté a leerla. De reojo vi a Ovalle abrir la boca en gesto de sorpresa o con el propósito de decir algo, pero no era de mi interés averiguarlo y comencé a leer. Lo hice con la idea, al principio, de no abusar de la situación y no avanzar más de unos pocos párrafos, pero a medida que lo hacía me pareció evidente que no debía detenerme mientras tuviera aliento u Ovalle no me interrumpiera, exponer si era posible todo mi trabajo, darle una oportunidad a mi esfuerzo, no hacer la menor concesión al buen gusto, el decoro, los modales, en suma, poner el entero novillo en la parrilla. Terminada la página no pedí autorización para sacar otra. Y a medida que leía me fue sucediendo algo curioso: me entusiasmé con la novela. Me pareció cada vez mejor. Leída por mí era como leerla y oírla por primera vez, fresca y apasionante. Además la sentí totalmente mía. Era *mi* novela la que estaba leyendo. Basada en los apuntes originales de Ovalle, sí, pero en su actual forma era mía. Mía. Y yo estaba ahí leyendo mi novela ante un jurado, no ante su autor, sintiéndome no como un editor presentando su humilde corrección sino como un escritor en ciernes que le da a conocer sus brillantes invenciones al viejo maestro.

Cuando luego de unas cuatro páginas puse fin a la lectura, la idea de entregarle todo a Ovalle para que lo guardara en un cajón y eventualmente lo arrojara al canasto se me hizo inaceptable; aún más, sobre esa base de profunda molestia se encaramó el sentimiento de estar a punto de ser víctima de una cochinada todavía peor: la guardaría en un cajón, pero no para botarla apenas le diera yo la espalda, sino, al contrario, dejaría pasar un tiempo y haría uso de ella, intervendría un poco mis correcciones y de ese modo, con el jugo nuevo que yo había aportado, renovaría el marchito bizcocho de su prosa envejecida y lo presentaría como suyo.

La sensación de que eso iba a ser exactamente lo que acaecería se me presentó con la fuerza de un teorema de Euclides probado ya millones de veces. Mi rostro ardió de rabia, de frustración y de rencor. Fue un sentimiento tan poderoso que no me atreví a mirar frente a frente a Ovalle, seguro de que mi ánimo se trasluciría en toda su crudeza. Mantuve la cara inclinada con el pretexto de recoger el portadocumentos. Solo después de hacer tal cosa me atreví a mirarlo. Aunque lo distinguí a medias, pues mis lentes se habían empañado, me pareció que Ovalle no había modificado la última expresión que le viera antes de ponerme a leer. Continuaba mirando el cielo raso de su estudio. Tal vez se encontraba de regreso a esa postura luego de haber pasado por varias otras expresiones. O quizás estaba paralizado por el pasmo, por la inesperada nueva fuerza de su obra, paralizado por el talento que revelaba este Ismael, este pobre infeliz al que había tendido la mano de pura buena voluntad.

Ovalle continuaba callado y el silencio por el cual mi lectura se había abierto camino se hizo aún más denso. Tuve la impresión de que en esa mudez universal se agazapaban infinitas posibilidades, incluso las más dementes. Por unos segundos el silencio que compartíamos se hinchó como un vientre a punto de dar a luz y de él, sentí, podía nacer cualquier cosa, cualquier futuro, un Ovalle furioso por mis modificaciones o tal vez uno satisfecho, contento y presto a llenarme de elogios.

Nada de eso sucedió. El nacimiento quedó en compás de espera. Me di cuenta de que Ovalle no sabía qué pensar. Sin duda había tenido en mente una línea argumental clara y precisa, pero mi lectura lo confundió todo; su decisión, de la cual yo estaba seguro, de abortar el proyecto tropezaba con un obstáculo y eso fue evidente. Ovalle estaba en suspenso. Algo potente se interponía. Su boca seguía congelada en la postura de quien se apresta a hablar y sus ojos continuaban mirando el cielo raso como si esperara ver en él, por escrito, una respuesta a su dilema. Comprendí que el impacto de mi lectura había sido inesperado y positivo. O en otras palabras, que Ovalle estaba estupefacto ante los resultados obtenidos por el humilde, el insignificante Ismael.

Una oleada de satisfacción, orgullo y entusiasmo me arrebató el rostro. El corazón aceleró sus latidos, respiré profundo dilatando el pecho y me fue imposible permanecer sentado. Estaba en presencia de la prueba evidente, dijera Ovalle lo que quisiese, de un rotundo éxito, algo que jamás antes había paladeado, un licor exquisito y mareador que me impulsó a ponerme de pie. Apenas me incorporé de la silla, lleno de agitación y con tantas emociones atropellándose en mi mente, Ovalle salió de su estado de congelación y posó sus ojos en los míos. Vi en ellos confusión y dudas. Su boca, antes entreabierta, se plegó en un rictus que tanto podía ser el inicio de una sonrisa como un mohín de disgusto, quizás hasta de asco. Ambos, por el lapso de unos segundos, levitamos en la misma bruma indeterminada. Mi presentimiento del trabajo aprobado no se confirmaba y mi entusiasmo podía ser prematuro. Todavía de pie, me sentí ridículo.

—Vaya, Ismael, te has lucido —dijo por fin, moviendo su cabeza en gesto de aprobación mientras su boca se plegaba decididamente en una sonrisa.

—¿Sí, don Ernesto? —repliqué humilde—, ¿le parece bien como quedó?

—No bien, ¡excelente! Has hecho un trabajo de primera categoría.

Mientras decía tal cosa había en su frente profundos pliegues de preocupación. Una sombra pesaba sobre su ánimo. Algo no encajaba. Ovalle aún no resolvía el completo intríngulis.

—Gran trabajo —agregó—, como no he visto en ninguno de los editores en mi larga trayectoria, ninguno. Te felicito, Ismael…

Y no bien llegó a ese punto el veterano autor de novelitas rosas perdió su convicción y energía. Se desinfló y su tez rubicunda tomó un tono grisáceo. Su mirada, que por un instante me había enfocado con briosa determinación, se hizo vaga, ausente. Fue obvio que ese momento solo había sido un claro entre las nubes.

—Sin embargo —dijo, —, me pregunto si acaso no has ido demasiado lejos.

—¿Demasiado erotismo, dice?

—Tal vez, no lo sé. Quizá has ido más lejos no solo en eso, has hecho más de lo que un editor regularmente hace…

—Pero usted me lo pidió así, don Ernesto.

—Lo sé, lo sé. Te confieso que después de que te fuiste me vinieron las dudas. Y ahora todavía más. Tu labor, repito, es irreprochable, hiciste lo que te pareció correcto, pero…

—¿Pero, don Ernesto?

Ovalle agitó la cabeza como para despejarse y hallar una respuesta precisa; buscaba aclararlo todo no tanto para mí como para él mismo. Fue notorio que se afanaba tras una razón que pusiera fin al proyecto para poder decirme adiós, pero sobre su voluntad de hacerlo gravitaba el peso de una enorme duda. No era la que confesaba, eso lo comprendí en el acto. No dudaba de mi trabajo, sino de si le convenía o no rechazarlo. Me pareció que mi lectura acababa de abrir en su mente una amplia avenida de esperanzas y se resistía a cerrarla. Mi picaresca versión le había despertado el apetito. Ovalle se incorporó como si solo de ese modo, preparándose para ir a algún lado, pudiera crear un sitio al cual ir, un destino a su inquietud y azoramiento. Ambos de pie por distintas razones nos miramos frente a frente, sin nada que decirnos pero en tácita cooperación: debíamos encontrar una salida.

Fui yo quien tomó la iniciativa. Presentí que de prolongarse ese momento de vacilación solo podía terminar mal para mí. Ovalle retornaría al punto de partida, a su decisión de abortar el proyecto. Y adiviné que su problema, el que no atinaba a resolver, era la autoría del libro. Entusiasmado por el resultado, le incomodaba el hecho de que eso dependiera en tan gran medida de mi labor, lo cual hería su vanidad y lo llenaba de temor. Decidí tranquilizarlo.

—Don Ernesto —le dije, jugándomelo todo a la franqueza—, pase lo que pase, no crea que me considero autor o coautor. Solo hice lo que hacen todos los editores de todas las novelas del mundo. Es cierto que a veces podemos mejorar algo, pero solo porque existe una obra en la que nos apoyamos.

—¿Ah, sí?

—Sí, don Ernesto. Me siento orgulloso de que usted esté satisfecho de mi aporte, pero es su libro, su idea, su trama.

—Claro, claro —respondió el veterano. Sus facciones se distendieron, su entrecejo se relajó.

—Sí, es cierto —dijo—, así es. Eres un editor de primera, el mejor que he tenido. Voy a recomendarte en la editorial.

—¿Lo haría, don Ernesto?

—Por supuesto —repuso, aunque ya con menos brío.

¿Le sería conveniente? ¿No era mejor guardarme para él solo? Si me convertía en empleado de su editorial, ¿no se haría público, tarde o temprano, mi decisivo involucramiento? ¿No podría yo perder mi actual humildad? Cada uno de esos pensamientos cruzó por su frente como anuncios luminosos corriendo en una marquesina. Su entrecejo volvió a plegarse en un profundo surco y su mirada perdió brillo. Me percaté de esto: Ovalle no solo era un escritor exhausto, sino también un hombre agotado, gastado, sacado de su reposo cansino por la menor contrariedad y con claras dificultades para dilucidar qué debía hacer.

Decidí insistir:

—Trabajar como editor en su estupenda novela, don Ernesto, me ha enseñado más que años de lecturas e incluso más que su taller, si me lo permite.

Dije esto último para reforzar mi postura de hombre franco y confiable. Mi mirada, creo, rebosaba honestidad. Era el criado perfecto presentando excelentes credenciales. Ante eso, como si se tratara de un fardo demasiado pesado para tenerse en pie, Ovalle se sentó para examinarlo con más calma. Yo lo imité. Estar sentado no es postura para debatir grandes principios, sino para negociar sus detalles.

—Hay tantas cosas que considerar... —dijo en tono quedo, para luego proseguir—, no sabemos, por ejemplo, qué opinión le merezca a la editorial esta variante, estos cambios que has sugerido. No sabemos si les gustarán o no, si los aceptarán. Y está el público lector, también. ¿Cómo crees que podría reaccionar ante escenas tan crudas?

—No son tan crudas, don Ernesto, hay delicadeza. Además, es su estilo el que está en todas partes.

—Sí, pero aun así...

Ovalle se debatía en un océano de incertidumbres. A cada momento, incluso cuando ya parecía haber superado un obstáculo, retornaba a su vacilación inicial y a la desconfianza. La calidad del material que le había entregado y las posibilidades que abría eran, paradojalmente, la fuente de su desconcierto. Luchaba el miedo a un desastre indefinible con la esperanza de acertar en pleno. En todos los sentidos la situación excedía, por su complejidad, su capacidad para decidir. Estábamos cayendo en otro silencio, entrampándonos en un nuevo pantano. No sabía qué hacer. No supe qué argumentar para sacarlo del marasmo. Una vez más preví que todo se iba a ir a la mierda. Entonces, por segunda o tercera vez, tomé la iniciativa.

—Permítame, don Ernesto —dije, mientras ya hurgaba en mi portadocumentos—, someter a su consideración una o dos páginas más, cercanas al final de su libro. Quizás entonces tengamos una idea más clara.

Puse énfasis en las palabras *su libro*. Era vital insistir en eso. Ovalle debía considerarse realmente como el autor. Y de haber éxito, convencerse de que sería todo suyo. Reinicié la lectura recalcando los trozos menos modificados, los más propios de él. Leía dichos párrafos con movimientos de cabeza sugiriendo mi admirada aprobación ante tamaña beldad. Solo me faltó leer esas páginas de rodillas como si entonara el himno de un devocionario. Terminado el ejercicio, lo miré a los ojos. El asunto ya estaba comenzando a cansarme, quizás a hastiarme. ¡Que dijera de una buena vez qué quería hacer al respecto! Mi expresión debe haberse endurecido un tanto al tenor de ese sentimiento mientras la suya se mantuvo casi sin variaciones.

—Lo que has leído —dijo en tono desganado— ratifica mi primera impresión acerca de la calidad de tu trabajo, ya te lo he dicho. Imagino que cualquier otra página que tú o yo leamos me la confirmará...

—¿Entonces...?

—Entonces, Ismael, no es ese el problema. Una vez más, te felicito. Mis dudas derivan del efecto que esta, ¿cómo lo dijéramos?, esta insistencia o mayor énfasis en aspectos carnales del amor pueda tener en el editor, en el público, en la crítica.

De modo que estábamos de retorno a la casilla inicial. O casi, porque noté, pese a todo, un pequeño cambio en su talante. Me pareció que su mirada hasta entonces vaga, confusa, atormentada, se dirigía hacia alguna parte. Veía un objeto específico en medio de tanta bruma. Comenzaba a preguntarme qué sería cuando Ovalle procedió a explicarse.

—Eso sí, Ismael, estas incertidumbres al menos ofrecen chances de éxito, mientras que en mi actual situación, como ya te lo expliqué, no afronto sino un declive.

Apenas lo dijo me pareció que se arrepentía. Si acaso estuvo en su ánimo hacerme olvidar sus penosas confesiones de nuestro primer encuentro, acababa de arruinarlo todo. ¡Declive! Es una palabra grave. Al pronunciarla declaraba una debilidad decisiva. Ningún escritor que sienta siquiera un átomo de energía y preserve una molécula de esperanzas diría algo semejante. Un escritor no se rinde jamás; siempre espera y proclama que su próxima obra será su legado a la humanidad. Ovalle anunciaba, en cambio, que afrontaba el abismo. Al menos al decírmelo traspuso un umbral y dejó atrás algunas dudas.

—Lo que haremos es lo siguiente —dijo—, si te parece bien.

—Diga usted, don Ernesto.

—Entregaré a mi editor el trabajo tal como está y le diré que lo considere una especie de ensayo. Le pediré su opinión. Es hombre experimentado en el rubro. Si él considera que ese es el camino, me lo dirá. Y si ese es el caso...

—¿Se publica?

—Si ese es el caso, supongo que sí.

Y movió la cabeza en vistosas oscilaciones afirmativas. Pero había dicho «supongo que sí». Se guardaba una reserva de opciones. Y ahora la fuente de la duda era yo. Dudaba de mí. ¿Sabría ser discreto? ¿Le sería leal? Por momentos me miraba intensamente para desentrañar quién era yo en verdad, radiografiarme en busca de trazas sospechosas. Es cierto que había dado un paso adelante, pero no las tenía todas consigo. Yo ya no tuve nada más que decir. Me sentí agotado y me entregué a lo que sucediera. Mi postura en la silla se hizo más relajada. Ovalle abrió un cajón de su escritorio, sacó un talonario de cheques y mientras escribía sobre uno me anunció que, pasara lo que pasara, yo había cumplido mi parte a cabalidad y plena satisfacción suya, razón por la cual procedía entonces a pagarme la cantidad pactada. Y estampando una florida rúbrica repleta de rasgos, lo que le tomó un tiempo considerable, me lo entregó.

Ni siquiera eso me sacó del estado de sopor emocional en que había caído. Ovalle, en cambio, parecía reponerse por segundos. Primero al reconocer su declive y luego al hacer el cheque, aceptando una merma de sí mismo por propia voluntad. Guardé el cheque en mi bolsillo sin examinar la cifra.

—Gracias, don Ernesto —dije.

Ovalle se refregó las manos pasando de la distensión a un franco estado de optimismo. Yo, al contrario, fui dominado por la desagradable sensación de estar perdiendo el rumbo. Había llegado a la casa de Ovalle decidido a discutir mi derecho a paga por más que él rechazara mi trabajo y he aquí que lo aprobaba y me lo pagaba, pero sin decidir nada sobre el futuro de todo el maldito asunto. Entregué el portadocumentos a Ovalle. Él lo abrió, sacó el montón de páginas, las guardó en un cajón y me lo devolvió. Vacío, se manifestó aún más desnudamente como un objeto miserable, sin valor, la clase de cosas que utiliza un pobre tipo. Me iría con esa porquería y sin ninguna certeza de nada.

—Bueno, Ismael, te tendré informado —dijo Ovalle y comenzó a dirigirse a la salida del estudio en franca invitación a que me retirara.

Sentí con certeza invencible que una puerta se me cerraba.

5

En los días siguientes una parte sustancial de mi persona quedó pegada en la silla del estudio de Ovalle esperando una definición mientras otra aún estaba en la fuente de soda luego de mi encuentro con Julia. Por esa razón el Ismael que ese sábado en la tarde regresó a su cuarto de pensión y el lunes acudió a trabajar fue solo lo que restaba luego de substraídas todas esas porciones. Mi presencia física se convirtió en una entidad aún más disminuida que lo habitual. El cambio fue notado hasta por doña Anita, a quien consideraba mujer de pocas luces, distraída, incapaz de darse cuenta de nada más allá de los límites de su pequeña oficina.

—¿Qué le pasa, Ismael? —me dijo apenas entré a su oficina a saludarla.

—Nada, doña Anita, quizás se me está incubando un resfrío.

Por primera vez desde que nos conocíamos tuve la impresión de que me escrutaba.

—Lo noto decaído —agregó.

—Puede ser que me esté resfriando. Tal vez alguien no me dejó cobijarme toda la noche —dije, intentando una salida simpática. Era una expresión sonsa, acartonada, una de esas que no causan ni una sonrisa, pero doña Anita soltó una risita como si acabase yo de contar un chiste muy picante.

—Por Dios, Ismael... —dijo riendo.

Esa semana, viviendo con pedazos de menos y a la espera de decisiones ajenas, necesité anclarme en algo firme y nada me lo pareció más que mi pasado por desvaído que fuera. Me sobrevino el impulso no muy poderoso pero suficiente de visitar lugares relacionados con mis primeros tiempos en la ciudad. Quizás me animó el absurdo sentimiento de que recorriendo las calles y avenidas de mis viejas andanzas podría encontrar señales anticipatorias de lo que se me venía. Desde la tarde en que fantaseé con la idea de estarme haciendo advertencias desde el futuro solía jugar con la siguiente hipótesis: los estados de ánimo negativos de cuyo origen no tenemos idea nacen de habernos enterado de un porvenir nefasto, de recordar confusamente señales de alarma dadas en un sueño por nuestro alter ego del futuro. Fantasía o no, busqué el espectro de Ismael hablándome desde la distancia. Qué soberana tontería. Y un día esos pasos nacidos de una inquietud superficial me condujeron a la facultad donde había estudiado.

El recinto estaba por cerrar, pero convencí al portero de dejarme entrar pretextando la necesidad de recoger un libro olvidado. Por entonces mi apariencia era aún muy juvenil debido a la pequeñez de mi rostro, mi estatura mediana, mi aire general de descuido en el vestir y los libros que llevaba. «No se demore mucho o va a quedar encerrado hasta mañana», me advirtió. Le dije que no se preocupara y no perdí tiempo en dirigirme al jardín zaguero y a la glorieta. Ya imaginarán por qué acudí allí: pretendía encontrar, no sé cómo, las sombras de Julia y la mía y verme a mí mismo manipulando entre sus ropas para proceder a esa primera penetración; yo representaría el rol del fantasma venido del futuro para hacerles ver que nada bueno saldría de todo eso. Entré a la glorieta como si pudiera suceder. Me sentí emocionado y ridículo. Me cuidé de sentarme en el mismo sitio donde lo había hecho en esa ocasión. Tal vez serviría para invocar a esos muertos. Pero ¿qué podía invocar del pasado, aún más muerto que los muertos?

¿Qué podía hacer ahora para cambiarlo y no llegar a ser lo que ya era? Un último resplandor del crepúsculo rozaba la capa superior del follaje de la buganvilla. El silencio se espesó y me sentí bendecido por una paz tan absoluta que si fuera tipo sensato allí debí quedarme para siempre. Lástima que el deseo suele ir a caballo de la inquietud y casi de inmediato, pues estamos condenados a ser víctimas perpetuas de una impaciencia imbécil, salí de ese estado de deliciosa hipnosis y regresé a la torpe condición de siempre: era una vez más Ismael, el vendedor de libros religiosos helándose el culo en un asiento de piedra en medio de la oscuridad, muerto de frío y sin que nada positivo saliera de todo eso. Al menos tuve una revelación: se me hizo patente cuán perjudicial había sido ese encuentro íntimo con Julia, años atrás. Sin su presencia quizás no me hubiera olvidado de mis ambiciones ni dejado arrastrar por una resignación anticipada. Al considerarlo, la desolación hizo presa de mí. ¡Cuánto daño le había hecho al mundo literario esa mujercilla!, me dije. Eso barruntaba, dolido, cuando me di cuenta de que se hacía tarde y era hora de partir. Me levanté del asiento de piedra y bastó eso, entrar en acción, para que mi pesadumbre perdiera fuerza. ¡Por eso uno va a los tumbos por la vida, como un sonámbulo, de un error al siguiente! Basta ponerse de pie o sentarse, caminar o correr hacia algún lado, recibir un llamado telefónico, oír el timbre de la puerta de casa. Fue la primera vez que Julia se presentó ante mis ojos no ya como presencia desvaída y disminuida, sino como causa poderosa y eficaz de mis tribulaciones, fuente de mis desgracias, culpable indudable de mi fracaso y blanco legítimo de inquina.

En otros de esos vagabundeos por territorios del pasado visité el museo y constaté que las salas en donde había montado guardia seguían, como de costumbre, sin ser visitadas por nadie. Un funcionario ocupaba la misma silla que ocupara yo. Me pregunto cuál era la razón de la emoción que hizo presa de mí. Lo cierto es que apenas crucé el umbral experimenté la misma ansiedad de quien entra a una estación ferroviaria o a un aeropuerto, espacios hechos no para estar sino para partir, lugares intermedios entre dos partes o secuencias de nuestra vida y donde permanecemos solo por un lapso mientras un museo, al contrario, es la materialización casi perfecta del reposo, incluso de la más absoluta inercia, lugar terminal y no de partida. En ese estado de ánimo que no venía a cuento me paseé al azar deteniéndome frente a algunas vitrinas. Los artículos exhibidos eran los mismos que yo custodiara. No aprecié ninguna alteración. Ni estaban más viejos ni más arruinados. En las vitrinas de un museo todo se convierte en inmortal y simultáneamente en un cadáver. No oí tampoco las voces o susurros que creí percibir durante mi breve estancia laboral, esos que imaginara como advertencias mías hechas desde el futuro. Nada se manifestó. En ese período, me dije, debo haber sido víctima de un desarreglo nervioso. Libre de eso estaba, en buena salud, pero no me satisfizo porque me sentí más solo que nunca, sin nadie que me diera indicios de qué me sucedía ni adónde me llevaba la aventura literaria con Ovalle ni qué sería de mí ni qué pasaría con Julia. La soledad del lugar acentuó esa sensación. Cerrando los ojos, me concentré en oír y no oí más que el rumor lejano del acondicionador de aire.

De pronto, en el seno de dicha ausencia de señales, voces o lo que fuese, me deslumbró la siguiente revelación: si no hay indicios indicando un rumbo entonces soy libre para seguir el que quiera. No había destino predeterminado y por tanto no tenía otra salida sino el ejercicio de mi libertad. Libremente había aceptado el encargo de Ovalle, libre era para continuarlo o no, libre para lo que sea viniese en camino. La evidencia fue simple y potente. No era cuestión de afrontar un futuro ya anunciado y posiblemente aciago, sino que podía crearlo. Era yo, no Ovalle, el factor determinante; yo, no la voz de mí mismo hablándome desde el futuro. Era libre si el viejo se negaba a continuar el proyecto y era libre si lo continuaba. Era yo, Ismael, el que podía y debía seguir escribiendo, intentándolo una vez más, golpeando todas las puertas necesarias. Y el repentino llamado de Ovalle pidiendo mis servicios era un hecho indesmentible de que las oportunidades ocurren y se puede, con voluntad, tomarlas y aprovecharlas.

Esas ideas, que retrospectivamente me parecen una vulgar sarta de obviedades, se instalaron en mi mente como un solemne bloque de elevados pensamientos tallados en piedra. Era la piedra Rossetta de mi futura vida. Nunca antes me había hecho esas consideraciones y por eso, supongo, repliqué la experiencia de Saulo camino a Damasco, aunque en vez de ser tomado del cabello me sentí mareado y perdí el equilibrio. Para no caer extendí mis manos y me apoyé en el cristal de la vitrina situada frente a mí. El guardia no se percató. Me asombré de lo que me estaba sucediendo, pero lo hice con alegría.

Lo que digo aquí, lo sé, suena pueril y empalagoso, pero ocurrió exactamente de esa manera. Me sentí aligerado de una carga abrumadora y convertido en lo que llaman un *hombre nuevo*. Pero cuando me acercaba ya al umbral de la euforia reapareció mi tradicional desconfianza de todo. Me dije: «No hay nada sustantivo y legítimo en la sensación de que es posible salir adelante». Y luego me grité: «¡Imbécil!». Es lo que exclamé contra él, contra ese idiota, contra mí. Lo hice en voz lo suficientemente alta como para despertar al guardia. Levantó la cabeza y miró a su alrededor sin saber qué ocurría. Al verme se puso de pie y se dirigió hacia mí. Quizás pensó que acababa de quebrar algo. Me miró de arriba abajo y examinó la vitrina. Todo estaba en orden.

—¿Pasa algo, señor? —pregunté.

—Oí un ruido…

Me lo dijo oteando a su alrededor en busca del origen. En mitad del recorrido visual lo vi fijar la mirada en un punto y esbozar una sonrisa. Miré hacia el mismo lado. Una pareja de jóvenes en la sala contigua, al fondo, creyéndose a resguardo de testigos, procedían a besarse con ardoroso ímpetu. Él la tenía tomada de las nalgas y la movía acompasadamente contra su vientre. Ella, besándolo, tenía su mano izquierda firmemente asida al marrueco del individuo. Debido a la distancia, la acción transcurría, al menos para nosotros, en el más estricto silencio, pero estoy seguro de que jadeaban. El espectáculo me sacó en un instante del estado de ánimo en el que estaba comenzando a caer. Me veo como si estuviera ahí, esta vez como testigo de los testigos, respirando a fondo, repentinamente lleno de ansiedad y deseo, muerto de ganas de ser parte de ese cuadro plástico, de perderme en tal calentura y olvidándome de todo ser libre como solo se es cuando nos atrapa una de esas borracheras que nos hacen sentir elevados y ligeros. Es posible que esa tarde lo cambiara todo para mí.

EXPERIENCIAS INÉDITAS

1

Quizá la escena ofrecida por esa pareja haya sido el inicio del curso completamente diferente que tomaría mi vida a partir de entonces. Por primera vez estuve seguro de que ningún destino escrito me conduciría al fracaso y estaba en mis manos sacarle partido a las oportunidades. Me sentí entusiasta, estado de ánimo que no había disfrutado nunca e incluso miraba con desconfianza cuando lo veía en el prójimo. Me parecía un gratuito revolcarse en una charca de fácil y banal optimismo. Debo confesar que desde la vereda de mi ánimo derrotista y sombrío despreciaba el entusiasmo, odiaba ese resplandor, esa sobreabundancia. Así es, sobre el viejo y patético Ismael flotaba todo el tiempo una nube oscura preñada de desaliento y desgracia, a todo lo cual llamaba realismo. Levantarse de la cama cada mañana le era un horrendo sacrificio al que se sometía para no quedarse sin medios de vida y estar obligado a regresar a la casa paterna, a la moribunda provincia, a la atmósfera somnolienta y brutal de un pueblo de mierda. Y si, como dicen, el entusiasmo pone alas en los pies, en los de ese antiguo Ismael había un par de pesados zapatos de plomo.

Ya a la salida del museo ese Ismael había desaparecido. Me sentí distinto, más ligero, optimista. A lomos de ese flamante estado de ánimo me dije que bien podía revisar y reescribir los cuentos presentados sin suerte años atrás a un par de editoriales. Me sorprendió no haberlo pensado antes. Si era capaz de dedicar horas de trabajo al material literario de otra persona, con mayor razón podía hacerlo con el mío. Solo pensarlo me subió aún más el ánimo. Me dije que eso no era similar a la erupción emocional del adolescente acariciando esperanzas idiotas, sino la sana actitud de quien confía en sus recursos y apuesta a salirse con la suya. ¿Por qué no? ¿Por qué debía entregar el territorio a los demás? Ganoso, emprendedor y renovado fue como regresé a la pensión, impaciente por dar inicio a mi nueva vida. Buscaría esos viejos cuentos y les echaría un vistazo. Imaginé que ya con eso avanzaba a paso firme hacia la gloria. Lápiz en mano, me puse a leerlos.

Fue una experiencia alentadora. Es más, me embriagué con la prosa que había escrito cuando vegetaba en el taller de Ovalle. Me asombró haber sido rechazado en las editoriales, pero más me pasmó que dichos reveses me hubieran hundido tan profundamente. ¡Era un excelente material! Apenas pude encontrar un par de líneas por corregir. Me complací conmigo mismo y me reproché el tiempo perdido. Afortunadamente era posible reparar tan inconcebible negligencia. ¡Debía mostrarle esto a Ovalle! ¿O en realidad no eran tan buenos los cuentos? Lo pensé un instante, pero no iba a permitir que nada me desalentara. Y entonces llamé a Julia, la invité a salir, la llevé al cine, le confesé sentirme animoso, le dije que retomaría mi trabajo literario, hablé profusa y sostenidamente de uno y mil temas sintiéndome en lo que hice y dije como amo y señor de la velada. Julia se plegó a todo con una sonrisa como si mi súbito hervor interior la calentara también a ella.

Esa noche, en el motel, fornicamos con brío. En el clímax del placer estuve tentado nuevamente de susurrar en sus orejas la frase que ya conocéis, pero no lo hice. Fue una velada muy agradable, instalados como estuvimos en el papel de una establecida pareja sin prisa por partir.

Debo decirlo: nunca he sido amigo de las emociones. Suelen no tener fundamento respetable y quienes andan pavoneándose con ellas no saben lo que hacen. ¿Debemos felicitarlos porque con sus voces tonantes al borde de la histeria, sus gestos y el rubor de sus rostros congestionados proclaman al mundo que están enamorados o contentos o, al contrario, porque con una palidez cadavérica y susurros inaudibles manifiestan cuán aplastados están por la adversidad? ¿Qué me importa a mí? Yo solo deseaba ser reconocido en mis capacidades literarias y sentía muestras evidentes de su existencia. No pretendía nada más. Me prometí que en el curso de la semana convencería a Ovalle de seguir adelante con el proyecto. Lo cierto es que ese lunes llegué a mi trabajo con una disposición tan positiva que no pudiendo contener mi energía trabajé con gran ímpetu reordenando los libros y pasando el plumero. Doña Anita lo notó y me lo dijo:

—Hoy día parece otra persona, Ismael —me comentó a media tarde.

—Así es —le respondí, casi canturreando—, podría decirse que lo soy.

En la misma actitud me mantuve el resto de la jornada. A ratos sentía su mirada en mi espalda, escrutándome. No me importó. Que creyera lo que quisiese. Tomé notas en una pequeña libreta que hacía meses no había siquiera tocado. Anita al fin no aguantó su curiosidad, se me acercó por segunda vez, se paró frente a mí e inició una conversación.

—Perdone si soy intrusa, Ismael, pero ¿qué escribe tanto en esa libretita?

—Quizás una novela de las que le gustan a usted —contesté.

—¡Pero Ismael, si casi nunca leo esas cosas!

—¿Acaso no lee novelas de amor?

—Casi nunca, de vez en cuando nomás.

—¿Y el libro de Gutiérrez?

—¡Qué memoria la suya, Ismael, todavía se acuerda de eso! Bueno, ese me lo recomendaron y lo leí.

—Y le gustó, no me diga que no.

Doña Anita se ruborizó como si la hubiesen pillado en falta y bajó los ojos dándome la oportunidad de mirarla de cerca, de mirarla de verdad. Doña Anita era mi jefa y en dicha condición se reducía a una faz indistinta antecedida por gruesas gafas, a una máscara inexpresiva sobre un torso neutro como los bustos de los próceres de la patria. Otras veces aparecía como *jefa de local* y en esa calidad mi conocimiento de su presencia física no avanzó más allá de la constatación de su pequeña estatura, su contextura entrada en carnes y haber alcanzado o quizá pasado los cuarenta años. Así era hasta el momento cuando bajó la mirada, abochornada por reconocer que le había gustado una obra de amor, a ella, una mujer madura y seria a cargo de un local de libros religiosos.

No pudo haber estado en esa postura más de dos o tres segundos, pero en ese intervalo el rostro de esa mujer se me presentó como nunca antes, detallado y preciso en su forma. Pude notar que su nariz, normalmente oculta bajo el marco de plástico de sus anteojos, era no solo pequeña sino muy bien hecha, graciosa en su delicada curva ascendente. Las mejillas, a las que tampoco era posible ver tras la inmensidad de sus brillosas gafas, aparecieron suaves y cubiertas por un finísimo vello como piel de durazno. Me impresionaron también sus ojos. Mi estatura es mediana pero aun así, siendo más alto, cuando levantó la mirada pude vérselos por sobre el marco de sus lentes. Y ahí estaban, grandes, grises, húmedos, vacilantes, ávidos quizás. Pero sobre todo me impresionó su boca. La mantenía entreabierta destacando el contorno de unos labios delgados pero sinuosos y color rosa, labios nada despreciables pese a estar su propietaria en una etapa de la vida bastante más allá de sus primores y después de décadas de esterilidad erótica según supuse y por lo mismo muertos de ganas, pensé en un rapto o ráfaga de demencia, muertos de ganas por saborearme la cabeza del pene.

—Sí, reconozco que me gustó —respondió al fin.

Yo no sé si doña Anita percibió algo o si sumida en su propio bochorno no se dio cuenta de nada. Me incliné por la última posibilidad y eso me excitó aún más. No tenía nada entre manos que me dispusiera a la acción, solo entre las piernas y abultando poco a poco del modo más asombroso puesto que, lo juro, jamás había visto a doña Anita de ese modo. Incluso, de haber fantaseado antes con esto, lo habría rechazado como totalmente ridículo. Sin embargo ahí estaba en estado de hipnosis, en suspenso, a la espera del próximo movimiento mío o de ella, a sabiendas de que si eso se prolongaba un segundo más daría lugar a algo desagradable, a un verdadero bochorno, quizás a una escena cliché, al desvanecimiento de esta Anita-mujer y la reencarnación de doña Anita-la-jefa-de-local.

Y a ella, ¿qué le sucedía? Algo debió percibir en mi postura que no supo determinar. En sus enormes ojos grises comenzaba a aparecer esa señal de alarma de quien no sabe a ciencia cierta qué ocurre, pero sospecha algo inconcebible, inexpresable. Temí que eso desembocara en alguna forma de escándalo. Me la imaginé diciéndome algo seco y cortante. Fue cuando pasó algo inesperado, casi risible. En mi pánico ante lo que doña Anita pudiera decir y que sin dudas sería vergonzoso para mí, a lo cual se sumó el triunfalismo que todavía daba el tono a mi estado de ánimo, me puse a hablar sin saber quién había decidido hacerlo y mucho menos cómo escogió esas palabras. Si acaso doña Anita oyó esa voz mía con asombro, mi pasmo no fue menor. En fin, lo que esa voz dijo fue lo siguiente:

—¿Qué le parece, doña Anita, que a la salida vayamos al cine?

Ya estaba. Lo había dicho. Alguien lo había dicho. Quedé tan estupefacto como Anita —sí, ya era Anita sin preámbulo—, o tal vez más. Me congelé. Tuve la sensación de que cualquier movimiento o acto, sin importar su sentido, podía costarme caro. Quizás pensé que deteniendo vicariamente el tiempo por medio del recurso de quedarme inmóvil impediría un desastre. Su reacción primera fue de sorpresa en estado puro, aquella suscitada por cualquier evento inesperado, pero de inmediato dicha reacción se volcó hacia adentro al mismo tiempo que una luz glotona pero suspicaz, cierta cosa tímida y cobardona atreviéndose por vez primera a hacer su aparición, emergía.

—¿Al cine? —preguntó con una voz ronca que nunca antes le había escuchado.

—Sí, al cine —y agregué estúpidamente— ya nos conocemos desde hace años, ¿verdad?.

Una soberana estupidez, cierto, pero no sería la primera vez en la historia que una soberana estupidez cumple una función meritoria sacando a las partes de un brete insoluble. Ignoro si así lo entendió Anita, aunque no entenderlo está en la esencia de la eficacia de dichas idioteces.

—¡Qué cierto es eso, Ismael! —dijo con súbito entusiasmo—. Quién lo diría, pero así es, en verdad —comentó.

Y de pronto exclamó:

—Bueno, vamos al cine, colega.

Enseguida dio media vuelta y, sin mirarme a la cara, dijo:

—Elija usted la película, Ismael.

Sucedió tal como lo refiero, sin quitar ni agregar una coma. Yo me quedé de piedra, atónito por todo lo que había acontecido en menos tiempo que toma el contarlo. ¿Cómo era posible que cierto mutuo comportamiento sostenido por años pudiera ser trastrocado en tan breve lapso? Me dirigí a mi lugar habitual con un ánimo que no era el de costumbre, no ese atroz tedio acribillado de bostezos que conozco bien sino algo muy cercano a la excitación que nace del consumo de estimulantes. ¡Había sacado a doña Anita de sus consolidados rieles en solo un par de minutos! ¡Qué no sería posible si uno se dejara llevar por el impulso! ¡Cuán inmensas avenidas se abrían de sopetón! Lo de Ovalle, comprendí, había sido solo una primera muestra.

Al calor de esas reflexiones apenas tuve paciencia para esperar el fin de la jornada. Varias veces abrí el diario para escoger un cine, pero si me decidía por uno pronto cambiaba de idea y reiniciaba el chequeo. Anita, en cambio, me pareció tan compuesta como siempre. De reojo la atisbé en su pequeño despacho haciendo anotaciones como cualquier otro día. Un par de clientes distrajeron mi atención por un rato. Luego, nada. El resto de la tarde se deslizó con una lentitud exasperante.

Llegado el momento de cerrar, todo fue igual a cualquier día. O casi. Vi a doña Anita meter cosas en los cajones de su escritorio, ordenar unos papeles, ir al baño, salir muy compuesta, entregarme el candado de la cortina metálica y esperar a que cerrara el local. Pero esta vez no partió por su lado, sino que me tomó del brazo y me dijo: «Ismael, lléveme al cine que escogió».

Lo esperaba pero al mismo tiempo fue inesperado como si todo lo conversado y la extravagante invitación al cine solo hubiera sido parte de una broma que nadie imagina vaya a hacerse realidad. ¡Y sin embargo estaba sucediendo! Caminaba con ella aparentemente de manera normal, pero durante las dos o tres primeras cuadras me sentí como un enfermo dando sus primeros pasos luego de una larga temporada en cama. Tal vez, pensé, estoy dentro de uno de esos sueños tan vívidos y precisos que nada los distingue del mundo que se inicia cada mañana. En cualquier momento abriría los ojos y estaría de espaldas en mi lecho. ¿Podía ser cierto que me estuviera tomando del brazo con Anita como si fuéramos un matrimonio con años de laboriosa trayectoria, rebosante de confianza mutua, la amable pareja que sale a pasear después de almuerzo para hacer la digestión y pedorrearse discretamente? Ignoro cómo lo experimentó ella porque no pronunció ni una palabra. Es posible que, como yo, estuviera inmersa en la misma sensación de irrealidad. Por momentos he supuesto que todos reaccionamos del mismo modo en parecidas circunstancias, pero otras veces sospecho que nos separan distancias siderales y todo cálculo a partir de la experiencia personal es como un dibujo trazado en la arena. Nada sabía de Anita, «doña» Anita. La había catalogado con un par de datos sueltos y algunas presunciones. La vi por años como una vieja solterona y beata, virgen o casi, horrorizada del sexo y completamente estúpida e ignorante. Pero ¿y si estaba completamente equivocado? Mirándola de reojo solo pude distinguir, debido a sus fastidiosos lentes, una fracción de su perfil, pero lo poco que pude ver, la determinación de sus labios cerrados, no compatibilizaba con esa descripción. ¿Acaso no aceptaba ir al cine con el humilde empleado de la librería? ¡Quién podía saber qué clase de mujer realmente era!

Cuando íbamos llegando al cine me acogí al sentido común y me dije que doña Anita era simplemente una mujer solitaria haciendo propicia la ocasión para disfrutar un poco de compañía. Quién sabe cuántas veces habría deseado hacerlo. Daba lo mismo; todos esos años de mera relación entre empleado y jefa de local se desvanecieron como si nunca hubieran existido. Solo en ese momento estaba conociendo a Anita. Y fue en calidad de personas que recién comienzan a intimar que hicimos cola frente a la boletería del cine. Aceptado ese punto, legítimo era entonces que como macho protector me ubicara detrás de ella y pusiera mis manos sobre sus hombros con mi paquete genital haciendo bulto a escasos milímetros de su culo. ¡Dios, acababa de comprobar que tenía culo! No era tan prominente y divino como el de Jennifer López en sus mejores tiempos, pero ahí estaba y se manifestaba en curva separada y distinta al resto de la espalda, condición básica de su existencia. En dicha postura protectora entrecerré los ojos. Me habría sentido feliz manteniendo esa posición por mil años seguidos; no había contacto, no había palabras, solo imágenes de todo lo que era posible o hasta imposible hervían en mi cabeza. El esplendor de lo prohibido casi me sacó de quicio.

Mucha era la concurrencia ese día, pero la aglomeración de carne humana disputándose un espacio, lo cual normalmente es suficiente para fastidiarme, esa vez no me importó. Lentamente se movía la fila y cuando sucedía y todos avanzaban unos pasos, debiendo nosotros hacer lo mismo, la inevitable descoordinación en el movimiento de nuestros cuerpos causaba que, en ocasiones, dicho bulto rozara por un momento el trasero de Anita. ¡Oh, Dios, esas son las menudencias excitantes que se recuerdan toda una vida! Tal vez un par de veces, sobreexcitado, mis manos presionaron sus hombros un poco más intensamente; tal vez en esas mismas ocasiones, inclinando un poco el rostro, puse mi nariz casi encima de su cabeza y aspiré a fondo el aroma de su champú. Y durante todas estas operaciones, acercándonos de a poco a la boletería, ella no dijo nada. Ni siquiera intenté explicarme eso, ni siquiera se me ocurrió la posibilidad de que, alarmada, pudiera darme una bofetada o decirme algo hiriente y cortante para ponerme en mi lugar. Si todo era un sueño iniciado en las escenas que habíamos protagonizado en la tienda, decidí sacarle el máximo partido, olvidarme de su condición y gozarlo como si fuera real.

Aquí debo agregar que ese erotismo adolescente, asociado a imperceptibles trasgresiones que solo en la mente de quien las comete adquieren una dimensión monstruosa, era solo una ruedecilla menor en una máquina más vasta, atropelladora y temible. Hablo, otra vez, del entusiasmo. Me sentía en la cresta de una ola que solo podía desembocar en la gloria eterna. Era como estar bajo los efectos de un cocazo de la gran puta. ¿Qué podía tocarme? ¿Podría doña Anita, por ejemplo, levantar la mano contra mí, darme una cachetada como a un escolar, dejarme plantado en la fila frente a la boletería?

Fue dicho predicamento triunfal el que permitió y alentó esas manos mías sobre sus hombros, la postura del macho dominador ofreciendo protección a su hembra. La sensación de poder casi me sacaba de quicio; pude haberla mordido en el cuello, morderla como un potro hace antes de montar la yegua. Luego, cuando al fin compramos los boletos y entramos a la sala, tuve la sensación de levitar en un espacio transparente y fresco donde era el indiscutido regidor. Con autoridad la tomé de la mano para conducirla a las butacas donde nos acomodamos. La luz disminuyó y empezó la función. Era una comedia romántica que me habría sumido en el sueño a los cinco minutos de no mediar la presencia de Anita. La miré de reojo y vi que sonreía. Sin duda ya se refocilaba con la tierna historia que veía venir. Imaginé sus labios no solo trémulos sino húmedos. Los tenía entreabiertos. Un anhelo inmenso me embargó y deseé inclinarme y besarlos, pero mi triunfalismo no alcanzó para tanto. Diez minutos más tarde acerqué mi cabeza para decirle algo al oído. Mi boca quedó a pocos centímetros de su oreja izquierda. De seguro sintió el hálito de mi respiración caliente y ansiosa. Le pregunté si le gustaba la película.

Juro que Anita mantuvo su postura de atenta audición mucho después de que yo terminara de decir y ella de responder que sí. Reconcentrada se quedó, pero no en mis palabras, sino en mi aliento, ese incesante y alternado soplo de aire tibio acariciando sus lóbulos. La punta de alguno de sus mechones me hizo cosquillas en la cara. Un dulce desfallecimiento hizo presa de vuestro narrador y oscureció su razón, nubló su vista y lo envolvió en algodonosos placeres; en breve, Ismael levó anclas sin ninguna prevención y se sumergió en esa nube vaporosa donde tentaba la perdición eterna, ser abofeteado e insultado a viva voz, que se prendieran las luces de la sala y se lo sacara de allí a la rastra con el auxilio de la fuerza pública. Intenté dilucidar cuál debía ser mi próximo paso. Discutí brevemente conmigo mismo si era aceptable besarla con suavidad en la mejilla en sintonía con la película, pero aun en medio de tan nuevas y delirantes expectaciones una reliquia del viejo Ismael impuso su presencia y retorné a mi postura original, muy erguido en mi asiento, tieso como un palo y con la vista clavada en la pantalla.

Luego de tan efímero y fantasioso trance, cuando estaba ya decidido a comportarme de manera razonable, sin permiso ni aviso previo mi mano derecha se desprendió del resto de mi cuerpo y tomó una de las de Anita, depositada en su regazo. Fue como sorprender y agarrar un pequeño pájaro caído del nido, una cosa pequeña y fría aleteando a duras penas. Con pánico la miré de soslayo, pero no distinguí ninguna expresión. Tampoco se expresaba su mano, quieta como estaba, rendida, sin dar señales de vida, ni de rechazo ni de aceptación. Por un largo lapso la mía se mantuvo en reposo, en la posición conquistada, satisfecha y temerosa de lo conseguido. Yo tenía mi mirada fija en la pantalla sin entender absolutamente nada de qué estaba sucediendo en ella. Imagino que a Anita le era posible aceptar esos hechos —mi mano en su mano y simultáneamente la acción en la pantalla— y de esa manera sacarle partido al boleto de entrada. Se había disociado del significado de mis actos. Me pareció que sentía no tener responsabilidades con su mano como yo no tenía control sobre la mía.

Tras un momento de statu quo experimentado en los términos descritos, esa mano que había sido mía cobró nueva vida y de modo suave pero inequívoco, haciendo uso de la yema del pulgar, acarició la extremidad de la dama. Así es, ni más ni menos, por un buen rato. Tenía yo la mente vacía o más bien vaciada; no había en ella temor ni sorpresa ni angustia ni deseo: era pura concentración en los movimientos repetitivos del pulgar. Esa fracción insignificante de mí me absorbió todo el seso. ¿Por cuánto tiempo? No tengo idea. Finalmente aun en medio de esa eternidad llegó el minuto en que mis movimientos me parecieron aún más ridículos que el melodrama. ¿Adónde apuntaban, en qué terminarían, cuál era el sentido de todo el asunto? Vaya bochorno. No era cosa de retirar la mano como si nada hubiera sucedido. Quedaría como un idiota. Debí llorar de vergüenza, de arrepentimiento, de incredulidad ante mis propios actos. ¿Cómo podía ser tan imbécil? Y en medio de ese horrible estado de ánimo la mano, causa de mi desgracia, cobró nuevos arrestos: desprendiéndose, se movió sobre el regazo de Anita en inequívoca dirección al punto donde confluyen los muslos y el vientre, a solo un suspiro por encima de su concha de presunta vieja cartucha y beata. Estuve a punto de saltar del asiento y emprender la huida dejando allí, a merced de Anita y su venganza, a esa mano audaz que hacía lo que se le daba la gana. Pensé, en medio de tan atroz sobresalto, que sufriría un ataque cardíaco. Ignoro qué hubiera hecho de durar el incidente dos segundos más, pero sin duda esa noche el universo estaba trastrocado porque de súbito su mano, la pequeña cosita fría e inmóvil a la que mi pulgar acariciara durante eones, emprendió un pequeño vuelo y se posó sobre el dorso de la mía, ya sabéis, situada sobre su zorra.

Estas son las experiencias que lo persuaden a uno de que la realidad de todos los días tal como la conocemos, la cotidianeidad, lo normal, es alguna clase de camelo con que nos han estado engañando desde la infancia. En un mundo de verdad no sucede que la jefa administrativa de una librería religiosa, virgen quizás, acepte que un miserable empleado le ponga la mano en el coño aprovechando las tinieblas de una sala de cine. Porque su mano pequeña y fría estaba, digo bien, acogiendo y legitimando mi acto. No había otra interpretación posible. Más aún, dicha mano tan dada a moverse por su cuenta consideró esa aquiescencia como señal para grandes cosas y, no contenta ya con estar posada sobre ese órgano invisible, hizo presión sobre él y puso a juguetear los dedos.

Fue en ese momento cuando la mano y yo nos reunimos. Dejó de ser un apéndice sin control, un monstruo obstinado en perjudicarme y volvió a estar a mis órdenes. Nos conectamos y coordinamos nuestros esfuerzos para una acción conjunta. Recliné mi cabeza hacia la de Anita y hundí la nariz en su cabello hasta tocarle el cráneo. Aspiré a fondo con los ojos cerrados y extraje mi lengua unos centímetros para saborear su cabello. Ya no me importaba nada. Me estaba arrojando en picada a ese abismo fragante a lanolina. Luego, volteando un poco la cabeza, ella me susurró: «Aquí no, Ismael, vámonos…».

Anita se incorporó y yo hice lo mismo. Tomados de la mano fuimos dejando atrás, iluminada por el resplandor de la pantalla, esa expresión de sonriente bobería que pone el público de cine mientras ve una historia romántica. Ya en la plena luz del foyer repentinamente todo me pareció una farsa. Mantuve la vista fija al frente para no mirarla, no ver a nadie, al público testigo de nuestro acto. ¡Dios, íbamos con las manos tomadas! Sí, señores, llevaba de la mano a una vieja cartucha lectora de novelas rosa, de historias de santos. Por un momento me poseyó una ráfaga de horror, de asco, de repulsión y profundo arrepentimiento. Me pregunté qué iba a hacer con esa señora. Me sentí atrapado en las garras de una anciana. Minutos antes, en la penumbra de la sala, había gastado largos minutos acariciando su mano; a la salida me pareció que tenía entre las mías a un roedor muerto.

—¿Dónde vamos? —pregunté, con la garganta casi cerrada.

—¿Te parece que a mi departamento? Vivo cerca de aquí, sola.

—Estupendo —dije tratando de poner entusiasmo en mi voz, pero solo logré emitir una suerte de chillido.

Ella me apretó la mano y apresuró el paso. Pensé con desprecio: «La pequeña y regordeta jefa está caliente». La miré de arriba a abajo. Ahí iba, bajo mis hombros, a paso de carga en dirección al catre. Me arrastraba, esa es la verdad. Estaba en sus diminutas manos porque en un instante de locura en la librería la había invitado al cine. Me arrepentí de haberlo hecho y verme eventualmente condenado a hurgar entre las carnes de una veterana escondida tras una cara bonita. Eso me hundió en un sentimiento de pesar abarcando mucho más que ese instante cuando hice mi intempestiva invitación; me abarcaba por entero como si un severo jurado me estuviera sacando a colación todos los actos vergonzosos o estúpidos que cometiera hasta entonces, el completo expediente de mi vida. Tuve la sensación irrefutable de que no merecía respirar, vivir.

¿Hasta cuándo iba a cometer tonterías? ¿Hasta cuándo iba a ser el miserable de Ismael?

Llegamos muy pronto al edificio donde vivía, de seis o siete pisos, antiguo y algo venido a menos pero bien cuidado y con olor a limpio en el zaguán. No había conserje. Aun allí, en su territorio, sin nadie en los alrededores, me obstiné en no mirarla. Clavé mis ojos en la aguja que señalaba el movimiento del ascensor en lento rumbo hacia el desastre. De soslayo noté que doña Anita no me despegaba la vista. Bajamos en el cuarto piso y avanzamos iluminados por una única lámpara a mitad de camino. Se detuvo frente a la puerta con el número 402, la abrió, dio un par de pasos en su interior, prendió una luz y me invitó a pasar. Me situé a su lado, casi sin ver otra cosa que un corto pasillo con un par de anodinos cuadros en los muros. Por hacer algo y salir de mi vergonzoso mutismo exclamé: «¡Qué bonito tu departamento!». No sabía qué hacer para escapar de todo. Ella no respondió y me condujo a un diminuto living con un par de silloncitos, una mesa de centro con los diarios del domingo anterior, la pintura al óleo de una vaca de patas tiesas y mirada sibilina, un mueble de los que se usaban en otros tiempos para guardar vajilla de calidad y un estante con unos veinte o treinta libros.

—Ponte cómodo —me dijo mientras abría un mueble y sacaba dos vasos en miniatura y una botella de pisco a medias vacía.

¡Qué asombro me produjo eso! Ahora resultaba que doña Anita, la parca y devota jefa de la librería, también empinaba el codo. Sirvió ambos vasitos hasta la mitad, insistió en mi comodidad y me anunció que iba a refrescarse. La vi desaparecer por una puerta que supuse conducía a su dormitorio. Quedándome solo, ya no molesto o incómodo sino curioso, hice propicia la ocasión para examinar su estante de libros. Me llevé entonces otra sorpresa: no había en medio de esas filas de *paperbacks* manoseados y esquinas dobladas, entre esos volúmenes maltratados, ninguno de carácter religioso. Absolutamente todos los libros eran novelas, excepto una edición del almanaque del *Reader's Digest* de hacía cinco años. Y para mayor sorpresa, una buena porción eran novelas rosa en sus diversas variedades. Había al menos tres o cuatro de Corín Tellado, obras de escritoras chilenas que tal vez no quepa calificar dentro del género pero tratan de todos modos de mujeres descubriendo los misterios de su corazón y sobre todo de su vagina y cinco o seis libros de autores que desconocía pero que, a juzgar por las cubiertas, no se venían con chicas a la hora de hablar del asunto. El resto eran best sellers comunes y corrientes de algunos años atrás. Y, en medio de esa mazamorra literaria, el libro de Gutiérrez.

Estaba todavía evaluando la biblioteca cuando ella reapareció en escena. Hablo de escena, pues, habiéndose refrescado más allá de lo que nunca supuse, lucía, en vez de su desvaído traje de dos piezas, una bata floreada que le llegaba a mitad de las canillas con solo dos o tres botones abrochados permitiendo ver a través de aquellos intersticios cómo, bajo esa hogareña prenda, doña Anita únicamente traía ropa interior. Vi franjas de blanquísima carne. La dama, deduje, se aprestaba para negocios serios. Quise incorporarme, pero ella me empujó suavemente a mi postura original. Luego y sin ninguna clase de trámites se sentó en mis muslos. Por cierto, ya no llevaba anteojos. ¡Dios!, era otra Anita. Redescubrí lo atractivo de su cara. Algo arrebolada, con la mirada perdida y su culo cerca de mis genitales era, de seguro, otra mujer.

Sentada sobre mis muslos… De esa manera, damas y caballeros, es como una primera trasgresión o ruptura de las rutinas puede llevar y a menudo lleva a extremos impensables. Sentí que no correspondía otra cosa sino introducir una de mis manos entre sus piernas tan blancas como carne de cerdo lechón y alcanzar con los dedos la mata de su vello púbico. Mientras, ya la besaba. A mí me pareció que eso, el besarla y tenerla sentada arriba con mis dedos escarbando su vagina era la realidad de la que había estado al margen debido a un interminable sueño del cual acababa de despertar. O dicho de forma más simple: con Anita solazándose sobre mis piernas, vertiendo sus jugos vaginales sobre mis pantalones, retorciéndose en muda exigencia de cosas mayores, tuve la sensación de abandonar, ahora sí, al viejo Ismael. Fue como dejar caer al suelo un sucio par de calcetines. ¡Qué inmensa alegría sentí al hacerlo! Era una alegría que me sumergía por entero y me acunaba en su tibia inmensidad. Floté en ese amable líquido amniótico prometiéndome no una simple ganancia puntual sino la consumación por los siglos de los siglos, amén.

—Vamos a la cama —me dijo entonces Anita con un tono gangoso e impaciente que me excitó aún más.

El deleite me rodeaba, me anegaba. No podía dar crédito el estar viviendo una experiencia como aquella. Anita me condujo a su cuarto. La tenue iluminación la proveía una lámpara de velador y apenas se distinguían los colores de los objetos más cercanos. Nos dejamos caer en la cama y nos abrazamos como si en ello se nos fuera la vida. La cara de Anita resplandecía, sus ojos volteados hacia atrás se mostraban como blancas esferas de relojes sin manecillas y su respiración entrecortada se dificultó aún más cuando me precipité a sus labios a los que, por largo rato, no cesé de hacer míos. ¡Cómo gocé degustando esa sustancia rosada y dulce que nadie, supuse, había probado por años de años! Eran labios ávidos como los que más, dulces como ninguno, lo juro por poca que fuese mi experiencia en la materia. Ese dulzor me embriagó y así fue cómo entendí a Anita, a su tierno corazón, a su pecho gorjeante y dilatado, a su amor enloquecido clamando por lo suyo, a su derecho a participar en el festín. Todo eso vi en ella y todo eso vi en mí, pues ambos éramos un espejo del otro.

Enseguida pasamos a diligencias de mayor envergadura. Aun besándonos, pero con parte de la mente puesta en el siguiente afán, luchamos por desprendernos de ropas propias y ajenas. Bajé el calzón y clavé mis uñas de empleado de tienda en las albas nalgas de Anita, al tiempo que una de sus manitas de jefa halló mi escroto y lo empuñó como un revólver. ¡Qué maravilloso dolor! Era esa, sin duda, una noche de fulgores. Luego se irguió sobre mí como una puta de barriada presta al trabajo más sucio. Os juro que su rostro brillaba, que su cuerpo pequeño y entrado en carnes rebosaba delicias y lucía mil rincones por probar, por hendir y perforar. Nunca antes me había sentido así, tan caliente, macho cabrío a punto de echar abajo muros de piedra si era necesario. Anita se encaramó sobre mi cuerpo procediendo a sepultar y hacer desaparecer el miembro en su concha de rubia pendejada con gotitas de fluidos reluciendo como oro. ¡Ah, Dios! Solo por milagro no cerré los ojos y pude agregar a mi placer personal la visión del que ella experimentaba, la luz emanando de su rostro, los descubrimientos que hacía, su magnífico esplendor. Se movía acompasadamente con el arte de una cortesana de vasta trayectoria y manejó con gran pericia la situación a fin de evitar que yo acabase antes de tiempo. ¿Era posible, preguntó una fracción de mi mente no involucrada en esos hechos, que Anita, la señora Anita, doña Anita, la responsable de la administración y gestión de una librería que operaba como brazo literario del arzobispado, fuera una puta desembozada tan ducha en las artes del sexo como la que más, una mujer dada al pene con más fruición —qué duda cabía— que a los santos sacramentos?

¿Y qué si era así?, me dijo otra voz, más sabia y penetrante. ¿Por qué ella o yo debíamos coincidir con la paupérrima versión de nuestras vidas públicas? ¿Por qué debía su vida cotidiana constituirse como la medida de todas las cosas? Rápido olvidé todo, dejé de lado todo, permití que mis pensamientos se fragmentaran y cayeran en partículas para entregarme en plenitud al amor. Así sucedió al menos cuando nos volteamos y encima de ella ejecuté el viejo e ilustre ejercicio mientras sus uñas nacaradas recorrían mi espalda como si afinaran una guitarra para un abrumador final y luego, bajando más y más, recorrieron mi culo de arriba abajo con tal refinado arte que aullé de placer y me vacié en ella y en verdad sentí amarla, lo habitual en estos casos.

2

Apenas la faena terminó obedecimos la honorable tradición de quedarnos de espaldas mirando al techo. No pensé en Julia ni por un instante. En verdad, la olvidé del todo. Mi sensación de bienestar y plenitud era completa. El placer procurado por Anita no lo había obtenido ni siquiera en las mejores sesiones con la odontóloga. Me recorría de pies a cabeza una onda de calor tibio y reparador. No había lugar ni ocasión para pensar en nada; me limité a mantenerme así, sintiéndome satisfecho como nunca, quizá feliz. Mientras tanto, Anita hablaba. Era más un murmullo que una voz y su tono fue para mí tan apaciguador que me tomó unos minutos darme cuenta que se trataba del monólogo de presentación con el cual expresaba quién era, se mostraba, revelaba su identidad más allá del rol que le conocía. Decía tener derecho a ser orgullosa pese a su condición de empleada y que no aceptaba los atropellos de algunos ejecutivos que, según dijo, «se creían dioses».

Eso logré entender durante los segundos que le presté atención antes de recaer en el mismo apacible sopor. En vez de sus cuitas bien hubiera podido estar arrullando una canción de cuna. ¿Qué me importaban a mí sus tribulaciones como empleada del arzobispado? Solo quería escuchar el bisbiseo tranquilizador con que las relataba. Resistí la tentación de quedarme dormido solo porque habría sido un exceso de descortesía. Continué simulando interés, asintiendo de vez en cuando con la cabeza.

—¿Creerán —dijo entonces— que porque uso una cruz en el pecho debo santiguarme delante de cualquier frailón de porquería?

Su tono ya no era apacible. Era áspero, tóxico; con eso mi paz seráfica se resquebrajó. De golpe mi ánimo se vino al suelo. Ya no hubo reposo ni satisfacción.

—¿Qué piensas tú, Ismael? ¿Me encuentras razón? ¿Es justo lo que me sucede?

Se había vuelto hacia mí y me miraba de cerca. Quería enterarse de mis reacciones, calibrar mi grado de solidaridad con sus problemas. No tenía idea qué me perturbaba, pero sospeché estar a punto de regresar al sombrío territorio de siempre. Con el dedo índice de su mano Anita recorría el perfil de mi rostro, luego la garganta, el pecho, la barriga y finalmente mis genitales. Continuaba hablando sin dejar de apretarme suavemente las bolas. Mientras tanto borbotones de mala onda salieron de las resquebrajaduras aparecidas en mi estado de complacencia y confianza. Cosas como esas, pensé, lo persuaden a uno de la existencia del demonio, de su porfiada saña y afán por hacernos daño. Nos deja encaramarnos a un rosado pedestal de esperanzas para luego empujarnos y derribarnos. Es lo que hizo en ese momento. Tan brutal fue mi caída que alcancé rincones muy profundos, lugares olvidados a la fuerza y recordados solo en sueños.

Así reapareció aquel día cuando visité una editorial para recibir juicio de los cuentos que había dejado para su evaluación. Podría decirse que Anita, con su apretón en mis testículos, abrió la puerta hacia ese depósito de memorias. Todas las escenas de esa jornada se me presentaron en masa, reales y al mismo tiempo obsoletas como si contemplara el documental del incendio del Hindenburg. Ahí estoy, cerca del mediodía, haciendo antesala para recibir el veredicto. Me veo simulando un aire de indiferencia pues una chica de dieciocho o diecinueve años que acaba de llegar se sienta a dos sillas de distancia y no quiero parecer un pobre tipo al que han dejado esperando. Sobre sus muslos, apretadamente envueltos por unos jeans, hay un grueso legajo. La imagino una principiante ansiosa por mostrar su novela, sus cuentos o su poesía. La miro de soslayo. Es pelirroja y tiene pecas. No se nota inquieta o nerviosa, sino segura de sí misma. Vagamente la oí hablar con familiaridad con una secretaria. Alcanzo a sacar una conclusión evidente y banal, «a esta niña la conocen aquí», cuando la puerta franqueando la entrada al despacho del editor se abre y este, con los brazos abiertos, exclama: «Pero, mijita, ¿cómo es que la hicieron esperar?» y enseguida la envuelve en un abrazo de oso, amplio, cálido e íntimo. Es entonces cuando me doy cuenta de quién es. O lo adivino. Es Myriam E..., la chica prodigio que ha escrito una novela de ciencia ficción y arrasado con el ranking entre quinceañeros dados a la computación y el chateo. La han entrevistado en los suplementos literarios y ha salido en programas de televisión. Es conocida. Ha vendido tres ediciones y se dice que prepara otra novela del mismo tipo. Debe ser la que lleva en ese legajo. Tiene que ser la novela que el editor espera. ¡Sin duda será otro éxito! me digo, mientras el editor, todavía envolviéndola con sus amplios brazos, la lleva al interior de su oficina y cierra la puerta tras sí. No me ha echado ni siquiera un vistazo. No he existido. Una escoba apoyada en el muro hubiera concitado más interés. Me invade un bochorno espantoso. De tener energías para hacerlo me pondría de pie y saldría de allí, pero estoy tan desprovisto de ellas que me hundo en la silla sin recursos para siquiera mantener una postura digna, optimista, satisfecha, la del promisorio autor que se apresta a recibir congratulaciones y un millonario contrato. Solo cierro los ojos. No quiero ver nada, ni las fotos de autores célebres que adornan los muros ni la cara de la secretaria que tal vez, compadecida de mi situación, me ha mirado. Myriam, esa putilla, llegó a la editorial después que yo y la reciben antes. «Es que ya ha vendido tres ediciones», me explico. Solo me atrevo, en mi insondable vergüenza, a echarle un vistazo a mi reloj como si con eso pudiese enviar un contundente reproche al editor, hacerle ver su mala educación y advertirle que si no toma medidas correctivas me iré enseguida e irrevocablemente. Luego respiro hondo y sigo esperando. ¿Qué otra cosa puedo hacer? Es difícil obtener una hora en la agenda del editor. No puedo desperdiciar esta oportunidad y debo soportar lo que sea.

—Y pensar —está diciendo Anita— que me he sacado la cresta años de años, pero no toman en cuenta nada, solo saben exigir, culparte… ¡Imagínate que me vieran ahora contigo, en mi cama…!

Y apenas lo ha dicho suelta una risa que nunca le había oído antes, ronca, grosera, burlona, despectiva. Con esa risa es como definitivamente la almidonada doña Anita se saca el disfraz y se pedorrea en la cara de todo el mundo. En otras circunstancias me hubiera estremecido, supongo, pero me saca solo un instante de la contemplación del vídeo personal que estoy mirando y donde yo, sentado, hago hora. Ahí estoy, sí, en la dura silla.

Finalmente la puerta se abre y del despacho sale el editor y la prometedora y genial escritora de dieciocho o diecinueve años pero ya, qué maravilla, con sus éxitos en el bolsillo. Ríen alborozados, no terminan nunca de despedirse, no soportan la idea de separarse, reinician una y otra vez la charla, se dicen «nos vemos», pero vuelven a empezar. Todo les causa risa. ¿Qué es tan gracioso? ¿No saben acaso que hace una hora y media estoy esperando? Al fin la pelirroja, la genial Myriam, parte y deja al editor con una sonrisa en la boca. Todavía está mirándola mientras ella avanza por el pasillo alfombrado hacia la salida de la editorial. Entonces, al volverse con ánimo de retornar a su despacho, me doy cuenta, desfalleciendo casi, que aún no me ha visto. Es cuando la secretaria se le acerca, le murmura algo al oído, el hombre me echa una mirada, asiente y dice «bueno, joven, pase», tras lo cual me da la espalda y se encamina a su despacho. Yo voy tras él como un nativo llevando las provisiones del cazador blanco. Al fin estoy ya en su sacristía literaria. Sin mirarme, el editor gira por una esquina del escritorio para tomar asiento y me señala la silla ubicada frente a su trono. Es la misma que ha usado la chica con el éxito en los bolsillos. ¡Dios, pondré mi culo donde ella ha puesto el suyo! Todo un honor. Bruscamente, mirando el reloj mural, impaciente por deshacerse de mí, me pregunta mi nombre pese a tenerlo anotado en la agenda abierta sobre su escritorio. Se lo digo y agrego que él me ha citado para hablar de un trabajo que he puesto a disposición de la editorial.

—¡Ah, sí, sí! —dice con desprecio—. ¡Un joven con ambiciones literarias! A ver, déjame buscar el informe...

Abre un cajón, saca varios expedientes, revisa sus cubiertas, separa uno, lo abre, extrae de su interior una hoja con un texto escrito a mano que ocupa la mitad de su extensión, se cala unos anteojos grasosos y lee. Perfectamente podría yo en ese momento sufrir un ataque cardíaco, pues, aunque sentado en la silla bendecida por el trasero de Myriam, siento en el segundo antes de que el editor levante la vista que nada de la virtud, la fortuna y la vibración triunfadora de Myriam se me va a contagiar pues soy refractario a eso: mi culo no aspirará los aromas y los éxitos del suyo. Y no soy defraudado: el editor, dejando caer la hoja, me anuncia que mi trabajo «por desgracia no está en la línea de lo que publica la editorial».

—Y déjame decirte algo más, Ismael —anuncia entonces Anita alejándome del recuerdo mientras sopesa mis bolas con sus dedos—, yo no soy la vieja cartucha que todo el mundo supone al verme a cargo de esos libros de mierda que, de verdad, me los paso por el culo...

Duras e inesperadas palabras las de Anita, pero mis ojos miran hacia adentro y mis oídos solo oyen con atención lo que dice ese hombre desde ese asiento y ese pasado situado tres o cuatro años atrás, realzando su tono desdeñoso, burlesco, como si su tarea no fuese el recibir y publicar autores sino basurearlos, aniquilarlos. Seguro ha visto en mis ojos la desesperación porque en un rapto de sadismo, ese que a veces inspira la debilidad ajena, decide ir más allá, sobrepasar la frase ritual con que se perpetra el rechazo en toda editorial con siquiera un átomo de piedad por los autores fallidos, cruza ese umbral para aplastarme como a una cucaracha y me lee palabra por palabra el informe y quién sabe si agregando además algo de su cosecha. Sea como sea, me dice: «Mire, joven, adolece usted de todos los defectos de un novato y no tiene ninguna de sus virtudes, ni siquiera algo de imaginación y novedad, como sería de esperar en un joven con ambiciones. Y fíjese, aquí el lector de la editorial, perdóneme, Ismael, agrega que yo debiera decirle a usted que no gaste su tiempo en una labor que no es la suya, que sin duda tendrá otros talentos y que más vale los descubra y se dedique a eso...».

Lo oigo como si oyera el parlamento más brutal de una obra de teatro, algo muy duro pero dicho a otro, a un actor, en un escenario, lugar donde todo es ficticio. Siento esa desesperación calmada propia de quien afronta un destino que al fin se presenta ante él en toda su envergadura, ese estado de absoluta pérdida ante el cual no cabe sino la resignación, la paz de no esperar ya nada y de estar a punto de ser sacado del juego.

—... ¿Y tú, Ismael? ¿Qué cuentas? ¿Cómo llegaste a la librería? Eres tan joven... no es trabajo para alguien con futuro... este es trabajo de viejos, sobre todo en esa librería. ¡Libros de curas! ¿Por qué trabajas en esto...?

Pero aún estoy dentro de ese pobre tipo y la voz de Anita me llega lejana y casi ininteligible, como si me hablara desde las profundidades de Siberia haciendo uso de un teléfono de magneto. El vídeo clip de mi primera experiencia editorial termina conmigo en la calle, con el lamentable paquete de mis cuentos en las manos.

Allí estaré para siempre jamás. Debo hacer un esfuerzo para huir de esa prisión, pero no hago sino poner en marcha una vez más la linterna mágica y entonces, mientras Anita prosigue con su monólogo, todos los espectros mantenidos en ese, el más profundo de los sótanos, hacen acto de presencia.

Nuevamente estoy en la calle. Ha trascurrido un tiempo desde esa fallida experiencia literaria y para entonces ya he olvidado mis ambiciones. Soy empleado de una librería en la que pareciera haber estado toda la vida. Soy un anónimo vendedor de libros, un don nadie, ni siquiera el miserable «Llámenme Ismael» como solía decirme ese viejo imbécil, imbécil pero escritor, nombre conocido, famoso, alguien que significa algo mientras yo no soy nada ni tengo un brillante sol sobre mi cabeza sino un cielo oscuro y sucio. He recorrido cientos de veces esa calle, hago todos los días el mismo trayecto, soy un hombre de la calle, de *esa* calle, término que me despoja de cualquier rasgo y reduce a mi auténtica condición, la de ser intercambiable por cualquier otro, un grano de arena igual a cualquier otro y con la única novedad de que hoy, a mis pies, hay un cadáver. Es un tipo al que le han disparado en la cabeza por una cuestión de dinero o venganza, no lo sé. Ha sucedido hace unos minutos. En medio de su frente hay un agujero, cárdeno en sus bordes y rojo oscuro adentro. Tiene los ojos entreabiertos en expresión de pasmo. Yace en una plaza que cruzo todos los días en mi marcha desde la pensión hacia la librería y sin razón me he topado con él. Su cráneo ha ido a dar contra un árbol y la taza de riego se ha llenado de su sangre. En la sangre flotan grumos de una materia más sólida y amarillenta que van coloreando ya hacia el rojo y luego al púrpura. «Es masa encefálica», me digo sin apartar la vista del espectáculo. Dos o tres transeúntes que se han encontrado con la escena me acompañan. El rostro del caído es muy pálido. Dos hilillos de sangre manan de los orificios de su nariz. El cerebro ha sido destruido, pero el corazón sigue en lo suyo, bombeando más frenéticamente que nunca. Tal vez en el resto de encéfalo que quedó dentro del cráneo subsiste un destello de conciencia. Me estremezco y una sensación de futilidad atroz me invade como si con la muerte de ese fulano todo sucumbiera, se anulara, revelara su gratuidad espantosa, pero además casi me domina un impulso por acercarme al cuerpo, agacharme a su lado, mirar de cerca sus ojos, asomarme por ellos como si fueran ventanas arruinadas y sucias pero aun capaces de dejarme atisbar qué sucedía en esa mente deshecha.

Anita me mira con impaciencia. Adivina que hay algo dentro de mí que corre por una vía paralela y desea saber qué es. Lleva largo rato hablando y yo apenas he contestado. Comienza a darse cuenta de que no le he prestado la debida atención. Para disimular, pero también con el propósito de espantar esas desagradables imágenes que me atormentan, estiro mis brazos, la tomo del cuello, la atraigo hacia mí y la beso con la máxima pasión posible en esas circunstancias. Sin que lo sepa, uso a Anita como un medio para evadir mis propios fantasmas sin haber siquiera oído los suyos. Es un beso mentiroso que aparenta la fusión de las almas, pero en realidad no es más que un pretexto para huir de la mía. Y a partir del beso procedemos a revolcarnos con renovados bríos. He descubierto en Anita una fuente de placeres inéditos y a ellos me arrojo ansiando cerrar esa puerta que lleva a regiones que prefiero mantener a oscuras y perdidas. Pero no lo logro. Sigo recordando. Recuerdo que ese encuentro con la muerte de un desconocido pronunció la depresión que me fastidiaba desde el día de mi traspié literario. Lo diré de una vez: comencé a pensar seriamente en quitarme la vida. La idea me asaltó apenas salí de la editorial. En lugar de mirar de frente mis fallas como escritor y superarlas pensé en dirigirme a una estación del metro y saltar a la vía. Si no lo hice fue solo por razones de metodología; me pareció cosa demasiado brutal. Desechado ese camino examiné las opciones que me ofrecía la química, pero el uso de un raticida me pareció recurso lento, doloroso y sadomasoquista. ¿Y somníferos? Es indoloro, limpio y fácil, si bien algo afeminado. Pese a esa desventaja, era lo mejor. Sentí que daba en el clavo. Llegué al punto de conseguir un frasco y dejarlo sobre el velador junto a un vaso de agua. Una tarde de esa misma negra semana me acomodé en la cama con un par de cojines y dejé preparada una nota para el juez. Con todo dispuesto repasé cada episodio de mi vida.

Los recogí del olvido, los valoré y los ordené. Me pareció que mi existencia seguía un patrón bastante claro. La miré con cierta benevolencia porque ya no era necesaria una mirada acusatoria. Había sido simplemente mi vida, de la cual me despedí. Tomé el frasco con las píldoras y lo agité para hacerlo sonar como sucedáneo de campanadas fúnebres. Luego cerré los ojos y sin quererlo me quedé dormido. Fue la ocasión en que he estado más cerca de eliminarme.

Anita, entonces me preguntó:

—¿En qué estás pensando, Ismael?

—En nada, jefa, en nada.

3

Esa noche con Anita, pese a los recuerdos desagradables que la perturbaron, inyectó una fuerte dosis de energía a la marcha de mis asuntos. Acrecentó la sensación de ser dueño de mis actos presentes y también de mi futuro. «Mi» futuro, no ya un destino inexorable. Tan seguro me sentía que al día siguiente, luego de pasar por mi pensión a cambiarme de ropa, llegué a trabajar sin variar ni un ápice mi actitud habitual. Anita hizo exactamente lo mismo. Pero lo importante de esa jornada fue la llamada de Ovalle.

—¿Cómo estás, Ismael? Qué bueno que te encuentro...

—Siempre estoy para usted —respondí. Aunque dueño y señor de mí mismo, futuro incluido, no pude evitar un tono servicial.

—Sí, claro, gracias, Ismael. Te llamaba por nuestro asunto, como es obvio. Creo que podría haber novedades.

—Espero que buenas —dije en tono alegre y ligero tras el cual instantáneamente asomó su cabeza ese compañero mío de ruta e infortunio al que ya creía desaparecido, ese monstruo personal e intransferible nacido del maridaje entre la angustia y el temor.

—Supongo que buenas —respondió Ovalle, cauteloso y vago—, aunque bien sabes que nada es sencillo y nada está exento de problemas, Ismael. Por lo mismo me gustaría que vinieras a mi casa cuando salgas de tu trabajo, si acaso aun trabajas en la librería. ¿Puedes?

—Sí, don Ernesto. No hay problema.

Claro que iría. Y por cierto pensaba mantener mi actual trabajo. La suma que Ovalle me pagara no había cambiado mi situación. Era un monto muy bienvenido, pero al que aún no asignaba ningún propósito. Me limité a cambiar el cheque por dinero contante y sonante. No lo asociaba a mi modo de vida. Apenas había pensado en eso. Ovalle insistió:

—¿Vienes entonces hoy a mi casa, a la salida del trabajo?

Le dije que lo haría. La conversación terminó y por largo rato sostuve el celular en mi mano, examinándolo como si estuviera grabado en él, en letra diminuta pero al menos sin evasivas ni rodeos, lo que Ovalle hubiera debido decirme de una buena vez. Con movimientos lentos, determinados, lo guardé en el bolsillo para sofocar un quizá prematuro rapto de alegría. Aun así una voz optimista me dijo que Ovalle me había llamado y convocado a su casa porque seguiría adelante con el proyecto. Si bien con reparos, acababa de comunicarme buenas noticias. El viejo de mierda, asustadizo y celoso, pondría problemas, pero en lo principal era plausible concluir que en la editorial aceptaban mi versión. El entusiasmo terminó poseyéndome. Anita me miró con curiosidad apenas traspuse el umbral.

—¿Qué le pasa, Ismael? —me preguntó.

—¿Por qué, doña Anita?

—Por la cara que trae, Ismael. Pareciera que acabara de ganarse el gordo de la lotería.

Me sonreí. Inútil negarlo. Supuse que resplandecía. La satisfacción, pese a mis precauciones, comenzaba a brotar por mis poros. Así era. Y no queriendo ni pudiendo entrar en explicaciones acerca de su verdadera causa, atiné con algo que me pareció divertido.

—Será que estoy enamorado, doña Anita —dije en tono ligero.

Y en el acto una gran desazón se apoderó de mí. ¡Qué estupidez había cometido! O Anita me consideraría un idiota o, peor aún, se lo tomaría en serio. Afortunadamente, nada sucedió. Se limitó a sonreír y dando por terminado el incidente se encaminó a su despacho.

Respiré aliviado, pero el resto de la tarde estuve muy ansioso esperando el momento del cierre. Todo ocurrió como de costumbre. Anita se marchó sin decir ni una palabra. Era como si jamás hubiéramos salido y mucho menos fornicado a destajo. Lo encontré raro pero tranquilizador. «Un problema menos», me dije. A pesar del placer que ella me había otorgado, el hecho de no existir costo alguno y lo cómodo que resultaba su condición de mujer viviendo en su propio departamento, me molestaba la idea de que pudiera creerse con derechos para intimar mucho más; eso, no supe por qué, me pareció alarmante. Tal vez ya presentía lo que iba a suceder dentro de poco, las situaciones a las que me forzaría. Fue una sensación incierta, difusa, pero olvidé todo eso casi de inmediato, tomé un taxi y me dirigí donde Ovalle.

Era de noche y apenas reconocí la calle y sus alrededores. Todo cambia con la oscuridad y convierte en misteriosa hasta a una arboleda común y corriente. Y el silencio y la soledad del barrio donde vivía Ovalle eran muy espesos. ¿Es que nadie jamás caminaba por sus aceras? ¿Dónde estaba todo el mundo? Apresuré mis últimos pasos y pulsé con insistencia el timbre de la puerta. Ovalle no tardó en abrir y me invitó a pasar con un simple gesto. Claramente reinaba en su ánimo un espíritu de cerrar prontos y urgentes negocios. Una vez más recorrimos los dos pasillos consecutivos en dirección a su estudio y de nuevo fui flanqueado por las fotografías que colgaban de los muros, esas hileras de rostros de gente ya muerta, en grupos de a dos y de a tres o más, sonriendo desde las sombras al ocasional visitante. El estudio de Ovalle, a esa hora, parecía aun peor iluminado que en las demás ocasiones. Si acaso llegué disfrutando siquiera los rescoldos del entusiasmo que sentí con su llamada, este se apagó no bien puse pie dentro de ese cuarto. Y no es que ocurriera nada inusual. Como si actuáramos en una obra ya representada cientos de veces, Ovalle me ofreció la silla mientras él ocupaba su alto trono. Aun así, tuve un mal presentimiento. Mientras tanto Ovalle cruzó las manos sobre su vientre y me miró a la espera del primer movimiento.

Pero ¿cuál movimiento?

—Y bien, don Ernesto —dije, obligado a iniciar el juego—, ¿cuáles son las buenas novedades? ¿El editor aprobó? ¿Le gustó el libro?

Ovalle se sonrió. Debió considerar un triunfo que hiciera esas preguntas y manifestara mi interés, quizás hasta ansiedad. Finalmente se dignó abrir la boca.

—Las cosas no son tan simples, Ismael —dijo con tal tono de superioridad que tentado estuve de responder con una impertinencia.

¿Para qué me había citado, entonces? ¿Para, sentado en la incómoda silla, tenerme a su merced haciéndome difíciles las cosas? ¿Estaba poniendo en práctica una estrategia tendiente a empequeñecer el calibre de mi aporte a su lamentable obra? Esas preguntas circularon una y otra vez por mi mente sin hallar respuesta. Temí que eso se expresara en mi rostro por más que intentara mantenerlo impávido.

—Me refiero —agregó Ovalle— a que el editor hizo algunas sugerencias que debemos atender debidamente, algunos cambios y correcciones. Si lo logramos, el proyecto se va a materializar.

¡Ah, al fin decía lo que deseaba escuchar! Lo de las sugerencias del editor me pareció insignificante y me importó un comino. Los editores siempre hacen *sugerencias*. Si no, ¿cómo habrían de cobrar sus salarios? Ovalle pareció detectar esa transformación desde la ira contenida a la satisfacción total; su propio talante mutó desde el aire de condescendencia a uno de alegre complicidad. ¡Éramos socios!, decía su cara, su sonrisa, el modo como descruzó las manos que tenía sobre el abdomen y su nueva postura en el sillón magisterial. Luego se incorporó y encaminó hacia mí con los brazos abiertos como si acabaran de sonar las doce en la noche de año nuevo. Iba a abrazarme para celebrar el gran acontecimiento, la ruta que iniciaríamos juntos hacia el resplandeciente futuro que nos esperaba. Me puse de pie para recibirlo. Ovalle se acercó. Su sonrisa, cada vez más amplia, me pareció dibujando los contornos de las fauces de un tiburón. Vi en sus ojos un destello de gula. Iba a abrazarme, sí, con singular afecto luego de tantos días de angustiosa espera. Tímidamente levanté un poco mis brazos. Estaba ya encima y su boca entreabierta hablaba, aunque sin emitir palabra, de hambre y deseo. Un estremecimiento de asco me recorrió de pies a cabeza. Bajé la mirada como una tímida virgen en el día de sus esponsales.

—Felicitaciones, Ismael —dijo entrecortadamente.

Pronunciar esas simples palabras le costó un enorme esfuerzo.

Nos abrazamos. Me rodeó con sus brazos de valetudinario al borde de tantos declives, zambulléndose ya por varios toboganes hacia abajo, al olvido y el sueño. Sentí sus manos sabias y obsoletas en mitad de mi espalda. Intuí que se abandonaba. Su cabeza se inclinó hacia mi pecho como si no pudiera más. Enormes pesos la abrumaban, el entero contenido de la vejez con su colección de agravios e injusticias, su saber inutilizado por la merma de la voluntad, su ser entregado sin remedio a las fuerzas de la disgregación. Hubiera cedido a la tentación de compadecerme de no ser por el modo en que esas manos, ahora ya en mi cintura, hallaron modo de acercarse un par de centímetros a mis nalgas. Una sorpresa al mismo tiempo inédita y cansadamente previsible se apoderó de mí.

—Felicitaciones, Ismael —repitió don Ernesto con una voz distinta, ronca, gutural.

¿Qué podía, qué debía hacer? ¿Era tan inequívoca esa presencia táctil cerca de mis partes pudendas?

—Gracias, don Ernesto —bisbiseé al borde de mis fuerzas. Desfallecía. Fue como si la exuberancia de los últimos días me pasara la cuenta y acabara con mi capacidad de pago de los enormes gastos emocionales ya hechos. Aun así fui capaz de dar un paso atrás del modo protocolar y desprovisto de significados con que los embajadores presentan sus credenciales.

—Gracias, gracias —insistí retrocediendo hacia la silla, donde deposité y puse a salvo mi culo. Don Ernesto se quedó donde lo dejé, sonriendo ampliamente, con los ojos entrecerrados y un leve aire de resignación.

—Vamos a tener que rehacer algunas cositas —dijo entonces, como si el abrazo y sus velados comentarios al pie de página acerca de mi trasero hubieran sido parte de un debate literario.

No se me escapó un leve matiz de dureza en el modo como lo dijo. Tampoco se me escapó el plural «vamos a tener que hacer» tal o cual cosa. ¿No se daba cuenta realmente que yo había reescrito entero su libro? Esta consideración pesó más en mi ánimo que la revelación en sordina, todavía en segundo plano, de que el viejo fuera o pudiera ser maricón y pretendiera cobrarse en mi carne el supuesto favor de hacerme partícipe de su obra. Como sea, no supe qué decir. Permanecí sentado, inerte y en silencio como un tipo esperando en la antesala del dentista. Ovalle, por su parte, no se movió del sitio donde lo dejé, sobándose las manos.

—Tenemos que ponernos a trabajar —agregó.

Vaya frase banal. El viejo de mierda todavía no iba al meollo del asunto. Era la hora de pedir explicaciones.

—Don Ernesto, por qué no me cuenta de los comentarios del editor y de las sugerencias que hizo.

Lástima que en vez de provista con un tono de atendible petición, la voz me saliera como si profiriera un ruego. En el fondo le estaba rogando a Ovalle que retrocediera hacia su alto sillón y reiniciáramos la reunión desde el punto de partida, que simulara como si ese abrazo y sus agregados no hubieran sucedido jamás. Ovalle hizo un gesto de desdén y se encogió de hombros.

—Ah, eso, sus palabras exactas, te interesan sus palabras, Ismael, el modo cómo alabó tu corrección, ¿no es cierto? Quieres alimentar tu ego a costa mía, pues yo soy el corregido y tú eres el corrector, ¿no es así?

A medida que lo decía levantaba la voz y aunque no llegó a gritar ni a perder la compostura, sin duda el mantenerse dentro de límites decentes le costó un gran esfuerzo. No era difícil adivinar que había en Ovalle una rabia tremenda, una frustración de la que yo era causa al menos parcial. Yo era su corrector, el motivo por el cual el editor había dado el vamos. Incluso podía ser que apenas hubiera observaciones, que quizás el editor, entusiasmado, haya cubierto de elogios a Ovalle por su súbito golpe de genio y renacimiento. Y cada uno de dichos halagos eran latigazos porque no eran para él sino para mí, aunque ese fulano no lo supiera. Y ya era tarde, ya no podía simplemente asumir su decadencia y hundirse en la nada literaria, desaparecer del escenario. Él mismo acababa de poner en movimiento un mecanismo imparable. Ahora no tenía otra tarea posible salvo odiarme meticulosa y secretamente, pero al mismo tiempo ordenar mis talentos y mantenerme escondido, sepultado en su más profunda mazmorra, a su merced. ¡Qué compleja ecuación debía resolver! Casi le tuve lástima.

—No, don Ernesto —contesté—, no quiero alimentar nada. Sé bien quién soy. Soy el principiante que puede ayudarlo solo porque me apoyo en usted. Sin su texto, ¿qué podría corregir o aportar?

Lo dije mirándolo hacia arriba, como un beato solicitando favores a la virgen de su preferencia. Ovalle suspiró profundamente. Su expresión se relajó un tanto. Quién sabe cuán a menudo el mismo pegajoso, obsesivo pensamiento impregnó su magín, cuántas veces lo habría combatido, cuántas golpeado sus puños contra sus piernas en un arrebato de furia por la estupidez cometida y luego fantaseó con mi aniquilación, con llamarme a su casa solo para darme muerte y sepultarme en el jardín haciéndome desaparecer para siempre.

—Es verdad, es verdad —dijo entonces con tono cansino, agotado, vaciado de emociones.

Combatir dicha obsesión sin duda era tarea pesada. Se encaminó de regreso a su sillón y se dejó caer en él. Después de unos segundos se reanimó, registró en sus cajones, sacó el cartapacio que contenía la novela y, poniéndose de pie, me invitó a que la releyéramos juntos atendiendo las observaciones del editor.

—Vamos al living donde podremos estar más cómodos y tomarnos algo —me dijo sin esperar contestación.

Lo seguí. Ya en el living, Ovalle señaló un sofá de dos cuerpos, prendió una lámpara de pie y sin más preámbulos, como lo más natural del mundo, se sentó a mi lado.

—A ver, empecemos —dijo sacando la primera hoja.

—¿Cómo lo hacemos? —balbuceé. Fue lo único que se me ocurrió decir. El sofá era estrecho para sus amplias caderas y forzosamente quedamos en contacto.

—Ni tú ni yo tendríamos paciencia para leerle al otro en voz alta página tras página y además iríamos muy lento —repuso Ovalle—. Lo mejor es que la leamos al mismo tiempo y cualquier observación que surja, nos la comunicamos en el acto.

—¿Pero cómo, don Ernesto? —pregunté, sabiendo ya muy bien la respuesta.

—Así como estamos —susurró como deslizándome un secreto repelente.

Ovalle sostuvo la hoja a medio camino entre ambos, pero más cerca de su cara que de la mía. No pude creer que todo eso estuviera sucediendo. Era, sin duda, un *remake* de su abrazo de oso. Pensé que debía levantarme y buscar otro lugar, pero nada hice. Mientras, de reojo, veía la página casi sin anotaciones de lápiz propias de un editor, impecable, virginal, lejos de lo que Ovalle había insinuado, a años luz de un mar de correcciones necesitadas para un trabajo en equipo. Ovalle ya había comenzado a leer. Pensé nuevamente en ponerme de pie y colocar mi trasero en otro lado. Tan cerca estaba que no pude evitar sus fragancias. Se había perfumado. Poniendo más atención capté un bisbiseo en el cual ninguna palabra podía ser reconocida, especie de conjuros inaudibles pero poderosos. Tenía que pararme, alejarme. Mis párpados se hacían tan pesados que solo el mantener los ojos abiertos se convirtió en tarea titánica. Luego, de verdad, traté de leer, traté fijar mi vista en las movedizas líneas siguiendo el ritmo con que vibraba la hoja en las manos de Ovalle. Algo temblaba allí amén de esas manos: una trepidación estaba ocurriendo alrededor de nosotros y nos comunicaba su inquietud. Yo también temblaba.

Ahora me doy cuenta de que no he descrito en ninguna parte su apariencia y tal vez sea oportuno hacerlo. Era, Ovalle, hombre ya bastante mayor, de estatura algo superior a la media y entrado en carnes alrededor de la cintura como le sucede a casi toda la gente de su edad. Su rasgo más destacado, lo que llamaba la atención, era lo voluminoso de su cabeza. Al menos es la impresión que ofrecía a primera vista pues era de esos sujetos de cara muy grande, larga como de caballo y ancha como de cerdo, más propia de una caricatura que de una persona. Su nariz recta no terminaba nunca, sus bigotes blancos ampliaban la anchura del conjunto y su boca parecía una caverna, pero tras ese tinglado aparatoso la bóveda donde yacía su cerebro era más bien modesta. Como sea, la angustia que me poseyó en ese momento no provenía de nada amenazante que emanara del cuerpo y la apariencia de Ovalle. ¿De dónde, entonces? Él había interrumpido la lectura. Miraba todavía hacia las letras situadas en el papel, pero estuve seguro de que pensaba en otra cosa. O tal vez no pensaba sino, como yo, se hallaba inmerso en alguna clase de ensueño indefinible. De pronto suspiró y me dijo lo siguiente y que repito aquí al pie de la letra:

—Te parecerá raro, Ismael, que te diga esto, pero, así, mirándote de cerca, noto que tienes las mismas mejillas rosaditas de un sobrino nieto que tenía...

Y sin más preámbulos tornó hacia mí su enorme rostro y, abalanzándose, me dio un salivoso beso en la mejilla izquierda.

INVESTIGACIONES

1

Luego de aceptar la novela sin más reparos, la editorial le pidió a su presunto autor apresurar las correcciones que aún creyera necesarias. Del título no hicieron comentarios, pero Ovalle y yo convenimos titularla de modo más contundente que el primitivo *Amores rotos*. Yo propuse el siguiente: *La fuerza de la carne*. Ovalle primero rió y luego se resistió, pero supe convencerlo:

—Hay que jugarse el todo por el todo, don Ernesto, hay que competir con miles de títulos, llamar la atención del potencial cliente. ¿Queremos o no un best seller?

—Tienes razón, tienes razón —masculló, tras lo cual telefoneó al editor y se lo hizo saber. El editor no solo estuvo conforme, sino muy satisfecho.

—La verdad —me refirió el viejo—, el título le encantó. Me confesó que hacía tiempo deseaba que yo produjera un libro así y estaba feliz de ver cómo había entrado en ese camino.

—Es un camino que reverdecerá por completo sus laureles, don Ernesto —dije complaciente.

Deseaba a toda costa reforzar en su ánimo el sentimiento de que ocuparía una vez más su debido sitial como maestro del género. Mi propósito era evitar un arrepentimiento de último minuto. El libro aún no estaba entregado y se encontraba todavía al alcance de la voluntad de Ovalle. Para forzar un poco las cosas le sugerí que trabajáramos coordinadamente en la revisión final, consciente de que en esa oferta, titilando en el horizonte mismo de la cuestión literaria, lo que le ofrecía eran las mejillas de su sobrinito. No estaba dispuesto a permitirle caer en la tentación, pero sí a que la tuviera, a darle espacio a la ambigüedad más repelente. Iba a explotarlo todo en mi provecho.

—Salgo de la librería y me vengo a su casa y así usted, don Ernesto, me tiene bajo severa vigilancia para que no meta la pata —abundé, arrojándome a sus pies literaria y literalmente.

Me convertí en un abyecto criado que hace llevaderas sus torpezas con un humilde reconocimiento de su poquedad. Como es natural, Ovalle, el amo, estuvo de acuerdo. Le encantaba la idea de tenerme cerca y sentir así más suya y menos mía la novela. Esa proximidad física daría consistencia a la ficción de ser yo, Ismael, nada más que un acólito invisible al que se le permitía corregir menudencias indignas de la atención del maestro.

Al día siguiente, a la salida de la librería y con doña Anita aún fingiendo que no había sucedido nada entre nosotros, a lo que presté mi cooperación, me fui a casa de Ovalle y una vez más, tal como me había sucedido en mi primera visita nocturna, la fachada de su casa y el barrio que la circundaba se me aparecieron bajo otro aspecto, aunque esta vez no me sentí ajeno. Los árboles, a esa hora presencias masivas, oscuras, se agitaron brevemente haciéndome una venia. Ovalle me franqueó la entrada de buen ánimo.

—He preparado un rincón para ti —me dijo con un guiño y me condujo al living.

El rincón preparado para mí en realidad no existía. Se había limitado a poner una silla de comedor y una lámpara de bronce frente a una mesa esquinera antes ocupada por un florero y dos o tres fotografías. Junto a la lámpara, Ovalle dispuso un bloc de papel y un bolígrafo barato para que «anotara las ideas que se me fueran ocurriendo». Y nada más. Luego me palmeó la espalda, me advirtió con un fingido aire de severidad y pretensiones de humor que en un rato vendría a ver cómo iban las correcciones y se fue a su estudio.

Así comenzó un breve período de estrecha colaboración que transcurrió sin variaciones ni rasgos destacables. La rutina era simple: llegaba a casa de Ovalle, ocupaba mi lugar en el mezquino rincón dispuesto para mí y él me dejaba solo por cerca de una hora, tras lo cual se aparecía, se sentaba frente al *notebook*, leía, comentaba lo que yo había hecho con las sugerencias del editor, agregaba o quitaba un par de nimiedades microscópicas y finalmente, si estaba satisfecho, traspasaba el resultado a su *pendrive*. Ya me lo había advertido, él se encargaría de imprimir, entregar las hojas y todo lo demás. «Todo lo demás», por supuesto, no incluía escribir, para eso me tenía a mí a buen recaudo en su casa, en un rincón, bajo vigilancia, con café y té a discreción. No me importó. Ovalle había cedido, la editorial estaba entusiasmada y si acaso el viejo aún hervía con sordos resquemores, al menos los tenía bajo control.

Fue en el último día, al ir leyendo las veinte páginas finales que yo acababa de revisar, cuando me informó que nuestra colaboración continuaría por un tiempo más.

—Bueno, Ismael —me dijo—, no está de más que te repita lo que ya te he dicho antes: has hecho un gran trabajo, has sido de enorme ayuda y te ganaste de sobra el dinero que te pagué hace un par de semanas.

—No sabe cómo le agradezco sus palabras —respondí en tono tan exageradamente obsecuente que pisé el límite más allá del cual se abre el territorio de la sorna. Noté que Ovalle enarcaba una ceja preguntándose si esa era mi intención, pero pareció desechar dicha hipótesis y prosiguió con su discurso.

—Y por cierto, no ignoro las horas de trabajo de las correcciones. También pienso pagártelas.

—¡No, no, don Ernesto, considérelo parte del trabajo! —protesté en tono casi convincente.

—Olvídalo, eso ya está decidido. Pero hay otra cosa de la que te quiero hablar…

«Insistirá en lo de la confidencialidad», pensé. Nunca había dejado de ver en cada pliegue de su rostro cómo lo atormentaba la sola idea de mi traición, que pudiera yo gritar a los cuatro vientos desnudando la sustantiva cuantía de mi colaboración, quizás incluso exagerándola, disminuyendo su persona a la nada misma. De seguro pensaba que mi reclamo, de hacerse, sería creíble. Lo increíble era asumir que un escritor de su edad diera tan dramático giro en su estilo, salvo que fuese una suerte de genio, lo que Ovalle, como era claro para todos los vinculados a la industria, estaba lejos de ser. Pero todo eso había sido temporalmente reprimido u olvidado por la exaltación de saberse nuevamente bienquisto con su editor y estar a punto de publicar con buenos auspicios de éxito. Eso mismo levantó su sospecha, estoy seguro, de que yo no podría contenerme. Volví a pensar en su fantasía de darme muerte. Quizás exagero, pero una noche mientras trabajaba vuelto hacia el rincón sentí pasos a mis espaldas y me volví bruscamente, seguro de ver a Ovalle blandiendo un martillo para molerme el cráneo. Ovalle, que en efecto estaba detrás de mí, me miró estupefacto mientras sostenía una pequeña bandeja con una taza de té y el azucarero.

Considerando todo eso, sus palabras me dejaron completamente descolocado.

—De lo que quiero hablarte, Ismael —prosiguió—, es de continuar esta colaboración que, según me parece, es buena para ambos. Yo he sentido que se renuevan mis facultades y tú, además de ganar dinero, estás aprendiendo un montón, ¿no es así?

«Por supuesto que no es así» fue lo primero que se me vino a la mente. Ni yo había aprendido nada ni él había renovado ninguna facultad. Quise preguntarle de qué facultades hablaba y frotarle por las narices el hecho evidente de que de su texto original no quedaban sino reliquias, ideas generales, un débil espinazo. De su talento, del que pudo haber tenido en sus primeras y almibaradas novelas, no restaba absolutamente nada.

—Claro que sí —dije asintiendo con amplios e hipócritas movimientos.

Ovalle se distendió notoriamente. Solo en ese momento me di cuenta de la tensión que lo abrumaba. Me pregunté qué más había en él aparte de su preocupación permanente por mi existencia.

—Qué bien que lo veas como yo —continuó mi empleador—... porque eso facilita seguir como hasta ahora, siendo buenos amigos y colaboradores, cada cual sacando provecho de esto en la medida, claro, bien lo sabes, que mantengamos estas condiciones de confidencialidad sin las cuales no sería posible hacer nada. Ya sé que lo entiendes, perdona que me repita e insista en el punto, pero nunca está de más insistir en las cosas importantes, ¿no es cierto?

—Claro que lo es, don Ernesto —dije sumiso.

Luego de ese ya conocido y aburrido preámbulo, sentado en una silla mientras su sirviente, el bueno de Ismael, ocupaba uno de los sillones de su living, Ovalle respiró hondo y me dijo «Tengo otra misión para ti». Debido al cambio de mobiliario los papeles parecían haberse invertido. Yo, vuestro narrador, controlaba la situación. El lacayo, acomodado en un sofá, decidiría si aceptaba o no mientras el amo elevaba su solicitud desde una silla de mierda. En esas circunstancias mi obsequiosa pregunta podía muy bien parecer una tomadura de pelo, el sarcasmo del joven cabrón listo para traicionar a su agotado maestro y declamar a los cuatro vientos su anemia literaria, su derrumbe, sus probables y decadentes inclinaciones y su actual condición de obsoleto brontosaurio trotando entre jadeos hacia el abismo. «Lo sabe y por eso, sea lo que sea que tenga en mente —pensé— es algo que no hace por su voluntad sino por necesidad». Pero no tenía remedio y debía seguir adelante. Me dijo:

—Me gustaría que miraras no una novela, ni siquiera un borrador de novela, sino unas notas sueltas que he anotado para la siguiente y que debo entregar a la editorial a mediados del próximo año…

Ya estaba. Lo había dicho. Sus palabras brotaron sin vitalidad, como cáscaras resecas de una fruta desaparecida hace mucho. Aun así me estaba diciendo de manera sinuosa pero indesmentible que le escribiera una novela de principio a fin. Cualesquiera fueran las palabras usadas, me convocaba no para ser su editor o secretario, sino su escritor fantasma, su negro personal e intransferible. Me quedé en pasmo. Es cierto que gente que no conoce el oficio recurre a escritores alquilados para escribir sus memorias, recuerdos o reflexiones; lo hacen políticos, hombres de negocios, figuras del espectáculo, actores, gente de esa clase, analfabetos en todas sus variedades; todos ellos suelen ser los clientes de un buen e invisible negro, pero ¿otro escritor? Sabía de escritores cuyo trabajo es prácticamente rehecho de principio a fin por sus editores por más que de eso no se hable ni mencione. Otros, muchos especialistas en best sellers, instalan una verdadera fábrica a cargo de tres o cuatro escribidores, pero al menos son ellos quienes trazan el esqueleto, el argumento, la trama. Lo que Ovalle me pedía era, en cambio, inédito. Supe también que no debía hacérselo notar. Tenía que seguir siendo el servicial empleado apto para todo servicio.

—… Quiero que mires esas notas, Ismael, y escribas algo, que te imagines una buena continuación de lo que hemos desarrollado. Naturalmente esto será mejor pagado que lo que ya hiciste. Sabes que no soy hombre mezquino.

¡Ah, quería reconocimiento! Deseaba que lo reconociera como generoso y apoyara su patética interpretación de los hechos, de que *habíamos* desarrollado tal o cual cosa. Él y yo, el *dream team* de la década, Abbot y Costello renacidos.

—Estaría encantado, don Ernesto —dijo esa parte de mí que está atenta a las necesidades de la vida y no se deja llevar por elevados comentarios a pie de página.

Esa parte tan observadora y cínica, fría como un pez, calculadora y manipuladora, es un personaje que puede ser rastrero, despreciable, un auténtico canalla, pero siempre lo es por mi bien, solo por mi bien. Ovalle sonrió, se puso de pie, se sobó las manos y aunque todavía mostraba el profundo pliegue que dividía en dos su entrecejo, manifestó cierta complacencia ante mis palabras. Y luego, mirando el reloj, anunció que era tarde y hora de que regresara a mi cuarto de pensión. Mañana hablaríamos más del asunto.

Mañana. No sé si dicha expresión tenía sentido por entonces. Los acontecimientos se abalanzaban. Ofrezco como prueba el hecho de que al día siguiente, apenas llegué a la librería, doña Anita, incapaz de seguir con la comedia de la indiferencia, me miró con verdadera hambre. ¡Yo, un objeto de deseo! Cosas como esas me señalaban que fuerzas enormes me eran propicias. Esa noche, sintiéndome ungido por los dioses, fue cómo me dirigí una vez más a casa de Ernesto Ovalle, escritor de novelas rosa y hombre en apuros, criatura al borde de inmensos precipicios y sosteniéndose para no caer en un hombre joven y desconocido, en mí, vuestro servidor. Me pareció que me abría la puerta en menos tiempo que el de costumbre como si me hubiera estado esperando a solo dos pasos de ella.

—Gusto en verte —declamó aliviado. Una vez más me ofreció la silla, depositó su cuerpo en su trono, cruzó las manos sobre su vientre y esperó de mí, como era habitual, que profiriera las primeras palabras, pero esa vez tenía decidido no darle en el gusto. Me acomodé en ese duro mueble y esperé. De algún modo la fuerza estaba en mis manos. Me necesitaba. No me cupo duda que el editor lo presionaba por adelantos de su próxima obra, el nuevo libro del renacido Ovalle. Y no tenía nada. Por lo pronto, percibí que a Ovalle se le fue primero acartonando y luego resquebrajando su ostentosa pose de Buda a la espera del incienso ofrecido por los fieles. Comprendió que esta vez el criado había ascendido algunos grados en el escalafón.

—Como te dije ayer, Ismael —dijo al fin—, tengo ciertos apuntes, notas y bocetos para un nuevo libro…

—Así me dijo, don Ernesto —me digné contestar.

—Bien. Lo cierto es que no estoy en disposición para dedicarle a eso todo el tiempo debido. ¿Sabes por qué?

—No, don Ernesto.

—No puedo porque estoy metido en un proyecto serio, muy serio, la clase de libro que hace tiempo quería escribir, una obra, Ismael, que absorbe todas mis fuerzas, ¿me entiendes?, una obra realmente personal, un legado…

La última parte de su frase la espetó con pasión. Lo vi abandonar su beatífica postura, erguirse unos centímetros, dejar su culo al borde del asiento. Su enorme faz asemejaba alguna clase de artificio teatral levantado sobre alta pértiga por tramoyistas situados tras el escenario. No había en ella complacencia sino un conmovedor aire de tormento y ansiedad aún no resuelta en un producto terminado y estable. No me quedó otro remedio que creerle. Ovalle, como cualquier mortal, buscaba su trascendencia. Quería dejar su nombre inscrito en la corteza del árbol. Y si acaso alguna vez estuve cerca de ese hombre, si superé siquiera por un instante los límites de su ego, sus patéticas barreras y baluartes, fue en ese momento. Su soledad, la consciencia quizás aturdida pero viva que tenía de sus insuficiencias, de la banalidad de su obra, del equívoco en que todo su ser se sostenía, se me hicieron crudamente patentes.

—Entiendo —contesté casi en un suspiro.

Ovalle se quedó largos segundos en la misma postura hasta que al fin cedió a la fuerza de gravedad y tornó a echarse en su sillón. Su mirada era la de un hombre acabado que debe esforzarse para creer que aún hay esperanzas. Luego, tras esa auténtica angustia, reapareció Ovalle el astuto mirándome para calibrar mis reacciones.

—Me encantaría, don Ernesto, que me contara de qué trata esa novela que prepara —dije entonces a ambos tipos, al viejo lastimado y al anciano manipulador escondido dentro de aquél. Lo dije, además, tratando de modelar en el rictus de mi boca y la expresión de mis ojos una apariencia de auténtico y candoroso interés, incluso simulando el pasmo admirado del bobo que se pregunta cómo es posible, cómo, escribir algo tan largo como un libro entero.

—A ver, cómo te explico… no es mucho en verdad lo que he avanzado, pero el tema, el tema sí lo tengo claro y por así decirlo, Ismael, ilumina hacia delante un camino que no sé cómo recorreré.

Ante tamaña parrafada, dicha con cuidadosa y pausada dicción, estuve seguro de que Ovalle solo ganaba tiempo para inventar algo que justificara lo que vendría después, la entrega de sus notas a mi persona y su completa rendición a lo que yo hiciera. Con esa novela que decía preparar no planificaba sino su excusa.

—Pues bien, el tema es… —dijo Ovalle, deteniéndose allí por un par de segundos—, el tema es, o mejor dicho el personaje central que dará carne al tema es un *ghost writer*, Ismael.

¡Un *ghost writer*! Su dicción ya no me pareció lenta y vacilante, sino veloz y brutal. Pensé que me daría un ataque, cualquier clase de ataque, algo súbito y terrible que me derribaría de golpe. Me vino un vahído. Pestañeé para ahuyentar la neblina grisácea que disminuyó aún más la iluminación del cuarto. No lo recuerdo con exactitud, pero me parece haberme sujetado con ambas manos al borde de la silla.

—Así es —continuó Ovalle—. Trata sobre un *ghost writer*, un tipo que en secreto escribe para otro que da su nombre a la obra.

—Sí, claro —susurré.

—Es un tema que me fascina, que permite preguntarte qué pasa realmente por la cabeza de aquel que ha escrito bajo otro nombre, que...

—Debe ser terrible —interrumpí estúpidamente.

—¿Terrible? Eso es lo que no sé, por eso me atrae escribir sobre ello.

Estuve tentado, en mi inquietud y confusión, de aclarar las cosas en el acto, preguntarle si me veía a mí de ese modo, si acaso su demanda por mis servicios no tenía otro objeto que tal cosa, si era yo juguete de un experimento montado, incluso, con la colaboración del editor.

Todo me daba vueltas, nada era sólido ni indiscutible. Vino entonces en mi ayuda ese fulano que habita mi interior y jamás pierde la sangre fría. «No saques conclusiones apresuradas», me dijo. Y luego agregó: «Si fueras objeto de un experimento jamás habría tocado el tema».

Justo en ese momento, Ovalle, como en complicidad con dicho personaje, se apresuró en hacer las debidas diferencias.

—Naturalmente, Ismael, esto no tiene nada que ver, repito, nada que ver con la relación de trabajo que nos une. Como sabrás, el *ghost writer* escribe desde cero, que no es tu caso, ¿no? Tú me has ayudado mucho, pero ciertamente no eres un *ghost writer*.

—Claro que no —musité. Apenas estaba logrando recuperar el aliento y el control de mí mismo. Me urgí a recobrarme, a aparentar normalidad, a fingir que creía lo dicho por Ovalle. Esa voz interior bien podía argumentarme lo que quisiera, pero ¿no acababa Ovalle de encargarme precisamente eso, escribir desde cero? Todo era muy confuso. No tenía otro parámetro estable salvo la necesidad de no hacer el ridículo manifestando una desazón fuera de lugar e inconveniente.

—¿Qué opinas del tema, Ismael?

—Me parece bien, sí, está bien —repuse blandamente.

—A mí me parece más que bien —comentó Ovalle dirigiendo la mirada al techo del cuarto y dándome así unos segundos para recomponerme.

Me asigné la tarea, desde ese momento en adelante, de no asombrarme ni alterarme por nada. Mientras tanto Ovalle se extendió sobre el tema. Según decía iba a constituir la materia principal de su próxima novela, aquella que lo ubicaría en un sitial más elevado y serio de la literatura nacional. No lo oí con mucha atención, solo simulé prestársela. Estaba atrapado en lo que eso sugería respecto de nuestra relación y mi mente iba y volvía desde y hacia los mismos argumentos. Solo una cosa me permitió salir de esos ciclos infinitos y obtener algo de paz: si todo había sido un juego a mi costa, lo sabría casi de inmediato. Si era un juego, no habría publicación de *La fuerza de la carne*; si se publicaba, no era yo objeto experimental de la idea temática de Ovalle sino, a lo más, su inspiración. Y ni siquiera esto último era seguro.

Cuando Ovalle terminó su despliegue, hice los ruidos y gestos de aprobación que sin duda él esperaba y entré en la materia que nos había reunido.

—Don Ernesto —dije—, usted me perdonará, pero muero de ganas de conocer ese bosquejo y las notas que tiene para su próxima novela.

—¡Ah, claro! —respondió. Abrió un cajón, sacó una angosta libreta de tapas negras, la hojeó, se detuvo, aprobó con movimientos de cabeza lo que leía, se inclinó sobre el escritorio y me la alargó.

—Aquí lo tienes —me dijo.

La libreta era sebosa al tacto, como corresponde a un artículo muy manoseado. Me puse los anteojos y procedí a la lectura del material. O digamos más bien que pretendí acometer dicha lectura pues en estricto rigor el material por leer apenas existía. El boceto de Ovalle consistía en dos hojas con palabras sueltas rodeadas por globos y unidas por flechas. Era, en el mejor de los casos, alguna clase de organigrama. Dos o tres de dichas palabras, meros garabatos trazados al descuido, pequeños monumentos gráficos a la negligencia, no las entendí. A una la encerraba un globo de forma semejante a un corazón. Tres o cuatro veces recorrí el conjunto en busca de algo más sólido que pudiera estar escondido en medio de tanta carencia, pero no lo hallé. Pese a mis graves movimientos de cabeza, no logré descubrir en esas parcas indicaciones los signos de la definitiva ecuación del cosmos elegantemente expresada en breve fórmula.

—¿Qué te parece? —tuvo el descaro de preguntar.

Seguí asintiendo sin despegar la vista de las hojas, las que recorría de adelante hacia atrás y de atrás hacia delante sin extraer ni siquiera un átomo de sentido. Se me ocurrió que Ovalle me sometía a un test para aquilatar hasta dónde llegaba la obsecuencia de su siervo. Sin embargo, al levantar la vista de la libreta y mirarlo para darle una respuesta que aún no sabía cuál podía ni debía ser, nada pude concluir al respecto. Su expresión era inescrutable.

—¿Y bien? —insistió Ovalle.

—Me gustaría estudiar esto un poco más, don Ernesto —dije volviendo mi vista a las páginas para que no descubriera la mentira en mis ojos.

—De acuerdo —respondió Ovalle—, tómate unos días.

Abandoné su residencia con sentimientos encontrados y plena confusión. No podía determinar si estaba siendo víctima de una broma, de un experimento monstruoso o si Ovalle era realmente un anciano que había perdido sus facultades no solo para ejercer su oficio sino también para comportarse sensatamente en la vida diaria. Distraído por esos pensamientos, disminuí el ritmo de mi marcha, aspiré a fondo y elevé la vista al cielo por el que filas y filas de nubes corrían presurosas como escapando de una desgracia inminente.

2

Los días siguientes fueron tranquilos. Doña Anita regresó a su comportamiento usual y ya no sentí su mirada devoradora. Era como si tácitamente hubiéramos pactado alguna clase de tregua. También contribuyó a la paz el no acudir a casa de Ovalle a estudiar los magros apuntes que me había entregado. Durante el período de corrección de *La fuerza de la carne* había sentido siempre su presencia vigilante, su suspicacia y odio reprimido. Y era peor cuando me invitaba a interrumpir el trabajo para conversar de *tópicos literarios*, monólogos suyos repletos de malignos comentarios acerca de sus colegas. Mientras desparramaba ese veneno me dirigía una mirada que no me gustaba en absoluto porque en ella se congregaban todas las miradas que la vejez echa sobre la juventud, la de amarga envidia ante la lozanía y también la del deseo de tocar esa carne, contagiarse con su hervor, restaurar un reflejo del paraíso perdido.

La revisión de sus notas la hice en mi cuarto después del trabajo. Las revisaba una y otra vez tratando de sacar algo en limpio de su abismal pobreza. Mi problema era el siguiente: ¿Qué podía hacer con un esquema tan anémico? En lo esencial el bosquejo de Ovalle consistía en rodear con un círculo trazado a lápiz unos pocos nombres y roles, unirlos con flechas y sembrar aquí y allá signos de interrogación. Se mencionaba a un viejo millonario, a su joven y bella esposa y a un sirviente de la mansión enamorado de esta. La primera página de la libreta presentaba esos trazos y en la siguiente solo había una frase que decía: «¿Qué sigue?».

Esa era, sin duda, la frase más inequívoca y expresiva de las dos páginas de la libreta dedicadas a esbozar, según Ovalle, el espinazo de una nueva novela. Era una pregunta que se respondía a sí misma en el resto de la página impoluta. El viejo no tenía la más mínima idea de qué hacer y cómo seguir con ese añejo material visto en cientos de libros y guiones de películas, la consabida historia del inválido millonario casado con mujer joven que tarde o temprano fornicará con el jardinero, el chofer o el cuidador de la piscina. Era increíble que Ovalle pudiera haber creído seriamente que existiera en eso algo de fresco y/o que bastaba con encerrar palabras en globos dibujados torpemente para entregarme precisas direcciones de hacia dónde encaminarme. Pero tal vez lo creía. Sus trazos eran un indicio, me pareció, de un serio desarreglo nervioso. Aún hoy desconozco todo sobre la grafología, pero estuve seguro de que la suya era la escritura de una persona enormemente deteriorada. Para verificarlo examiné el resto de la libreta. Casi todas las hojas resplandecían de blancura salvo una con una lista de fármacos. Esas hojas en blanco eran la *libreta de ideas* de Ovalle. En eso eran elocuentes: mi empleador ya no era capaz de crear nada. Me estaba endosando, se diera plena cuenta o no, toda la tarea a mí, a su negro. Y entonces la pregunta «¿qué sigue?», hecha por Ovalle, se trasformó en la pregunta «¿qué hago?» hecha por y para mí. Solo una cosa era segura y la tomé como punto de partida: debía trabajar sobre la base de esos paupérrimos lineamientos u Ovalle no se sentiría autor, abortaría este segundo proyecto y pondría fin a mi plan antes incluso de empezar a materializarse.

Mi plan, digo. Ya tenía un plan nacido gradualmente como respuesta a una simple pregunta que me hacía con frecuencia: ¿sería para siempre el invisible y anónimo negro de Ovalle? Y la respuesta era todas las veces la misma: claro que no. No iba a eternizarme en el pobre papel de negro. Deseaba valorizar mi propio nombre. Me dije que consentiría en servirlo mientras me fuera útil para proyectar mi propia carrera; iba a permitirle a Ovalle saborear como suyo el éxito de *La fuerza de la carne* si tal cosa sucedía, pero para el encargo siguiente encontraría la manera de hacer saber quién era el verdadero autor. La editorial no querría deshacerse de la auténtica fuente de sus ventas. Iba a encaramarme en el éxito de Ovalle y, desde ese trampolín, despegaría y volaría con mis propias alas. En breve y para decirlo sin ambages, iba a traicionar al viejo de mierda.

Traición, ¡qué fea palabra! Tal vez suena así porque parece referirse a una conducta extrema que casi nunca ocurre. Pero por el contrario, ¡qué fácil es traicionar, qué frecuente! Con solo imaginarla se están dando ya los primeros pasos y de inmediato está uno en terreno resbaladizo; el deslizamiento comienza cuando se la rechaza con indignación para satisfacer nuestro sentimiento de lealtad, después de lo cual comenzamos a tramarla. Y en esta etapa todavía no se presenta con el rostro desnudo. Es materia ambigua que se presta a interpretaciones. Ahora mismo me digo que la palabra traición no revela exactamente lo que había en mi espíritu. Quizás el vocablo justo sería liberación. ¿Es sacarse los grilletes que alguien nos ha puesto un acto traicionero? ¿Tenía Ovalle derecho a tenerme para siempre como albañil de su pedestal y de pasada disponer de mi cara joven y lozana para aludir a un sobrino con las mejillas aterciopeladas como yo?

Quizás el origen de la traición se remonta al momento en que decidí que mi tarea no era desarrollar en párrafos y páginas las inexistentes ideas de Ovalle, sino simular que existían, hacerle pensar que yo escribía lo que él hubiera escrito si no hubiera contado con el bueno de Ismael para ahorrarle ese trabajo; debía fingir ser un convencido feligrés de la doctrina oficial de su iglesia literaria, según cuyo dogma mi misión era darle tiempo para perpetrar su legado a las futuras generaciones y a la literatura mundial. Borraría así hasta la última brizna de las sospechas y el temor que lo poseían. ¿Y después? ¿Lo apuñalaría por la espalda? No necesitaba pensar en eso. Debía simplemente esperar que *La fuerza de la carne* se convirtiera en un éxito y que el segundo encargo, esa nada total que Ovalle había puesto en mis manos, se trasformara en otro superventas. Luego de eso veríamos.

Enteramente empapado en esa disposición, convencido de su validez o al menos de su imperativa necesidad, ya sin más dudas ni vacilaciones me aboqué a trabajar en el segundo libro encargado por Ovalle. O quise hacerlo, porque ¿qué podía emprenderse con esa ridiculez que él llamaba bosquejo? No logré, durante varias noches, nada sino encarar la pantalla en blanco de mi computador. La pantalla y yo éramos como dos desconocidos que sin razón se miran uno al otro en el bus. En una de esas ocasiones, a punto de mandar el proyecto a la mierda, harto de todo y de mí mismo, en un repentino impulso llamé a Julia. Tal vez supuse que su fuerte admiración por el viejo encendería mi inspiración. O quizá fue para huir de la pantalla en blanco. No lo hice por amor ni deseo, eso es seguro.

Pese al tiempo transcurrido sin dar señales de vida, supuse que Julia accedería a un encuentro. Lo haría por la vanidad y curiosidad que le despertaría la causa: le diría que la necesitaba para corregir una nueva novela de amor de Ovalle. No resistiría, porque esta Julia capaz de siquiera un remedo de orgasmo era fruto del romanticismo a la Ovalle. El sexo había sido, en nuestros encuentros, cuando más la llave de la puerta que franqueaba el paso a ese universo. Lo que Julia deseaba poseer no era mi pene sino el alma de Ovalle, los fantasmales mundos invocados por Ovalle, las anémicas fantasías de Ovalle, su rosado mundo de héroes y heroínas enamorados; eso era lo que quería, no sexo.

La invité y Julia, como preveía, aceptó encantada. Ni una palabra sobre mis silencios y distanciamientos. ¿Qué podían importarle? Yo era simplemente el mensajero de la divinidad. Y dos horas después nos encontramos según lo acordado a un costado del parque Forestal, frecuente escenario de nuestras andanzas. Era una auténtica noche otoñal, fresca y oscura. Llegó vestida con una chaqueta demasiado grande que la hacía ver aún más insignificante. Su beso, como de costumbre, fue un furtivo y veloz picotazo en mis labios.

—Hola, Ismael, ¿cómo van tus cosas? —me preguntó sin que en su tono hubiera ni la más mínima alusión a nuestro anterior encuentro ni mucho menos interés en mis asuntos.

—Van bien... —contesté, para de inmediato agregar lo que seguramente Julia esperaba saber de mí— el libro que leíste sufrió unas pocas modificaciones, pero ya está listo y en imprenta, de modo que aparecerá en librerías de aquí a unas semanas.

La faz de Julia se iluminó. Adivinando sus deseos, decidí adelantarme.

—¿Te gustaría una invitación para el lanzamiento? ¿Quieres que te presente a Ovalle?

—¿En serio? —preguntó con los ojos muy abiertos.

—Por supuesto. No hay problema. Solo una cosa: no puedes decirle a nadie que yo tengo algo que ver con el libro.

Apenas dije eso su expresión cambió de una de sorprendida alegría a otra de suave pero notorio desdén. Noté en el pliegue de su boca que sonreía para sí.

—Claro, no te preocupes, no le diré a nadie tan tremendo secreto —dijo, irónica.

A esa misma oscuridad que ocultara parcialmente la mofa sonriente de Julia agradecí que escondiera el sonrojo que sentí quemándome las mejillas. Luego y en un instante pasé del bochorno al resentimiento. Julia miraba mi aporte como igual a cero desde el minuto mismo en que le referí mi asociación con el viejo. Me presumía un pobre amanuense al servicio de Ovalle, el tipo que le afilaba los lápices y le servía el café. Recordé nuestra conversación sobre ese particular en la fuente de soda, cuando casi no había prestado atención a mis palabras pues tenía oídos solo para las grandes hazañas de Ovalle. Nada había cambiado y no tenía por qué cambiar.

¡Cómo la odié! Acto seguido me pareció que un gran secreto se revelaba: siempre la había odiado. Tal fue la intensidad de dicho sentimiento que un tipo más decidido la hubiera matado en ese mismo momento. Yo me limité a mentirle.

—Ovalle tiene un problema de incontinencia urinaria —espeté de súbito como un niño creyendo asustar a todo el mundo disparando su pistola de fulminante.

—¿Verdad?

—Puedo asegurártelo —continué, ya resignado a ahondar en esa descomunal tontería y hundirme en ella hasta el cuello—, va al baño a mear cada diez minutos o algo así. Un asco.

Julia se detuvo bruscamente, se volvió hacia mí y me miró con una expresión socarrona.

—Veo que estás celoso, Ismael, celoso del señor Ovalle porque yo admiro lo que él es capaz de escribir.

Y adiviné la parte de la frase que ella, en el último instante, se abstuvo de agregar: «Y que tú jamás podrías…».

—No, Julia, no estoy celoso —repuse con voz débil, no porque estuviese mintiendo sino porque decía la verdad, la cual, en ocasiones, encara tan adversas circunstancias que parece la peor de las mentiras. ¡Yo había escrito esa novela en su actual forma y se me acusaba de celos por no ser capaz de escribirla! ¡Y ni siquiera podía persuadir a Julia de ello! Hubiese sido peor. No me hubiera creído.

—Ah, olvidémoslo —dijo Julia cerrando la tapa del cajón donde yacía el cadáver de mi orgullo. No valía la pena discutir sobre eso con un tipo como yo. Supe que así lo sentía como si me lo hubiera dicho palabra por palabra.

Fue entonces, ya en el colmo de la humillación y el desvalimiento, que vi quién era yo y quién debía ser: un pelele, un mentecato que ya era hora de que se convirtiese en hombre, incluso en un canalla. Tenían que enterarse, todos, acerca de la verdad, tenía que encargarme de eso como que hay Dios. Si acaso aún tenía dudas acerca de lo conveniente de revelar la verdadera identidad del autor de *La fuerza de la carne*, en ese momento se evaporó: cuando llegara mi minuto de gloria Julia sería aplastada como una cucaracha. ¡Dónde iba a quedar su presunción, su desprecio, su seguridad, su amor por el anciano pedorreta, dónde! Y ya que estábamos en eso me dije que también doña Anita sería puesta en su lugar. ¿Creía que yo era solo un dependiente de tienda con quien, en un momento de capricho, se podía ir a culear así nomás? De la exaltación pasé a una forma de frenesí rabioso y al mismo tiempo complaciente por la confusión que caería sobre todos quienes me habían mirado en menos. Sentí que los mordía como un lobo famélico satisfaciendo de una buena vez muchas semanas de privación. En ese momento no mordí a nadie, pero en el espasmo muscular de tanta agitación apreté con más fuerza de lo debido la mano de Julia.

—¡Ismael, me duele! —chilló la pequeña y desdeñosa dentista.

—¡Oh, perdón, perdón! —respondí, mientras la soltaba.

Ella retrocedió unos pasos y me miró de arriba abajo para asegurarse de que era yo, el domesticado Ismael, quien había hecho tan horrible estropicio. Me reconoció y me miró con furia. El insignificante Ismael no tenía, a su juicio, derecho a apretarle la mano, a hacer nada que sobrepasara el umbral de lo que ella estaba acostumbrada a esperar de mí. Yo tenía derecho solo a abrir la boca para mantenerla informada acerca de Ovalle. La vi enfurecerse en grados sucesivos. Su pequeña cara se contrajo hasta achicarse y afearse aún más al punto de parecerse a esas cabezas reducidas por los jíbaros que exponen en las vitrinas de los museos antropológicos. Y por primera vez en el curso de su larga y anodina relación conmigo Julia perdió el control. Desconozco qué resentimientos pudiera haber tenido respecto a mí, qué agravios sin cobrar, qué frustraciones, pero allí estaban, reconcentrados y en tropel, buscando el modo de estallar en un solo y decisivo golpe. La vi prepararse para eso. Me asombré. ¿Cómo podía suscitarse tal acumulación de desprecio por tan poca cosa, por un apretón de manos quizás excesivo?

—¡Escritorzuelo de mierda! —espetó entonces, pronunciando lentamente la frase para otorgarle premeditación y agravar su efecto.

Dijo eso y susurró algo más que no escuché. Enseguida se dio media vuelta y se alejó a tranco acelerado. Yo me quedé de piedra, estupefacto. La frase resonó en mi cabeza una y otra vez: «Escritorzuelo de mierda...».

—Escritorzuelo de mierda —repetí para comprobar que así era, en efecto, cómo sonaba esa frase. No sentí nada salvo asombro al descubrir lo que encerraba: Julia creía que mi ambición era ser como Ovalle, convertirme en Ovalle.

¡En Ovalle!

Ahí sí que me dominó la ira. ¡Yo, quien apuntalaba la desfalleciente prosa de Ovalle, estaba siendo acusado de querer convertirme en él y no poder hacerlo! Era tan absurdo, tan injusto, que el solo pensarlo me dejó mudo. Julia estaba ya lejos del alcance de mis manos, pero me hice la esperanza de que no estuviera lejos de mi retornada voz.

—¡Idiota! —le grité. O más bien le quise gritar porque la ira o las condiciones atmosféricas o el asombro que aún no me abandonaba tenían mi garganta cerrada y lo que salió fue solo un suspiro que apenas escuché yo mismo. Julia desapareció de mi vista. Mi ira, no teniendo blanco contra el cual dirigirse, rebotó hacia mí. Me maldije por haberla invitado a salir y me pregunté cómo había podido soportarla tanto tiempo. Y me detesté por no haber devuelto el insulto y hacerle sentir más que una mano dolorida.

3

El período de dos a tres semanas que siguió a esa penosa velada con Julia y precedió al lanzamiento de *La fuerza de la carne* estuvo marcado por la presión que ejercía Ovalle para materializar su proyecto, si así puede calificarse al par de hojas con palabras sueltas y flechas de un lado a otro trazadas con los desfallecientes caracteres de un hombre acabado. Recuerdo muy bien cuando me llamó para decirme con tono alborozado que firmaría el contrato por el nuevo libro y una de sus cláusulas estipulaba su publicación en el extranjero. «Pero tengo apuro —agregó—, lo quieren para el próximo año y no hay mucho tiempo». Me sentí confundido. Me acababa de entregar un par de hojas inservibles y ya me adelantaba una fecha de entrega. Tampoco habíamos discutido si él escribiría algo más que esas cuatro o cinco palabras o si yo debía encarar toda la tarea. Mientras cavilaba en eso, Ovalle, siempre con el mismo entusiasmo, me confirmó que *La fuerza de la carne* estaría en vitrinas en unos días más y sería lanzada oficialmente en un conocido local de eventos. Me confidenció que en la editorial auguraban un éxito y seguramente la novela ocuparía los primeros lugares del ranking de ventas. Algo de su ánimo se me contagió porque sentí que era yo quien asumiría ese enorme triunfo. Recuerdo también que Ovalle, con voz todavía cálida pero notoriamente menos entusiasta, me aseguró que «por supuesto» yo estaba invitado al lanzamiento.

Su «por supuesto» me sonó a «ojalá no vayas». Me pareció evidente que mi asistencia le sería incómoda. De inmediato decidí acudir pese a mi disgusto por los actos masivos, pero fui vago en la respuesta. Creo haberle dicho que haría lo posible, dando a entender cuán difícil me resultaba. «Sería una pena si no vas», contestó con ostensible alivio. Y de inmediato volvió al punto inicial: «¿Cuándo crees que puedes proponerme algo respecto a la nueva novela?».

No sé qué contesté exactamente ni cómo terminó esa conversación, pero a los dos días me vi enfrascado en otra en la cual me aseguró estar elaborando, en base a las ideas que yo ya conocía, las de los círculos y flechas. Pronto, me advirtió, deberíamos confrontar nuestros borradores. Y si acaso esas charlas telefónicas repletas de mentiras fueron desagradables, mi primera visita para revisar esos borradores fue una auténtica farsa porque no existían. Yo no había desarrollado nada y deseaba encarar a Ovalle con esa nada, la cual era reflejo de su propia desnudez literaria. No quise siquiera darle un clavo ardiente del cual pudiera sujetarse. Debía llegar a sus pies como quien esperaba de él, del genio, las fructíferas semillas, el entero esqueleto, la obra casi completa y lista para someterse a mi humilde revisión.

Su consternación fue mayúscula cuando apenas tomamos asiento en su estudio le dije brutalmente: «Don Ernesto, no tengo nada». No quiso dar crédito a lo que oía y sonrió como celebrando tan magnífico chiste; fue solo al ver que yo no lo acompañaba cuando su sonrisa se convirtió en una mueca de asombro, molestia y pánico. «¿Qué significa esto, Ismael? ¿Qué me quieres decir?», me preguntó con voz trémula. Temblaba, sí. Sus labios, damas y caballeros, temblaban. Significaba, le dije, que el autor era él y no yo, que mi trabajo era revisar cosas, hacer sugerencias, agregar o quitar, pero no crear a partir de casi nada. Yo era su editor, un editor más eficaz que los empleados por las editoriales, como él me había reconocido, pero editor al fin y al cabo, su editor de confianza, pero nada más.

La expresión con que oyó mi discurso es inolvidable. La molestia y el asombro desaparecieron. Quedó solo el pánico. En parte, como después lo supe con certeza aunque ya lo sospechaba, se debía a que él tampoco tenía nada. Absolutamente nada. Ovalle lo esperaba todo de mí. Sin embargo el elemento más sustantivo y profundo de su desconcierto fue que, al estar ambos con las manos vacías, quedaba enteramente a la vista el auténtico carácter de nuestra relación, el estado de dependencia que Ovalle se negaba a ver por su vanidosa fantasía de ser el creador que deja solo algunos detalles a sus aprendices. Nos quedamos largos segundos así, él mirándome confuso y yo mirándolo con la más candorosa expresión que me fue posible tallar en mi rostro. Finalmente balbuceó: «Verás, Ismael, de la editorial ya me están pidiendo al menos el primer capítulo». Eso dijo y yo me encogí de hombros. Cada segundo que pasaba me sentía más fuerte y se reafirmaba mi determinación de aclarar las cosas de una buena vez. Decidí no hacer nada, no decir nada. Esperaría allí, inmóvil y silente como un mueble, que el gran hombre pusiera en mis manos los frutos de su inmenso talento. Ovalle parecía encogerse, reducirse a ojos vista. Su amplio rostro casi adquirió proporciones normales. Su cutis, de ordinario rosado y saludable, se hizo ceniciento. No había manera de seguir fingiendo y no le cabía sino quemar las naves si deseaba salvar su reputación.

Rendido ya a la realidad, casi murmurando más que hablando, me confesó no poder ofrecerme ningún material. «No he logrado trabajar, he estado enfermo y sin ganas», dijo. Su cabeza se inclinó hacia adelante como si el cuello no pudiera o no quisiera hacer el esfuerzo de sostenerla. Teniéndolo así, vencido y entregado, consideré que era hora de poner mis condiciones. Hablé fuerte y golpeado. En primer lugar hablé de dinero. Sabía que era generoso, concedí, pero precisaba una cifra que diera cuerpo a dicha magnanimidad. El nuevo trabajo era mucho más que revisar un texto y seguramente tendría que abandonar mi actual empleo. Ovalle, al oírme, se agitó inquieto y molesto, aunque no por el dinero sino por la implicación de lo que acababa de plantear. En breve, acababa de decirle que el libro lo iba a escribir yo. De inmediato intentó refutar esa tesis. «No, no, Ismael —dijo— nadie te ha pedido que escribas tú el libro, solo estamos modificando el *modus operandi*». Le pedí entonces que fuera más específico y Ovalle, recuperando algo del aplomo de esas felices ocasiones cuando lograba mentirse a sí mismo, me aseguró que tendría algo desarrollado en los próximos días y con eso yo podría trabajar como de costumbre, haciendo sugerencias aquí y allá, aunque alabando mi aporte: «No te voy a negar, Ismael —reconoció en un imprevisto gesto de sinceridad— que tu prosa le ha hecho muy bien a la mía». Y luego, para cambiar de tema, me anunció cuán sustancial era el alza de mis honorarios. Era, en verdad, una cifra considerable y no pude sino manifestarle mi satisfacción. Hecho esto, Ovalle puso fin a nuestro encuentro. Había sido suficiente.

Yo, sin embargo, no las tenía todas conmigo. Mientras me despedía sentí que tal vez había hecho demasiado pronto mi jugada; lo había herido y convertido potencialmente en enemigo peligroso. Peor aún, no tenía la menor idea de qué hacer con las notas de Ovalle ni tampoco poseía un punto de partida alternativo. A él lo urgían los editores y a mí me urgía la ambición de hacerme un nombre a su costa. Eso presuponía una nueva novela de aún más éxito y calibre de la que pudiera tener *La fuerza de la carne*. Sin eso me hundiría junto con el viejo. La jubilosa sensación de haberlo puesto en su lugar solo tenía como fuente de inspiración mi fantasía, con la cual me veía triunfante y redimido de mi poquedad, pero enseguida me asaltaron temores imposibles de exorcizar con la pura imaginación. ¿Podría escribir lo que Ovalle y la editorial esperaba y yo necesitaba? No contribuyó a mi tranquilidad que en los siguientes días los llamados de Ovalle se hicieran más perentorios.

Tal vez para huir de Ovalle y sus presiones reanudé mis encuentros con doña Anita. Descubrí en ella, o mejor dicho me los reveló, nuevos y dudosos aspectos, sórdidos incluso. Al comienzo sospeché que con sus prácticas sexuales intentaba arrastrarme hasta el fondo de la humillación, convertirme en su juguete, pero luego deseché estas ideas. Creer tal cosa era digno de un paranoico. Y sin embargo es un hecho que con el afán de empaparme con la atmosfera que requería para escribir esta segunda obra encargada por Ovalle me dejé involucrar en cochinadas difíciles de confesar y justificar. Hablo de haberme hecho adicto en esos días a la práctica de ir a las plazas en horas tardías y esperar, deteniéndome bajo una sombra espesa que me ocultara, susurros culposos, el roce de ropas o el jadeo del acto carnal celebrado donde no se debe, fisgar como un detective privado de mala muerte tras los pasos de un adúltero. Dos o tres veces me encerré en los retretes de los cines a estudiar los grafiti dibujados en sus tabiques. Había en mí un creciente deseo de moverme más allá de las fronteras del sexo legítimo y que justifiqué diciéndome que era la única manera de enriquecer mis experiencias y así evitar una mera repetición de la fórmula de *La fuerza de la carne*, que ya estaba apareciendo en las vitrinas de las librerías en altas pilas de volúmenes junto al pendón con un retrato del autor. Era una fotografía con al menos diez años de antigüedad donde Ovalle aparecía con el atractivo de un chef de fama internacional presentando su último libro de cocina. Cada vez que entré a una de ellas manoseé el libro con lujuria y lo olfateé como si fueran las tetas de la chica de mi vida. Y todas las veces, al abandonar la librería, mi ánimo se fue al suelo.

4

Me derrumbaba porque comprobaba que Ovalle se llevaría toda la gloria y eso se me hacía intolerable. Mi ánimo caía en picada. En paralelo a eso mi interés y deleite por fisgonear se evaporó. Nada salía en limpio de eso. ¿Qué hacía helándome el culo para observar a una pareja de tórtolos? ¿De qué servía? ¿Cobraría vida, con eso, el esquema ridículo de Ovalle? Peor aún se hizo mi desánimo el día del lanzamiento. Me abrumó la convicción de que sería víctima de la injusticia más grande jamás cometida. *La fuerza de la carne* ya se posicionaba como un *hit* antes de su presentación en sociedad y de mí nadie sabía nada. Decidí entonces que escribiría una novela que tratara de un joven y genial autor que en la oscuridad del anonimato escribe la obra de un escribano viejo y cansado. Así es, decidí escribir esa novela del *ghost writer* de la que Ovalle me había hablado pero de la cual, estaba seguro, no habría siquiera escrito el primer párrafo. En esa carrera, me determiné, lo superaría. Sin embargo, aun gozándome anticipadamente de eso, el sufrir tan rotundo anonimato en medio de una gloria que era mía y solo mía pero atribuida a un viejo indecente me desanimó enormemente. Estuve tentado de contárselo todo a Anita. Las palabras bailaron en la punta de mi lengua en varios de nuestros encuentros.

La invitación para asistir al lanzamiento la recibí en la librería y estuve por arrojarla al canasto de la basura. Sin saber dónde ni cómo evacuar mis emociones caminé de un lado a otro, metí la invitación en un bolsillo y volví a sacarla varias veces, la leí otras tantas y mi rostro alternativamente ardía y se helaba. Por último me sobrevinieron náuseas que me obligaron a entrar al diminuto baño del local, arrodillarme frente al excusado y soltar un par de arcadas que produjeron una saliva amarga y amarillenta. Anita golpeó la puerta y me preguntó qué pasaba.

—Nada, nada —logré decir en tono casi desfalleciente.

Me levanté y el espejo me devolvió la imagen de un tipo pálido como papel y con una capa de sudor en la frente. Me lavé la cara y traté de recomponerme. No me hubiera sentido peor si alguien me hubiese dado un puñetazo en el bajo vientre. Al salir me topé con Anita esperándome frente a la puerta.

—Estás enfermo —afirmó.

—Sí —le respondí—, pero ya me estoy recuperando. Algo que comí ayer —expliqué.

—¿Estás seguro que puedes continuar trabajando?

Le dije que había sido solo cosa de un momento, que si se repetía le pediría permiso para retirarme. «Y yo por supuesto que se lo doy, mijito», ronroneó Anita en un tono cálido y también caliente que jamás antes le había oído en la librería. Me tomó una mano, me dio unas palmaditas en el dorso y regresó a su despacho.

Ya fuera del baño me apoyé en un estante y traté de examinar fríamente mi situación. ¿Por qué me agitaba tanto? ¿Acaso no sabía desde siempre que habría un lanzamiento y el protagonista sería Ovalle? Y mientras más fama y éxito lograra el viejo con el libro, más sonada sería la revelación acerca de su verdadera autoría. Ese pensamiento me alivió e hizo sonreír. Fue una sonrisa burlona y malvada, pero con ella mi angustia y resentimiento se disiparon. Ya no me sentí abrumado sino liviano y dueño de mí mismo y del conjunto de la situación; la invitación dentro de mi bolsillo era como tener entradas para ver desde palco una ridícula farsa. Luego pensé en Ovalle. Sin duda se habría convencido de ser el autor; si se acordaba de mí sería como del útil ayudante que aportó uno o dos párrafos en medio de la inmensidad oceánica de su magnífica novela. Considerarlo me borró la sonrisa. La ingratitud de Ovalle, la facilidad con que seguramente me estaba olvidando, el modo canallesco como disminuía mi importancia, todo eso me irritó al punto de que apreté los dientes, listo para morderlo. No pude dejar de imaginarlo absorbiendo como esponja los elogios de quienes presentarían su libro —dos conocidos payasos de la republiquilla literaria—, los aplausos de la platea y las glorificaciones de las señoras, su público cautivo. Lo vi pavoneándose a la hora del cóctel, paseando entre los corrillos, dejándose tocar, besar, palmotear. Mientras veía tal cosa insistí en que mientras más se encaramara Ovalle por ese pedestal de halagos, peor sería su caída. Torné a un estado de relativa calma y me aboqué al punto siguiente de mi agenda. ¿Iría al lanzamiento o no? Existían buenas razones para ambos cursos de acción, pero no podía decidirme. Cambié varias veces de parecer. En medio de todo eso, Anita, a la que no noté salir de su despacho, me tocó un brazo y me preguntó qué me pasaba.

—Te vi recibir una carta y leerla varias veces, ¿eso te enfermó?

—No es una carta, es una invitación que… Pero no, no fue eso.

—¿Una invitación a qué?

—Al lanzamiento del libro de un autor que conozco hace años.

—Yo creo que eso es lo que te alteró tanto.

—Para nada —le dije—, la invitación no me ha hecho ningún efecto, ¿cómo podría?

—Exacto, cómo podría —repuso Anita—, pero lo cierto es que vomitaste. Ismael, caminabas de un lado a otro como loco, la leías, la guardabas, la leías de nuevo. No es que te espiara, pero la librería es chica…

No respondí nada muy inteligente. Aseveré que mi problema estomacal era cosa aparte y ajena. Dije además que estaba nervioso por otros motivos. Insinué problemas familiares; por alguna razón la invitación me los había recordado. Traté de cambiar el tópico y lo logré menos por mi habilidad que por la decisión de Anita de no fastidiarme más. Me preguntó si iría esa noche a su departamento y le dije que no lo sabía.

—¿Cómo que no lo sabes? ¿No sabes o no quieres?

Esa era Anita, la auténtica, no doña Anita la jefa de local con el rostro y las amplias gafas hundidas en catálogos de editoriales, recibos y cuentas. Esta era Anita, la genuina y la ansiosa y la voraz, la que quería culearme y no soltaría su presa hasta obtener una respuesta satisfactoria. Para que me dejara en paz le dije que iría. Solo entonces se retiró a su despacho.

No sé exactamente cuándo ni cómo, pero tomé una decisión: acudiría al lanzamiento. Ignoro qué me decidió hacerlo. Distintas ideas o fragmentos de ideas circulaban por mi mente en direcciones opuestas. El fastidio de ver a Ovalle profitando de mi talento se oponía al deseo de calibrar la calificación de mi novela por los presentadores, un par de melifluos imbéciles pero de todos modos gente de letras; a mi resentimiento por el miserable papel que me tocaba jugar se oponía la curiosidad de ver cómo Ovalle desempeñaba el suyo. Deseaba, además, evaluar la reacción del público por más que con esto contrariara mi timidez, la incomodidad que me producían los grupos, mi invencible torpeza social.

Entonces, helo ahí a Ismael, el de esa época, el pequeño sujeto peinándose frente al espejo del baño de la librería y que intenta poner en orden el habitual desaliño de su camisa y su corbata y sacarle lustre a sus zapatos con una tira de papel higiénico. Lo miro hacer todas esas cosas con su corazón rebosante de dudas. Lo contemplo con una dosis de compasión y me asombra que alguna vez él y yo hayamos sido la misma persona. Soy, en este momento, un ojo invisible viajando por el tiempo, en reversa, para mirarlo desde el techo del pequeño baño mientras completa sus preparativos y luego lo veo despedirse de Anita con la mentira de que la verá esa noche y enseguida encaminarse al sitio donde se celebrará el lanzamiento. Y ahí es donde llegamos finalmente por lento y vacilante que haya sido mi paso o por mucho que haya intentado prolongar la caminata. Ahora yo y ese Ismael somos la misma persona y juntos constatamos que el establecimiento está repleto de gente. Ovalle aún tenía poder de convocatoria y la editorial había trabajado con diligencia. Reconocí algunas caras, entre ellas a un par de viejas *socialités,* dos ancianas estucadas que en esos años aparecían en cada cóctel y evento que requería una dosis de glamour otorgada por sus rancios apellidos; asistían también unos periodistas de espectáculos, dos o tres ejemplares de segunda fila de la república de las letras y a eso que se denomina, con olímpica prescindencia de detalles, como «público en general».

En la mesa que presidía el salón ya estaban sentados los anfitriones. El acto iba a comenzar. Me ubiqué en un rincón, atrás, cerca de la puerta de salida. Un funcionario de la editorial probó el micrófono y carraspeó para aclararse la garganta y llamar la atención.

—Es con mucho placer —anunció— que nuestra editorial lanza hoy la nueva y estupenda novela de Ernesto Ovalle, *La fuerza de la carne*.

Y luego de un par de minutos de corteses banalidades cedió la palabra a los presentadores. Yo no tenía respeto por ninguno; ambos eran autores de novelas y cuentos absolutamente convencionales, ejemplares icónicos, los dos, de la moda literaria prevaleciente por ese entonces, pero aun así esperé el juicio de dicho par de badulaques como si de sus labios no pudiera brotar sino la verdad. Me dominó una inmensa y ansiosa curiosidad por saber qué habían visto en mi novela. Era *mi* novela y más fuerte lo sentí así a medida que, primero uno, luego el otro, revelaba ante el público los secretos más recónditos de lo que, como uno de ellos expuso, «era una obra de fino humor tras la apariencia de una historia de amor, una suerte de graciosa parodia, tal como había hecho el autor del *Quijote* con las novelas de caballería».

¡Cómo el *Quijote*! No puedo ahora ni habría podido entonces definir lo que sentí al oír tal cosa, esa sensación en el pecho, mi tórax dilatándose como si estuviese enchufado a la poderosa bomba de aire para neumáticos de una gasolinera, mis ojos al borde de las lágrimas, la respiración acezante y un impulso casi incontenible por gritar o decir algo a voz en cuello, abrazar a esos respetables escritores, a la concurrencia en masa. Y no fue todo. Desde esa ilustre mesa se dijeron innumerables verdades en relación a mi talentosa descripción de emociones y deseos. Ah, oír todo aquello fue como flotar sobre nubes. Una tibieza maravillosa se extendió por mi alma y comprendí que este era el mejor de los mundos posibles, como había afirmado un filósofo. Mi sonrisa y bienestar no dejaron de crecer y justificar la totalidad de mi vida hasta ese momento.

O así fue hasta que vi la expresión de Ovalle. Estaba sentado entre los dos notables y elocuentes presentadores como si fuera la pieza principal del decorado, el protagonista, sí, como si hubiera escrito el libro. Su faz irradiaba complacencia. Apreté los puños, los dientes me rechinaron, cerré los ojos y en mi mente hice desfilar imágenes en las que dicho rostro despreciable que succionaba los halagos vertidos a mi obra era ferozmente golpeado, aplastado con objetos contundentes, macerado más allá de toda descripción y posterior identificación de la víctima. Hubo aplausos. Se aplaudía la intervención del último presentador, pero sobre todo se aplaudía la obra, el fruto del genio de Ovalle, quien arrastró hacia sí el micrófono y se aprestó a hablar. En medio de mi enloquecida furia, una voz mía que no reconocí, ajena, humilde y plañidera, dijo: «¡Por favor, por favor, don Ernesto, reconozca algo de lo hecho por mí, mencióneme aunque sea obscuramente, hágame existir!». Pero, como era de esperarse, como bien sabía que sucedería y de eso estaba advertido, Ovalle no dijo una sola palabra que apuntase a reconocer la ayuda o colaboración de ni siquiera un secretario que le hubiera encendido el procesador de texto en la mañana, le sirviera el café o acudiera puntualmente a comprarle el pan. Agradeció, es cierto, a la editorial «por la confianza que pusieron en mí», a los presentadores por «sus generosas palabras» y al público asistente «por hacerle compañía en esta noche tan especial». Era a ojos de la concurrencia, sin duda alguna, un hombre agradecido. Me puse entonces en puntillas para que me viera, para que me recordara, para, por último, remecer sus facciones con una sombra de preocupación, de molestia, cualquier cosa capaz de arrugar tanta felicidad, pero no me vio. Gente de mayor estatura, posiblemente en connivencia con Ovalle, me relegaron a la oscuridad e invisibilidad.

Ovalle ya hablaba sin parar. Acunado por el éxito que su libro empezaba a cosechar se sintió con derecho a pasar una mirada de suave sarcasmo sobre su competencia. No pronunció la palabra Gutiérrez, pero era evidente a quién se refería cuando fustigó «cierta literatura romántica que no trata con autenticidad las verdaderas emociones del corazón femenino». ¡Ah, sí, Ovalle se lo permitía todo, cada atropello y vejación que se le ocurriera, porque era su noche y tenía la potestad para poner las cosas en su lugar! Me consolé pensando que tal vez, muy en el fondo, en la raíz de su avasalladora sensación de triunfo, una voz interior le estaba susurrando que no olvidara al bueno de Ismael, que sin su participación nada de eso habría sido posible y, aún más, nada podría serlo en el futuro. Estoy seguro de que así fue pues, pese a la distancia que me separaba de la mesa, juraría que vi en sus ojos lo que nadie más vio esa noche: un fugaz e imperceptible chispazo de pánico y desazón, un temblor en la mirada tan veloz y pasajero que pudo parecer efecto de la iluminación. Solo por esa señal, a pesar de mantener Ovalle la seguridad de su tono como si nada le sucediera, pude volver a mis cabales y darme cuenta de que a mi alrededor nada de todo eso era otra cosa sino un juego de sombras que el tiempo y yo nos encargaríamos de disipar.

No por eso recuperé la tranquilidad que había gozado durante semanas hasta días antes del lanzamiento. Mis emociones se agitaban todavía como oleaje aun amenazante luego que ha pasado lo peor de una tormenta. Ignoro si alguien lo notó. Yo era un total desconocido. ¿A quién podía importarle si acaso veían deslizarse por mi semblante, en sucesivas marejadas, el resentimiento, el deseo de venganza, la decepción y la amargura unida a instantes de gozo por las palabras que se habían pronunciado acerca de *La fuerza de la carne*? Vagué al azar capturando desde cualquier bandeja que pasara a mi lado —ningún mozo se dignó detenerse para ofrecerme nada— panecillos o vasos de plástico con un vino que era un asco. Lo hice sin calcular mis pasos y sin propósito definido, pero creo que deseaba toparme con Ovalle. No lo pensé, pero ahí estaba ese deseo y junto a él cierto miedo de hacer el ridículo, miedo de que Ovalle, al verme, me relegara a la más nimia e insignificante condición a la que puede ser degradado un ser humano. Bien sabía que yo no podría oponerle, con mi poquedad, nada sustantivo. No sabría cómo contestarle. Por eso, muy pronto, abandoné esa aspiración y mis movimientos tuvieron un objetivo contrario: eludir a Ovalle.

Por cierto no me uní a ningún grupo y la causa no fue solo mi timidez. Eran corrillos de conversación en los que nada tenía que hacer ni decir. La mayor parte de la concurrencia entre la cual se movía Ovalle revoloteando de un grupo a otro, ágil como nunca, otorgando ecuménicamente sus bendiciones, pavoneándose a más no poder y repleto hasta el hartazgo de sí mismo, estaba constituida por señoras de sociedad y de edad a menudo canónica. Al menos cuatro quintos de ellas respondían a ese perfil. Los varones eran también de edad, salvo un par de periodistas y algunos publicistas, miembros estos últimos de ese submundo amanerado, adocenado y pagado de sí mismo que considera muestra suficiente de creatividad el vestir como payasos. Por lo mismo, entre tanto glamour y encanto, entre tantas fragancias de perfumes caros, mi juventud, desaliño y falta de distinción se hacían notar del modo más desagradable. Comencé a sentirme incómodo. ¿Qué más podía hacer ahí? Ya había escuchado las alabanzas a mi obra usurpadas por Ovalle; ya había oído suficientes veces al público referirse al ingenio de Ovalle, al talento de Ovalle, a la fertilidad literaria de Ovalle. Estaba harto. Adicionalmente esos sonoros ditirambos terminaron por hacerse sospechosos, a parecerme modos torcidos de burlarse de mí. Pensé que tal vez lo hacían para que me sintiera aún más despojado. Me sentí molesto, fuera de lugar y confuso. Demasiadas y contradictorias emociones me perturbaban. Deseaba encarar a Ovalle, pero temía hacerlo; quería oír más alabanzas sobre *La fuerza de la carne*, pero ya dudaba de ellas; quería irme lo antes posible y al mismo tiempo me retenía una vaga esperanza de que acaeciese algo, un no sé qué, una situación o encuentro capaz de ponerme en el sitial debido borrando la vejación que sufría hasta ese momento. En medio de dicha confusión no tomé ninguna medida. Sencillamente derivé a un estado de inercia que me dejó en un rincón sin ánimo para seguir deambulando o irme. Era, para todos los efectos prácticos, como un pájaro desplumado y muerto arrojado a la playa por la última ola de la tarde.

En ese cataléptico estado me encontraba cuando dos eventos inesperados me sacaron del marasmo. Ovalle al fin me vio, o más bien reconoció haberme visto desde el otro extremo del salón. Tuvo la extrema gentileza de desviar por un segundo su atención de un grupo de envejecidas y locuaces damas para hacerme un gesto en el que se unieron de la manera más compleja su deseo de no haberme visto ni entonces ni nunca y su falsa complacencia por verme. Parecía pícaramente reconocer ser partícipe conmigo de un enorme y chistoso secreto que por supuesto ni él ni yo íbamos a difundir, uno que quedaba entre nosotros. Pero el gesto decía, por sobre todas las cosas, vete ya, Ismael, vete de una buena vez.

No alcancé a agregar eso a mi lista de quejas e incrementar con un nuevo ítem mi fastidio y resentimiento porque enseguida se produjo el segundo evento que me hizo olvidar a Ovalle, al libro, a la concurrencia, al entero lanzamiento ya en su fase terminal. De improviso alguien me tocó el brazo para llamar mi atención. Mientras volvía la cabeza una voz melodiosa y algo ronca me dijo: «Qué haces tú aquí entre estas viejas y viejos». Quien me había tocado y hablado de ese modo fue la belleza tal como la he concebido y me había eludido siempre. Hablo de una boca sonriente y burlona materializándose en el lugar menos pensado y tan rotundamente real que pude sentir su aliento espeso y amargo. Hablo de esos ojos levemente desorbitados que me miraban mientras el resto de dicha persona se cimbreaba como una espiga a la que moviera la más tenue de las brisas. Digan lo que quieran de mí, lo cierto es que me enamoré instantáneamente, o mejor dicho, me encontré frente a quien había sido mi amor desde siempre sin que yo lo supiera.

No sé si esas emociones y pensamientos se hicieron públicos, si se deslizaron por mi rostro, delatándome. Lo cierto es que no dejaba de mirarme sonriente, desapegada y divertida. Amén de su cuerpo, movía también su cabeza. Como una flor carnívora de gran tamaño, su ser esparcía fragancias mareadoras.

—¿Qué haces tú aquí? —insistió.

¡Qué irremediable era todo! Tal vez si yo hubiera sido alguien dotado de ciertas virtudes y gracias, ese momento y el camino que abría pudo ser el del amor con todas sus letras, el encuentro de mi vida, ese destino inevitable que Ovalle adjudica a sus galanes cuando conocen a la chica que los acompañará en las peripecias del resto del libro. Pero en mi caso, pobre infeliz, no se abría sino el sendero de la pérdida por adelantado, la ruina durante la inauguración. En el segundo mismo en que la miraba con un arrobo no exento de voracidad, como si solo a través de los ojos pudiera hacerla mía, supe que lo que durara ese encuentro fugaz duraría nuestra relación.

—¿Qué quieres decir? —contra pregunté. La voz me brotó con enormes dificultades, delgada y débil como la de una señorita saliendo de un desmayo. Enrojecí de vergüenza y revelé mi insuficiencia. Como de muy lejos la oí responderme.

—Como que no tienes el perfil. Aquí hay puras viejas y viejos, unos periodistas y gente como yo, de la agencia de publicidad, pero tú no eres ninguna de esas cosas...

Así era, en efecto. Mi persona constituía una vistosa mosca en medio de la cremosa leche de tanta célebre y reputada compañía. Una mosca de mediana estatura, cutis color té con leche, facciones vulgares, mal vestida y desaliñada. «No tener el perfil» me sonó a no ser lo debido, a ser menos de lo debido, a estar en falta, a no merecer permanecer ni un instante más en ese sitio donde se codeaba gente linda, famosa e importante, o al menos con la capacidad de aparentarlo.

—Soy escritor —susurré.

—¿De verdad? ¿Cómo te llamas? Porque de facha no te conozco, pero quizás...

Su pregunta me reveló que acababa de meter la pata. No era escritor en el sentido como ella lo entendía porque no tenía nombre alguno, cero presencia en el ambiente, un perfecto desconocido, en fin, era un patán sin publicaciones. ¡Con qué renovada fuerza se me presentó la enorme injusticia que se me hacía! ¡Me preguntaba por mi identidad literaria en el lugar y momento mismo que se lanzaba un libro esencialmente escrito por mí! Abrí la boca para dar un grito, decir algo decisivo y restaurador de mi dignidad, una palabra que dejara todo en claro, pero no hay en ningún idioma del mundo vocablos con tamaña capacidad y convencido estuve de que, como me había sucedido con Julia, sería tarea inútil y contraproducente; aun si se me hubiera permitido una larga y detallada exposición con Power Point no me hubiera creído sino humillado y considerado un imbécil, un pobre amargado que intenta opacar el triunfo y el talento de un competidor, un infeliz y envidioso más entre los muchos que pululan en los barrios bajos de las letras. Abrí la boca, sí, pero no dije nada. No supe qué decir. Mi rostro ardió por los cuatro costados como un edificio entregado a las llamas, pero aun en medio del derrumbe de mi dignidad tuve tiempo suficiente para percatarme de que encaraba a mi amor. Lo entendí todo. Era, cualquiera fuese su nombre, el objeto hasta entonces no identificado de mis anhelos y que me había huido por tantos años. Lo supe mientras ampliaba su sonrisa hasta convertirla en una notoria mueca de burla. Me lo merecía. Que solo me hubiera visto y tocado el brazo debía bastarme. Me consideré un batracio oscuro y despreciable, habitante perpetuo del fondo más legamoso de la sucia charca. Debía estar satisfecho de que por un instante hubiera sido iluminado por un radiante rayo de sol. Tanto me deslumbró que cuando un tipo alto y musculoso la tomó del brazo y se la llevó a otra parte del salón apenas alcancé a percatarme de lo ancho de su espalda, la voluminosa dimensión de su cráneo y lo pequeño de su trasero; las líneas marcadas de sus facciones, sus ojos grandes y algo salidos de las órbitas, la nariz levemente aquilina y la sonrisa que le torcía la comisura de los labios habían hasta ese instante dominado completamente la situación. De inmediato me concentré en la tarea de acercarme a su persona sin ser notado por su acompañante. Olvidé a Ovalle, olvidé mi libro, lo olvidé todo; me afané en la tarea de mirarla y absorberla. Maniobrando con cautela pude hacerlo desde varios ángulos. En mis momentos de máxima audacia estuve lo suficientemente cerca como para detectar, emanando de su cuerpo, una especie de vibración que me hizo cerrar los ojos. Solo deseaba ser capturado por su gravitación. Quise dejar de ser Ismael y convertirme en la alfombra que pisotearan sus rudos zapatones, en la silla bien amada donde depositara su enjuto trasero, polvo a sus pies, polen al que succionara su nariz firme, motas de polvo aterrizando en la leve sombra de bigote que circundaba su labio superior.

Así es el amor. Sobrepasa y supera toda consideración racional y su víctima se deja digerir por ese enorme vientre donde se convierte en papilla todo lo que allí cae. El amor también impulsa a locuras al punto que al verlos salir del salón decidí seguirlos donde fuera que se encaminasen. Me convertí una vez más en Ismael el fisgón. Caminé a unos veinte pasos de distancia con las manos en los bolsillos, el cuello del vestón levantado y la cabeza hundida en mi pecho. Representé, supongo, la imagen misma del detective privado de mala muerte que intenta ponerse a cubierto en su insignificancia, aunque estaba demás: dudo que de haber mirado atrás me hubieran reconocido. Su caminata terminó frente a un edificio de cuatro pisos al que entraron abrazados. Reían y alcancé a vislumbrarla posando la cabeza sobre el poderoso hombro del atleta. Ahí mismo, aprovechando las tinieblas, debí haberlo apuñalado. Salvaje fue el deseo que me poseyó, la vívida imagen de ese elástico Ismael saltando como un felino para partirlo a navajazos.

NUEVO ENCARGO

1

Los días que siguieron al lanzamiento de *La fuerza de la carne* los experimenté como si sufriera un fuerte resfrío. Primero me sentí envuelto en un aturdido distanciamiento de todo y luego enclaustrado en un malestar y disgusto general por emprender nada que no fuera dormir. Al menos así los rememoro sabiendo que todo recuerdo no es una reproducción intacta de lo que fue, sino un artificio confeccionado a partir de los intereses del presente. «Me parece recordar» sería, pues, la manera honesta de decirlo. Me parece recordar que no quise saber de nada. No quise pensar más en Ovalle, corté toda reflexión sobre la injusticia que se me había hecho y no dediqué ni un solo minuto a planear el nuevo libro. Ovalle, mientras tanto, no dejaba de presionarme. Lo hizo cambiando en 180 grados la actitud distante que manifestó la noche del lanzamiento. Ya al día siguiente me llamó con un tono de la más extrema amabilidad y hasta dando muestras de afecto. «Querido Ismael —me dijo— qué alegrón que hayas ido. Me hubiese decepcionado si no». Casi solté la risa al oír tal cosa. Habría sido una risa amarga. ¿Acaso el bastardo no se esmeró durante todo el acto en eludirme? Se había comportado como un gorrión incapaz de agradecer la miga que le arrojamos y que, ya con el bocado en el pico y sin despegarnos sus ojillos duros, vigilantes y astutos, se cuida con nerviosos brincos de alejarse más y más de nosotros. Eso es lo que Ovalle había hecho toda la noche. No bien yo, su benefactor, me acercaba, Ovalle revoloteaba ágilmente a otra parte. Pero no reí y Ovalle continuó en el mismo tono y derivando poco a poco a lo que le interesaba. Lo vi venir con anticipación. «Lo cierto, Ismael, es que si bien es lícito celebrar lo estupendo que ha resultado hasta ahora todo, ya deberíamos meterle el diente a la próxima novela… Como te dije, la editorial espera al menos un borrador, algo que justifique el nuevo contrato porque, ya sabes, ellos deben responderle a la casa matriz».

Guardé un premeditado y casi regocijado silencio; tenía derecho a someter al anciano a alguna clase de venganza, hacerlo pagar por su conducta inexcusable y por la gloria que inmerecidamente comenzaba a ornar sus sienes.

—Bueno Ismael, no quiero ser majadero, pero debo insistir en el punto y me gustaría saber cuánto has avanzado…

Tentado estuve de decirle que nada, así, abruptamente, pero me contuve. No era bueno irritar más de la cuenta a Ovalle, a quien yo necesitaba tanto como él a mí. Por lo demás era verdad que no tenía nada, pero no me iba a disculpar por eso. No me arrodillaría frente a él. De ninguna manera asumiría estar en falta. No obstante decidí que mi silencio ya era suficiente. Le arrojé un hueso.

—Al tenor de sus notas, don Ernesto —dije conteniendo la risa ante mi propia y chistosa calificación de «notas» para esas tres líneas de garabatos que me había entregado en su libreta—, he estado desarrollando algunas ideas que aún requieren ser maduradas… Son anotaciones confusas todavía, pero prometedoras. Lo único claro que tengo y puedo darle ahora, don Ernesto, es el título, que refleja, creo, hacia dónde irá la cosa.

—¿Ah sí? ¿Cuál es el título, Ismael?

De la impaciencia a punto de desbordarse Ovalle pasó a una versión cautelosa del entusiasmo. O tal vez no tan cautelosa: me preguntaba por el nombre y apellido de lo que era o debía ser su trabajo. Tácitamente Ovalle reconocía estar en mis manos. Casi sin pensar, haciendo uso de una palabra que por alguna razón estaba dando vueltas en mi cabeza, lo satisfice.

—*Obsesión*, don Ernesto, he pensado en ese título, *Obsesión*.

Lo sentí aspirar profundamente y luego exhalar todo ese aire en un largo suspiro. Después de todo eso, habló:

—¡Pero qué buen título, Ismael!

—¿Le parece?

—Me parece estupendo, *Obsesión*... Una palabra potente, que sugiere... En fin, ¿qué sugiere o va a sugerir, Ismael?

No tuve problemas en responderle. Me bastó reunir un par de banalidades a mano.

—Sugiere lo que es el amor, don Ernesto, usted sabe, obsesionante, absorbente. Pero dejemos que la trama misma nos lleve, me refiero a aquella esposa del millonario que poco a poco centra sus fantasías eróticas en el jardinero...

Allí me detuve, temeroso de haber ido demasiado lejos. La esposa del ricachón solazándose con el jardinero, por Dios, era excesivo, pero Ovalle no se dio por aludido.

—Tienes razón, Ismael, dejemos que eso se materialice de a poco... ¿Tienes algo escrito ya?

Le dije que sí, pero que aún no era digno de leerse. Estaba trabajando en eso y ardía en deseos, le aseguré, de cotejar lo mío con lo que él tuviera. Lo dije sabiendo que Ovalle no tenía nada. Con eso gané tiempo: no me apuraría por una fecha. Y no hubo fecha, pero sí más llamados.

Durante esos días no escribí ni una línea. No solo no se me ocurría nada, sino ni siquiera dediqué un minuto a intentarlo. *La fuerza de la carne* apareció ocupando el primer lugar en los rankings de venta. Frente a ese hecho sufrí la consabida mezcla de emociones: satisfacción y orgullo por la eficacia del trabajo realizado y resquemor por serle atribuido a otro. Esa confusión emocional me llevó a protagonizar situaciones absurdas. En una librería tomé un ejemplar, lo hojeé unos momentos y le pregunté a uno de los vendedores qué le parecía este nuevo éxito de Ovalle. El tipo se encogió de hombros, se sonrió y con aire de complicidad me dijo: «Basura para mujeres, ya sabes, una de esas novelitas románticas que leen las chiquillas y las viejas». Y de inmediato, pensando que tal vez perdería un cliente, trató de arreglar la situación con comentarios adicionales. «Bueno, Ovalle escribe cosas sentimentales, pero nada de mal. Escribe bien dentro de ese género. Y dicen que en este libro se soltó las trenzas y le puso picante... Quizá me equivoqué y no debí decir basura, sino subliteratura».

¡Subliteratura! ¡Se me estaba acusando de perpetrar un remedo de literatura, una pieza de cerámica policromada mejor o peor hecha, pero siempre eso, un adorno barato, vistoso, insubstancial! No me avergoncé ni me vino al rostro un arrebol furibundo. Creo no haber manifestado ninguna expresión legible en beneficio de la audiencia. Me quedé de piedra y hasta logré dibujar una sonrisa de asentimiento, casi de complicidad, pero tras ella estaba preguntándome si acaso mi trabajo, el mío, el personal, el que aún no había producido, trascendería esa subliteratura. Hasta ese momento mi postura oficial era la siguiente: yo condescendía con Ovalle a cambio de dinero y oportunidades a corto o mediano plazo. Solo por dichas razones había aceptado escribir tamaña mierda, pues yo estaba por encima de todo eso. Pero ¿cómo lo sabía? Al contrario, la facilidad misma con que había perpetrado el engendro que ahora aparecía en el primer lugar, esa fluidez de la pluma con que me había sentido sorprendido, ¿no era prueba de ser ese mi auténtico oficio, mi nivel, mi horizonte? Y al pensarlo sentí lo que parece un cliché literario, un manido y polvoriento recurso retórico, aquello de «la mano apretando el corazón». La sentí. Estuve a punto de gemir y al menos algo de ese estado de ánimo se traslució y se hizo visible. El empleado de la librería frunció el entrecejo y me miró con una dosis de preocupación mezclada con una aún más grande de curiosidad.

—¿Le pasa algo? ¿Le traigo una silla? —preguntó.

—Déjese de huevadas —repuse molesto, mientras una bocanada de bilis me subía por el esófago e inundaba la garganta.

La voz interior, incapaz de perder una oportunidad, cloqueó alegremente: «No eres más que eso, Ismael, un escribidor de novelitas rosas para viejas menopáusicas, pero abrumado por ambiciones literarias».

—No —dije en voz alta y trémula. Demasiadas palabras deseaban acompañar ese *no* y al atropellarse me cerraron el gaznate.

Volvía a abrumarme el deseo de dejarlo todo en claro de una buena vez, pero no pronuncié nada.

—¿No qué? —preguntó el vendedor.

—Nada —dije.

Nada se podía hacer por mí. Una vez más la nada encerraba y explicaba todo. Aturdido aún terminé la conversación y abandoné la librería. Ya en la calle no supe qué hacer. Me asaltó por segunda vez ese nuevo y flamante demonio, la duda radical sobre mis capacidades. ¿Era mi talento y vocación superior a la habilidad requerida para fabricar material a lo Ovalle? Agité la cabeza negando esa duda, negándolo todo, pero seguía frente a mí, inamovible y porfiada.

Entré a un cine para librarme de ese malestar. Debo haber dormitado durante largos momentos pues lo que recuerdo de esa película son solo fragmentos sueltos y sin sentido. Lo claro es que al terminar la función entré al baño y decidí quedarme allí un rato para poner cada cosa en su lugar, encontrar la paz y una respuesta a esa duda absurda. En medio de tan grato silencio, propio de esos sitios entre función y función, la duda se disipó poco a poco. Una o dos veces solté una meada. En el corazón de esa paz creció suave y lentamente la idea de hacer propicia la oportunidad de marcar el número de unos de los teléfonos que acompañaban los consabidos grafitis.

2

Sobrevino una temporada en que me sentí como vaciado por dentro. No me sentía ajeno a mis viejas rutinas ni incorporado a otras nuevas, tampoco entusiasmado ni desesperado. Si acaso hay un símil para mi estado de ánimo es el de un tipo a quien le han extraído un órgano y hace su primer paseo por la sala de recuperación sin saber a qué atenerse. No había escrito ni una sola línea de *Obsesión*, obra aún fantasmal, cuando recordé la más dramática de las frases que le había oído a Ovalle al contarme su proyecto de escribir una novela acerca de un *ghost writer*: «Naturalmente, Ismael, esto no tiene nada que ver con la relación de trabajo que nos une. Como sabrás, el *ghost writer* escribe desde cero, que no es tu caso, ¿no? Tú me has ayudado mucho, pero ciertamente no eres un *ghost writer*».

Al recordarla no me invadió la misma desazón de cuando la oí de sus labios porque había comprendido ya la verdad: Ovalle deseaba que su desfallecimiento literario me pareciera solo un engaño, aunque el engaño era pretender que lo era. El viejo prefería aparecer como un canalla capaz de manipularme miserablemente a hacerlo en su auténtica condición de escritor terminal. Pero pese a saberlo y despejadas las incógnitas, alguna desazón todavía me asaltaba. ¿Realmente era así? Esa duda era imposible de aclarar por mucho que me dijera que, lejos de dominar la situación, Ovalle luchaba desesperadamente por mantener una apariencia. Lo probaba, me decía, lo incesante de sus llamados y la rapidez con que aceptó el título que propuse. ¿O todo eso indicaba lo opuesto? Hastiado de explorar esos vericuetos indefinibles rechacé esas cavilaciones y decidí no dejarme engañar nunca más por sus patéticos pataleos.

Tras el vigésimo de sus llamados le prometí una visita para el sábado siguiente. Lo hice pese a no tener nada entre manos. Estaba seguro de que Ovalle tampoco. Me pregunté qué íbamos a cotejar. Tenía unos días para inventar algo y decidí usarlos. Cualquier mendrugo que le arrojara sería bastante para hacerlo pensar que su lacayo trabajaba seriamente. Ese mismo día apenas llegué a mi cuarto apagué el celular, me eché en la cama con la libreta de notas y un lápiz a mano y me apresté a imaginar una situación a partir de la miserable guía entregada por Ovalle: el jardinero y una chica joven y hermosa casada con un anciano millonario. La tarea se me presentó al instante como casi imposible. ¿Qué podía hacerse con eso? El asunto era una basura. Aun así, a medias despierto y a medias adormilado, repasé las escenas que me vinieron a la mente desde remotos fondos de la memoria, viejas películas y seriales de televisiones vistas en mi infancia y asociadas, aunque fuera lejanamente, a tan patético script. Poco a poco me fui interesando y divirtiendo como un Dios que, entreteniéndose en minucias luego de acabada ya la gran obra, viene y crea una mansión estilo villa italiana y la habita con dos hombres y una mujer, cosa que hice. Uno es el musculoso jardinero, desnudo de la cintura para arriba mientras pasa un rastrillo por el césped. La chica con anteojos de sol y bikini, echada en una reposera en la terraza, Martini en mano, es la esposa del anciano que los espía a ambos desde la ventana de su estudio adivinando todo lo que vendrá y, en su fuero interno, tal vez deseando que venga. Soy un Dios omnipotente o un director de cine dictatorial y puedo hacer que el mediodía sea interminable y corrijo una y otra vez la escena. En una de esas tomas alternativas el viejo frota su decaído miembro en tardío reestreno de sus masturbaciones de setenta años atrás. En otra versión lo instalo en una silla de ruedas. El silencio y la luz son absolutos. Un zumbido no identificado, tal vez de un panal de abejas o de un lejano vehículo, es el único sonido que se oye. Altanera, arrogante, la chica del bikini se las arregla tras sus gafas oscuras para estudiar al guapo y atareado mozo. Soy un creador detallista: sobre el broncíneo y musculoso torso del jardinero aderezo resplandecientes regueros de sudor. Es una suerte de héroe griego dedicado a la horticultura. La chica, aunque aparentemente impávida, siente en la boca del estómago una leve opresión, una tirantez que se despliega hasta la punta de sus pezones. Nada de esto puede percibir el veterano que espía tras las celosías, pero en su mente de experimentado zorro puede adivinarlo. Rehago las escenas una y otra vez. Dispuse que el jardinero, llevado por un impulso donde se mezcla el exhibicionismo y una forma oscura e imprecisa de deseo se rasque las bolas y en eso estaba, precisando los detalles del acto tan descarado, cuando me quedé dormido. Desperté arrebatado por una idea maravillosa: no solo supe cómo iniciar el libro, sino además que podía darle cierto carácter de novela policial, yuxtaponer los dos géneros y realmente golpear la cátedra. No sabía exactamente cómo, pero podía olfatear, presentir ese camino. La sensación de estar dando en el blanco fue tan fuerte que no me importó la ausencia de palabras o imágenes que la materializaran. Era cosa de tiempo. Me incorporé de un salto y garrapateé algunas líneas temeroso de perder el hilo si me demoraba más de la cuenta.

Hecho eso tomé mi notebook y escribí por dos o tres horas y lo mismo hice al día siguiente. Para el sábado tenía completo un capítulo, más esbozos apresurados de otros dos. Con eso ya era posible armar un libro aun si Ovalle, como lo esperaba, no tenía nada.

Ese sábado, día del encuentro, sufrí una experiencia muy curiosa. Por un instante sentí no haber estado nunca en otra parte sino en esa calle habitada por ancianos y pensionados y no haber hecho nunca nada sino tocar infinitas veces el timbre de la casa de Ovalle. Todo lo que me rodeaba en círculos concéntricos de creciente amplitud, la ciudad e incluso el mundo, me pareció irreal. La única certeza era estar en esa calle incapaz de otro cambio que no fuera el paso de las estaciones, la aparición y desaparición de la flora, la luminosidad o la oscuridad del firmamento. No existían en el universo nada sino la puerta, el timbre y esas dos hileras de árboles ya desnudos, dos filas de esqueletos partiendo con sus ramas en mil fragmentos el cielo frío y contaminado. Esa sensación habrá durado a lo sumo un par de segundos, pero me pareció interminable. Pensé «he sufrido un ataque» y me apoyé en el dintel de la puerta de Ovalle. Era una de esas tardes de Santiago cuyo cielo sombrío no anuncia lluvia sino, como esos mediocres y oscuros retratos al óleo de personajes desconocidos, solo ofrece una sensación de cosa muerta, estéril y olvidable.

De esa asfixiante ilusión me rescató el viejo luciendo un chaleco de lana artesanal acribillado de manchas de comida y bebida, calzando pantuflas y con su aire de desaseo y negligencia habituales. Me saludó con una venia para luego encaminarme a su estudio, donde repetimos la escena tantas veces representada: el ofrecimiento de la silla de palo para mí y su desplomarse en el sillón imperial. Todo, entonces, reanimó la sensación de estar atrapado en la cansina repetición de una obra de teatro de cámara con cinco años en cartelera. Pero esta vez una segunda mirada me reveló algo diferente. Lo nuevo estaba en su rostro, por lo común rebosante de una vitalidad sanguínea que sus bigotes blancos destacaban aún más. Esa tarde predominaba el pesar. Sendas bolsas oscuras bajo sus ojos revelaban una consecución de malas noches. De pronto comprendí que Ovalle hacía un enorme esfuerzo por fingir normalidad. Algo serio, era evidente, lo carcomía.

—Así que tienes material para mostrarme… —dijo en un tono sin entusiasmo ni expectación.

—Sí, don Ernesto —respondí al tiempo que abría mi maletín para sacar las hojas, acto que no completé al notar el gesto de Ovalle que decía «espera un poco».

El viejo carraspeó varias veces, recompuso su postura en el sillón, arregló unos papeles y de todos los modos posibles manifestó que no le era fácil decir lo que me tenía que decir.

—Ismael… —me dijo con voz rasposa.

—¿Sí, don Ernesto?

—Creo que debo pedirte excusas, pedirte perdón…

—¿Perdón? ¿Por qué?

—Por cómo te traté el día del lanzamiento. Fui muy frío contigo, te eludí, te hice el quite… Me doy cuenta ahora de que me porté como un carajo, me envanecí más allá de lo que merecía hacerlo si tomamos en cuenta que el libro no es enteramente mi obra porque tú hiciste un aporte considerable.

¡Un aporte considerable si tomaba en cuenta eso! Hubiera querido reírme a gritos, amargamente, arrojando esputos de ácido o veneno. Lo de «aporte considerable» era un pobre eufemismo, pálido reflejo de lo que había sido mi participación. ¿Es que Ovalle, aun en este trance, aun pidiendo excusas, seguiría engañándose de esa manera?

—Y por todo eso, porque sé que lo resentiste, te pido mil perdones…

No supe qué decir. Seguí sentado con el miserable portadocumento sobre mis rodillas. No me atreví a mirar a Ovalle porque no sabía qué expresión dar a mi rostro. En eso estaba, muy confuso, cuando oí un gemido cortado en seco apenas se inició. Levanté la mirada y vi a Ovalle llevándose una mano a los ojos para enjugarlos o esconderlos mientras abría la boca de par en par como si de otro modo no pudiera conseguir aire para sus torturados pulmones. Mi asombro fue mayúsculo al verme enfrentado a esos indicios de una inminente escena emocional. Por lo mismo carezco de palabras para describir mi reacción cuando Ovalle, fracasando en su intento de poner freno a lo que sucedía en su interior, se desplomó en una explosión de llantos y hundiendo la cabeza en su pecho como si ya no pudiera sostenerla.

—Don Ernesto, ¿qué le pasa? —susurré.

Ovalle no respondió. Lloraba a mares, convulso, estremecido. Su tórax de barril cubierto por el sucio chaleco artesanal subía y bajaba como un grande y poderoso fuelle. Me puse de pie ignorando para qué. Di un par de pasos en dirección a su monumental escritorio. Ovalle no pareció percatarse de nada, olvidado por completo de mi presencia y de lo que presuntamente íbamos a tratar. Me sentí como un intruso. Consideré si debía irme y volver en otra ocasión o acercarme más y ofrecer consuelo. En la duda, como de costumbre, no hice nada, pero en el intertanto se me ocurrió que debía recoger la lastimera postura de Ovalle en todos sus detalles. Sería útil para la descripción de uno de los protagonistas de *Obsesión*. Pensé en el anciano millonario, tras las celosías, siendo testigo de tanto desacato. Poco a poco la tormenta amainaba. Ovalle aún mantenía su rostro oculto en el pecho, pero recomponiéndose. Creo que ya estaba calculando cómo darme la mejor explicación posible.

—Perdona esta escena —balbuceó mirándome con sus ojos enrojecidos. Luego procedió a explicarse—: Ah, Dios... Al parecer te debo algo más que excusas por mi conducta de ese día. Creo que además debo explicarte qué me ha sucedido en este momento. No es adecuado dar este espectáculo frente a una visita. Ciertamente mereces una explicación.

—Lo que a usted le parezca bien, para mí igualmente lo está, don Ernesto —dije, amable y servicial.

—Gracias, Ismael, no esperaba menos de ti. Déjame decírtelo: estoy angustiado por el giro que está tomando mi carrera y...

Al interrumpirse en ese punto hallé espacio y tiempo para comentarle que el giro que ahora tomaba su carrera era muy exitoso. ¿Acaso no estaba en el primer lugar del ranking? Ovalle sacudió las manos barriendo mi comentario como irrelevante.

—No se trata de eso, Ismael, no se trata de eso…

Se tomó otro lapso sopesando si era conveniente revelarme de qué se trataba. Luego, quizá convencido de que no le quedaba sino jugársela por la verdad, siguió adelante.

—Lo que me angustia, Ismael —confesó—, es haber llegado a un punto en mi carrera literaria en el que necesito el apoyo de un joven escritor como tú para seguir adelante. Y esto, te lo he dicho antes, me abruma, sobre todo por la posibilidad de que… Mira, me preocupa, Ismael, que algún día este desfallecimiento mío, esta situación… que todo esto se sepa, que un día le cuentes a alguien de tu colaboración conmigo y ya sabes qué dirán las malas lenguas, que eres mi *ghost writer*, que lo has hecho todo, que soy una farsa o quizá qué cosas podrían decir…

«Las malas lenguas» convirtieran «mi colaboración» con Ovalle en otra cosa, ser considerado yo el auténtico autor… ¡Pero qué eufemismos era capaz de espetar el viejo! En eso, me dije, no había perdido ni un átomo de talento literario. Sentí, como tantas veces antes con sus tergiversaciones, que la cara me ardía por efecto de esa rabia maligna y enfermiza que no tiene poder para expresarse y ha de quedarse donde llamea hasta extinguir la última gota de su combustible.

—No, don Ernesto, jamás pasará nada de eso —comenté con voz ronca. No había querido decir algo tranquilizador, pero ahí estaba otra vez mi vocación de empleado doméstico, mi miedo a perder mi posición, a ser sacado a patadas hasta por ese desesperado que Ovalle era ahora.

—¡Ah, querido Ismael —exclamó teatralmente entonces—, qué grato es escucharte decirlo! Pero sé que la vida tiene tantas vueltas y la gente puede ser tan mala… Imagínate, solo imagínate que un día te molestas conmigo y haces un comentario y ese comentario después crece y crece como una planta maligna. ¿Puedes imaginarte qué sería de mí, qué no dirían del viejo Ovalle?

En ese instante se llevó las manos a la cara como para contener otro diluvio de lágrimas y el asunto comenzó a parecerme algo artificioso. Tuve la sensación, no del todo definitiva pero con rasgos de ser plausible, de que Ovalle estaba fingiendo o al menos exagerando. Sospeché que montaba una comedia para darle fuerzas a su próxima movida. Pero ¿era posible llegar a ese extremo? Creo que ni siquiera el propio Ovalle lo hubiera sabido. Salvo casos extremos de pesar, pánico, alegría o euforia, toda emoción es tan caótico revoltijo de diversos elementos en los que a menudo está envuelto el más pedestre y mezquino cálculo que, al fin, resulta imposible determinar su identidad. Hablo de las emociones reales que nos embargan, no de las depuradas categorías de los diccionarios. Lo mismo cabría decir de lo que sentí en esos momentos. Mi primera reacción fue de ira ante su torpe y reiterado intento de disfrazar la verdad, pero luego la cubrió un emplasto de piedad y en seguida de desprecio. Mientras, avancé un par de pasos hacia su escritorio. Ovalle percibió mi movimiento, apartó las manos de su cara, se incorporó de su vasto sillón, abrió los brazos y descubrió su pecho en la postura de quien se ofrece sin oponer resistencia al sacrificio por un bien superior. Hizo eso mirándome derecho a los ojos, con un aire de resignación atravesado por una veta de esperanza. Luego con voz débil y ronca dijo:

—Por favor, nunca digas algo, Ismael, nunca, nunca.

Me di cuenta entonces de que, aun en la triunfal ceremonia del lanzamiento, Ovalle había sentido un puñal clavado en el corazón cada vez que distinguía mi faz entre las del resto de la concurrencia. Quizás me imaginó trepando sobre una silla para declarar a gritos la horrible verdad. Comprendí también que de esa inmensa angustia y sentimiento de ser autor de un error ya irremediable brotaban sus absurdas conductas, sus lágrimas y su difícil compostura, sus palabras grandilocuentes y sus gemidos, cada uno de sus gestos. Ante ese espectáculo tan calamitoso, ridículo quizás pero de grueso calibre, mis emociones también se desbordaban ya en caótico desorden.

—Por favor, Ismael, prométeme que no dirás nada.

—No, nada, nunca... —susurré o suspiré. No creo me haya oído. Como sea, salió de detrás de su escritorio y se acercó a mí con los brazos abiertos. Al notar sus ojos llorosos, descoloridos y vacuos, una ráfaga de asco me hizo cerrar la boca negándome a probar tan descompuesto bocado. Di un paso atrás, pero Ovalle, ya encima, me rodeó con sus brazos y apretó su pecho de barril contra el mío. Su enorme rostro congestionado se apoyó sobre mi hombro. El corazón me palpitaba locamente. Me sobrevino un estremecimiento de pánico de solo suponer que Ovalle, vencido por las emociones o, peor aún, considerando necesario fingirlas hasta el último extremo, cayera en actitudes reñidas con las buenas costumbres y el decoro. Para huir de dichas consideraciones me aboqué a estudiar qué tanto de esa postura y de esas palabras podía utilizar en *Obsesión*. ¿Me sería útil acaso la manera como Ovalle hacía propicia la ocasión para que sus manos, al abrazarme, me rodearan el cuerpo unos centímetros por debajo de la cintura de modo que, si bien fue casi imperceptible, y por tanto irreprochable, uno o dos de sus dedos rozaran la parte superior de mis nalgas?

—Tranquilo, don Ernesto —espeté a su hombro sobre el cual divisé, entre las gruesas hebras del chaleco, unas escamas de caspa.

Ovalle se separó fingiendo secar invisibles regueros de lágrimas. De una forma u otra había sacado sus cuentas y dejado las cosas en claro: reconocía tácitamente que estaba en mis manos y por lo mismo solicitaba mi complicidad con argumentos que iban mucho más allá de la conveniencia práctica, del dinero o del aprendizaje que yo obtuviera de él. Ovalle, en ese momento, convocaba mi amistad, mi piedad y quién sabe qué otros sentimientos. Era el momento correcto para hacer mi jugada, pero Ovalle se me adelantó.

—Ven, vamos a conversar de estas cosas con más calma —sugirió encaminándose a la salida de su estudio. Lo seguí hasta el living, me ofreció asiento en el sofá y luego, tal como había hecho Anita, se dirigió a un pequeño mueble de donde extrajo una botella de pisco y dos vasos. Hecho eso, de otra esquina arrastró sobre sus ruedas una minúscula mesa ratona sobre la cual depositó todo aquello. Ubicó la mesa frente al sofá y se sentó a mi lado. El sofá, ya lo he descrito, era más bien angosto y Ovalle más bien grueso, de modo que quedamos algo apretados. Sirvió los vasos, ambos polvorientos y con manchas de dedos.

—¡Hagamos un salud, Ismael! —dijo Ovalle y empinó el codo sin esperarme.

Yo bebí unas gotas. Era un pisco mediocre y la suciedad del vaso no contribuyó a hacerlo más apetitoso. Al devolverlo a la mesita debí inclinarme hacia delante y Ovalle puso su mano en mi espalda.

—Querido Ismael —me dijo con un alegre gorjeo—, porque puedo considerarte un amigo, ¿verdad? Dejemos las cosas totalmente claras de una vez por todas, ¿te parece?

Fue inesperado y no supe cómo evaluarlo, pero moví la cabeza afirmativamente.

—En ese caso —continuó Ovalle mientras movía suavemente su mano por mi espalda—, voy a serte franco...

Y ahí se quedó. Su advertencia de que sería franco, el inminente borbotón de sinceridad que yo esperaba, fue seguida por absolutamente nada. ¿Se estaba arrepintiendo de algo? Respiraba profundamente cobrando aliento para dar el salto de su vida, pero supe que eso jamás sucedería si yo no presionaba un poco. Incluso su franqueza era cosa mía, como lo era ya su carrera literaria. Me tocaba a mí definir las cosas y ponerlas en su justo lugar. Lo miré a los ojos, pero evitó mi mirada inclinándose una vez más hacia la mesita para servirse otra ración de pisco.

—Bueno, seamos francos... —espeté de súbito para mi propia sorpresa— este libro nuevo, *Obsesión,* en realidad lo voy a escribir yo, no usted, ¿no es verdad?

Ovalle, aún inclinado y con el vaso en la mano, giró la cabeza y me miró con la expresión de entristecido asco que los padres reservan cuando descubren que su pequeño hijito se encierra en el baño con revistas pornográficas. Yo me arrogaba, como Ovalle lo estaba descubriendo, una condición distinta a la de ser su empleado; esta vez seríamos socios en una confabulación para engañar a todos, a la editorial, al público y a la crítica, cuyas primeras expectoraciones celebraban el nuevo ímpetu de Ovalle. Lentamente retornó a una posición normal y hasta me pareció que hizo un esfuerzo por distanciarse de mí en la escasa medida que lo permitía la estrechez del sofá.

—¿Dices que lo vas a escribir tú? —me preguntó con un tono de escandalizada sorpresa.

—¿Y quién otro, don Ernesto? ¿Acaso tiene algo entre manos para cotejar con lo que yo he traído?

Al oír esa simple pregunta Ovalle me quedó mirando no ya con su torpe imitación del pasmo, sino con la de quien está siendo ultrajado del modo más injusto.

—¿Por qué has dicho eso? —me dijo con apenas un soplo de voz.

—Porque creo que es la verdad, don Ernesto.

Pero tampoco yo las tenía todas conmigo. Sentí que cruzaba, como César, el límite de un punto sin retorno. Fuera lo que fuera que habláramos, de aquí saldría una relación completamente nueva o el fin de toda relación. Tal vez Ovalle me mandara a la mierda. ¿No era su honor como escritor el que estaba siendo gravemente comprometido? No alcancé a hacerme más consideraciones al respecto, pues Ovalle se lanzó en una larga tirada.

—¿La verdad, dices? Permíteme preguntarte, como hizo Pilatos, qué es la verdad. Yo te entregué unas notas sobre la trama del libro y no puedes saber qué más tengo en mi mente. Soy un autor experimentado, Ismael, uno que desarrolla dentro de su cabeza lo que hará antes de escribir una sola línea. Creo que no te imaginas todo lo que tengo en mente, muchacho, mundos completos, universos, galaxias…

Dijo esto último gesticulando con sus manos como si en ellas estuvieran contenidos dichos espacios interestelares y decidiera mostrármelos. Pero miré sus manos y no había nada en ellas, salvo manchas de bilis y uñas más largas de lo que corresponde, las propias de una persona con inadecuados hábitos de higiene. Su expresión, mientras tanto, era vaga y casi soñadora. Parecía que estuviese escuchando sus propias frases como si salieran de los labios de otra persona y fuera de gran belleza y profundidad. Había, creo, una ligerísima sonrisa en sus labios. Oía su absurda mentira como si fuese música de las esferas. Se bebió el pisco de un trago sin darse cuenta de hacerlo. Ovalle no era ya una persona integral sino un descoyuntado conjunto: el brazo y la mano que como un mecanismo de palancas y poleas llevaba el vaso a la boca no tenía ninguna relación con el discurso propalado desde otra galaxia para consuelo de las almas, como tampoco su mirada, puesta en ninguna parte, se conectaba con su oído atento a esas palabras falsas pero balsámicas. ¿Qué era yo, qué papel cumplía en medio de esas deshilvanada comedia? Me sentí algo descolocado, pero no vencido. Si Ovalle creía ser capaz de neutralizarme con solo eso, se equivocaba.

—De acuerdo, don Ernesto —dije—, ¿por qué, entonces, no me explica qué tiene en mente y luego yo le muestro lo que tengo en el maletín?

Fue tan excesivo como arrojar el contenido de un balde para apagar un fósforo. El rostro de Ovalle pasó de un aire de ensoñación a otro de dolor. Le tomó un largo lapso recuperar el don de la palabra.

—Pero, Ismael —dijo, dolido—, no te tomes las cosas que te digo tan literalmente, tan a pecho. Yo no he dicho que tengo resuelta la novela de principio a fin. Lo que te digo es que no creas que no seré parte de ella...

Apenas lo dijo, como si solo entonces aquilatara su significado, se detuvo bruscamente. Acababa de afirmar que sería «parte» del libro. Lo vi encogerse, hundirse hacia sí mismo, plegar sus pesados párpados sobre los ojos y fruncir el entrecejo mientras su mano derecha con el vaso vacío temblaba a medio camino, vacilando entre llevarlo a la boca o depositarlo en la mesita. Ese derrumbe de toda ilusión que Ovalle pudiera tener, la de ser motor activo y decisivo de su obra actual, no pudo sino conmoverme y como suele decirse dos sentimientos opuestos combatieron en mi alma; uno me impulsaba a consolar al anciano, decirle palabras gratas, levantarle el ánimo, empequeñecer mi participación, realzar la suya, alabar su talento y ponerme a su entera disposición; el otro, más elemental, me tentaba a golpear al viejo de mierda, aplastarlo como se aplasta cualquier criatura que en su debilidad se arroja a nuestros pies en demanda de auxilio o piedad, pisarlo como a una cucaracha, hacerlo papilla literaria y proclamar a los cuatro vientos la verdad.

«¡Ah, la verdad! ¿Qué es la verdad?». La misma pregunta que se había formulado Ovalle por sus propios motivos me atravesó a mí como una filosa y descomunal cuchilla de carnicero. Aun si yo había escrito lo principal de *La fuerza de la carne*, aun si llegaba a escribir *Obsesión* en su totalidad y si, como la primera, esta última alcanzaba la gloria eterna de dos meses en el ranking que logran las obras de esta clase, nada de eso probaba que yo fuera lo que aspiraba ser o lo que ya imaginaba ser, un verdadero escritor capaz de crear mundos válidos e interesantes habitados por personajes inolvidables. No, hasta la fecha no era más que un rechazado escribidor de cuentos y el tipo que había condimentado las anémicas frases de Ovalle con algo de sexo suavemente pornográfico para señoras de mediana edad. Eso era yo, la grosera pimienta y ají del desabrido caldo de Ovalle, el pinche de cocina sin refinamiento, justo lo que se requiere para atreverse a poner por escrito las más vergonzosas intimidades y creyendo, al hacerlo, que se demuestra talento.

Esa puñalada me llegó hasta el fondo y me despojó en un instante de toda la energía positiva que hubiera podido tener, convirtiéndome instantáneamente en un símil de Ovalle, en otra lastimera bolsa de apaleada carne y pegajosos humores. Sentí frío en mi corazón y un hielo de muerte en el pecho. Mi rostro, al contrario, llameaba de vergüenza. ¡Qué lástima sentí por mí mismo! Algo de todo eso debe haberse traslucido pues noté que Ovalle me miraba con una veta de curiosidad.

—¿Qué te pasa, Ismael? —preguntó, paternal.

No tuve ánimos para responder. Había sido despojado de mi fuerza. Junto a Ovalle, sentados en el mismo mueble, bien podíamos haber sido, él y yo, como esos jubilados de pequeños pueblos que a falta de otra cosa cada día se sientan en un escaño de la estación ferroviaria esperando un convoy cuya llegada les importa un comino. Nos miramos a los ojos y aunque nada nos dijimos y posiblemente nada sentimos, en algún plano inconsciente entendimos de forma clara en qué pie nos encontrábamos ambos y también el patético equipo que conformábamos.

No nos dijimos nada. Volví la mirada a mi maletín, lo tomé, saqué de él lo que llevaba escrito y procedí a leérselo a Ovalle, entero, sin dejar nada de lado, sin ahorrarme nada.

Terminada la lectura, me dijo: «Está bien, está muy bien, Ismael, pero ¿no crees que ahora hay que ponerle un poquito más de salsa...?».

3

Su recomendación fue totalmente inesperada tanto en su oportunidad como en su contenido, al punto de que por sí sola cambió por entero la atmósfera de la reunión. Hasta ese momento mi principal preocupación había sido no ir demasiado lejos en mi audacia cuando escribía para Ovalle, no sobrepasar los límites de su tolerancia. Y de súbito me pedía precisamente eso.

—Sucede —me dijo Ovalle con el desplante seguro y hasta ligera y lujosamente distraído de un académico ofreciendo la misma lección tras cincuenta años de magisterio— que sencillamente no podemos repetirnos y lo que me has leído hasta ahora, aunque ya sé es solo una fracción, es parecido en tono a *La fuerza de la carne*.

—Precisamente, don Ernesto, pero ¿no es eso lo que quiere la editorial y el público? —alegué.

—El público no siempre sabe lo que quiere, pero yo sé siempre lo que quiere mi editor. No me lo dice abiertamente, pero lo conozco bien. Él espera novedades. ¿Acaso no te acuerdas que fue por eso que te llamé?

Le dije que me acordaba. Por supuesto que sí. Ese día había comenzado nuestra colaboración, una de la cual yo esperaba aprender mucho. Insistí en esto último y lo vi sonreír. Me palmoteó como si con ese gesto hubiera cerrado una puerta, como si todo lo hablado y sucedido solo minutos antes no hubiese ocurrido jamás. O tal vez la puerta la cerré yo al iniciar la lectura de mi borrador. Como fuera, todo quedó en suspenso, salvo una cosa muy clara: estábamos atados por un lazo de mutua conveniencia. Decidí no darle más vueltas al asunto y anoté prolijamente las dos o tres sugerencias que me hizo Ovalle, las cuales se centraban en una sola cosa: más sexo.

—No es tema que me exalte, Ismael… —me dijo— pero he notado en mis lectoras, sobre todo en las más escandalizadas por tu tratamiento descarnado del asunto en algunas partes del libro, que… Bueno, solo hablan de eso. ¿No te dice nada?

Claro que me decía algo, respondí. Si esos párrafos suscitaban dicho interés, él tenía la razón y era una veta a explotar. Nos despedimos y quedamos de avanzar en la tarea, pero luego de ser despedido por Ovalle en la puerta y encaminarme a mi domicilio tuve la impresión de no haber progresado ni estar avanzando a ninguna parte.

Porque, en efecto, ¿qué progreso había en que solo me solicitara algo? Salsa. Quería más salsa. O mejor dicho, más sexo. Así me lo había pintado y era la palabra que resumía la entera reunión. ¿Qué se había hecho de sus posturas, de sus lágrimas, de su solicitud de piedad? ¿En qué gran acto final desembocaba eso? En ninguno salvo ponerle más sexo a *Obsesión*. Era fácil decirlo, fácil pedir. Quizás realmente creía que bastaba con eso. A primera vista parecería simplemente cosa de agregar más escenas o hacerlas más crudas, pero no era tan sencillo. Lo único fácil era caer en el mal gusto o de frentón en la pornografía, lo que, en vez de interesar el disimulado morbo de las lectoras de Ovalle, las ahuyentaría. En este mercado de señoras que desean confundir su calentura con el romance, la ruta entre el abismo del morbo y el murallón del tedio es muy estrecho. Iba a tener que poner mucho tiento, conjugar delicadamente el más elevado espíritu con el ardor y la cochinada. Debía, me dije, cuadrar el círculo.

Esa fue mi primera preocupación, pero ya en mi cuarto, reflexionando en el asunto, comprendí que el problema era mucho más grave que uno de estilo: no tenía yo la experiencia erótica y emocional suficiente desde donde extraer el material para elaborarlo literariamente. Lo logrado en *La fuerza de la carne* tenía como base mi relativo conocimiento de los clichés del género, nada más.

Si iba más allá entraba en terreno desconocido. No podía engañarme al respecto. Haciendo una revisión de mi vida sentimental y sexual, salvo la de las últimas semanas con Anita, esta se me reveló como un asunto tibio, convencional, estrecho de miras y jamás desquiciado por emociones avasalladoras. ¿De qué podía escribir? Aun para una novela rosa se requería algo de autenticidad, me dije; aun para describir un romance soso era necesario conocer el exceso, la pasión desatada, el perderse en la carne. Eso debía estar siquiera en el horizonte; aun la mirada amorosa más vacua, supuse, enfoca aunque sea en la lejanía la tentación del delirio.

Le di vueltas al asunto durante todo el fin de semana sin encontrar respuesta. En algún momento del domingo Julia me llamó para saber de mí como si no me hubiera tratado de escritorzuelo de mierda. Tal vez me consideraba tan poca cosa que supuso ya lo había olvidado. La conversación fue breve, desabrida y no llegó a ninguna parte. Corté lo antes posible. En la noche me llamó Ovalle para preguntarme si había encontrado el tono adecuado.

—Estamos en eso, don Ernesto —contesté—, pero aún debo trabajar y afinar, ya sabe, encontrar el ritmo debido.

—Por supuesto, por supuesto— respondió, agregando que estaba seguro de que lo lograría, pues yo era un chico de talento.

Luego coronó el llamado con «una oferta que no podrás resistir».

—No lo vas a creer… —comenzó diciendo— pero hace no más de una hora me llamó mi editor preguntándome cómo iba la cosa. No se espera que publique nada hasta el próximo año, es cierto, pero eso mismo supone ir avanzando en el trabajo desde ya. Bueno, tú sabes, Ismael, es gente muy nerviosa, muy fastidiosa. ¡Imagínate que me llaman para decirme eso un domingo!

—Lo sé, don Ernesto, son ansiosos.

—Sé que lo sabes, pero saber no es suficiente. Se necesita además trabajo duro y perseverante. De ahí la oferta que quiero hacerte, una que no podrás resistir.

Imaginé lo que venía pero igual me sobrevino una angustia imprecisa, la de presentir que aun los buenos auspicios pueden traer escondidos en su núcleo una víbora lista para mordernos.

—En concreto, Ismael, me gustaría ofrecerte la posibilidad de que trabajes a tiempo completo, que abandones tu actual pega y a cambio recibas un sueldo pagado por mí, sin excluir los bonos por resultados, obviamente.

Ya lo he dicho, me lo esperaba. Ovalle estaba quemando todas sus naves. Podía tener momentos de agónicas dudas, los tenía casi cada vez que nos encontrábamos, pero estaba irremediablemente en mitad de ese camino y no tenía otra opción que llegar hasta el final.

—¿Me escuchaste, Ismael?

—Sí, don Ernesto.

—¿Y? ¿Qué dices?

No contesté.

—¿Tienes dudas sobre tu sueldo, Ismael? ¿Es eso?

—No, don Ernesto

—¿Entonces? Te aseguro que no saldrás perdiendo. Sabes que no soy mezquino.

—Lo sé, don Ernesto.

—Sé que lo sabes, así que di que sí y cerremos el trato…

Se habrán dado cuenta a estas alturas de que soy hombre indeciso. Indeciso no por falta de claridad sobre las opciones, sino por ausencia de un deseo determinado para inclinarme por una u otra. Siempre he sostenido que si solo el pensamiento es puesto a cargo de decidir, ya está uno en problemas. Las opciones no terminan nunca de desenvolver sus consecuencias porque no hay un punto de quiebre donde sacar la cuenta final. Pero no era el momento de examinar esas avenidas infinitas sino de hacer lo que tipos como yo hacen en esos casos cuando no pueden prevaricar más, es decir, dar un salto gratuito, a veces a la peor opción de todas.

—De acuerdo, don Ernesto —dije de sopetón—, mañana mismo presento mi renuncia a la librería.

Apenas lo dije me arrepentí, repitiendo lo que me sucede siempre: me basta optar por una alternativa para que la otra me parezca mucho mejor. Pero ya no podía echar pie atrás.

—¡Me alegra oír eso, Ismael! Estoy seguro de que no lo lamentarás, así que renuncia, vienes lo antes posible y arreglamos los detalles.

Ese lunes y apenas llegué a la librería, decidido como estaba a no darle tiempo a las dudas, entré en la oficina de doña Anita y de golpe le dije que ponía mi cargo a su disposición. Ella abrió mucho los ojos, lo mismo la boca e hizo todos los gestos de sorpresa habidos y por haber. Me pidió una explicación. Adiviné que suponía como causa de mi abrupta partida la relación que teníamos o, más bien, un deseo mío de ponerle fin. ¿Y qué había hecho para merecer algo así? Me apresuré en despejar esa incógnita en el estilo velado que solíamos usar para referirnos a nosotros mismos aun estando solos pero dentro de la librería, bajo las alas virtuales del arzobispado, bajo la incansable vigilancia del ojo del Señor.

—Anita —le dije—, esto obedece a razones estrictamente profesionales. Se me ha presentado la oportunidad de trabajar como secretario de un importante escritor. Estas cosas no pasan dos veces. Me ofrece un salario digno y creo que vale la pena aceptarlo.

Doña Anita me escuchó asintiendo, única reacción posible ante tan buenos e irrefutables motivos, pero al mismo tiempo con expresión de pesar. Presumía que iba a «perderme». O quizá se había acostumbrado a mi presencia y detestaba la idea de tener que adaptarse a otra persona.

—Obviamente —continué—, nada de esto afecta o debe afectar nuestra amistad, ¿no es cierto?

—Por supuesto que no. ¡Espero que no! —contestó, tras lo cual me invitó a llenar unos papeles para presentar mi renuncia e iniciar el trámite del finiquito.

Me advirtió, eso sí, que debía trabajar hasta fin de mes. No podía irme así como así, de un momento a otro. Acepté encantado el hecho de no modificar mi rutina tan brutalmente. Y luego, mientras llenaba dichos documentos, Anita hizo lo que nunca antes había hecho en la librería: sin temor al Señor extendió su mano, la puso sobre la mía y en un tono ronco de zorra caliente me invitó a ir a su casa esa misma noche «para explicarle en detalles la oferta».

No lo hice. Preferí irme a mi cuarto y poner en orden mis asuntos, adaptarme mental y emocionalmente a tanto cambio ya ocurrido y a tantos por venir. Trabajé un rato en *Obsesión* y luego me acosté. Me dormí y soñé que Ovalle, sentado desnudo en una cama y con su blando miembro reposando sobre un pubis canoso, me hacía confidencias literarias. No recuerdo si se refería a sus obras o a las mías, si anunciaba o examinaba un fracaso o un éxito. Desperté en medio de la noche y me encontré en una postura dolorosa, con el brazo colgando del borde de la cama, envarado y tieso. De inmediato tuve una desagradable premonición que me oprimió como si alguien estuviera sentándose sobre mi estómago.

4

Algo andaba muy mal. Alarmado, prendí la luz y miré a mi alrededor con los pelos de punta como si alguien hubiera entrado en mi cuarto y estuviera a punto de asaltarme, pero todo estaba en orden. En la pequeña mesa que usaba como escritorio vi mi *notebook* encendido con la pantalla mostrando una de las páginas del texto en el que había estado trabajando. Su pálida luz parecía llamarme. Me incorporé y me senté frente al computador encarando la primera página de *Obsesión*. Había estado trabajando en ella para darle algo más de salsa y creía, hasta el momento de irme a la cama, que lo estaba logrando, pero apenas leí unas pocas líneas comprobé que Ovalle había sido suave y amable. Ese texto, el que con su sibilino resplandor me había despertado, era una porquería de principio a fin. Darme cuenta de ese modo, casi por casualidad, a hurtadillas, me conmovió de pies a cabeza. En un instante se me revelaron las honduras de incompetencia que podía alcanzar mi pluma mientras, como un imbécil, imaginaba haber perpetrado una verdadera obra de arte.

«¡Cómo pude escribir tamaña basura», cuchicheé avergonzado. Nada de lo que había y me contemplaba en mi pobre cuarto de soltero provinciano se dignó contestarme. ¡Hasta Ovalle, viejo y decadente, escritor de tercera línea, era capaz de verlo! Recorrí el texto con el cursor y borré con furia, pero fue insuficiente; comprendí que el problema no era de simple redacción ni de ripios aquí y allá, sino masivo. No había otra corrección posible que echar todo a la basura. Seleccioné la entera pantalla y eliminé hasta la última línea casi en estado de exaltación. No tenía nada, no había logrado nada, nadie estaba vivo en ese texto, nadie hablaba ni oía, reinaba la más absoluta mudez. El anciano en su silla de ruedas espiando a su joven y bella mujer era un pastiche ridículo, trascripción textual de una imagen mil veces usada en el cine y la televisión. Eran solo palabras muertas aderezadas aquí y allá con una interjección erótica.

«Tengo que empezar de nuevo —me dije— partir de cero», pero fue como hablarle a la pared. Me abrumó un desánimo brutal. Sencillamente no me sentí con fuerzas suficientes para emprender la tarea ni en ese momento ni nunca. ¿Partir de cero? ¿Cómo es posible partir de cero? Del cero no sale nada. Del vacío emocional que sentía y de la completa vacuidad de mis experiencias no podía salir nada con siquiera un hálito de vida. Lo logrado con *La fuerza de la carne* era un completo engaño. Podía pensar lo que quisiera de la mediocridad irremediable de Ovalle, pero la trama sobre la cual me había apoyado era de él, no mía. Y sobre eso había construido. Ahora era yo quien debía hacerlo y no tenía con qué. Levantó cabeza un horrible pensamiento: yo no era mejor que Ovalle, nunca lo fui y nunca lo sería. Lo cierto era que él, con su desmañada y poco ocurrente prosa, al menos sabía poner una historia de pie, lo cual lo convertía en mejor escritor. Caí y caí a insondables profundidades de fracaso y menoscabo. Morir habría sido un consuelo.

Inspirado por ese intolerable sentimiento de deficiencia e incapacidad y pese a la hora tomé el celular y busqué el número de Ovalle. Lo despertaría para decirle, si acaso era capaz de sacar el habla, que no estaba en condiciones de hacer lo que me pedía. «Imposible, don Ernesto —me imaginé diciéndole— no puedo, no soy capaz, olvídese de mí, soy un pobre tipo, un crestón de la gran puta…».

Al segundo ring, antes de que Ovalle despertara, corté. O más bien lo hizo aquella entidad que habita dentro de mí y que a veces saca la voz sin aviso previo. «Detente», me dijo. Era la misma voz que me prometía deleites inéditos si me dejaba llevar por los caprichos de Anita y las cochinadas que probaba conmigo. «Ya no puedes dar un paso atrás», me advirtió. Para superar esa prosa inservible sencillamente debía ponerme en situaciones extremas. ¿Cómo escribiría *Obsesión* de otra manera? Si iniciaba la novela con el anciano millonario espiando a su mujer, entonces mi tarea era hundirme a fondo en la experiencia humillante de espiar. ¿Quería entender y describir los devaneos de una putilla que nos engaña ante nuestros propios ojos? Eso no podía imaginarlo en mi cuarto de pensión. De limitarme a eso solo conseguiría mantenerme en el superficial y vergonzoso material que tan ufano le había leído a Ovalle. Tenía que avanzar unos pasos más. Cerré los ojos y me vi adentrándome de frentón en ese ámbito prohibido, paladeando el auténtico sabor de esa mezcla de poder y de miedo que ofrece el fisgar, la desvergüenza maravillosa de un niño cagándose en los pantalones o tocándose la tulita en la Iglesia, el placer del que sorprende al prójimo en sus peores gestos y posturas, entregado sin saberlo a nuestra indagación, pero también al placer masoquista de sabernos al desnudo en medio de nuestra flagrante trasgresión, victimarios de la privacidad ajena pero también víctimas potenciales de la venganza, blancos legítimos de cualquier mala consecuencia. Sería como multiplicar en cien veces el deleite del niño que mira por el agujero de la cerradura para distinguir lo que hacen sus padres en esas sofocantes tardes de domingo. ¡Ah, pero la memoria de la infancia es una pobre baraja con solo media docena de escenas! De todo lo demás no queda nada salvo ese estremecimiento casi olvidado, nunca repetido, jamás igualado.

Fue entonces cuando recordé a quien conocí durante el lanzamiento de *La fuerza de la carne*. Su rostro, su boca plegada en una ligera sonrisa de burla y tristeza, sus grandes ojos castaños, todo lo que me había impresionado se me apareció de golpe, detallado y completo. Ninguna distancia o diferencia mediaba entre la realidad de ese día y la vívida imagen que apareció en mi mente ni tampoco cambió lo que había sentido: su mirada y mis emociones fueron las mismas.

¿Suena esto como locura, algo muy demente? ¿Es inadmisible que en vistas del fracaso que estaba siendo mi trabajo en *Obsesión* decidiera espolear mi fantasía haciendo de una mujer desconocida objeto de mi curiosidad, seguir sus pasos hasta donde estos me condujeran, someterla a alguna clase de espionaje, convertirla en inspiración de mi desvaída prosa? La pantalla del computador, ahora totalmente en blanco, ya no me produjo ningún efecto; al contrario, su vacío me pareció una invitación para llenarla de jocundas y exitosas líneas. Estuve seguro de haber descubierto la solución para todos mis problemas. Es cierto que el asunto no tenía lógica, pero se me presentaba como de absoluta necesidad. No era solo la utilidad que pudiera tener para escribir *Obsesión* sino también por otros motivos que, sentí, me abrirían puertas. ¿Cuáles? No tenía idea. Lo que sí sabía era que ya estaba hastiado de ese Ismael convertido en sirviente literario, del pendejo al que nadie miraba dos veces, de ese juguete sexual de una mujer como Anita, quien sin duda me usaba a falta de alguien mejor. En un espasmo de furia, vergüenza y frustración di varios golpes de puño contra un muro. Luego le hablé a las paredes y a mis humildes posesiones y todas me oyeron sin hacer comentarios. Abundé en mi bajeza y absoluta carencia de talento. Estaba harto de Ismael y fantaseé una vez más con darme muerte haciendo uso de vívidas imágenes: me arrojé al paso del Metro, puse en mi boca el cañón de un revólver de grueso calibre y me colgué dentro de un antiguo ropero rebosante de termitas.

5

Supongo me quedé dormido y mis ansiedades se disiparon porque en la mañana acudí a la librería como si nada, tranquilo de ánimo y casi ganoso. Anita apenas me dirigió la palabra, ningún cliente entró al local y el teléfono no sonó. Todo parecía en suspenso, como aguardando mi próximo movimiento. A media tarde llamé a Ovalle e inventándome un pretexto le pedí el nombre de la agencia de publicidad que atendía a su casa editorial. Con esa información el resto fue fácil. Busqué la página web de la agencia y pinché una de sus secciones con una foto de todo el personal reunido, sonriéndoles a clientes actuales y potenciales. Y ahí estaba esbozando una sonrisa sin brizna alguna de alegría o diversión, sino solo insinuada para satisfacer al fotógrafo. Se daba su nombre y se describía su cargo en el Departamento de Ventas. Esa información me bastaba de sobra para llevar a cabo mi propósito. Sabía ya dónde trabajaba y también recordaba el edificio al que entró esa noche junto con su acompañante. No sería difícil averiguar de quién era el departamento.

Ya de noche, a la salida de la librería, me dirigí allí. Era un edificio antiguo, construido entre los años cuarenta o cincuenta, sin portón de entrada ni conserje que impidiera un libre acceso al zaguán. Ingresé al vestíbulo y el corazón me latía de modo tan retumbante que imaginé podría ser oído a una cuadra de distancia. A un costado, junto a la puerta de rejas del ascensor, se encontraba un panel con los números de los departamentos y amarillentas tarjetas de cartón con el nombre de los inquilinos. En el número 502 estaba el suyo. Era su domicilio.

¿Me atrevería a subir? Nadie me había visto entrar, el silencio era completo y la escasa iluminación muy propicia. Solo debía acercarme a la puerta del 502, eso era todo: acercarme y luego partir. ¿Qué propósito pensaba cumplir con eso? No lo supe ni lo sé ahora. Tal vez lo consideré un portal de entrada a otra dimensión. Hay veces cuando pisar esta o aquella baldosa en el curso de nuestra marcha nos parece que puede cambiarlo todo; lo cierto es que apenas pensé en enfrentarla una gran ansiedad se apoderó de mí. Con solo llamar el ascensor ya sentí que iniciaba algo que cambiaría totalmente mi vida. «Pero qué absurdo —comenté como si escuchara los planes de otra persona— ¿qué es eso de subir a mirar una puerta e irse?». Ya había pulsado el botón y oí la maquinaria del ascensor poniéndose en movimiento. Estuve a punto de huir. El ascensor llegó, se detuvo y ahí se quedó, vacío, esperando que descorriera la puerta para ocuparlo. Lo hice, pulsé el botón del quinto piso, llegué, salí del ascensor y desemboqué a un pasillo. Tentativamente di unos pasos hacia la primera puerta de las cuatro. Debí acercarme bastante para distinguir el número: 501. La que buscaba era entonces la próxima, la que me miraba desde el fondo del corto pasillo. Y bien, luego de esa prodigiosa deducción, ¿qué? ¿Qué diablos hacía allí y se suponía debía hacer? Di unos pasos y me detuve. El pasillo olía a un aire estancado por los siglos de los siglos. El corazón me aporreaba el pecho con golpes poderosos, espaciados. Mi sensación de estar en peligro, a punto de ser atrapado, se hizo desesperante. Miré alrededor buscando la escalera por la que huiría en caso de emergencia. Ahí estaba. Avancé hacia la puerta. Vi perfectamente los números de bronce y a partir de ese instante fui todo audacia; superé el último metro, apoyé una mejilla contra la puerta y me esforcé en oír. Nada, solo el silencio de las viviendas vacías, ese murmullo peculiar hecho de corrientes de aire o del motor del refrigerador. No había nadie, lo que, considerando la hora, significaba que sus ocupantes podían llegar en cualquier momento y sorprenderme. No bien lo pensé oí al ascensor ponerse en marcha. Quedé paralizado y con la mejilla pegada a la puerta como si bailara con ella un romántico *cheek to cheek*. Luego de ese instante de congelado pavor me separé bruscamente, recorrí el pasillo en dos o tres zancadas y me asomé al pozo del ascensor. Venía subiendo veloz, sin duda animado por el deseo de sorprenderme. Se me erizó la piel y el cabello. Di otro salto hacia atrás huyendo de la escena del crimen. El ascensor estaba por llegar. Me precipité hacia la escalera mientras lo oía detenerse en el piso donde yo estaba. Bajé precipitadamente hasta alcanzar el rellano entre los pisos. Ahí me agazapé. Las puertas del ascensor fueron abiertas con decisión y oí pasos y voces, también una risa. ¡Eran ellos! Me encogí en medio de las más espesas sombras del rellano, apenas atreviéndome a respirar. Los oí accionar el picaporte, unas risas y la palabra «idiota». Me ruboricé al pensar que se refería a mí. Un idiota, no había error. Cerraron la puerta y solté el aliento. El silencio del pasillo, del entero edificio, se restableció como si acabasen de reponer la losa sobre una tumba temporalmente abierta para una exhumación. Esperé un minuto antes de volver al quinto piso. Lo hice sin pensar, sin saber para qué, impelido por una fuerza ajena que me empujaba por la espalda. Todo estaba, como es natural, tal cual lo había dejado, salvo por un rastro de perfume y una leve agitación del aire producida por el paso de ambos. Avancé una vez más hacia la puerta y sin pensarlo dos veces estampé mi oreja izquierda contra ella. Sí señor, lo arriesgué todo con tal de oírlos, de adivinar en qué estaban, de descubrir el cariz de su relación. Solo oí más risas. Eran risas sin palabras que las precedieran o que las siguieran, risas que solo se permiten quienes juguetean en el lecho. El par de hijos de puta ya se habían encamado; así es, damas y caballeros, en menos de lo que toma decirlo estaban en el catre disponiéndose a gozar o ya de lleno en eso. Lo imaginé a él, fornido atleta, desplegando sus músculos como un pavo real, ufano de su cuerpo, balanceando entre los dedos su verga poderosa, aprestándose para penetrar hasta el mango todo lo que se le pusiera por delante. ¡Cómo detesté al maldito! Apreté aún más la oreja contra la puerta con el propósito de enterarme de los detalles, oír quizás un suspiro, un gemido, un crujido de resortes, un quejido, cualquier cosa que completara el cuadro. No oí nada y fue aún peor: «Se están besando», pensé. Ese desgraciado apretaba sus labios contra los mismos que me habían sonreído con algo de desdén y a los que había mirado con arrobo. A la rabia la sustituyó la desazón. Casi sin darme cuenta llevé ambas manos a mi marrueco y corrí el cierre. Me pregunté por qué me sentía así, con qué derecho y con cuál objeto mientras extraía mi miembro. Pensando en eso lo agité un par de veces como hace quien ha terminado de orinar y lo libera de las últimas gotas antes de retornarlo a su digna morada. Separé mi cabeza de la puerta para considerar mi próximo movimiento. Una razonable parte de mí calculó que, estando en la cama, no era posible que vinieran a abrir la puerta. Alguien del resto de los inquilinos del edificio pudo aparecer y verme así, pero esa posibilidad no se me pasó por la mente; fue como si no existiese en todo el mundo otra cosa sino la puerta y el par de sujetos fornicando unos metros más allá de su dintel. Ignoro cuánto tiempo transcurrió antes de tomar conciencia de mi postura con el pene en la mano y sin tener razón para estar en el pasillo de un edificio extraño, fisgoneando a una pareja que posiblemente hacía el amor. Tomé conciencia de eso, pero fue como si escuchase la admonición del señor cura en la misa dominical, la clase de reproches que apenas se oyen o más bien se desoyen y suenan en los oídos con no más autoridad que el murmullo del viento. En el ínterin el pene, aún en mi mano, esperaba una decisión. No podía estar así toda la vida. Finalmente, emulando al protagonista de una novela que se enfrentó a una situación casi idéntica, meé largamente contra la puerta mientras intentaba recordar el título del libro. «Algo con *huracán*», me dije, pero no pude acordarme. Pronto se formó una considerable poza y dos gruesos hilillos se deslizaron dentro del departamento. Hecho eso y con la mayor calma bajé por la escala y salí del edificio.

6

Fue un episodio vergonzoso y estúpido, pero estoy dispuesto, en estas notas, a contarlo todo. Facilita mi sinceridad el que lo narrado corresponde a las peripecias de otro, las de ese Ismael desaparecido hace mucho. De hecho, él mismo quiso contarlo todo. Incluso ese lamentable Ismael, cuyos rasgos a menudo me inspiran vergüenza, tenía arranques de sinceridad. El pobre sentía una carga enorme y quería aliviarla compartiéndola con alguien. Además quiso impresionar a Anita, quiso que dejara de creerlo un infeliz capaz de hablar de proyectos pero incapaz de dar muestras de nada. Y así, una noche y tras una primera ronda de tragos lo asaltó el deseo de no dejarse nada en reserva. A tan conmovedora honestidad la acompañó una dosis de cálculo; se dijo que Anita no pertenecía y ni siquiera se movía cerca de un círculo literario donde pudiera irse de lengua. Era empleada de una tienda de libros, nada más, una que pronto quedaría sin trabajo si el arzobispado, como ella temía, cerraba la librería. Quizás terminara vendiendo ropa en un local de liquidaciones. Ismael el Joven no corría ningún riesgo. Aun así debió consumir una segunda ronda para animarse a abrir la boca. Partió con un muy humilde comienzo, solo rondando y rozando el tema.

—¿Sabías —le preguntó a Anita— que el trabajo de corrección de los editores a menudo es mucho más intensivo de lo que la gente imagina?

—No, no tenía idea.

—Bueno, así es. Es más, muchas veces los libros de autores bastante famosos han sido virtualmente reescritos desde la primera a la última página.

—Pero no es tan así, Ismael. Yo sé que el editor corrige errores ortográficos, cosas chicas, que solo ayuda al autor un poco.

—No, de verdad, Anita. Algunos trabajos son casi completamente rehechos. Créeme que eso es lo que pasa.

Ella sonreía, escéptica todavía, casi burlona. Entonces fue cuando ese Ismael soltó el chorro.

—Anita, para que lo sepas, a mí me tocó ser uno de esos editores que hacen todo y de verdad reescribí la novela prácticamente entera.

—¿Qué novela, Ismael? —preguntó.

Ismael vaciló por unos momentos antes de responder, pero casi enseguida se sintió rebalsado por el deseo de silenciar sus dudas, de convencerla y de ponerse en el debido lugar y demoler el último dique de contención levantado por su temerosa cautela. El alcohol que ya fluía por sus arterias lo hizo pensar que estaba a punto de dejar de ser el insignificante empleado de tienda, ese que ella había fagocitado en el lecho hasta convertirlo en objeto de placer y quizá de desdén.

—Se llama *La fuerza de la carne* y está en el primer lugar del ranking —espetó con orgullo.

—No lo he oído nunca —respondió Anita.

—Es que no es la clase de libros de los que llegan a tu negocio, Anita.

Reforzó «tu librería», como si la pobreza temática del negocio a su cargo fuera cosa de su responsabilidad, su culpa. Luego continuó.

—¿Te acuerdas que te dije que abandonaba la librería para trabajar con un escritor?

—Sí, claro que me acuerdo.

—Bueno, eso es… —dijo Ismael abriendo los brazos y los ojos indicando lo obvio del asunto.

—Bueno, ¿qué? Me dijiste que serías su secretario.

—Es verdad, eso te dije, pero ¿has sabido de algún escritor que necesite un secretario?

Paulatinamente Ismael había ido elevando la voz y haciendo más cortantes sus frases. Anita ya no lo miraba con expresión de duda, sino de desconcierto.

—¡Claro que no! —ladró Ismael sin esperar respuesta—, porque no hay casos de escritores que usen secretarios. Al menos no para escribir. Escribir es un trabajo solitario y personal. ¿Para qué Ernesto Ovalle querría uno? Te digo: él me entregó una novela que apestaba y yo la convertí en el éxito que es.

Ya estaba dicho. No había marcha atrás. Anita esbozó una de esas sonrisas suaves que a Ismael le eran tan difíciles de interpretar; podían estar expresando un desdeñoso descreimiento, una divertida sorpresa o sencillamente no saber qué decir o sentir para salir del paso. Tragó saliva y siguió adelante.

—En verdad, la hice de nuevo, entera, pero mi trato es que no se sepa de mí. Te pido absoluta reserva sobre esto, Anita, solo te lo cuento porque confío en ti…

Ahí se detuvo. Su sonrisa había desaparecido, sus labios eran el emblema mismo del pasmo y sus ojos miraban a Ismael como por primera vez en su vida.

—No te lo puedo creer —dijo en voz baja, en el tono de quien al fin cree lo que se le dice y considera como asombroso el hecho revelado. Su mirada se trasformó. Ismael el Joven, el Penoso y Lamentable, se apresuró en elaborar un poco más.

—Anita, el libro está firmado por Ovalle, pero es mío. Te lo digo para que veas lo que son las cosas. Ernesto Ovalle me llamó hace un tiempo para que colaborara con él y acepté. Pero después de leer lo que él me entregó comprendí que eran necesarios cambios profundos y la reescribí entera. Y hoy el libro es un éxito…

—¿Un éxito?

—¡Sí, uno que está en el primer lugar! —graznó.

—¡Vaya, Ismael! Es difícil creer lo que me dices, pero te creo, te creo —dijo Anita moviendo los brazos en gestos conciliatorios.

—¿Segura? Te noto un poco dudosa. ¿No creerás que estoy fanfarroneando?

Apenas se lo dijo en el adecuado tono de molestia, aquel del que no es creído a pesar de estar diciendo la verdad y nada más que la verdad, una voz interior le preguntó si no estaba alardeando un tanto y sometiendo su participación literaria a un galopante proceso inflacionario. «Claro que no, estúpido», bramó entonces en voz alta.

—Pero si no he dicho nada —se quejó Anita.

Un frunce profundo se plegó entre sus cejas. Ismael se dio cuenta de que había metido la pata. «No se trata de ti», explicó, sin explicar nada. Ella no insistió en el punto e Ismael aún no tenía claro si le creían o no. Se produjo un silencio, lapso vacío que podía desembocar en cualquier cosa. Al cabo ella retomó la palabra y lo hizo en tono apaciguador.

—Te creo, Ismael, por supuesto, pero no entiendo cómo pudiste tolerarlo.

¡Ah, qué le habían dicho a Ismael! ¡Qué alivio lo inundó! ¡Cuán redimido se sintió! Y entonces contó la historia completa desde la llamada de Ovalle citándolo a su casa y la lectura del anodino borrador hasta sus profusos arreglos al texto, la posterior resistencia de Ovalle, sus dudas, su miedo, su resignación, el éxito y el nuevo encargo. En resumidas cuentas le contó todo de un tirón y sin interrupciones. Tanto era lo que lo absorbió su narración que incluso él la escuchó de sus labios con renovado interés porque en verdad era un relato inusitado, la clase de cosas que puestas juntas parecen inverosímiles.

—¡Qué increíble, realmente! —comentó Anita cuando Ismael terminó el cuento con lo del encargo para una segunda novela.

«¿Y qué le parecía eso?», le preguntó. Quería asegurarse que a ojos de Anita ya no era el infeliz al que se llevaba a la cama a falta de cosa mejor ni tampoco el anónimo vendedor que alguna vez se había jactado de tener ambiciones literarias. Quiso aparecer ante ella como una entidad aun indescifrable en el detalle pero claramente de mayor envergadura. Quiso que ella recompusiera su postura, sus actitudes, su comportamiento, incluso su lenguaje. Quiso ser visto con más respeto y quizás admiración. Y de hecho Ismael notó con satisfacción que esa libidinosa maquinaria de carne que era Anita comenzaba a reacomodar sus engranajes y ya no consideraba esa velada como otro episodio más entre dos viejos amantes, el protagonizado por dos cacheros consuetudinarios preparándose para ir al lecho por enésima vez, sino como el acto inaugural y la charla preparatoria de una relación con una muy distinta persona. Y entonces se miraron como dos extraños sentados en el mismo banco de la plaza y mirándola así, desde ese nuevo ángulo, a Ismael le sucedió lo opuesto a cuando, en la librería, la invitó a acompañarlo al cine; si esa tarde había descubierto sus encantos, esa noche en cambio se le revelaron sus desgracias. Su piel seguía pareciéndole fresca, pero cerca de su mandíbula no pudo dejar de ver una gruesa cerda que no siempre Anita recordaba amputar.

Le dio asco. A ese nuevo Ismael, al Ismael reconocido en su inmenso valor, a Ismael el Majestuoso eso le dio asco y una puñalada de repulsión lo hizo alejarse unos centímetros. ¡Pensar, se dijo, que lamí esa cara y pasé mi lengua por ese pendejo facial! Para ocultar las sensaciones de rechazo que ese pensamiento le provocó esbozó una amable sonrisa. Bien he dicho: ¡Qué gran cantidad de usos tiene una sonrisa! Creo que gracias a ella Anita no se dio cuenta de su estado de ánimo ni de su repliegue. Debe haber estado, como él, haciendo un reestudio de la relación, averiguando qué papel jugaba o jugaría el sexo y cómo. Y sonrió también, pero en su sonrisa hubo algo auténtico, el signo de estar llegando a una conclusión muy satisfactoria: iba a culearse no a un mero dependiente de tienda sino a un escritor, al tipo que le escribía los textos a un famoso literato, a un hombre joven con una vida por delante, una de éxito y de fama, alguien cuyo pene valía su peso en oro y la bendecía con los fulgores difusos pero ciertos de un futuro mejor. Todo eso lo vio y entendió incluso ese lamentable Ismael y no se equivocó.

Entendió perfectamente qué pasaba cuando Anita dio inicio a los movimientos protocolares para incorporar a sus sesiones amatorias al flamante Ismael echando a patadas al viejo y despreciable Ismael, al empleadito de tienda. Para esos efectos se estrechó contra el nuevo, lo besó con pasión y le acarició la nuca, aunque por el debido respeto a las letras no puso su otra mano en su bragueta.

En la cama sería convencional y mesurada. No tenía el grado de confianza y hasta de abuso que ejercitara con el miserable a quien acababa de expulsar del paraíso. El acto con el escritor recién revelado fue agradable pero decente. Satisfecho, Ismael, ahora yo mismo, versión inicial del tipo que hoy soy, rodó sobre mí mismo y yació de espaldas. De reojo noté que Anita me miraba con el aire de tranquila complacencia de quien siente haber cumplido con su deber. Apoyó una mejilla sobre mi pecho y en esa postura jugueteó con mi miembro. Bien hubiera deseado quedarme así, en paz, pero la capacidad de gozar duraderamente siquiera una modesta y calmada satisfacción no le ha sido otorgada a la raza humana. Alguna forma de inquietud, de desazón o un impulso autodestructivo nos impele a agitarnos y ponerle fin. Y al cabo de breve lapso se me vino al magín el recuerdo de la embrollada situación en que me encontraba, con Ovalle llamándome diariamente por *Obsesión*, mi falta de ideas y la fuerte convicción de no tener base experimental para generarlas. Todo eso me atravesó el pecho con una punzada y suspiré.

— ¿Te pasa algo, Ismael? —preguntó Anita.

Iba a decirle que nada, pero me tentó la idea de ponerla al corriente de mis asuntos. Presentí que podía ayudarme. Sin reflexionar más le expuse mi situación.

—Estoy con serios problemas, Anita. Debo escribir un nuevo libro, esta vez desde cero, pero de verdad no sé cómo.

—¿Qué cosa no sabes?

Me demoré unos momentos en contestar. Vacilé. ¿Podía o debía explicarle todo? Me moría de ganas de hablar, de liberarme. Comencé explicándole que todo escritor debe explorar nuevas experiencias para enriquecer su prosa. Le dije que éramos seres extraños, distintos y por la misma razón quizás al margen de la ley y las buenas costumbres. Creo haberle enumerado la larga lista de autores dados a la bebida. Hice otra de los literatos suicidas. Casi ninguno termina sus estudios, agregué. Llevan, muchos de ellos, vidas aventureras, desordenadas, aparentemente sin destino o finalidad. Al final y casi sin dame cuenta le narré cómo me oriné en la puerta del departamento donde vivía mi chica.

NUEVOS AMIGOS

1

Cada mañana era lo mismo: Ovalle me llamaba y yo decía estar avanzando en el trabajo y pronto le haría entrega de una versión más picante, como eran sus deseos. «No se preocupe, don Ernesto» era mi frase final. Luego salía a caminar sin rumbo fijo.

Estar desocupado me hizo sentir libre, pero también extraño. La libertad tiene ese efecto porque nuestra identidad se construye a partir de obligaciones, tareas y deberes. Y nada me urgía, salvo los llamados de Ovalle, los que al repetirse fueron perdiendo su fuerza. Luego esa sensación de estar suspendido en un limbo sin resplandores ni oscuridades, la de estar ciego y sordo a todo, lejos de serme extraña comenzó a deleitarme. No tenía la menor idea de cómo escribir el nuevo libro ni de qué manera se presentarían las próximas semanas o meses, pero no me importaba. Extinguida la inquietud, me ganó un exquisito sentimiento de irresponsabilidad. Con ánimo ligero me entregaba al acaso, me sentaba en cualquier plaza que se me cruzara, alimentaba palomas arrojándoles las migajas de mi austero almuerzo y lo decidía todo con gran y exquisita lentitud. Ya en la tarde, en mi cuarto, dormía siesta con el celular apagado impidiendo que Ovalle me fastidiara. Jamás había dormido tan bien, tan sin sueños. Fue uno de los mejores períodos de mi vida.

Pero ese período no duraría mucho. Anita estaba perdiendo su aplomo. A punto de perder su trabajo, parecía también a punto de perder el buen tino. Después de fornicar, ya de espaldas mirando hacia el techo, a veces movía los labios hablando sola, cuchicheando para sí misma, diciéndose algo. Eso me dio miedo. Nunca se sabe qué va a hacer una persona que ha perdido los cabales. Una madrugada, mientras Anita dormía dándome la espalda, muy quieta y respirando a un ritmo parejo, me agobió la certeza de que contarle mis secretos había sido el peor error de mi vida, uno del cual me arrepentiría, del que en realidad ya me arrepentía. La angustia me aguijoneó el corazón. En casos como ese primero deseas no haber vivido jamás ciertas experiencias, retroceder en el tiempo y evitar la encrucijada que te puso en manos de tal o cual persona, pero como eso no es posible luego deseas que esa persona desaparezca de la faz de la tierra. Finalmente fantaseas con asesinarla. Esa madrugada, de haber dispuesto de un conmutador que instantáneamente la hiciera desaparecer de este mundo, seguro lo habría pulsado. Me reproché la debilidad y vanidad literaria que me llevara a abrir la boca y contárselo todo. Y no habiendo conmutador me golpeé un muslo con el puño. Anita, sin darse por aludida, emitió un leve quejido, se reacomodó y siguió durmiendo.

«Qué diablos voy a hacer», me pregunté mirando hacia el techo en penumbras como si, en posesión de la misma facultad de Ovalle, pudiera encontrar allí respuesta a mis problemas. Deseé intensamente poner término a la relación, pero al mismo tiempo hacerlo eludiendo los efectos del rencor femenino. La imaginé denunciando mi relación con Ovalle y ventilando también otros asuntos con malicioso estilo, a cualquier oído, a quienquiera con predisposición a escuchar. Fue entonces cuando me asaltó un impulso brusco y salvaje por darle muerte.

Como lo oyen. Quise matarla en ese mismo momento. La mataría, saldría de allí borrando toda huella y la encontrarían días después ya descompuesta. No soy tipo de gran volumen físico pero supuse que con una almohada podría dominarla y asfixiarla; la imaginé despertando a medias, pataleando, intentando arañarme, retorciéndose con furia, cediendo poco a poco a la falta de aire y contorsionándose en los postreros espasmos. Ver todo eso con tanta claridad y detalle puso, por razones que desconozco, mi miembro en estado de erección. Sentí un deseo enloquecido en el que se mezclaba el afán de fornicarla a destajo con el asesinato. Enseguida puse manos a la obra. Casi en trance y con movimientos sigilosos me subí sobre ella a horcajadas, sin ejercer presión sobre su vientre, el que desnudé echando la sábana hacia atrás. Teniendo ya a la vista el generoso y oscuro manchón de su pubis puse mis manos en su cuello, cerré los ojos y la apreté muy suavemente pero con incrementos graduales. Ella continuaba durmiendo mientras mi verga alcanzaba una notable dimensión. Dejándome de juegos procedí a abrirle las piernas ahora con su plena y recién despierta colaboración y consentimiento. Procedí a culearla con furia desatada, con ardor inusual, con un acabamiento que fue casi como morir.

Luego de tirármela me quedé echado de espaldas, sin hacer ni decir nada, exhausto.

—Por Dios que estás amoroso hoy día… —ronroneó ella a guisa de comentario.

2

—Te conozco de alguna parte —dijo apenas me vio.

Mi sorpresa fue mayúscula. Detuve en seco lo que era una relajada aproximación con las manos en los bolsillos hacia la mesa del fondo del bar, donde Anita me esperaba. En un instante se me secó y cerró la garganta.

—¡Claro que te conozco! Y ya me acuerdo de dónde —agregó.

Era mi chica. ¡Dios, qué diablos hacía ahí! Sentada al lado de Anita sostenía una copa de pisco sour y me miraba con esa sonrisita sinuosa e indescriptible que me había confundido y conmovido en la ceremonia del lanzamiento de *La fuerza de la carne*. Anita me miraba también, pero la sonrisa suya era de abierta complacencia; me había hecho una jugada, decía su mueca, una jugada del todo inesperada.

—¿Eres tú? —pregunté con una voz que era apenas un silbido.
—La misma «tú» de cuerpo entero —contestó.

El corazón me batía con tal violencia y rapidez que temí estar a punto de sufrir un ataque. ¿Cómo, por qué estaba allí?, me dije a gritos dentro del cráneo.

—Bueno, ¿no vas a sentarte? —intervino Anita.

Yo me había congelado en la torpe postura del tipo que se acerca a una mesa creyéndola ocupada por amigos o conocidos y se topa con caras extrañas. Ya al dar el primer paso hacia la mesa fue tanta mi incomodidad y la avalancha de confusas sospechas que me inundaron acerca de Anita que cruzó mi mente la idea de dar media vuelta y retirarme. ¿Le habría contado de mi aventura frente a su departamento? Quizás Anita había adivinado mi deseo de deshacerme de ella y comenzaba su venganza. Eso era y estaba sucediendo. Gemí por dentro. A la luz de dicha hipótesis quise salir de allí en estampida, pero las piernas ya no me pertenecían. Creo que temblaban. Mi visión se veló como si desde dentro de mis órbitas una mucama acabara de correr una cortina.

—Tranquilo, todo está bien —oí decir a Anita.

Así era yo, incapaz de afrontar con aplomo las contingencias de la vida, siempre listo, como un niño, para enrojecer y lagrimear, balbucear y hacer el imbécil. En medio de tamaña perturbación no sé de dónde saqué fuerzas para terminar mi aproximación y sentarme en la silla libre. Apenas lo hice y para disimular mi bochorno me refregué largamente la cara mientras Anita hablaba para ponerme al corriente y ahuyentar mi miedo.

—Veo que se conocen… —dijo—. ¡Qué casualidad tan increíble! En fin, Ismael, te cuento: esta señorita trabaja en una agencia de publicidad y estamos viendo la posibilidad de iniciar una campaña, pequeña pero efectiva, para las librerías que manejo.

Y luego agregó con el mayor descaro.

—¿Dónde y cómo es que se conocen?

Abrí la boca y la cerré sin decir nada. ¿Qué podía decir? El cinismo y la sangre fría de Anita eran sorprendentes. Comprendí que se había hecho pasar por importante ejecutiva de la industria editorial únicamente por montar este encuentro. Una vez más odié el momento en que le conté de esa noche.

—No sé si realmente nos conocimos —repuso la ejecutiva sin molestarse en esperar que yo contestara esa pregunta— en el sentido exacto del término, pero digamos que nos vimos y hablamos un par de palabras en un lanzamiento literario. Me dijiste que eras escritor, ¿no?

Ya estaba comprendiendo todo. Yo solo había mencionado a Emilia, así se llamaba, como un objeto casi gratuito de fisgoneo escogido al azar, pero Anita sacó otras conclusiones. Le bastaron unas pocas palabras para detectar mi interés. Era posible que solo hubiera organizado ese ficticio encuentro de negocios para ponerme en esas situaciones extremas que le había dicho necesitar para mi prosa, pero también podía haber un ánimo de fastidiarme.

—Sí, soy escritor —balbuceé como un tipo sometido a apremios ilegítimos a quien, finalmente, le sacan una confesión.

—¿Has publicado algo ya?

¡Qué cruel podía ser! Seguro que estaba al tanto de la verdad.

—Aún no —contesté a duras penas.

Enrojecí como si eso, mi condición de inédito, fuese un escándalo. La sonrisa de Emilia se amplió y la supuse preparando un comentario sarcástico, pero Anita vino a mi rescate.

—Ismael no ha publicado aún en el sentido normal del término —dijo—, pero está presente anónimamente.

—¿Cómo así?

—¿Has oído hablar de los *ghost writers*?

Emilia inclinó la cabeza a un lado, frunció el ceño y en todos sus gestos y movimientos expresó completa incredulidad.

—¿De quién? —preguntó—. ¿A quién le escribes sus cosas? ¿Has escrito las memorias de algún empresario, de un político?

—Si te lo dijera —dijo Anita en el acto— dejaría de ser *ghost writer*, ¿no es verdad?

—¿Y qué dices tú, escritor fantasma? Veo que por lo menos eres un fantasma que no habla, porque dejas que Anita diga todo…

Era cierto. Hasta ese momento mi actuación era paupérrima, insignificante; hablaban de mí libremente y sin tomarme en cuenta como dos tías comentando las mañas de un sobrino de muy corta edad y algo estúpido. No era solo que Emilia me produjera tan poderoso efecto, dejándome sin habla, sino además no tenía nada por decir. Afortunadamente acudió en mi auxilio esa voz que emerge cuando menos la espero y de hecho no fui yo quien habló pues el tono no fue débil ni balbuceante, sino seco y preciso.

—Anita es mi plenipotenciario en materias líricas y literarias… —espeté— y además no tendría por qué decirte a ti, a quien apenas conozco, cosas que tienen que ver con mi profesión.

Dije todo eso de un viaje y con la debida expresión facial, dura y divertida al mismo tiempo, como si todo lo hablado hasta ese momento por ambas mujeres no valiera nada y fuese cosa trivial, el tipo de tonterías que intercambian las damas en un cóctel y a las que nadie presta oídos. Emilia me miró con una mezcla de sorpresa y duda, pero al instante se repuso con su sonrisa de siempre, esa ya habitual para mí y que tanto me había impresionado, aunque esta vez tuvo un efecto menor porque me pareció contener algo de gesto estudiado frente a un espejo. Justo en ese momento se presentó un mozo para consultarme si bebería alguna cosa.

—Un martini —dije en el tono adecuado, claro, sonoro y veladamente autoritario. De soslayo detecté a Anita mirándome boquiabierta. Al retirarse el mozo torné mi rostro hacia ellas y tuve el nervio suficiente para soltar otra frase rebosante de confianza y seguridad—. Y ustedes, ¿cómo se conocieron?

—Como te dije, la gerencia me ha pedido que explore la posibilidad de hacer algo en materia publicitaria… —respondió Anita con aplomo, pero ya no tan segura de sí misma.

—Y así fue como contactaste a…, perdona, Emilia, ¿cierto? —dije—.

Aun hoy, tantos años después, considero esa pregunta como un toque maestro, finta de soberbia esgrima verbal. Con ella me pareció borrar completamente al palurdo vacilante y balbuceante que había llegado a la mesa. Este Ismael, al menos mientras durara su flamante compostura, era tipo de cuidado. No iban a venir dos minas comunes y corrientes a reírse de su persona. Sentí que mi trasero no solo se acomodaba confiadamente en el duro asiento de palo, sino que, a través de él, mi entera corporalidad se adueñaba de la totalidad del local, de la nación toda. En conformidad con ese renovado estado de ánimo recosté mi antebrazo derecho en el respaldo y me eché hacia atrás como si estuviese en un sillón de alto apoyo, el que corresponde a un dignatario, a un notable que ha condescendido en tomarse un trago con dos ciudadanas del montón. Pero no puedo decir que me sentía en plena sintonía con ese desplante; me embargaba la sensación de estar representando un papel bajo la dirección de ese duende que habitaba dentro de mí y del que dependía totalmente. Me pregunté si seguiría procurándome las líneas necesarias o si llegado a cierto punto se solazaría en dejarme caer hacia mi avergonzada poquedad de siempre.

—Sí, soy Emilia... Pensé que ya te sabías mi nombre —contestó.

La sonrisa seguía en su sitio, pero se percibía en ella cierta rigidez forzada. Mientras tanto Anita hablaba volublemente de cómo y por qué había escogido esa agencia de publicidad. Sin duda tenía todo preparado de antemano y su exposición pareció auténtica. No recuerdo qué explicó y no importa mucho. Debo centrar todo el esfuerzo de mi memoria en recobrar la experiencia de haber mirado a Emilia así, cara a cara, desafiante, lo que exprimió casi la totalidad de mi energía y determinación hasta convertir las palabras de Anita en sonidos remotos y sin relevancia.

¿Qué sucedió? Si por un instante la sonrisa de Emilia me pareció una mueca sin significado, muy pronto recobró su capacidad de fascinación. Ya no era simplemente un artefacto. Y además estaba su mirada, sus ojos grandes y algo saltones pero enormemente expresivos aunque sin color definido, algo entre el pardo y el verde, lo cual los hacía muy seductores. Ah, Emilia me capturaba, me absorbía, me convocaba a un abismo. A él quise saltar sin demora. Mi resistencia y desplante se fueron disolviendo; cualquiera fuera el origen de ese esplendor, no quise sino perderme en él.

Hay más: si eso no era lo bastante inquietante hubo algo a lo que casi no pude dar crédito: Emilia también estaba conmovida. Apenas por un instante vislumbré dicho sentimiento, pero no me cupo duda de su existencia. Anita enmudeció o ya no la oí. Ella y todo lo demás desapareció de la escena. Por un breve lapso nos sumergimos el uno en el otro, descubriéndonos, revelando el resplandor de nuestras almas si se me permite decir tamaña siutiquería. Hubiera debido tomar notas para alguno de los capítulos de *Obsesión*. La cosa es que si bien me mantuve en postura de hombre de mundo, con un brazo sobre el respaldo de la silla y el cuerpo echado hacia atrás, en realidad mi mirada se perdía en la suya, mis oídos se tapaban, mi cabello se erizaba y experimenté un delicado cosquilleo en las bolas.

Casi al instante desperté de dicho trance. Los sonidos reaparecieron, oí las conversaciones de otras mesas, la voz de Anita, el apagado rumor del tránsito más allá de las puertas del bar y el tintineo ocasional de copas y botellas pero sintiéndome elevado a nuevas y superiores dimensiones del ser, calmo y en reposo como si todo se hubiera puesto en el lugar debido. Regresaba al mundo cotidiano, al bar y a la charla incesante de Anita que me miraba ya con sospecha de modo que debí disimular y miré a Emilia de manera normal, esto es, como se mira habitualmente, sin ver nada.

—... y así fue —estaba diciendo Anita— como nos pusimos de acuerdo para encontrarnos en este bar y me pareció buena idea que vinieras tú también.

Lo decía con voz absolutamente desprovista de espíritu. Era el suyo un hablar monocorde y maquinal. Su atención estaba puesta en otra parte, en nosotros. Se percató de que algo ocurría y no tenía claro qué era. Se produjo un silencio incómodo. La llegada del mozo con mi martini salvó por unos momentos la situación. Me tomé un tiempo superlativamente largo para apurar el primer sorbo, pero tarde o temprano debíamos encarar lo que sucedía. No importaba qué dijéramos, la naturaleza del encuentro se hizo notoriamente distinta: palabras no dichas, miradas hurtadas o desviadas y aun los silencios hablaban de esa trasformación.

Me puse a parlotear mirando con fijeza el borde mi copa.

—... Como dijo Anita, hago algunos trabajos literarios en forma anónima por el momento.

¡Vaya frase! Estuvo escandalosamente fuera de lugar. No hubiera sido más extravagante recitar una línea de teatro clásico francés en medio de una comedia de los Tres Chiflados. Sin embargo, en vez de enrojecer de vergüenza me sobrevino un espasmo de risa casi inatajable, una bocanada de feroz alegría y desapego. ¿Qué me podía importar lo que Anita pensara? Luego de haberme mirado en los ojos de Emilia nada más importaba. Atajé la risa, pero me sonreí. No era una mueca para huir o esconderme, sino de felicidad pura y simple.

—¿Qué les pasa a ustedes? —graznó Anita, súbitamente de mal humor.

Giré mi cabeza hacia ella y me impresionó lo desagradable de su expresión. Parecía estar asqueada y sorprendida como si alguno de nosotros hubiera soltado un pedo. Se notaba su molestia por haber perdido el control de la situación. Su idea de montar una obra en la que ella sería la directora se había venido abajo. De pronto descubrió no tener otro rol que el de simple espectadora.

Era una situación difícil y no sé cómo hubiera proseguido de no haberse visto alterada en un segundo con la súbita aparición de un tipo de gran corpulencia. Sin más trámite arrastró una silla y se sentó junto a Emilia.

—Hola a todos —dijo entonces con un vozarrón—, soy Jorge, amigo de Emilia.

3

Terminada la lectura y sin proferir ni una palabra don Ernesto dejó caer la última página sobre el humilde acopio ya leído, las no más de seis o siete donde estaba impreso el primer capítulo de *Obsesión*. Aun antes de terminar de leer ya me pareció que Ovalle consideraría insuficiente tan modesta porción luego del largo tiempo de espera. En la superficie de su enorme escritorio, donde se erguían pilas de libros a guisa de severas columnas griegas, mi pobre montón de hojas parecía una entidad aún más despreciable e insignificante. En su condición de cosa perecedera y proclive a ser arrojada a un canasto, esa última hoja cayó sobre las anteriores sin agregar ni un ápice de sustancia al asunto. Y si la ausencia de comentarios de Ovalle a medida que leía el capítulo ya fue descorazonadora, el modo como iba descuidadamente arrojando las páginas me pareció un comentario silencioso y devastador. Temí lo peor.

—Por Dios, Ismael, lo hiciste de nuevo. Esto está muy, pero muy bien —dijo entonces.

Con el ángulo de su mirada aún dirigida hacia la mesa, parecía como si, al contrario, Ovalle acabara de desestimar completamente mi trabajo y no tuviera ánimo para mirarme a la cara. Mi corazón celebró esas palabras con dos o tres latidos supernumerarios y un inmenso alivio que casi hizo desprenderme de la silla y volar hacia el techo del estudio.

—¿Le gustó, don Ernesto? —musité.

Ovalle no me respondió enseguida. Miró las hojas sembradas a su lado, tomó un par de ellas y leyó o simuló leer nuevamente algunos fragmentos mientras movía la cabeza en gestos afirmativos.

—Me ha gustado mucho —contestó, aun sin mirarme.

Me puse de pie, ya sin poder contenerme. ¡Por segunda vez lo lograba y esta vez sin ayuda alguna! Quise saltar y vitorearme a mí mismo, pero no era posible y me limité a dar dos pasos hacia el escritorio y luego desandarlos como si fuera un sacrilegio acercarme tan intempestivamente al altar donde oficiaba Ovalle. Me inmovilicé y por un instante temí que cualquier acto inapropiado precipitaría una radical trasformación; Ovalle, estuve seguro, diría haber estado bromeando porque mi trabajo era una porquería. Turbado, volví a mi silla. Solo entonces, convertido en blanco inmóvil, Ovalle se dignó a mirarme y lo hizo con una expresión tan extraña que por un instante supuse que intentaba hipnotizarme. Si era así, ¿en qué quería hacerme creer? ¿Qué haría con el bueno y tonto de Ismael aprovechando su ausencia, su sopor? Tal vez Ovalle consideraba que no era bastante el involucrarme en tan grotesca aventura literaria y me quería completamente dormido, entregado, para así completar su maléfica posesión de mis dones. Todo eso me dije y un golpe de sangre inflamó mi rostro. Durante ese trance se me hicieron dudosas las certidumbres más banales, la posición y ubicación de las cosas, el hilo que conduce de las causas a los efectos, el que estuviera allí en vez de en cualquier otro sitio. En el núcleo de ese vértigo, de ese trance, había un elemento de pánico. Me tomó quizás medio minuto recuperar mis cabales, darle credibilidad a las impresiones inmediatas de mis sentidos y desechar esas especulaciones. Por Dios, ¿en qué estaba pensando? Aun así un sabor amargo quedó pegado en mis labios.

—Naturalmente —dijo Ovalle—, hay que hacerle algunos ajustes, pero eso es tarea mía...

—Por supuesto, don Ernesto —contesté repitiendo un acto, me pareció, representado miles de veces. Ovalle no dejaba de mirarme, pero ahora comprendo que no era el descubrimiento de mi talento la causa de su pasmo sino el verse a sí mismo por primera vez en su condición de cliente de un negro y no ya autor por derecho propio. Ahí estaba la evidencia; seis hojas con apretado texto sobre su mesa. Al constatarlo tan brutalmente, Ovalle no podía dar crédito a la realidad de la nueva vida que comenzaba a ser la suya. Su mirada dejó de fijarse en mi semblante y se movió vagamente por el cuarto intentando comprobar si seguía siendo de él. Solo su boca siguió conectada conmigo. De esa manera y sin prestarme atención continuó la charla.

—Hay una cosa que quisiera saber, Ismael, una que en verdad me llena de curiosidad.

—¿Qué sería, don Ernesto?

—Me gustaría averiguar cómo lo hiciste, cómo lograste ponerte en el pellejo de los personajes, si es que puedes contármelo. Porque quizá tengas tus secretos y prefieres no hacerlo, cosa que entendería, por supuesto.

El origen de su curiosidad era obvio. Dada la clase de material que había escrito a lo largo de toda su vida, le resultaba imposible entender la fuente de tan distinta prosa. ¿Cómo podía explicárselo? Incluso a mí me era difícil comprenderlo. Ah, pensé, la clave está en mis nuevas experiencias, en las enseñanzas de Anita, en esas solitarias noches en el parque fisgoneando como un insano que nunca dieron fruto pero me empaparon con mi propia ansiedad libidinosa y enfermiza. Pero esto no era suficiente para completar el cuadro y darle sentido. Sabía que algo se me escapaba. Me pareció que tenía las manos vacías. Esas mañanas y tardes transcurridas desde la llamada de Ovalle —y que repasé con la velocidad con que un crupier manipula una baraja—, los eventos y experiencias alineados a la espera de un veredicto, todos se me antojaron engañosos e irrelevantes.

Mientras tanto ya le estaba contestando a Ovalle.

—Bueno, don Ernesto, fue un trabajo bien pesado, ya se imagina, mucha investigación, muchas lecturas…

Mi corazón estaba en otra parte. Se me ocurrió que tal vez lo que hacía difícil entender mi vida de los últimos dos o tres meses era lo sucedido en el sofá del living de Ovalle, el efecto dislocador de esa tarde cuando se abalanzó a darme un beso y yo sufrí una angustia cuya fuente no pude discernir. Creo haber narrado cómo el viejo dijo considerarme parecido a un sobrino nieto por tener las mismas mejillas rosadas y luego, sin más preámbulos, volvió hacia mí su enorme rostro y me plantó un beso en la mejilla izquierda. Debo ahora agregar: hecho eso sus labios carnosos que eruptaban saliva como lava de un volcán intentaron deslizarse hacia mi boca. ¡Quiso besarme en la boca el muy cabrón, ir más allá de lo que se debe y es honesto y aceptable! Hay más: sentí su mano derecha sobre mi hombro izquierdo en tosca y aparatosa versión de la delicadeza con que las estrellas de cine preparan un ósculo de amor. Estupefacto, casi perdí el sentido. Intenté hacerme a un lado y constaté una vez más cuán estrecho era ese sofá. Al voltear bruscamente el rostro para apartarlo de su cavernosa boca, esta última aterrizó en mi cuello. Decidí levantarme y poner fin a una situación que estaba yendo demasiado lejos, pero el brazo de Ovalle, la estrechez del mueble y mi propio asombro pusieron enormes obstáculos a dicho afán. Así, atrapado, vi cómo la mano del escritor se trasladaba desde mi hombro hasta el vientre y desde allí, como un sujeto mal herido agitándose en su última convulsión, rodó hasta mi marrueco.

Rodó hasta mi marrueco, digo, donde se quedó unos instantes. Fue solo eso, lo juro. Quizás la experiencia se prolongó por un décimo o quincuagésimo de segundo, no más, durante el cual la palma de su mano reposó precisamente sobre mi discreto paquete. Mi impresión fue de gran azoramiento. Asombrado como estaba y siendo tan corto el tiempo a mi disposición no alcancé a dirimir cuál era el comportamiento debido; de hecho, aun no comenzaba a tomarle el peso a la situación cuando ya la mano había levantado vuelo y con ella la entera humanidad de Ovalle, quien se incorporó del sofá y se dirigió al mueble del cual había extraído la botella de pisco y los vasos.

—¿Otra ronda? —preguntó sin mirarme, sin recordar siquiera que los vasos y la botella estaban sobre la mesita que él mismo acercara al sofá. Yo no supe qué decir ni Ovalle cómo continuar. Comenzó, en subsidio, a hacerme una suerte de discurso todavía dándome la espalda como si su audiencia lo escuchara desde el otro lado de las paredes y yo estuviera tras bambalinas a cargo de los decorados. Me daba la espalda, estoy seguro, para darse tiempo a recomponer su expresión—. Dame más datos —dijo el Ovalle sentado en su alto trono mientras como por un escotillón teatral se desvanecía el Ovalle que me daba la espalda.

Entonces mentí, mentí a falta de otra palabra o verbo que refleje lo que me sucedía. Mentí en el sentido de estar mi cabeza en otra parte por culpa de ese recuerdo y no puse pasión en lo que dije. Me temo que mi mente, divagando una vez más, en vez de satisfacer la curiosidad literaria de Ovalle, se fue muy lejos.

—Bueno, don Ernesto —le dije volviendo al presente—, me leí varias novelas de literatura del corazón para enterarme hasta dónde llegaban en esta materia que…, usted sabe a qué me refiero.

Llegado a ese punto, mi boca le dijo haber leído seis novelitas rosas de la difunta Corín Tellado y otras de literatura porno de frentón, las que me sirvieron para captar algunas de sus claves, repasando además dos o tres libros de Anaïs Nin.

—No te creo —dijo Ovalle.

Su tono me sobresaltó. También su postura. Ya no miraba a su alrededor, sino sus ojos me apuntaban derechamente y eran punzantes. Era una mirada inquisitiva como pocas veces le había visto.

—Me ocultas algo, Ismael —agregó con una sonrisa, intentando darme una salida digna, hacerme posible convenir con él que yo bromeaba pero que, luego del gracioso chiste, iba al fin decirlo todo.

—No he leído nada —continuó— que se acerque siquiera a la prosa de Anaïs Nin, nada de nada. El estilo es distinto, lo has sacado de otro lado, Ismael. Tampoco siento que venga de la literatura porno.

Abrí los brazos e hice el gesto de quien, habiendo dicho honestamente lo que sabe, se resigna ante la porfiada incredulidad del prójimo. Una fuerza novedosa se estaba instalando en mi ánimo. Lo comprendí al notar que la postura inquisitiva y agresiva de Ovalle no me hacía ningún efecto. Me sentí legítimo propietario de la flamante condición que el propio Ovalle me confirió en pasos sucesivos, primero como corrector, segundo como sobrino de aterciopeladas mejillas y luego como autor en plenitud. Había sucedido contra su voluntad, pero el resultado era el mismo: ahí estaba yo, el otrora despreciable Ismael, escribiendo a partir de una página en blanco y el viejo dependía cien por ciento de mí. Por lo mismo se me ocurrió que sus posturas de exigencia y autoridad eran completamente ridículas. ¿Con qué derecho pretendía que le hablara de mis recursos literarios? Sin duda quería robarme, escamotear mi receta, rejuvenecerse a mi costa. ¿No le bastaba con haberse cubierto de gloria con *La fuerza de la carne*?

Fue entonces que mi disgusto recibió la agregada dosis de rencor por todo lo que ya le había tolerado: sus desdenes apenas encubiertos, su desprecio disimulado tras una falsa cortesía, su invencible desconfianza y las libertades que se había permitido. Mi rostro se endureció, mis puños se cerraron y convertí mis ojos en rendijas a través de las cuales miraba el odio. En todo lo que mi cuerpo hizo o dejó de hacer, en mi pesado silencio y en mis labios apretados se traslucieron los preparativos de una inminente acción violenta. Como podrán imaginar, no hice nada. Seguí sentado frente a

Ovalle, quien, creyéndome angustiado, pareció arrepentirse de haber ido tan lejos.

—No te molestes, Ismael —dijo en tono suave—, al contrario, tómate lo que te acabo de decir como un halago, pues ciertamente lo que has hecho es original y por eso no veo trazas ni de Nin ni de Tellado ni de nadie más.

No acepté su rama de olivo. No dije una palabra. Ovalle, confuso, se levantó de su sillón. No esperaba que tras su halago yo me quedara de piedra. Sin duda sus miedos de siempre, el que pudiera dejarlo en la estacada o peor aún, traicionarlo y revelarlo todo, salieron de su encierro y se precipitaron de golpe a su conciencia. Y ahí estaba yo, su personal pesadilla, para agravar sus temores.

Entonces me puse de pie sin haber decidido hacerlo, sin razón ninguna para dar ese paso. Fue como si mi cuerpo, por su propia cuenta, decidiera empatar la postura de Ovalle.

—No te enojes, Ismael— insistió Ovalle. Su tono ya no era simplemente suave, sino algo suplicante.

—No, si no me enojo —respondí con voz ronca y tono desganado. Lo dije y miré mi reloj dándole la impresión de estar por retirarme, acción que Ovalle vislumbró y temió como un abandono de nuestros proyectos conjuntos, el fin del contrato. Quizás Ismael el Pequeño manipulaba ya la tijera con la cual cortaría el cordón umbilical y lo dejaría en la intemperie literaria con apenas seis miserables páginas. Vi pasar por su rostro diversas impresiones, todas malas, sombrías: miedo, espanto, desazón e incredulidad. No esperé el fin del repertorio completo pues le di la espalda y avancé hacia uno de los estantes de su biblioteca. Nunca antes me había acercado tan decididamente a sus preciadas colecciones; rara vez me había alejado más de un metro de la silla. Lo oí respirar fuerte.

—Sí, claro, échale un vistazo a ese estante, hay ahí cosas muy interesantes —dijo Ovalle como si mi visita hubiera tenido solo propósitos bibliográficos.

La atmósfera del estudio se hizo artificiosa en extremo. Recordé una novela que había leído hacía unos años. En ella el protagonista, relacionado con un académico, hace exactamente lo mismo que yo y sintiéndose dueño de la situación pide en préstamo la obra más valiosa como tomando un rehén.

Pero Ovalle guardaba aún una última carta, una que hizo volver todo al lugar de siempre.

—Me llama la atención, Ismael —gorjeó en tono casi alegre—, que no me hayas preguntado por la novela que escribo acerca de un *ghost writer*.

4

—Y tú, Ismael, cuéntame algo, ¿qué más haces, aparte de parlotear de libros? —me preguntó Jorge, el atlético y guapo compañero de Emilia.

Era la primera vez que me dirigía la palabra y hubo una gruesa hebra de desdén en la trama de su discurso. Las mejillas se me inflamaron de vergüenza y humillación, pero le daba la espalda y él no pudo notarlo. Estaba contemplando un aguafuerte que colgaba de un muro del departamento de Emilia, un trabajo mediocre pero intenso y es precisamente eso, la fuerza con que su estridencia se me aparece aun años después al evocar ese lapso, lo que ancla todo lo demás e impide su dispersión en esos fragmentos mezclados que suelen ser el material común de la memoria. Recuerdo muy bien, entonces, que giré sobre mis talones para responderle. Jorge ya estaba encima de mí y estuve seguro de la inminencia de actos agresivos. A no más de cincuenta centímetros de distancia se erguía ese grandulón sobrepasándome por al menos un par de cabezas, imponente en su talla, inclinado hacia mí como si desde su elevada posición fuera difícil ver a un tipo de mi insignificancia. En su rostro grande y recio había logrado tallar una mueca parecida a una sonrisa, pero tras ella adiviné un enorme fastidio y desagrado. Tuve la impresión de que buscaba el menor pretexto para zurrarme. Ya en el bar había hecho notar un silencioso disgusto; sin decir palabra nos oyó hablar de literatura, charla venenosa en la que me descubrí inéditos potenciales de odio. Grande fue la elocuencia de mis desprecios.

Anita me oyó con sorpresa y Emilia lo hizo con una sonrisa no ya remota y superior, sino de auténtica y divertida curiosidad. Tal vez me pasé de la raya revelando lo que aún yo desconocía, a saber, la inmensidad de mi rencor contra los escritores reconocidos. ¿Quién era Ismael en comparación? Pero no pude evitarlo y la inquina salió de mi boca a borbotones, sucia, ponzoñosa y letal. Y nada de eso, ni las fuentes de mi resentimiento ni mi tardía e inútil venganza eran cosas que orbitaran siquiera lejanamente en el universo de Jorge, quien, mientras tanto, había pasado su brazo por la espalda de Emilia en señal de posesión. Sus ambiciones seguramente eran muy distintas y si acaso tenía cuentas por cobrar, apuntaban en otra dirección; siendo inocente de toda aspiración literaria, pudo sentir el escándalo que experimentan los justos ante el espectáculo de la maldad ajena.

¡Ah, cómo me explayé, con qué alegría maligna, cuánta maledicencia brotaba de mi boca ante el silencio hosco de Jorge y la atención de las chicas! ¡Cómo repasé los defectos estilísticos y las graves torpezas de cada uno de esos presuntos pilares de la comunidad literaria nacional! Y no dejé de agregar que había gente, pensando en mí, de muy superior capacidad que aún no recibía su oportunidad. Ante mi desborde incontenible nada podía alegar Jorge, el silencioso atleta, quien representaba, a su pesar o no, el papel del palurdo que oye hablar de cosas que no entiende. Moroso, ensombrecido y cabizbajo siguió el desarrollo de la conversación sin decir palabra hasta que Emilia, en un momento de entusiasmo, nos invitó a beber algo a su departamento; solo entonces levantó cabeza y la miró. No habló, pero su expresión fue inequívoca, la materialización misma del disgusto y la frustración impotente.

Y por esto, ya en el departamento, Jorge se erguía sobre mí listo para avasallarme o reducirme a cenizas mientras Anita y Emilia preparaban un improvisado cóctel en la cocina dejándonos solos, potenciales víctima y victimario, como únicos protagonistas de la escena.

—Y entonces, Ismael, ¿qué mierda haces? —repitió Jorge no ya con tono de disimulado desdén sino de abierto desprecio y agresividad.

Vi literalmente cómo hervía su furia y estaba a punto de dirigirla contra el tipo que le había arruinado la noche. Me di cuenta de que cualquier respuesta desataría su violencia, posiblemente no a golpes pero sí haciéndome objeto de la manipulación brutal y al mismo tiempo contenida, llena de asco y desprecio, con que se castiga a un perro que se ha orinado en la alfombra. Tal vez me levantaría por los aires como a un monigote simulando solo gastarme una broma o me sacudiría como a un frasco vacío. Todo eso habría ocurrido de no venir en mi auxilio esa sabiduría mundana que aparece cuando menos la espero. Es un saber erudito en bajezas, siempre listo para inclinar la cerviz y dejarse avasallar, para sacarme de apuros sin que sea yo quien deba humillarse. El intruso se hizo cargo de mi garganta, mis cuerdas vocales y también de mi brazo derecho. Lo oí hablar mientras movía dicha extremidad hacia Jorge. Me aterré. ¿Qué diablos estaba haciendo? Oí a esa voz decir: «Qué grande eres, Jorge» y vi ese brazo posar la palma de la mano en uno de los hombros del gigante. Fue un artístico e inesperado gesto de adulación. Jorge vaciló. ¡El esmirriado literato de mala muerte osaba tocarlo! Entonces la voz agregó la siguiente y ridícula frase: «Es impresionante tu contextura, hay que estar al lado tuyo para captarlo».

Cerré los ojos resignado a pagar el precio de tamaña torpeza. Los cerré para no ver el puñetazo que me derribaría. Sin duda Jorge se consideraría blanco de una burla y autorizado para cobrarse en especie, pero no sucedió. Al contrario, al abrirlos tenía frente a mí a otra persona, a un Jorge sin una traza de odio. Me pareció que solo entonces él me veía a mí, al pobre Ismael, entero y completo. El del bar no había sido más que un montón de fragmentos sueltos ajustados a la fuerza para dar vida a la lamentable caricatura del intelectual palabrero, infértil, fecundo solo en mala leche, repelente charlatán de brazos delgados y pálidos escondidos bajo el abrigo, dueño de temblorosas y enjutas nalgas, lengua filosa y burlona, talante arrogante y fanfarrón, peor aún, sinuoso candidato a seductor de su chica. Seguramente Jorge sintió que toda su corpulencia y belleza lo constituía en objeto de befa o al menos en un trasto inútil no mejor que una planta de macetero puesta de adorno a un lado de Emilia. ¿Hay algo peor que eso? ¿No es preferible ser odiado y hasta despreciado abiertamente? Así, al interpelarme para que le dijese qué era, quién era yo, Jorge proclamaba que nada de lo dicho en el bar tenía valor ni tampoco el ninguneo tácito al que lo sometimos. Era mi condición la que se había puesto en duda ahora, no la suya; todo lo que yo hubiese dicho antes de entrar al departamento, su territorio, no valía nada. Estábamos en el sitio donde él ponía las reglas, donde podría haberme masacrado de no ser por la oportuna intervención de esa locuaz parte de mí incapaz del más mínimo bochorno o temor, esa voz capaz de esconderse en los últimos recodos de mi alma para arrojarme al peligro o sacarme de él a voluntad.

—¿Me estás tomando el pelo? —preguntó Jorge con un tono más de confusión que de agresividad. Con alivio comprendí que no tenía claro el sentido de la situación y buscaba sus puntos cardinales. Aun en medio de su desconcierto pude ver en su mirada un destello de vanidad como si, pese a lo bufo de la escena y lo ridículo de mi frase, mi gesto lo hubiera rehecho ante mis ojos permitiéndole cobrar sustancia y realidad. No era ya un bulto sentado al lado de Emilia sino persona real y contundente.

El enano que me habita no pudo resistir la tentación de llevar las cosas aún más lejos.

—No te estoy tomando el pelo —insistió—, realmente no había notado lo grande que eres.

Dijo «realmente» con mucho énfasis. En verdad ambos lo dijimos porque, al no temer ya una agresión, el enano y yo fuimos uno. Ganando valor presentí que Jorge era una entidad controlable a quien no debía temer. Tras el alivio de saberme a resguardo me sobrevino una gran tentación de reír. ¿Qué clase de estúpido diálogo era ese y en qué nos convertía por sostenerlo? En vez de reír lo miré a los ojos. Él hizo lo mismo. Ojo a ojo nos miramos y una lentitud suave y dulce se instaló entre nosotros. Las asperezas y malentendidos se disolvieron. Nadamos juntos en una exquisita solución de almíbar. Pensé: «Voy a aprovechar este momento para mirar hondo dentro de él». Todo sucedía como en cámara lenta y disfruté un estado de reposo indescriptible. Nos adentrábamos el uno en el otro. Fuerte, imprevista sensación que con un cosquilleo recorrió mi espinazo. Entonces oímos las voces de Anita y Emilia regresando al living con una bandeja con copas y un plato con papas fritas.

Y así, como antiguos amigos reencontrándose luego de larga y penosa ausencia, dimos inicio a una intensa vida social. Mi memoria vacila y pierde los detalles de los encuentros siguientes pero fue quizás en la segunda o tercera ocasión que comenzamos a bailar después de las primeras rondas de trago. Descubrí que Jorge no era el simplón que había presumido, sino joven de variados intereses. Y debo confesarlo: aunque regordeta, Anita bailaba con mucha gracia y era un gusto hacerlo con ella. Además su pequeña estatura me permitía mirar de soslayo lo que hacían Emilia y Jorge, enzarzados en un verdadero baile de ficción pues no se movían sino se refregaban el uno contra el otro mientras se besaban con furiosa determinación; nada había para ello en este mundo sino su estrecharse, su ardor, su vertiginosa zambullida en el deseo. Y yo, en esos momentos, bailando mecánicamente con Anita, no quería otra cosa que perderme donde se perdían.

Era el de ambos menos un baile que un acto de sagrada comunión. Pegaban sus frentes y se besaban con interminable largueza, sin escatimar nada, perdidos en el amor como ocurre cuando en su abundancia se rebalsa a sí mismo y no hay límites que puedan contenerlo. Y viéndolos así yo sentía que también a mí besaban, que era receptor tácito de esos labios superabundantes y de ese mirar interminable. ¿Pueden ser suficientes para el pleno vuelo de Eros las capacidades ofrecidas por un par de individuos? Sentía, en suma, que el amor es cosa colectiva, comunión tribal, reencuentro con la raza, con la vida, con la divinidad.

De ese modo que acabo de citar fue como años más tarde, en una de mis más celebradas novelas de amor, reproduje esa experiencia. ¡Ya ven ustedes cuán difícil es explicar estas cosas! Hablo del amor. Hablo de Emilia, a quien miraba con arrobo pues su rostro me cautivaba totalmente. Verdad es que en ocasiones experimentaba un breve espasmo de congoja al distinguir la sombra de su barba y bigote y era como despertar de un sueño maravilloso. A menudo cambiábamos parejas y entonces, con el rostro de Emilia a un palmo de distancia y sus manos en las mías, tocándose ya nuestros muslos, su aliento soplando en mi nariz y mejillas, sus grandes y algo desorbitados ojos mirándome tan de cerca y esa palidísima huella en su labio superior como la sombra de una nube, en fin, todo eso alimentaba mi espíritu con sensaciones inolvidables, las que usé en mi opus *Amores en claroscuro,* que tantas semanas duraría en los primeros lugares del ranking.

Ese desfallecimiento contenido a duras penas, la sensación de caer lenta y suavemente como en amplios cojines, de cederlo todo, de entregar mi alma y cuerpo a lo que viniese, al acabamiento que me prometía la mirada de Valeria...

Todos esos sentimientos fueron tan auténticos como pueda imaginarse, aun cuando dudo que haya logrado en mi novela, años más tarde y pese a la gran belleza de su prosa, captar algo más que un reflejo distante y diluido.

Lo cierto es que al calor de esa camaradería acelerada, cuyo origen desconozco pero que, por cierto, cargaba una amistad y una intimidad que pareció existir desde siempre, acostumbramos bailar en todas las ocasiones que nos reunimos. Fue solo con el paso del tiempo que surgió la idea de los disfraces.

CRÍMENES Y DISFRACES

1

—Me llama la atención, Ismael —gorjeó Ovalle en tono casi alegre—, que no me hayas preguntado por la novela que escribo acerca de un *ghost writer*.

Eso dijo mientras yo miraba los valiosos libros de su colección, pero el ataque cayó en saco roto. Ya no era tan fácil sacarme de mis casillas como al viejo Ismael. Además estaba seguro de que blufeaba. Y si no, supe que jamás lo completaría, lo detendría su notorio derrumbe como escritor, su incapacidad literaria para salirse del estrecho marco en el que había prosperado y del que también era su prisionero.

Estuve casi seguro, solo casi. Porque, ¿y si después de todo lo escribía? No podía dar nada por descontado. Quizás Ovalle estaba solo «casi» acabado. Tal vez aún disponía de reservas suficientes para emprender dicho trabajo. Su incapacidad literaria solo aseguraba que sería un mal libro, pero no que jamás pudiera escribirlo. Ese raciocinio me sacó de balance. Abrí la boca para aspirar un gran trago mientras un malsano rubor inflamaba mis mejillas. Ovalle no se dio cuenta de nada pues yo continuaba dándole la espalda.

—¿Qué me dices? —agregó.

—¿Qué quiere que le diga, don Ernesto? —respondí con un tono satisfactoriamente neutro. Mientras contestaba alargué una mano y tomé un libro como si fuera eso, dicho volumen, el que concentraba mi interés.

—Como cuando te mencioné esto por primera vez te noté interesado, pensé que...

¡Ah!, si yo no reaccionaba a su provocación, Ovalle estaba dispuesto, para lograrlo, a hundir su índice en lo que presumía una herida. Comprendí su afán de emparejar una cuenta que crecía más y más a mi favor; estaba dispuesto a alcanzar, si era necesario, los límites mismos de mi tolerancia y arriesgando incluso mi estallido. Eso mismo evaporó la inquietud que me provocó inicialmente su ataque. Me convertí en un poderoso y abusivo cabrón en la cumbre misma del poder, uno a quien cierto anciano tembloroso pretendía molestar con la sola y patética fuerza de sus bisbiseos y algo de saliva saltando en esputos de sus labios. Me reí para mis adentros. Abrí el libro que tenía en mis manos, no sin antes soplar vistosamente su lomo para desprender el polvo que lo cubría. Era una primera edición de Gabriela Mistral, poetisa cuya obra jamás he digerido, pero simulé sumergirme totalmente en eso. Enseguida percibí a Ovalle acercándose cauteloso y tuve la convicción de que sus pasos presagiaban malos augurios. El presagio era la sola presencia de Ovalle; de su compañía solo podía esperar alguna clase de feo truco en mi contra. Como prueba de eso juro que sentí el cuarto vacilar bajo mis pies como si la entera casa, convertida en ascensor diabólico, me hiciera descender por un pozo interminable. Y en medio de ese vahído supe que Ovalle me acompañaría para siempre en esa caída.

Lo oí respirar ruidosamente mientras se acercaba más y más. ¿Qué se traía realmente entre manos? Por un momento se me ocurrió la aterradora idea de estar protagonizando una comedia descomunal, una farsa gracias a la cual Ovalle escribiría, a pesar de mí, o mejor dicho a mi costa, la mejor novela en español de los últimos veinte años. Un estremecimiento digno de mis viejos pavores me recorrió el espinazo de punta a cabo. Se aproximó aún más. En verdad estaba ya detrás de mí, en la postura de quien pretende leer por encima del hombro lo que uno tiene entre manos. Sentí su tibia respiración en mi nuca. Luego puso una de sus manos en mi espalda. Me pregunté fríamente qué haría Ovalle a continuación. Lo oí decir algo que interrumpió a mitad de frase como si una irresistible inundación emocional hubiera ahogado el resto de sus palabras.

—Ay, Ismael, no sé… —logré entenderle, palabras a las que siguieron sonidos guturales expresando con elocuencia su desorden espiritual. Como si no pudiera o no quisiera prestarle atención, en vez de responderle devolví el volumen de la poetisa a su lugar, pero al inclinarme eché hacia atrás el trasero una pulgada o dos. Fueron suficientes para sentir en mis nalgas el contacto tembloroso de los muslos de Ovalle. Fue algo leve, tentativo y tímido, pero indesmentible; inequívoco era el roce de sus piernas de anciano, blandas y trémulas, ambas tocando ligeramente mi culo o al menos apuntando en esa dirección. Y si bien todo quedó ahí desde la profundidad de mi ser ascendió una oleada de emociones. En el acto una voz resonando limpia y filosa como la espada del arcángel San Miguel trepó al más elevado púlpito de mi conciencia y desde allí proclamó lo siguiente: cuánto mejor sería un mundo donde estas porquerías no sucedieran. No bien voceé dichas consideraciones se produjo el derrumbe estrepitoso de mi tolerancia, rota ya por tan inconcebible escándalo. Giré entonces sobre mis talones, puse mi mano derecha en su pecho y lo eché hacia atrás apartándolo de mí un par de pasos. Ovalle se tambaleó y estuvo a punto caer.

—Ay, Ismael… —farfulló recuperando el equilibrio mientras en su semblante se mezclaban los signos del miedo y la vergüenza.

—Hay cosas, don Ernesto, que no le voy a permitir —dije y avancé hacia él como si me aprestara a agredirlo. Si acaso él fue sorprendido por mi reacción, yo lo estaba aún más. Me consulté si en verdad deseaba golpearlo y qué seguía a continuación, pero pese a mi estampa de hombre decidido a limpiar su honor haciendo uso de ese viejo recurso del macho, la violencia, lo cierto es que estaba sumido en el mayor desconcierto. Una pregunta cruzó mi mente como único relámpago de sensatez: ¿qué pasaría con mis proyectos si llegaba siquiera a cachetear al viejo maraco? Di un paso más hacia Ovalle y me detuve. Él había retrocedido hasta el borde de su enorme escritorio, donde apoyaba su trasero y sus manos. Estaba desencajado.

—No entiendo qué te he hecho, Ismael —susurró en un suspiro casi inaudible.

Y en verdad, ¿qué me había hecho? Se me ocurrió que ese roce pudo ser involuntario y mi reacción desmedida y ridícula. Eso terminó por detenerme.

—¿Me vas a pegar acaso? ¿Así solucionas tus problemas? —gimió Ovalle en un tono que me pareció de comedia.

Eso fue lo que vi en sus ojos. En ellos brillaba una luz de astucia. El resto de su expresión todavía manifestaba temor, pero ya había comprendido que yo vacilaba y dudaba; entonces el Ovalle de siempre se atrevió a hacer acto de presencia. El viejo ya no me temía. Sospeché estar haciendo el ridículo. Supe que si me quedaba de brazos cruzados sería arrastrado al castigo que merece un revolucionario fracasado. Al borde de la parálisis, quizás del derrumbe, luché por encontrar una continuación adecuada y me pareció no haber otra que adentrarme aún más por ese sendero.

—Claro que no, don Ernesto, cómo se imagina —dije con tono firme pero conciliador—, pero me parece que hay ciertas cosas que debemos aclarar si queremos seguir trabajando juntos.

—¿Qué cosas, Ismael? —contestó recuperando su aplomo en la misma medida que yo lo perdía.

—Ciertas actitudes… —dije. Esa vaguedad era del todo incoherente con la resolución de mis pasos previos, pero quise ganar tiempo. Con eso, sin embargo, no hice sino ofrecerle a Ovalle espacio para recuperar aún más terreno y disminuir el mío. Sonriendo aliviado, libre de todo peligro, dio la vuelta al escritorio y se sentó en su sillón magisterial. Desde ahí siempre había reinado aun en sus peores minutos de desfallecimiento; era ahí, en su fortín, donde debía encararlo. Ya no se trataba de mi trasero, era ahora una lucha de poder. O superaba a Ovalle o nunca sería capaz de poner en práctica mis planes. Fue un momento crucial y lo experimenté con zozobra. En esas circunstancias se puede perder o ganar todo y nos revelamos enteramente en lo que somos y valemos. En dicha exigente condición y en lugar de esperar qué pudiera decir Ovalle me allegué al mismo borde donde él se había apoyado y me incliné hacia él para romper la circunferencia mágica de su poder. Con los ojos lagrimosos y voz no del todo firme pero tampoco temblorosa, le dije lo que narro a continuación:

—Don Ernesto, de verdad no me interesa su preferencia o sensibilidad erótica, pero le pido que respete la mía.

—Pero, hombre, por Dios, ¿qué estás insinuando? —respondió el viejo, quien había logrado ya rehacer su cinismo. Con maestría le dio a su semblante un aire de honesta sorpresa. Era la expresión justa para hacerme perder el equilibrio y que mi acusación sonara como una ridiculez. Ignoro cómo lucía mi rostro, pero cualesquiera fuesen las argucias de Ovalle no era yo el Ismael cándido y crédulo del principio. Podía hacerme tambalear, pero no caer. Pude palidecer, sí, pero esa palidez sirvió a mi propósito: aunque nacida de la inseguridad simuló más bien una fría ira a punto de desbocarse en cálida agresión. Leí todo eso en la mirada de Ovalle. No las tenía todas consigo. Me agarré de dicha percepción para seguir adelante. «Seguir adelante» significa en realidad dar un paso atrás porque intenté echar una cortina de humo, embotar el filo del debate y posponerlo; ninguna de las partes debía decir ni decidir nada dejando así espacio a la interpretación que mejor conviniera a los protagonistas. Fue, en suma, una mariconada. En fin, dije lo siguiente:

—No insinúo nada, pero mejor dejemos el asunto para discutirlo en otra ocasión y volvamos a lo que vinimos. ¿Le parece, don Ernesto?

—Es lo mejor, Ismael —repuso poniéndose de pie y dirigiéndose hacia el estante. Fue entonces cuando, sin meditarlo ni planear nada, me deslicé tras el escritorio y me senté en su trono.

2

Poco tiempo antes o después de ese enfrentamiento con Ovalle, en una de las reuniones en su domicilio, Emilia propuso la extravagante idea de hacer más divertida la sesión disfrazándonos de cualquier cosa. Dijo que tenía muchos artículos curiosos que había acumulado luego de años de compras en bazares y ferias y a nuestra total disposición. Por esos mismos días acababa de empezar mi propia versión de una novela cuyo protagonista fuera un *ghost writer*. Provisoriamente la titulé *Una novela rosa*. Sentí fluir de mi pluma tal fertilidad y poderes de invención que no tuve ninguna duda sobre mis capacidades. En cambio, para la escritura de *Obsesión,* el efecto de esos poderes fue ambiguo: exaltó mi capacidad para la ejecución del encargo, pero también dio pie a un inoportuno afán perfeccionista que me demoró interminablemente en el primer capítulo. Ya no me satisfizo lo que le había mostrado a Ovalle. Por muy mercenaria que fuese la novela, por mucho que la desdeñara, tenía escrúpulos artísticos. No iba a entregar cualquier cosa solo por tratarse de una novelita rosa con brochazos calientes para humedecerles los calzones a señoras semialfabetas. Y sucedió entonces que comencé a enredarme con la primera escena del primer capítulo. Volvía a ella una y otra vez. En mi primera intentona la escribí así:

> *Manuel Rojas, magnate de la industria textil, inmensamente rico y dotado de la aguda inteligencia que le había permitido labrar la envidiable posición comercial que lo convertía en uno de los hombres más poderosos de su país, entreabrió las celosías de la persiana lo suficiente para otear hacia el jardín posterior de su mansión y en medio del cual, espléndida bajo el sol, relucía una lujosa piscina. Hacerlo no le fue fácil pues, para su desgracia, desde hacía cinco años una penosa enfermedad lo mantenía postrado en una silla de ruedas impidiéndole disfrutar la vida como él hubiera deseado. Cada vez que el más mínimo esfuerzo lo dejaba agotado, su invalidez y su edad se le hacían cruelmente presentes y le atenazaban el corazón. Y en ese momento tenía un motivo adicional para no sentirse a gusto. Con el pecho oprimido miró entre las celosías, ya por tercera o cuarta vez. Al lado de la piscina, tendida sobre una reposera, se le ofreció la imagen de Carmen, su mujer, muy joven y bella, a la cual había conocido una noche en una recepción diplomática y a la que cortejó e hizo su esposa con tal premura que*

fue por mucho tiempo el comidillo de su círculo debido a la sustantiva diferencia de edad.

Pero no fue en su hermosa mujer vestida con un diminuto bikini en quien Manuel Rojas posó sus ojos penetrantes, tan propios de un águila de las finanzas como él lo era, sino en Jorge, el fornido veinteañero que se hacía cargo de la mantención de la piscina y también del jardín. Jorge, muscular, bronceado y con facciones dignas de un héroe griego, procedía en esos momentos a pasar sobre la superficie del agua la pértiga en cuyo extremo una red cumplía la función de recoger hojas, briznas, insectos y cualquier objeto que pudiera romper la tersura perfecta del líquido elemento. Lo hacía con movimientos lentos, lánguidos, como si menos estuviera trabajando en una faena de limpieza que acariciando las aguas. Y Carmen, así le pareció a Manuel, era indudable que lo miraba, por más que fingiera leer una novela cuyo título no pudo distinguir a esa distancia, aunque estuvo seguro de ser la misma que le había visto en el velador, una solemne tontería, así le pareció a él con solo ver su truculenta portada titulada El escritor fantasma.

Este último punto me causó muchas dudas. Verdad era que a ese libro imaginario podía ponerle el título que se me antojase. Después de todo era un libro fantasma situado en medio de un jardín poblado por seres esquemáticos al borde de la desaparición en el Hades literario donde se hunden y desaparecen personajes y situaciones poco creíbles. La novela misma que estaba escribiendo y comenzaba con esa escena era un artefacto sin otro objeto que hacer gemir a señoras románticas. Pero, aun así, considerando la naturaleza de la novela y de su público, ¿no era mejor partir con la chica?

Me miré en el espejo del baño de Emilia y sonreí al verme convertido en una chica. Luego apareció Jorge para terminar con sus preparativos. Estaba disfrazado de antiguo caballero o algo parecido. Vestía un traje de etiqueta que le quedaba muy bien. «Quiero parecer un elegante vampiro», me dijo. Se blanqueó la cara con polvo talco para empalidecer. Desde lejos oímos las risas de Emilia y Anita, ambas disfrazándose en el dormitorio. Se había hecho, mi vida, tan extraña, tan lejana a la que había tenido y creía iba a tener que, cerrando los ojos para retocarme los párpados, fantaseé con la idea de que al abrirlos estaría en mi cama saliendo de un sueño. Despertaría y el departamento de Emilia y todo lo que contenía, incluyéndonos a nosotros, desaparecería en un santiamén. Incluso se desvanecería lo sucedido en el último par de semanas. Agité la cabeza para deshacerme de esas tonterías. Ahí estábamos Jorge y yo, muy reales, muy cerca uno del otro, maquillándonos en tan poco espacio que inevitablemente el hálito de su respiración me barría la cima del cráneo. Superados los primeros momentos de mutua desconfianza, tenía por él un sentimiento más intenso, vasto y profundo de lo que jamás hubiera podido imaginar. ¡Por Dios qué difícil contar estas cosas sin dar pábulo a interpretaciones! Preferí disfrutar en silencio el don de la amistad y me ensimismé en ese grato sentimiento. Cuando salimos al living las chicas ya nos esperaban, ambas muy graciosas en sus respectivos atuendos. Emilia puso música, una pieza lenta apropiada para la ocasión. Estreché entre mis brazos a Anita. La pobre había elegido mal su disfraz y tenía el aire de una empleada pública que ha intentado lucir lo mejor posible en su cena de despedida. Los pesados afeites con que se cubrió el rostro no mejoraban el cuadro general. Aun así, ya dije, la abracé. La sentí como un pequeño animal herido de muerte pero todavía animoso en su pataleo terminal y así me dio testimonio de cómo la belleza o siquiera la decencia estética se derrumba más temprano que tarde en la profundidad de la ridiculez absoluta. Después el baile impuso sus propias condiciones y promovió el surgimiento de ese animal ciego y sordo a todo, salvo al deseo. Nos restregamos y acariciamos e igual cosa hicieron Jorge y Emilia. Esta última, disfrazada de paje, sepultaba su cabeza en el pecho de él. Como nosotros, apenas se movían. La música pareció hacerse más y más lenta casi al punto de detenerse y transmutar en una forma alternativa del silencio. A la siguiente pieza cambiamos parejas.

Desde ese primer encuentro en el bar Emilia y yo habíamos olvidado, o quizás mantenido a raya, toda consecuencia de lo experimentado cuando, como me lo pareció, nos adentramos en territorio prohibido, pero al bailar dicha experiencia levantó cabeza como si hubiera estado esperando una oportunidad para adueñarse de la situación y todo lo ocurrido hasta este momento no hubiese sido más que un preludio. Pero se trató de pequeñeces como el roce suave y tentativo de sus dedos cuando tomó mi mano y luego el modo en que nos miramos porque quisimos mantener las cosas tranquilas y bailamos con recato. Fue una operación cómplice y tácita. Para asegurarme de que todo estaba bien miré de reojo a Jorge y Anita, ambos totalmente sumergidos en sus propios asuntos. Emilia hizo lo mismo y así, sin mediar palabra alguna, compartimos el mismo afán de esconder algo porque esos contactos y esas miradas tenían un referente sólido aunque inconfesable. Esa sola razón, o más bien pálpito, iluminó la entera jornada. ¡Yo realmente le interesaba a Emilia! ¡Yo, el opaco Ismael, el escritor sin nombre, el infeliz desconocido y tan carente de siquiera una gota de glamour, interesaba a Emilia! Una emoción lenta, gradual e irresistible me fue poseyendo. Tan seguro estuve que temí hacerme notorio y precisamente en ese temor a ser sorprendido basé una nueva versión del primer capítulo de *Obsesión*.

Cuando Jorge, el jardinero y cuidador de la piscina de la mansión del magnate textil Manuel Rojas, salió ese mediodía a cumplir con su faena, su esperanza de ver a Carmen, la joven y bella esposa de don Manuel, se realizó plenamente. ¡Allí estaba, en bikini, tendida en una reposera, con un vaso en una mano y un libro en la otra! Se estremeció de placer y de nervios. Se había prendado de ella desde el primer minuto. ¡Cuán bella y apetecible era! Es cierto que hasta ahora ella nunca dio visos de haber advertido su presencia, pero no le importaba. Sabía que no podía aspirar a nada. ¿Quién era él para tener ese derecho?

Pero ese mediodía fue diferente. Se había sacado la sudada polera y trabajaba con el torso desnudo. No tuvo, al hacerlo, más intención que aliviarse de una prenda que se le pegaba al cuerpo. Como de costumbre, miraba a Carmen cada vez que podía. Estaba la mujer en una postura especialmente turbadora: de vientre sobre la reposera, su trasero rotundo se elevaba triunfalmente con todas sus morbideces apenas disminuidas por el bikini. Jorge no pudo evitar que su estómago se contrajera de ansiedad y su miembro iniciara una erección. Para evitar ser visto, le dio la espalda y continuó su labor. Aún la miraba, pero de soslayo y por apenas un instante. Fue en una de esas miradas furtivas cuando descubrió que Carmen lo estudiaba. Estuvo seguro de que lo hacía mientras simulaba leer. Jorge tensó aún más sus músculos, pues se sabía de cuerpo bien hecho y proporcionado y quiso realzarlo. Por un momento, en un rapto de excitación y morbo, lo tentó la idea de llevarse una mano a su vientre como si estuviera en la necesidad de rascarse los genitales, pero se contuvo. Lo contuvo el miedo. Manuel Rojas tenía su estudio en el segundo piso y de seguro, tras las celosías, miraba a su mujer y lo miraba a él. Un estremecimiento de horror recorrió su cuerpo al recordar su pasado: sabido era que don Manuel no solo era hombre de enorme riqueza sino también capaz de hacer desaparecer a quien le produjera molestias.

Pero no nos sorprendieron. Me di cuenta de que estaban sumidos en sus propios quehaceres. Anita, según me pareció, no le hacía asco a estrujarse contra el fornido cuerpo de Jorge. Me pregunté desde cuándo lo desearía y al instante me contesté: desde el primer día. En cuanto a Jorge, quien bailaba con aire distante y ligeramente sonriente, se dejaba apretujar y no dudé que tampoco desdeñaría un revolcón con la pequeña y regordeta funcionaria de la librería eclesiástica.

3

Don Ernesto no sería el único, en esos años, con quien iniciaría o reiniciaría una relación por medio del teléfono. En el caso de Ovalle sus llamados en exceso frecuentes se habían convertido en una rutina que ya sabía cómo enfrentar: sencillamente le mentía. Aunque no tenía listo ni siquiera el primer capítulo de *Obsesión*, para sacarme de encima al viejo era suficiente decirle que estaba terminando el sexto o séptimo.

—¿Y cuándo los vas a traer para echarles una mirada? —preguntaba cada vez, sonando más y más como una pregunta sin esperanzas.

—Pronto, don Ernesto —le decía yo, impertérrito—. Usted sabe que quiero entregarle un trabajo que valga la pena y no uno repleto de errores y torpezas que deba luego corregir.

—Ah, bueno, muy bien. ¿Te llamo en unos días, entonces?

Sus palabras manifestaban claramente su resignación. Las cosas habían escapado de sus manos. Yo ni siquiera intentaba ocultar mi tono despreocupado. La verdad sea dicha, el asunto no me inquietaba porque estaba seguro de esto: apenas quisiera podría terminar esa basura. Me bastaría decidirme por una versión de ese trabajoso primer capítulo y el resto sería coser y cantar. Un par de semanas, a lo sumo. Pero a esa negligencia con *Obsesión* también la alimentaba mi estado de ánimo, una sensación extraña en la que se unía un elemento de euforia y otro de amenaza que terminaba sofocando al primero. Temía y quizás anhelaba que mi vida estuviera a punto de sufrir un vuelco irreversible y en cualquier momento me abrumaría una verdad aplastante. Sin embargo y aun en medio de esa confusión subsistía una hebra de entusiasmo: el proyecto de escribir la novela sobre un escritor fantasma crecía e iba tomando forma. O por lo menos estaba ahí, aun cuando fuera cosa lejana y apenas entrevista. Y también, debo confesarlo, la nerviosidad de esos días se debía a los llamados de Gonzalo.

Fue mi culpa que existieran. Cuando llamé por primera vez a Gonzalo ni siquiera tenía nombre, sino era solo un número de celular. Eso, por contagio, me hizo pensar que yo también, luego de esa conversación, desaparecería en el anonimato. Olvidé algo muy simple: los números de quienes llaman quedan siempre registrados. Tal vez lo olvidé debido al estado de ánimo distraído y pasivo de quien espera en el lobby del cine la próxima función. Minutos antes había ido al baño y anoté algunos de los números que acompañaban los obscenos grafitis y frases que ciertos degenerados dibujan en el interior de los retretes, siempre de intención erótica y que no cometeré la ordinariez de repetir. No sé por qué lo hice. No sacaría nada en limpio de todo esto y solo el haberlo pensado me avergonzaba; el entero asunto me produjo la desagradable sensación de tantear un camino perverso y equivocado. Ya una vez y para justificar el ejercicio había llamado a uno de esos números, pero me arrepentí y corté antes de que me respondieran. Esta vez, en cambio, marqué y esperé hasta que alguien contestara. Lo hizo una voz masculina común y corriente y me quedé callado e inmóvil como si me hubieran sorprendido en un acto vergonzoso. «¿Aló?», insistió la voz. Entonces decidí no echarme atrás. ¿He dicho decidir? Ese es un verbo que no hace justicia a mi acto, porque no decidí nada. Fue un impulso el que me llevó a decir: «Mire, señor, usted no me conoce, pero lo llamo para decirle que su número de celular está anotado en la muralla del baño de un cine. Creo puede imaginarse por qué, y por eso lo pongo sobre aviso…».

Apenas solté esa parrafada me sentí ridículo. ¿Quién hace un llamado de esa naturaleza? Me asaltó otro impulso, el de apagar el celular y sepultarlo al fondo de un bolsillo para aniquilar lo hecho, brincar hacia el pasado, pero antes de siquiera separar el artefacto de mi oreja el desconocido interlocutor agradecía ya mi preocupación. No recuerdo exactamente sus palabras, pero cualquiera fuesen no supe cómo continuar. En mi increíble inconsciencia nunca pensé qué iba a decir cuando me contestaran; solo rondaba en mi mente el puro y tonto cosquilleo de excitación que me producía el acto de llamar. En ese instante vuestro servidor era cosa tan insubstancial como una mota de polvo bailoteando en un rayo de luz, solo que dicho estado de ingravidez no sucedía en un espacio indiferente sino sobre un abismo.

—Mira —dijo luego la voz, sin esperar respuesta—, de verdad no te preocupes y gracias por llamar. Nadie lo hace, eres muy amable. De hecho, es raro que hayas llamado.

—Sí, qué raro, ¿no? —repetí.

—Sí, porque normalmente quienes ven esos grafitis no llaman para advertirte nada. Llaman por otras cosas… —agregó.

—¿Qué cosas? —pregunté. La voz me salió ronca, arrastrada, casi desfalleciente. Hubo un largo silencio. Me faltaba el aire. Esta conversación, me dije, no tiene sentido; debo despedirme rápidamente y cortar. Pero no lo hice. Mi dedo sobre el botón *end* estaba congelado y mi pensamiento era una entidad miserable, encogida y falta de fuerzas que se revolvía en un oscuro rincón de mi mente. La voz al otro lado del teléfono no tenía nombre, perfil ni identidad conocida. Solo era un tono de voz tranquilo, seguro de sí mismo. Pensé que me gustaría conocer a alguien así. Eso era lo único claro.

—Bueno, llaman para... —respondió la serena, balsámica voz—, para averiguar si en verdad lo hago, ya sabes...

Se produjo un nuevo silencio. ¿Qué se responde a eso? ¿Cómo era posible, de ser verdad, tanta calma? Y sobre todo, ¿era este tipo un pervertido o qué? Por un momento lo imaginé, en alguna jornada no muy distante, sentado en el mismo retrete que yo ocupara, con un lápiz en la mano y quizás su pene en la otra decidiendo en qué espacio del tabique inscribiría su oferta.

—... hay gente que en verdad se toma en serio esas inscripciones... ¿Dónde la viste? —continuó.

—En un cine... —Dándole esa respuesta la voz me salió como la de quien simplemente ofrece una información.

—Ah, sí... suele ser en esos lugares —dijo entonces.

Su tono fue el de un profesor explicando por enésima vez la irrefutable demostración de un teorema de Pitágoras. Y por lo mismo emanaba de él tal dignidad y superioridad por encima de las pequeñeces que no pude sino sentir una inmediata atracción. ¿Quién no la sentiría por una persona capaz, con dos vocablos, de echarse a la espalda un mundo entero repleto de vejación y desprecio? ¡Cuántas cosas reflejaban esas palabras, cuántas!

Lo cierto es que quise seguir oyéndolo. Quise oírlo decir mucho más. De un instante a otro me pareció esencial conocer a ese hombre. ¿Les parece extraño? Quizá lo es, pero había también una razón utilitaria haciéndome guiños para legitimarlo todo: necesitaba adentrarme en ámbitos desconocidos para alimentar mi pluma y era posible que este tipo abriese una de esas puertas. Todo eso me lo dijo el Ismael calculador que se agazapa siempre al fondo de mi espíritu, pero no fue sino un parpadeo, una luz a la distancia; lo central era esa atosigadora sensación de nostalgia que me inundó como si, a través del celular, restableciera contacto con alguien perdido hacía siglos, un alma fraterna de quien me hubiera separado una muerte acaecida en otra encarnación. Le pregunté su nombre.

—Me llamo Gonzalo, ¿y tú?

Se lo dije. Enseguida nos informamos nuestras respectivas ocupaciones. Gonzalo dijo ser químico farmacéutico. Yo lo puse al corriente de mi oficio literario, pero sin dar detalles. Expresó sorpresa y hasta cierta admiración y que le gustaría conocer a un escritor, a alguien que le explicara cómo era eso de crear personajes y todo lo demás. A mí me parecía bien. Entonces dijo que le parecía buena idea que nos encontráramos en alguna parte para beber un trago. Perfecto, respondí. ¡Todo fluía tan fácil, tan exento de culpa y temor! Suena ridículo, lo sé, pero tuve la impresión de conocer a Gonzalo desde siempre. No puedo desmentir que me sentí a gusto hablando con él. Ni siquiera me di cuenta de que había comenzado a entrar más gente al cine y ya no estaba solo. Cambié el volumen normal de mi conversación por un cuchicheo y de ese modo íntimo y cómplice acordamos vernos en un bar del centro a las ocho de la noche del día siguiente.

Ese día le dije a Anita no sentirme bien. Una pena, pero no podré asistir a la reunión en el departamento de Emilia, agregué. Ignoro si me creyó. Ansioso e impaciente como estaba, es posible que no haya puesto cuidado en disimular con la debida prolijidad.

—Te vamos a echar de menos —aseguró.

Le respondí que quería avanzar en el libro si recobraba las fuerzas, pero no sonó convincente, como nunca suena acumular una razón encima de otra, pero no me importó.

La reunión con Gonzalo resultó todo un éxito. Era mayor que yo, unos cuarenta años de edad o un poco más, mediana estatura, semblante agradable y vestido con gran corrección, casi con elegancia. Aunque nunca antes nos habíamos visto, apenas entré al bar él me hizo señas desde la mesa que ocupaba. Me explicaría que adivinó en el acto que yo era Ismael. Comenzamos con una ronda de pisco sour y en el acto establecimos una atmósfera de mutua confianza. Se quejó con un aire de resignación y melancolía de cómo los deberes profesionales le restaban tiempo para emprendimientos de mayor interés.

—Lo que a mí me interesa, Ismael, es el arte —aseveró.

Y luego siguió contando que se liberaba de las mediocridades de la vida empuñando el pincel. Le gustaba pintar naturalezas muertas, especialmente floreros.

—Un poco dentro de la escuela impresionista, si quieres —explicó.

Se explayó sobre los excesos de ciertos pintores contemporáneos que, en su afán de ser o parecer modernos, llenan las telas con verdaderos mamarrachos. Y mientras decía tal cosa al menos por un segundo lo vi fruncir el ceño y contraer su semblante opacando su aire de serenidad. Me habló de ciertas mafias artísticas que habían rechazado y despreciado su trabajo por considerarlo demasiado convencional; lisa y llanamente, dijo, le cerraron las puertas en las narices.

—Entiendo lo que dices —comenté, seguro de esto por mi experiencia con dos editoriales.

Gonzalo quiso que le refiriera mis fracasos y debo decir que me escuchó con la mayor atención. Movía la cabeza en gestos afirmativos o negativos según el caso y sentí que, al fin, alguien me hacía justicia. Fui elocuente, creo, en desentrañar ante Gonzalo la madeja de intereses, complicidades, envidias, odios y miserias que enredan la industria editorial y literaria y de la cual los jóvenes talentos son siempre las víctimas, como bien sabía yo a ciencia cierta.

—Eso sí y como en todo orden de cosas —le expliqué, inspirando mi pensamiento en la imagen de esa joven escritora tan precozmente ungida por la buena fortuna y la popularidad, esa pequeña hija de puta a quien el editor había recibido casi de hinojos— siempre es posible encontrar escritores capaces de adaptarse al sistema por su capacidad para perpetrar bazofia vendible y rentable.

Y luego, pensando en Ovalle, aunque sin nombrarlo ni sugerir de ningún modo su persona, le describí el arquetipo del literato atornillado sobre la base de un grado microscópico de privilegio y la más misérrima dosis de fama y prestigio. La pasión con que di esas explicaciones me inflamó el rostro, me hizo empinarme sobre mi trasero y levantar la voz. Y mientras Gonzalo me preguntaba con auténtico interés sobre mis planes futuros solicité otra ronda de tragos. Tenía ya la garganta seca.

¡Ah, cuánto hubiera querido extenderme sobre mis asuntos con esa persona tan amable a quien recién conocía! Solo un resto de cautela me impidió hacerlo. Dije mucho, pero no quise tocar ni de lejos el tema de la novela para señoras románticas que perpetraba por encargo de Ovalle; tampoco me decidí a hablarle de mi proyecto relativo a las miserias de un *ghost writer*. No es que no confiara en Gonzalo, quien no siendo ciudadano de la república de las letras no constituía un posible competidor, pero me detuvo una difundida superstición prevaleciente en el medio literario, leyenda muy propia de nuestro país ahogado en la mala leche y repleto de envidiosos. Me refiero al mandato de nunca hablar de lo que se proyecta, no ofrecer un atisbo de nuestros planes, ni siquiera adelantar el título. ¡Basta la menor pista para que las emanaciones de mala fe, envidia y rencor sean capaces de desmoronarlo todo! Me limité a decir vaguedades plausibles que Gonzalo oyó con atención como si estuviera dándole información precisa y relevante.

A poco andar, y no recuerdo cómo, llegamos al tema que nos había reunido, el de los grafitis. Comentamos en términos muy generales la motivación que subyace a esa primitiva forma de erotismo, el goce perverso e infantil de dibujar en lugares públicos enormes miembros y mensajes provocativos. Me preguntó con una curiosidad desprovista de cualquier tono ambiguo o mal intencionado si alguna vez lo había hecho o sentido el impulso al menos de hacerlo. Dije que no lo sabía. Él en cambio reconoció durante su adolescencia haber cometido muchas veces esa tontería. Llevaba siempre un lápiz especial, de grueso trazo, para escribir y dibujar ese tipo de cosas en los muros de los baños o donde pudiera. Su especialidad, me dijo, eran los penes. Los dibujaba muy bien.

—Esto es lo que dibujaba, más o menos —comentó. Y lo hizo en una servilleta. Luego me la mostró. No supe qué decirle. Me pregunté si acaso correspondía celebrar su obra. Había visto muchos grafitis siguiendo ese modelo. No era producción original y no me produjo ninguna impresión. Los que había visto en los retretes del cine iban a menudo acompañados de un número de teléfono, lo que les prestaba un elemento adicional de inquietud o curiosidad, pero no así los que se limitaban a presentarse como producciones por derecho propio y no como mensajes o avisos publicitarios. Pero la pregunta fundamental que me hice y no encontró respuesta fue si seguía haciéndolos y además qué seguía a continuación ahora que estábamos en lo que a fin de cuentas constituía el origen mismo, la razón, el motivo por el cual nos encontrábamos en ese bar.

Se produjo un silencio cuyo significado intenté camuflar tras la observación detallada del dibujo como si fuera yo un perito intentando discriminar entre una obra original y una muy buena imitación. Gonzalo calló. Sentí que de prolongarse ese silencio todo lo ganado hasta ese momento, la sensación de amistad y confianza mutua, se iba a desmoronar. Estaba al borde de un singular bochorno social. Pues, por cierto, ¿qué hacíamos ahí mirando el dibujo de un pene? ¿Me convertía eso en un pervertido novato que busca en el debido círculo social a alguien que le reviente el culo? Para evitar esa maligna interpretación tenía que dar un paso o dos hacia delante, único camino posible. Tendría que mostrar mis cartas y no guardarme nada, pero antes de hacerlo la curiosidad me venció.

—Perdona, Gonzalo, pero ¿sigues haciendo ese dibujo?

Tengo la impresión, ahora que lo narro, de que Gonzalo se esperaba esa pregunta. O al menos no pareció perturbarse en lo más mínimo. Esbozó una suave sonrisa, la del viejo maestro oyendo a su pequeño discípulo hacer al fin la pregunta adecuada. Luego alargó su mano derecha y la posó sobre mi izquierda dándome en el dorso unos suaves golpecitos en ademán afectuoso y pedagógico. Simultáneamente retomó la palabra.

—Para serte franco, Ismael, sí lo hago. Incluso ahora de adulto dibujo ese mono cuando encuentro el lugar adecuado. Tú sabes, tiene que ser un baño público o el asunto no tiene gracia.

Era la respuesta que me esperaba porque había adivinado en Gonzalo, pese a la confianza que inspiraba, algo en la sombra y en segundo plano. Y fuera lo que fuese era evidente que no pretendía esconderlo, pero tampoco desplegarlo de buenas a primeras. Era una zona de su ser que, supuse, debía ser encontrada, no regalada.

—Confieso —continuó Gonzalo con la vista perdida en algún punto de su copa— que hacerlo me produce cierta excitación erótica. Te parecerá una tontería y lo es, pero, dime Ismael, ¿quién no las comete de vez en cuando? Sé franco conmigo, ¿o acaso tú no has cometido recientemente ninguna locura equivalente a mis dibujos en un baño?

Si yo había decidido dar uno o dos pasos adelante, Gonzalo, con esos leves golpecitos en mi mano, con sus suaves palabras, con el peso de su confesión entregada de la manera más casual e inocente, literalmente me estaba empujando a darlos.

—Sí, es verdad, he hecho también algunas cosas extrañas —respondí sin decir nada más, pero cayendo ya solo con eso en el abismo de las revelaciones.

—¿Cómo cuáles? Dale, cuéntame. Yo te he contado todo. Eso sí, espérate un poco, déjame encargar otra ronda.

Esta acción me dio tiempo para meditar qué le iba decir. Pasaron ante mi vista, como imágenes de una sinopsis, escenas de mis ridículas jornadas de fisgoneo en el parque y las penumbras del pasillo que conducía al departamento de Emilia, su puerta, el miembro en la mano, la meada en el umbral. Vi todo eso y finalmente no medité nada.

—¿Y bien? —dijo Gonzalo.

—Me meé —dije. Debo haber estado ya bajo la influencia del alcohol para soltar tan parca frase imaginando que bastaba para que se entendiera todo.

—¿Te hiciste pichí? ¿Aquí? —preguntó Gonzalo con su sonrisa a punto de convertirse en carcajada.

—No, no, en la puerta del departamento de Emilia —expliqué como si fuera la cosa más obvia del mundo.

—¿Cómo es eso? ¿Qué Emilia?

Hice un esfuerzo para superar el mareo e intentar darle cuenta de mis recientes pasos. Le expliqué, farfullando, mi imperiosa necesidad de acceder a ciertos ámbitos de experiencia que desconocía para, en esto mentí, «completar un ensayo que preparaba».

—Eres muy vago, Ismael —comentó Gonzalo—. A ver, vamos por partes, explícame primero eso del pichí en la puerta del departamento de no me acuerdo quién.

Tuve que hacerlo. Le conté lo de mi intromisión en el edificio, la llegada de Emilia y Jorge, la tentación que me asaltó, que me dominó en realidad y cómo terminé en una suerte de perverso orgasmo con la meada.

Sería insuficiente decir que Gonzalo me oía con interés. Su sempiterna sonrisa había desaparecido. Su boca entreabierta sugería más bien la golosa ansiedad de quien se apresta a devorar un exquisito bocadillo. Sus ojos dilatados hablaban de curiosidad y placer. Sin duda lo que oía hacía repicar un carillón dentro de su alma. Pude claramente ver todo eso en su rostro, pero él quiso parecer neutral y desapegado.

—Ismael, no te pediré que me cuentes más por hoy —me dijo—, pero déjame invitarte a un lugar muy especial. Estoy seguro de que es lo que buscas para lo que pretendes, eso de las experiencias desconocidas que quieres encontrar.

—¿Y dónde sería eso, Gonzalo?

—Déjate llevar, es solo una disco para sensibilidades alternativas…

4

Fue un período repleto de telefonazos. Aun Julia, esa perra, se sumaría en esos días a la tarea de sacarme de quicio por medio de las telecomunicaciones. Llamó cuando intentaba dormir y olvidarme siquiera por un rato de la sensación ya no solo inquietante sino alarmante de estar pisando territorio incierto. Me pareció un descaro que lo hiciera pues me había tratado de «escritorzuelo», calificativo imperdonable. Lo consideraba la palabra final del último capítulo de nuestro pobre romance. De ahí que Julia se hubiera ido convirtiendo en espectro de una época de la que no quería saber más, la del bueno para nada, la de vendedor en una librería eclesiástica. Iba a cortar cuando la oí decirme que quería pedirme perdón por haberme llamado escritorzuelo y bastó eso para quedarme en suspenso, pero no porque ella me pidiera perdón sino porque la palabra, la maldita palabra que Julia una vez acababa de pronunciar, despertó otro de esos recuerdos que por lo general logro mantener fuera de mi conciencia.

¡Qué talento el de Julia para hacerme pasar un mal rato! Esta vez lo que se me vino a la cabeza, de golpe y a una velocidad acelerada, en glorioso tecnicolor, fue la completa secuencia de mi segunda visita a una editorial con fama de acogedora de los nuevos talentos jóvenes. Era lo que me habían dicho y yo lo creí. Nunca más, me había prometido tras el primer intento, presentaría nada en una editorial grande ya satisfecha con los autores que tiene y muy dada a tratar con desdén a los recién llegados. Esta, en cambio, era otra cosa. Llamé y pedí una cita y la voz que me respondió era amable y hasta entusiasta. ¡Estaban encantados de recibirme y conocer mi trabajo!, dijeron. Entusiasmado, revisé, algo nervioso, línea a línea el contenido de los tres cuentos que llevaría. Todo me pareció muy bien. Los había revisado docenas de veces y lucieron ante mis ojos como un trío de pequeñas y perfectas joyas.

A la reunión, cinco días después del llamado, llegué con diez minutos de anticipación. La secretaria me ofreció asiento en la antesala y me dijo «enseguida lo atiende Camilo, el editor en jefe». Yo estaba de buen humor y me permití demostrarlo sentándome en postura de gran relajo, con las piernas estiradas hacia adelante, el cuerpo muy echado hacia atrás y los brazos extendidos a los lados. Solo unos minutos después la puerta que conducía al despacho de Camilo se abrió y en su umbral apareció un tipo joven de no más de treinta y cinco años, alto, delgado, de bigotes rubios, sonriente.

—Pasa, pasa, por favor —me dijo—. Ismael es tu nombre, ¿verdad?

—Así es —le respondí— como el personaje de *Moby Dick*.

Ya dentro de su despacho me señaló un sillón. Lejos de atrincherarse tras su escritorio, tomó asiento en el otro extremo del mismo mueble. Sería una conversación cara a cara, a lo amigo.

—Cuéntame de ti, Ismael —solicitó.

Lo hice. Pasé breve revista a mi etapa provinciana, mi trabajo en una librería, le dije que escribía desde niño y mencioné el taller de Ovalle y la alta estima que tenía por mis cuentos, pero me apresuré en confesar que no respetaba tanto a Ovalle, no fuera que me creyese un imbécil. Hablaba y hablaba y él me oía siempre sonriente hasta el momento en que me interrumpió.

—Muy bien, Ismael, pero hoy me traes algo para que lo evaluemos, ¿no es así?

Le entregué entonces el sobre con mis tres cuentos. Camilo dijo que normalmente estas cosas toman su tiempo, pero que justo ahora tenía unos minutos y leería enseguida uno de los relatos. Los otros los vería con calma durante los días siguientes. Así pues, yo podía esperarlo unos minutos si quería, ya que «un cuento se lee rápido, ¿no?». Le dije: «Perfecto». ¿Qué más podía pedir? Regresé a la sala de espera para que leyera solo y en calma, sin sentirse influenciado por mi presencia. De todas formas sabía yo que eran pequeñas joyas. Divisaba a Camilo en su escritorio a través de la puerta entreabierta de su despacho y lo veía dar vueltas las páginas mientras leía. Y entonces sonó el teléfono interrumpiendo su labor. Camilo tomó el aparato y dijo aló. «Qué inoportuno llamado», pensé mientras oía frases sueltas: «Sí... Feliz de que nos veamos uno de estos días... No está para nada mal... Hay un par de autores que prometen...».

Este último fragmento casi me hizo dar un brinco. No podía sino referirse a mi persona. Me puse de pie. Fingiendo observar las fotos de autores consagrados que adornaban la pared me acerqué a la puerta entreabierta para oírlo todo y disfrutarlo todo. Lo hice sin ser visto. Desde ahí era capaz de escuchar las oraciones casi completas de Camilo, quien con tanta amabilidad me había recibido. «No, no todos», dijo entonces. Hubo un prolongado silencio. Luego retomó la palabra y añadió: «Tú sabes como es este giro de negocios... Exacto, eso mismo... Por uno bueno, diez malos... Claro, hoy cualquiera se cree escritor... Ahora mismo tengo en la antesala un pequeño insecto de esos... está esperando que termine de leer uno de sus cuentos... Con esfuerzo llegué a la mitad... me había hecho esperanzas... el pobre huevón me está esperando y tendré que decirle, tú sabes, las mentiras habituales... No, no tengo guata para decirle "mándate a cambiar, escritorzuelo de mierda" o "métete tus cuentos por el culo", ¿entiendes?... Eso es lo que dirías tú, te conozco...».

Su interlocutor soltó una carcajada tan poderosa que aun hecha desde el otro extremo del hilo pude oírla perfectamente. Camilo rio también. Lo estaban pasando bomba a costa de ese pobre escritorzuelo. Sabía que Camilo se estaba refiriendo a mí, pero de todos modos me pregunté quién podría ser ese insecto porque mi conciencia se había desprendido del cuerpo de Ismael y flotaba por encima de su cabeza, desapasionado y distante como un dios de las mitologías hindúes, uno de esos cabrones capaces de contemplar sin mover ni un dedo universos completos convirtiéndose en cenizas. Casi con pudor me retiré discretamente de la puerta entreabierta y regresé al sillón del que jamás debí haberme movido. No hubiera escuchado cosas tan definitivas. Me pregunté, con un sentimiento de que se me hacía injusticia, qué tenía yo que ver con ese miserable mencionado por Camilo. Se hizo en mi mente divina un espacio de curiosidad: ¿cómo haría Camilo para decirle a ese pobre tipo echado en el sillón que su cuento necesitaba una reescritura global o lo que fuese? Vaya a saber uno de qué manera iba a manejarse, si seguiría siendo tan amistoso o se expresaría con un aire más solemne y oficial. Ciertamente un escritorzuelo no merece el mismo tratamiento que un candidato a ser gran escritor y adquisición valiosa de la editorial, como en potencia es siempre el que llega por primera vez, pero con Ismael ya se sabía todo: era simplemente el vago a quien es preciso echar a patadas para que no siga contaminando el lugar con su irremediable mediocridad. Yo mismo estaba por sacar a Ismael de ahí cuando la puerta se abrió y vi a Camilo sopesando con aire dudoso, de sospecha, vacilante, pensando si no se le habría pasado la mano y había sido oído o no. Afortunadamente Ismael, pese a su condición de escribano miserable, ha sido siempre tipo de ciertos modales y disimuló y sonrió incluso. Fue la perfecta representación del que nada sabe y espera confiado las mejores noticias. El alivio de Camilo se hizo notorio. Exhaló un suspiro, miró a la secretaria, volvió a mirar a Ismael y dijo «Mira, esto es no es fácil. Por lo que pude leer, se nota que tu escritura es compleja y merece más discernimiento y tiempo… ¿Por qué no dejamos la decisión para unos días más y nos comunicamos por teléfono? Odiaría juzgar a la diabla tu trabajo». Yo, o más bien ese batracio ridículo, respondí con mucho aplomo que sí, que gracias por tu tiempo, espero tu llamado. Vi levantarse del sillón a ese ente calificado de escritorzuelo, estirar su mano para despedirse, sonreír, ocultar toda señal de pena o frustración, mantener la compostura, despedirse también de la secretaria con amabilidad, salir del lugar con paso calmo y solo a una cuadra de distancia, no fuese a ser notado si le sucedía antes, caer en la más profunda amargura. Nunca imaginó nada sino una felicitación acompañada, a lo más, de algunas sugerencias de estilo; jamás un rechazo tan doloroso. Cayó en ese pozo oscuro y helado sintiendo simultáneamente una sensación de total irrealidad. No otra cosa debe sentir quien realmente cae a un abismo en circunstancias que un segundo antes estaba a salvo pensando en proyectos o en menudencias, disfrutando el paisaje, tranquilo y feliz. Se dijo que todo era un mal sueño y en vez de ir a la editorial se había quedado durmiendo siesta. Nunca había acudido a ninguna editorial. Luego una voz le recordó: «Esta es la segunda vez que te mandan a la mierda y eso no es casualidad». Atónito, reducido completamente a la condición de Ismael, me pregunté cómo podía tener un juicio tan errado de mí mismo; de seguro no era coincidencia que dos editores tan distintos llegaran al mismo resultado.

Todo eso ocurrió hace años, pero cada vez que lo recuerdo la escena revive con los mismos y esplendorosos detalles. Hasta el día de hoy la palabra «escritorzuelo» me duele como una herida recién recibida. Nada ha sanado, sino solo se ha olvidado temporalmente.

Mientras Julia me hablaba la palabra resonaba una y otra vez dentro de mi cráneo como un eco infinito.

—Ismael… —me estaba diciendo— no me atrevía a llamarte, no me atrevía a pedirte perdón por haberte tratado de escritorzuelo… —decía Julia refregándome el calificativo una vez más. Quería que volviéramos a ser los que habíamos sido, solicitó.

Haciendo uso de un manido cliché aseveró que solo al perderme se dio cuenta de la mucha falta que le hacía. Y aunque con reparos, en verdad por debilidad de carácter, por no saber decir no, le dije que la perdonaba. Apenas lo hice Julia imaginó que con su acto de contrición telefónico era insuficiente y me pidió vernos en el parque. No había nada para mí en compañía de esa mujer, pese a sus excusas, pero si bien de ella podía y debía alejarme, me di cuenta que de la versión de Ismael dominada por Julia no podría huir. Aún hoy se obstina en regresar a mi memoria y volcar allí su sucia miseria, amargándome la vida. Acepté entonces reunirme con ella en el parque. Fue ese mismo día al anochecer y paseamos por el sendero de siempre. No había casi nadie, salvo nosotros. Hacía frío, la mitad o más de los árboles estaban desnudos y la luna en cuarto menguante nos miraba como un ojo que, cerrado a medias, solo parcialmente estuviera interesado en la banalidad de lo que casi seguramente iba a contemplar. Caminamos en silencio un par de minutos o más hasta que Julia insistió en el mismo punto que había hecho por teléfono.

—Ismael, quiero decirte que me he dado cuenta, durante este tiempo que no nos vimos, que eres más importante para mí de lo que pensaba…

Y dicho eso su pequeña mano se convirtió en ágil garra y saltó sobre la mía. La tomó como un ave de rapiña que habiendo experimentado malos tiempos se hace al fin de un roedor para su pitanza. ¿Qué podía hacer? Lo toleré, pero mi mano colgaba tan desprovista de vida como dicha presa. Pendía fría e inerte y pudiera decirse que en su forma y actitud se resumía todo, incluyendo la ansiedad con que sus dedos aún más helados que los míos hicieron breves recorridos para reencender mi entusiasmo. Pero ¿qué entusiasmo podía encender si nunca lo hubo? Heroicamente, Julia continuó:

—… como te digo, no me lo hubiera imaginado, pero ya sabes, a veces se necesita perder algo para apreciarlo…

¡Pero por Dios! ¿Es que no podía hablar sino haciendo uso de frases de almanaque? Me arrastraba a ese inerte mundo de frases huecas y repetidas hasta el hartazgo, el universo de la mediocridad en todas sus expresiones y en el que ella, Julia, era ciudadana ilustre.

—… y he sentido que te perdía, Ismael. No me llamabas…

No sé adónde caminábamos. Fue como si hubiera perdido el sentido de la vista o anduviera en sueños, todo un sonámbulo pero dotado de excelente oído para no perder palabra de las majaderías de Julia. Vagamente sentía la cobertura oscura, helada y húmeda del parque. Su mano se engarfió en la mía con más fuerza para acompañar debidamente sus frases.

—… y yo no me atrevía a llamarte más, salvo ese par de veces, ¿te acuerdas? Me cortaste sin responder. Y quería tanto pedirte excusas por haberte dicho escritorzuelo…

Escritorzuelo otra vez. Escritorzuelo. Esa palabra no cesaba de vociferar su nombre, proclamar su sonido. Estábamos solos, lejos de la más cercana farola, sumidos en un área de penumbras. La vi mirándome, esperando una respuesta, pero un deseo inmenso por mortificarla se apoderó de mí, del escritorzuelo, un anhelo por sembrar el máximo de destrucción posible. Ya no oía su perorata. No sé lo que me dijo. Descubrí entonces con no poco asombro lo que deseaba hacer: matarla. Así es, damas y caballeros, quería cometer un asesinato. Sumidos entre las sombras, en medio de una noche solitaria, bien podía retorcerle el pescuezo como a un pollo y arrojar su cuerpo entre los arbustos.

—Bueno, Ismael, ¿qué me dices a eso? —preguntó Julia.

No quise decir nada. Solo valía ese deseo salvaje por hacer algo decisivo. Una bocanada de ardientes sustancias ascendió por mi pecho desde profundidades desconocidas. Eso me enceguecío, me hizo olvidarlo todo, me arrojó en medio de un vértigo horrible y exquisito. Mi cuerpo temblaba. Miré alrededor en busca de eventuales testigos, encrespé las manos y repleto ya de todo eso giré sobre mis talones. Julia esbozaba una sonrisa de triunfo, pues esperaba mi «Sí, te perdono, Julia», pero en vez de palabras fue mi puño derecho el que salió disparado con increíble velocidad y fuerza. No sé quién dio la orden. La cosa es que el golpe impactó de lleno en la mandíbula de la pequeña y delicada cara de Julia y remeció violentamente su frágil cráneo de modo que ya al tocar el suelo estaba sin conocimiento. Mi corazón daba grandes tumbos y aun así, sin poder creer lo que acababa de hacer, me di maña para arrodillarme y cerciorarme de su inconsciencia.

Lo estaba. La tomé entonces de los sobacos y la arrastré junto a unos matorrales que hacían aún más densa la oscuridad del sitio. Allí puse mis manos en su cuello y apreté cada vez con mayor fuerza. Lo hice como si en eso se me fuera la vida. Julia comenzaba a despertar a medida que se quedaba sin aire, pero fue solo un débil intento. Y en verdad es eso lo último viviente de ella de lo que fui testigo presencial porque de ahí en adelante continué la faena con los ojos cerrados. No sé cuánto tiempo duró. Tenía las manos agarrotadas. Julia estaba inmóvil. El asunto era indesmentible: acababa de asesinarla. Dos minuto antes, quizás tres, ella vivía y solicitaba mi perdón y la reanudación de nuestro apolillado romance. ¡Qué extraordinario era todo! Convertida en un embarazoso bulto la arrastré entre los arbustos hacia la parte más oscura y densa del parque y luego me fui a paso rápido. Despavorido, estuve a punto de perder el control y correr. El corazón se me salía por la boca. ¡Dios mío!, vociferé dentro de mi cabeza, pero el Todopoderoso nada pudo o quiso hacer. No me quedaba sino poner distancia, pero las piernas reblandecidas apenas eran capaces de alejarme a paso muy lento de la escena del crimen y peor aún, no solo no me alejaban sino al contrario, como si corriera en círculos, perdido en ese desierto en que me ha había arrojado mi crimen, mágica y horriblemente volvía a acercarme a su cuerpo.

5

Pensar en eso, en la vigilancia abierta u oculta a la que la sometía Manuel, la llenaba siempre de esa rabia fría que se siente cuando no se tiene un blanco inmediato sobre el cual descargarla. ¡El maldito! A veces Carmen, mientras con los ojos cerrados aparentemente solo gozaba del sol, podía gastarse largos minutos imaginando la manera de hacerle daño. En una de sus fantasías, ayudada por el mocetón que se la follaría en el sombrío cuarto de las herramientas, se veía arrojando a Manuel a la piscina, atrapado en su silla de ruedas; se imaginaba sus ojos dilatados de pánico, los gorgoritos de aire saliendo de su boca cuando la abriera inútilmente para pedir auxilio, la parcial resurrección de sus piernas pataleando débilmente, luchando por abandonar la silla, llegar a la superficie y aspirar una gota de aire. Luego Jorge y ella llamarían a la policía, fingirían dolor y dirían no haber notado el momento en que el pobre, acercándose demasiado, cayó al agua y se ahogó. Y terminadas esas fantasías se sentía aun más deseosa de ser poseída por el mocetón…

Fue en esa página bastante notable de *Obsesión* donde el crimen cobró alguna clase de realidad porque, en mi dimensión, me limité a despertar lleno de horror con la mejilla aplastada contra la mesita que usaba como escritorio. Salí con dificultad de un pegajoso estado de confusión y me pregunté si Julia me habría llamado, si acaso concertamos una cita, si algo de todo eso ha sido auténtico. Tomé el celular para comprobar las llamadas perdidas. No había ninguna. Comprendí, entonces, que no solo había soñado ese horrible y absurdo asesinato sino también todo lo anterior: solo he soñado que Julia me llamaba para pedirme excusas y verse conmigo en el parque. Lo he soñado todo.

Aun vacilante me pellizqué para comprobar que todo lo que me rodeaba, incluyendo mi cuerpo, era sólido como debe ser. La alarma del reloj me indicó que eran las nueve y media de la noche. Era hora de ir a juntarme con Gonzalo donde de costumbre. Nos habíamos reunido ya en varias ocasiones, suficientes para notar que era hombre puntual y quisquilloso. Para cuando llegué al bar Gonzalo había encargado ya una ronda de martini. Vestía mejor que nunca. «¿Cómo estamos para la exploración?», me preguntó.

«Exploraciones». Así llamamos nuestras visitas a la disco de homosexuales. Gonzalo era mi cicerone y yo era Petrarca visitando por segunda vez el infierno. Tan vívido era todo, tan fuertes las impresiones, que al recordarlas me parece estuvieran ocurriendo ahora mismo. Veo su rostro con nitidez y parece estar frente a mí. Le digo «estoy bien, tan listo que incluso llevo una libreta para garrapatear las ideas que se me ocurran antes de que se me olviden». Me veo vaciando los vasos y Gonzalo una vez más se niega a dejarme pagar. Estamos saliendo del bar y detengo un taxi. Es temprano aún y no hay mucho público y entre los pocos reconozco casi con espanto a uno o dos parroquianos. Uno me saluda con una venia, pero Gonzalo me tranquiliza explicándome que no somos los únicos curiosos que visitan el lugar. Encargamos unos tragos y los bebemos con calma a medida que el local se va llenando. De vez en cuando simulo la ocurrencia de alguna idea, extraigo la libreta y anoto cualquier cosa. Gonzalo está silencioso. Su mirada se pasea de un rincón a otro y siento que algo le preocupa. El público se anima y ya varias parejas se mueven en la pista de baile. Los primeros temas del repertorio son rápidos y rítmicos, pero luego la música se hace lenta y las parejas se estrechan, se miran de cerca y algunas están a punto de besarse. Aparto la mirada. Me siento incómodo. Finjo concentrarme en mi libreta, escribo cualquier cosa y bebo otro sorbo a sabiendas de que Gonzalo estudia mis reacciones. A su juicio, lo adivino, estoy haciendo el ridículo. ¿Acaso no le dije que necesitaba experimentar o presenciar situaciones que mi formación provinciana y antisocial me había vedado?

—Ismael —me dice con tono pensativo y mínimamente de reproche. Lo oigo ahora como entonces, con la misma vergüenza, sin atreverme a mirarlo, fingiendo concentración en mi libreta de notas aunque no sé qué escribo. Gonzalo alarga su mano y la pone sobre la mía impidiéndome continuar y obligándome a mirarlo.

Trato de parecer sorprendido, pero de nada vale ante su abrumadora expresión de desencanto.

—Ismael —repite—, ¿qué te pasa?, ¿no eras tú, acaso, el que quería venir acá porque necesitabas hacerlo? ¿A qué se debe tu molestia? Ah, pero yo sé cómo hacer para que se te pase. Ven, vamos a bailar.

Su demanda no me asombra ni por un instante. No recuerdo que me haya asombrado en nada. La he visto venir como el recuerdo borroso pero aún perceptible de un viejo sueño y aun así me embarga una sensación de desmayo, de pérdida de fuerzas. Sé que su petición es inadmisible pero me siento impotente para hacer o decir nada, ni siquiera para retirar mi mano. No me atrevo a mirarlo. Busco desesperadamente una respuesta que no encuentro. ¿Para qué estoy en esa disco si no es para bailar? Comprendo que las sensaciones no responden al miedo ni al horror, sino a una ansiosa curiosidad, como si no hubiera otro modo de estrechar verdaderos lazos con este amigo imprevisto que me ha otorgado la vida luego de la más miserable soledad. La pregunta de fondo entonces es si quiero o no hacerlo.

La siguiente escena que recuerdo con nitidez es a Gonzalo conduciéndome a la pista mientras mi corazón latía sobresaltado y las manos de mi nuevo amigo me tomaban de la cintura y sus pies ejecutaban los primeros pasos de baile. Ah, sí, bailamos, vaya que bailamos. ¿Cómo, de qué otra forma, podía yo sentir lo que sienten esas personas si no era haciendo lo que ellos hacen? Pensé que debía dejarme llevar dado mi escaso conocimiento de las artes del baile y con solo pensarlo lo olvidé todo; olvidé donde estábamos, el propósito de mi visita, mi libreta de notas, mis recuerdos más recientes. Me sumergí totalmente en la experiencia. La suave y tersa mejilla de Gonzalo rozó la mía. ¡Qué bella era la música! Un cosquilleo recorrió lentamente mi cuerpo de pies a cabeza como un relámpago que se demorara absorto en su propio resplandor. Estábamos, a los pocos minutos, a punto de bailar como lo hicimos con Emilia la segunda o tercera vez, en su departamento, cuando ya no nos importó fingir en beneficio de Jorge y de Anita. La identidad del compañero de baile importa poco, pensé, si por su intermedio podemos adentrarnos más allá de las particularidades de individuo. Verdad es que los ojos de Emilia destacaban como únicos y que teniéndola cerca me atrevía a aproximarme aún más y a sentir su mejilla recién afeitada rozando la mía, oír el suspiro de su respiración, el acompasado ritmo con que engranaba con los ritmos cósmicos y en breve todo el resto del asunto. En el caso de Gonzalo, si no con los ojos sí con sus manos establecí esa conexión. No se trataba de que estuviéramos estableciendo alguna clase de relación impropia, sino de trascender el nivel donde tal tipo de cosas parecen importantes.

Bailamos toda la noche.

OBSESIÓN

1

Un par de semanas después de mi visita a la disco llevé a Ovalle el borrador de *Obsesión*. Era una tarde de principios de la primavera y el aire estaba tibio y muy fragante y en todo sentido fue una experiencia deliciosa que expresé de esta manera en una de mis celebradas novelas de años posteriores:

> *La flora comenzaba a brotar en los jardines del barrio encendiéndolo de bellos colores que llenaron de júbilo mi corazón, atento también al placer de contemplar las blanquísimas nubes que se desplazaban con lentitud sobre la cordillera.*

Hacía mucho tiempo que no me sentía tan bien, tan seguro de mí mismo y tan contento. Lo que más me complacía no era solo haber encontrado la fórmula y el estilo para dar término al encargo de Ovalle, sino estar avanzando en mi verdadera obra, mi novela personal y a la que titularía, eso estaba ya decidido, *Una novela rosa*. Además me sentía libre. Es verdad que solo tenía vagos indicios de adónde pudieran conducirme mis experiencias del presente, pero tenía confianza en que vendrían tiempos mejores. Mi exilio personal había terminado.

Una buena dosis de esa confianza dependía del saberme autor, por más que Ovalle se llevara los aplausos, de lo que sin duda sería un éxito tanto o más sonado que el de *La fuerza de la carne*. Estaba seguro de eso. Agréguese mi nueva relación con Ovalle, la que luego de la tormentosa escena cuando casi le doy de golpes se había hecho apacible. Ovalle parecía confiar en que no lo traicionaría o al menos se había acostumbrado a la idea de que mi participación en su obra era casi total. Yo, por mi parte, tenía en mis manos al anciano y por esa y otras razones el rencor se disipaba. Tal vez había agotado mis capacidades para odiar. Fue con ese talante que toqué el timbre.

—Pasa, pasa, Ismael —canturreó Ovalle.

Ya en su estudio me instalé en su sillón imperial y él se aposentó en la dura silla de madera. Desde hacía un tiempo su trono no era un monopolio intocable. Ovalle estaba aceptando el hecho de una complicidad o sociedad que rebasaba en mucho los límites de la labor de un editor o ayudante, lo cual se traducía en el uso de los muebles: el sillón, antes sagrado, se había convertido en lugar donde, si se daba la ocasión, podía poner mi culo. A menudo, al ocuparlo, tuve la impresión de ratificar de manera visible y hasta escandalosa mi posición de tácita supremacía. Una noche, con Ovalle oyendo mi lectura de un borrador desde la silla de madera, muy pegado a una estantería, casi oculto en las sombras, tuve la sensación de que él se había convertido en lo que yo había sido; se había trasformado en el invisible Ismael, el ambicioso y patético joven quien alguna vez, trémulo, había puesto su discutible talento al servicio de esa gran figura atrincherada tras el mismo escritorio que ahora yo presidía. Esa gran figura, fantaseé, ahora era yo, la versión mejorada y realzada de Ovalle, uno con mucho más talento y toda la vida por delante y no en su crepúsculo; sería o era ya el Ovalle que Ovalle debió ser pero nunca fue.

Fue solo una visión caprichosa, lo admito, pero despejarla me tomó más esfuerzo que simplemente sacudir la cabeza. Debí convencerme de que era Ovalle y no yo quien escrutaba desde las sombras. Una cosa era indudable: su literatura se estaba extinguiendo y solo como tibio rescoldo de sí mismo su nombre aparecería en la portada de *Obsesión*.

Esa noche le leí la escena de Carmen entregándose a Jorge, el jardinero, en el cobertizo de las herramientas:

Sucedió una tarde en que Manuel dormía pesadamente por haber bebido de más durante el almuerzo. Carmen lo sabía y eso le bastó para cobrar el valor necesario. El deseo la anegaba como una marea. Ya no le importaba nada.

Salió al jardín trasero donde había visto a Jorge por última vez e instintivamente rebajó el borde de su bikini para revelar aún más la mórbida partidura entre sus nalgas. Ahí estaba él, en su lugar de trabajo. Contoneándose como nunca avanzó a lo largo del borde de la piscina, pasando muy cerca de Jorge y sintiendo el aroma de las petunias en las que trabajaba. Estuvo segura de sentir su mirada de hambre, de feroz deseo y volvió a estremecerse, pero siguió su camino hacia el cobertizo de las herramientas, de penumbra fresca y saturada de olor a pesticidas y aceite de máquinas. Desde ahí tornó su vista hacia el jardín. Jorge, quien al verla pasar abandonó toda pretensión de estar trabajando, no podía separar su vista del trasero de Carmen y en esa postura permanecía todavía cuando ella lo miró desde el cobertizo. Su corazón batía con tal furia que para contenerlo se llevó una mano al pecho, ante cuyo superficial contacto sintió la necesidad de desprenderse del corpiño y dejar sus turgentes senos al aire. Sus pezones prominentes ya estaban endurecidos. Un desparpajo brutal e indecente la poseyó como si fuera una puta descarriada que ofrece su mercancía y se contenta de hacerlo, entregada o resignada a su vida. Con esa guisa se asomó al umbral y con voz ronca llamó a Jorge. Este continuó inmóvil unos segundos, incapaz de creer lo que veía e incapaz de moverse. Carmen repitió su llamado.

—*Venga, Jorge, venga* —*repitió alto y fuerte.*

Su voz, aunque más ronca de lo normal, era serena, dueña de sí misma. La propia Carmen la oyó como si fuese de otra persona, esa en la que se había convertido, la que se ofrecía. «Por Dios, me estoy comportando como una perra», pensó al ver a Jorge acercándose. Ella lo esperó hasta que estuvo a unos pocos pasos de la puerta del cobertizo y luego se retiró al interior. Casi de inmediato la figura de Jorge se recortó en el umbral, donde se detuvo.

—*Señora…* —*dijo el labriego en un susurro.*

—Ven —le dijo Carmen. Su cuerpo se cimbraba ya. Al fin Jorge se puso en movimiento. En dos pasos estuvo encima de ella, la tomó de la cintura con sus pesadas, ásperas manos de campesino, la apretó contra su musculoso pecho y sin demora buscó sus labios y los besó con gula. Carmen casi se desvaneció. Eran, sus rústicos besos, ácidos y frescos como una infusión, mordientes y ávidos; Carmen tuvo la sensación de ser devorada. Las manos de Jorge le quitaron a tirones el resto del bikini para luego bajar su propio short. Casi de inmediato sintió su tieso y vibrante órgano buscando la entrada de su vagina...

—¿No crees que es un poco fuerte, Ismael? —interrumpió Ovalle hablando desde la sombras.

—Depende, don Ernesto —contesté, sin saber qué quería decir con esa condicionalidad.

—Eso del vibrante órgano, en especial. No sé, Ismael, quizás se te ha pasado la mano con eso. ¿No podríamos ser algo más sutiles?

—De acuerdo, no hay problema —dije no del todo convencido, pero tampoco seguro de que el viejo errara. Continué pues de este modo:

... Entonces Carmen sintió su virilidad pujando por hacer notar su presencia y ella, al borde del desfallecimiento, cayó lenta y dulcemente en un abismo de aceptación en cuyo fondo la esperaba, bien lo supo, la desgracia. No le importó. En el trance en que se encontraba, a punto ya de recibir enteramente la muestra viviente del ardor de Jorge, hubiera podido ver a Manuel en la entrada del cobertizo, escopeta en mano, e igual hubiera proseguido. Cuando al fin Jorge la hizo enteramente suya, cuando dicha caída se aceleró y en su delicia le pareció rememorar su estada en el vientre materno, la gozosa experiencia de no ser aún...

—Perdona que te interrumpa, Ismael —dijo una vez más el anciano—, pero ¿no crees que eso es demasiado lírico para nuestro público lector? Me refiero a lo del vientre materno.

El rubor me quemó las mejillas y en dicho incendio se confundieron en una sola llamarada la vergüenza y el despecho. ¿Qué sabía el viejo del arte verdadero, del arte con mayúsculas? En el trasfondo de esa reacción, como si mi abuelo me hubiera sorprendido tomando vergonzosamente mi pequeño pene, estaba la convicción de no tener Ovalle derecho a inmiscuirse, sino solo a celebrar.

No supe qué hacer. Con tono seco repuse que podíamos discutir eso, el estilo y otros detalles, cuando terminara la lectura. Aun así me las arreglé para ladrarle un «¿me deja continuar ahora, por favor?». Desde las penumbras un Ovalle menos seguro de sí mismo dijo que sí. Continué:

… la gozosa experiencia de no ser aún, de no haber nacido aún, pero sabiéndolo, consciente de su inconsciencia…

Al leer esta última frase oí el crujido de la silla que ocupaba Ovalle. No me cupo duda de que se removía inquieto, lleno de reparos, pero proseguí.

… la materia viviente de Jorge, su prolongación líquida y poderosa, entró al fin en ella, lava de amor quemándole las paredes del templo como un fuego que ella hubiera querido mantener encendido por siempre cual vestal atendiendo la llama de un dios y sin la que, ella bien lo supo, ya no podría vivir. Tal fue su placer que hubiera querido morir en ese trance para no experimentar lo que necesariamente vendría después, su ausencia…

—¡Bravo, Ismael, eso es! —barbotó Ovalle.

Enrojecí, esta vez de orgullo y complacencia. Al fin el viejo maestro coincidía conmigo. Seguí:

… su ausencia. Abrazó aún más estrechamente a Jorge, quien ya la soltaba quizás por miedo al patrón o a la presencia invisible pero omnipresente del mismo, imagen que lo turbó y llenó de pánico. Carmen no se lo permitió. Con firmeza lo retuvo. Jorge pareció

decidido a luchar por unos instantes y así deshacerse del abrazo merced a su poderosa musculatura, pero se rindió a la pasión y volvió a estrecharla. Se besaron apasionadamente y una vez más, pese a tan corto intervalo dejado para su reposo, procedió a invadir el sagrario del amor...

—¡Eso, eso! —exclamó Ovalle con entusiasmo.

... del amor. Luego, cuando terminaron, Jorge tomó una sucia lona que cubría unas herramientas, la echó sobre el suelo e invitó a Carmen a tenderse juntos. Era el colmo del desparpajo, pues no sabía cuánto tiempo había transcurrido y bien podía ser que Manuel, ya despierto, se preguntara dónde estaba su amada esposa y dónde se encontraba su atlético jardinero. Pero, ahítos de amor, jubilosos, apenas pensaron en eso. Fue entonces cuando por primera vez Carmen insinuó a Jorge cuánto mejor sería todo si Manuel no existiera.

Y me detuve. Ahí terminaba el capítulo. Levanté la vista de la página y miré en la dirección de Ovalle. No quise decir nada, esperando su reacción. Ovalle tenía suficiente como para figurarse el resto. Y me dijo:

—Por lo que me has leído deduzco que vas a introducir, o lo hiciste ya, un hilo policial en el relato. ¿Planeas un crimen?

—Lo tengo en mente, no estoy seguro, pero he querido abrir esa posibilidad.

Ovalle se incorporó y al salir de las sombras pude ver que sonreía. Estaba complacido. Se detuvo al otro lado de la mesa, se inclinó hacia mí y me dijo que era yo un joven extraordinario y se felicitaba del día en que me había llamado para colaborar en estos emprendimientos.

¡Colaborar! Pero ¿es que no aprendía nunca?, ¿no asimilaría jamás la verdad? Mi sentimiento de que se cometía una injusticia flagrante debe haberse traslucido en mi rostro, porque en el acto Ovalle procedió a corregirse.

—Me refiero —explicó— no a este trabajo en particular, del cual hasta ahora eres el único contribuyente, sino al hecho general de nuestra colaboración, que a veces se expresa en el cuerpo mismo de la tarea, en otras de manera más sutil. En fin, creo que constituimos un gran equipo…

—Un equipo… —dije.

—Eso es, Ismael, eso es lo que hemos llegado a ser.

Naturalmente me resistí a aceptar esa tesis tan desigual e injusta.

—Un equipo dice usted, don Ernesto, pero los libros salen con su nombre —me quejé.

La sonrisa de Ovalle, la cual había regresado a su rostro apenas terminó su parrafada, no se desvaneció con mis palabras como esperé que sucediera, sino solo cambió de orientación y manifestó un matiz de tristeza como si aun en medio de tanta alegría hubiera un elemento menos feliz y no tan optimista que era necesario aceptar con la debida resignación. Se enderezó, me dio la espalda, volvió a su silla y desde ella, guarecido en las sombras, me ofreció una explicación.

—Entiendo tu queja, Ismael, porque sería yo muy tonto de no darme cuenta de la cuantía de tu aporte, aunque a veces me pregunto si te das cuenta del mío, aun en esas ocasiones en las cuales parece que he hecho poco.

Asombrado por su descaro, no atiné a decir nada. Ovalle continuó:

—Pero por el momento resultaría poco práctico revelar públicamente nuestra sociedad. Mi nombre tiene cierto capital literario, ayuda a promover este tipo de libros y tal vez se debilitaría si fuera acompañado por otro. Tú sabes cuán mala leche son los críticos. Se apoyarían en eso para hacernos pedazos. En cambio, si esperamos un tiempo, por ejemplo hasta después de la publicación de *Obsesión*, todo puede ser distinto.

«Puede que el viejo tenga razón», pensé. Quizás tenía razón en pedirme algo de paciencia. Y al oírlo decir ya no me asombré de su descaro por solicitarme seguir en la oscuridad literaria, sino de la calma con que me lo tomé. La sentí fundada en algo permanente, estable, no en un pasajero estado de ánimo. Me di cuenta de que el tipo sentado en el sillón imperial, yo, no tenía ni la más mínima conexión con el resentido pendejo ávido de gloria de antaño, ese ansioso y majadero Ismael midiendo mezquinamente y todo el tiempo la dimensión de su aporte. Y de todas formas el viejo abría la posibilidad de convertirnos en socios literarios a futuro, ser coautores de los éxitos por venir.

Tomé nota: Ovalle estaba dispuesto a abandonar su protagonismo exclusivo. Seguramente había olido que Ismael, su sirviente, estaba a punto de soltar amarras. Si ocurría tal cosa se quedaría entre manos con un trabajo inconcluso que era incapaz de completar. Tenía una buena razón para plasmar una relación distinta, duradera, sobornándome con algo que impidiera mi caída en la tentación de denunciarlo y prenderle fuego a todo. Ambos nos desplazábamos en una dirección convergente llevados por la necesidad y la conveniencia. Pero eso era solo una parte de la historia. En el trasfondo había mucho más y era lo siguiente: yo ya miraba de otra manera a Ovalle, de una que se definía por la desaparición de sentimientos y no por la emergencia de otros nuevos. La más grande de esas ausencias era el odio. Lo había sentido casi desde el comienzo, aunque disfrazado de rencor o desprecio. Ya no existía. Y además y mientras me hablaba sentí piedad por él, así es, piedad asociada a una auténtica comprensión de quién era este escritor y qué implicaba serlo, el penoso significado del paso de los años y el inevitable deterioro de las facultades, el desánimo que trae la pérdida de ese entusiasmo que es el elixir de la vida, engañosa y necesaria infusión de loto haciéndonos olvidar y creer. ¡Cuán difícil tenía que haber sido para Ovalle ponerse en manos de un miserable enfermo de ambición y envenenado por sus fracasos! Por primera vez me puse en sus zapatos y me miré a mí mismo tal como debí aparecer ante él en la época de *La fuerza de la carne*. No era un espectáculo atractivo. ¡Qué vana insolencia la de la juventud! ¡Qué alarde de suficiencia sin otro respaldo que el hervor de las hormonas! Me recordé y me di asco. En ese momento Ovalle interrumpió mis pensamientos autoflagelantes con una interpelación directa.

—Entonces, ¿qué te parece? ¿Tenemos un trato?

Su solicitud era mucho más que un acuerdo de un contrato de trabajo. Me pregunté si se daba cuenta de eso. Me pedía convertirme no solo en su socio, sino en parte de un ser colectivo, quizás en su hermano siamés. Que dejara de ser el joven Ismael y depusiera mi actitud de belicosidad en sordina, mi resentimiento, todo lo que seguramente y desde un principio adivinaba como el contenido de mi alma.

Vacilé. Todo se dio vueltas fuera y dentro de mí. Se me solicitaba cruzar un umbral que una vez traspuesto cerraba la opción de regresar. Estuve seguro de eso. No supe qué pensar. Ni siquiera estuve seguro de que la petición de Ovalle tuviera tanta trascendencia y alcance. Dudé de todo.

—¿Y bien? —insistió Ovalle.

—Me parece bien, don Ernesto— contesté.

Ya estaba hecho. No había vuelta atrás ni espacio para más cavilaciones. Sentí alivio. Para Ovalle, que sonreía ampliamente, también se abrían caminos de los que en estricto rigor no sabíamos nada, pero que al menos ofrecían la ventaja de sacarnos del embrollo. «Es una ocasión digna de ser celebrada, Ismael», me dijo satisfecho. Creo que pude ver en su semblante cómo se borraba el difícil tránsito de su vida desde ese primer encuentro conmigo, las angustias que lo abrumaron, su horror de ser denunciado. Con el pacto ya sellado eso quedaba atrás.

—¿Qué me dices, Ismael? ¿Vamos por ahí a tomarnos un traguito?

—Me parece muy bien, don Ernesto —dije mientras Ovalle ya se levantaba de su silla y cogía un abrigo que se fue poniendo a medida que caminaba hacia la puerta como si no quisiera darme tiempo para reconsiderarlo.

2

Lo que referiré ahora ocurrió antes o después de entregarle a Ovalle la novela terminada. Solicito comprensión por esas imprecisiones porque el Ismael maduro convertido en socio de Ovalle abandonó la costumbre de mantener un diario y solo puedo rescatar los episodios que se conservaron en mi memoria. Algunos aparecen con la claridad y detalle de una fotografía, otros están envueltos en espesa bruma. En este caso veo con nitidez que Jorge y yo estamos disfrazados pero no hacemos de mayordomos, vampiros o húsares, sino representamos a dos chicas campesinas recién llegadas a la ciudad. Estamos riendo. No sin esfuerzo y mucha voluntad pude ponerme unos calzones de Emilia; Jorge, más corpulento, debió pedirle prestados los suyos a Anita. Nos hemos maquillado con esmero. Yo, de algo menos que mediana estatura y menudo de cuerpo, fui quien logró el mejor resultado. Jorge, dada su corpulencia, asemejaba un tosco travesti. El espejo me devolvía la imagen de una atractiva chica y en esa condición estaba mucho más guapo que Ismael. Imagino que ya habíamos bebido al menos un par de rondas cuando comencé a bailar con Emilia, disfrazada de apuesto doncel. Entendiendo mi escasa familiaridad con los zapatos de taco alto, Emilia me condujo con mucha suavidad y sus manos de dedos largos me asieron por la cintura, acariciándome en tan sensible parte en una excelente imitación de lo que haría un galán. No intercambiamos muchas palabras, concentrados como estábamos en lograr la mejor *performance* posible. Esa actitud de desapego se hizo humo en un periquete a medida que ella como atractivo galán citadino y yo como chica de campo nos compenetrábamos más y más en nuestros papeles. Fundamental papel jugaba el hecho de mirarnos a solo centímetros, el roce de nuestros cuerpos, el contacto de las manos, el estar envueltos por una burbuja que nos aislaba y ensordecía al punto de apenas oír la música. Recuperé totalmente lo vivido esa noche en el lanzamiento, cuando me creí y me sentí borracho de amor. Por momentos acerqué tanto mi boca a la suya que hubiese bastado solo un milímetro para que entráramos en contacto. Nos detuvimos al borde del abismo respirando nuestros alientos. No sé si aún nos movíamos, pero sentí una de sus manos recorriendo mis nalgas como haría quien desea desaforadamente a su compañera de baile y yo, siguiendo el guión, puse mi mano en su bajo vientre y oprimí dicha zona en adecuada respuesta. ¿No es lo que haría la apasionada chica con su ardiente compañero? Y reímos, reímos fuerte para que todos, léase Jorge y Anita, comprendieran que esos ademanes no tenían más significado que el de llevar el espectáculo a su esperada culminación.

Mi deseo era casi doloroso en su intensidad y me empujaba a actos de gran audacia pues entre bromas, o más bien simulando que bromeaba, me las arreglé para que nuestro baile derivara poco a poco al pasillo etre el dormitorio y el baño, a resguardo de miradas. La cobertura era precaria y momentánea, pero Emilia cedió a mi suave presión y se dejó conducir y por un par de segundos pretendimos que nadie podía vernos. En dicho lapso, que me pareció eterno, me mantuve suspendido en el arrobo de estar a punto de besarlo, pero no lo hice. Lo que sí acometí fue posar mis toscas manos de muchacha rural en el creciente bulto de su entrepierna. En la oscuridad de ese voluntario enclaustramiento todas las cuestiones morales o culturales desaparecieron. Simplemente me dejé llevar por el placer y el arrobo, eso es todo. ¿Podría decir tal vez que por el amor? Las delicadas manos de Emilia recorrieron mi culo. Estiré mis labios hacia adelante a la pesca de lo que fuera. Era yo, en ese instante, una entidad ávida y nada más. Alargué mis labios en busca de una boca, cualquiera fuese. Sentí como si estuviese en medio de un torbellino que me arrastraría a la perdición, pero no me importó; de hecho, quería perderme.

¿Cuánto duró ese trance? He hablado de solo unos segundos, pero mi experiencia no tuvo medida porque en ocasiones como estas el tiempo queda en suspenso o manifiesta su naturaleza ilusoria. Como sea, nos hallábamos en el curso de una festiva reunión social donde primaba la alegría y la confianza, pero donde aun así se requería guardar la compostura. Regresamos al escenario principal junto a Anita y Jorge y estando muy excitados todo se hizo dulce y meloso. Nuestras respectivas y originales parejas, al contrario de lo que temía, nos miraron con benevolencia. La postura de ambos no dejaba lugar a dudas: se habían inspeccionado a fondo. De hecho, Anita, sonriente y con los ojos muy abiertos, no quitaba aún su mano derecha del marrueco de Jorge, quien sostenía su cara entre los pechos de la mujer. Me escandaliza decirlo, pero estábamos a la par. Un velo se había rasgado. Las simulaciones estaban de más. La carne y el anhelo se adueñaron de todo. Emilia, con la boca entreabierta, respiraba fuerte. Por primera vez, mirando a través de esa rendija entre sus labios, vislumbré el brillo de una tapadura dental. Sin más demoras ni preámbulos nos besamos. Sus delgados labios se perdieron en los míos, más gruesos y hambrientos. Nuestras manos no estuvieron ociosas. Me importó un comino cómo reaccionaran los otros. Todo se hizo confuso, la secuencia visual y auditiva de los eventos es espasmódica y hay vacíos entre una escena y la siguiente. Solo me consta que en algún momento los cuatro nos reunimos en estrecho, íntimo corrillo, abrazados como un equipo de baloncesto antes del encuentro. Reíamos intentando de esa guisa una suerte de baile colectivo, enalteciendo la amistad. Y entonces ya no hubo límites ni nombres ni identidades, ni barreras, ni prejuicios. Besé, me besaron, nos besábamos, nosotros los besamos, vosotros los besasteis y ellos nos besaron.

3

Entregué la versión final de *Obsesión* a fines de ese año, posiblemente la última semana de noviembre. Las versiones anteriores habían pasado ya por las manos de Ovalle, quien cada vez quitó o agregó algunas minucias antes de devolverlas para una reescritura. Ovalle disimuló la insignificancia de sus correcciones multiplicando su presencia, garrapateando algo en casi todas las páginas. Eran notas de no más de dos o tres palabras escritas en los márgenes, aunque también gustaba rodear con un círculo trazado a la rápida un par de líneas o un párrafo entero. Nunca explicó para qué ni por qué, pero ya no me molestaban sus intentos de aparecer ante mí y ante sí mismo como un agente activo del trabajo literario. A esos gestos pueriles, sabiéndose todavía en falta, Ovalle agregaba cada vez que podía una nueva homilía sobre lo mucho que avanzaba su trabajo verdadero, el de su vida, el que iba a granjearle un puesto en el Olimpo literario, en fin, su novela sobre un escritor fantasma.

—No te imaginas —solía decirme como prólogo— el entusiasmo con el que estoy trabajando. Es como ser joven otra vez, lleno de energías y esperanzas, como si tuviera toda una vida por delante.

—Qué bien, don Ernesto —respondía yo, dando la luz verde que Ovalle necesitaba para seguir adelante con su monólogo. Ignoro si se dio cuenta de mi incredulidad. Sospeché siempre que la novela de la cual me hablaba no tenía otra sustancia que esa declamación, pero, como fuera, se ensimismó aún más en su ilusión como si hubiese completado al menos la mitad del trabajo. Yo estaba seguro de que, a lo sumo, solo llevaba escritas unas cuantas líneas del capítulo inicial.

—Va ser mi obra maestra —agregaba— y por cierto ocupará un lugar en la literatura hispanoamericana… Nadie, que yo sepa, ha tratado este tema. Ya con eso estoy dando un gran golpe…

Cuando, en su peroración, llegaba a ese halagador juicio respecto de la suerte que le cabría a una obra que ni siquiera había empezado, lo oí siempre con expresión admirativa pese a no haber ningún objeto ni admirable ni despreciable a la vista pues Ovalle nunca me adelantó ni siquiera una idea general acerca de la trama. Su novela existía, estoy seguro, solo en la forma de un anhelo, de vago y grandioso plan flotando en la mente del viejo, pero de tanto hablar de ella creo que comenzó a suponerle sólida existencia. El que no estuviera aún en papel debe haberlo considerado un detalle subsanable en cualquier momento, simple trámite que cumpliría uno de esos días. Yo acepté o toleré dicha falacia sin llenarme de furia o desprecio porque el viejo me trataba ya, desde que *Obsesión* tomaba forma, como a un igual y no desde la posición de maestro él, de humilde ayudante e invisible secretario, yo. Por grados sucesivos nos habíamos convertido en un equipo sin importar que la faena fuera casi enteramente mía y solo mía. Nadie hurgaba demasiado en eso, lo dábamos por descontado y solo estaba presente de manera tácita. La brutal desproporción entre su aporte y el mío sencillamente se convirtió en el axioma fundacional de la empresa.

Tampoco lo olvidábamos, pero, sería justo decir, lo diluimos. Llegó un momento en que simplemente cada quien se concentró en hacer lo suyo: él anotaba palabras sueltas en los márgenes y dibujaba círculos sin significado mientras yo escribía.

Pero había una cosa más: Ovalle dejó de darse aires, al punto de concederme el don de la existencia literaria apenas le entregué el último borrador de *Obsesión*. Recuerdo bien ese día: hacía calor y el viejo llevaba puesta una amplia camisa blanca abierta hasta la mitad del pecho, lo cual le daba el aspecto de un envejecido pero aun fuerte y amenazante dueño de garito que revisa las cuentas de la noche anterior. Apenas terminó de leer agregó algo que casi me hizo saltar de la silla.

—He pensado —dijo— que es hora de que te conozcan en la editorial. He pensado mucho en esto, en cómo presentarte, en calidad de qué…

—¿En serio, don Ernesto? —lo interrumpí.

—Por supuesto, pero no puedo ni quiero presentarte como mi secretario. Me parece que no corresponde. Pienso que sería mejor decir lo que fuiste alguna vez, ese alumno aventajado de mi taller, un hombre joven que promete y merece que se conozcan sus cosas…

No pude creer lo que oía. No me lo esperaba. Mucha de mi atención se concentraba en el libro, en Anita, Jorge y Emilia, en Gonzalo, en lo que mi vida comenzaba a ser, más rica e intensa; los furores hirviendo a fuego lento eran cosa del pasado. Y dedicado también como estaba a escribir mi propia novela sobre un *ghost writer*, suponía que mi momento llegaría de manera natural. Quizás por esto cuando me dijo «Creo que sería bueno presentarte a mi editor, que le llevaras unos cuentos, lo que tengas», esa vieja ansiedad de siempre despertó y me conmovió. En solo un instante volví a ser el ambicioso Ismael muerto de ganas de ser conocido, aplaudido y alabado en un instante.

—Sí, claro que tengo algunas cosas, don Ernesto —contesté presuroso. La voz apenas pudo salir de mi garganta porque estaba pensando que mis cuentos eran una mierda. Me lo dijeron los fantasmas de los rechazos sufridos a manos de dos editoriales. Ovalle lo notó, se sonrió y se me acercó diciendo que tuviera más confianza en mí mismo. Me sentí agradecido. ¡Qué vergüenza haber pensado siempre tan mal del pobre viejo!

En los días y semanas que siguieron, mientras corregía una nueva entrega de *Obsesión* y reescribía también mis cuentos, se consolidó en mi ánimo la sensación de estar, ahora sí, en el camino correcto. Nada podría obstaculizar mi ascenso, asociado como estaba a una figura de importancia, apoyado por él y por mi propio talento, del cual ya no dudaba.

Dije que en noviembre entregué la obra a Ovalle, quien la celebró de punta a cabo. Esa vez no anotó nada en los márgenes ni encerró párrafo alguno. Me aseguró que se la entregaría al editor durante el curso de la semana y de hecho a los pocos días me llamó para contarme que su obra había «encantado». Y un poco después me llamó nuevamente para decirme que estaba agendada la cita en la editorial para nosotros dos. ¿Tenía algo listo para mostrar? Dije que sí y acepté la fecha. Esta vez todo resultó muy bien. Me sentí tan acogido y mimado como si fuera una celebridad. La compañía de Ovalle, escritor best seller de la casa, fue esencial, pero quise creer que también contribuyó la dimensión de mi talento, al menos tal como Ovalle se la describió a Juan, el editor.

—Este chico —anunció— puede ser el próximo Ovalle.

Me puse colorado. Siempre he sido tímido y ese halago me sacó de mis casillas.

Juan me miraba sonriente. Un alarde de timidez nunca deja de complacer a los testigos del hecho. «Si don Ernesto dice tal cosa! —afirmó— es porque entonces tenemos aquí grandes novelas para rato». Estábamos todos contentos, satisfechos. Vi abrirse ante mí, al fin, las grandes avenidas que conducen a la república literaria; acababa de ser visado y era cosa de ponerse a andar. Entregué tres cuentos con total confianza de que gustarían, tres delicadas historias de amor que mezclaban la mano de Ovalle, que ya estaba en mí, con mi propio aporte, cierta audacia conforme a los gustos de los tiempos que corrían.

Esa misma noche, mientras tomábamos un té en su casa, don Ernesto divagó largo rato sobre la extraña sensación que embarga a un escritor cuando termina una obra en la que ha trabajado mucho tiempo.

—Hay cierta tristeza en dar a luz —explicaba. Y en efecto, en su expresión vagaba una sombra mortecina, melancólica, quizás incluso triste. Pasajeramente pasó por mi ánimo el pensamiento de que en realidad él no había parido nada, pero lo deseché en el acto. Yo también me sentía de esa manera pese a no cargar sobre mis hombros la responsabilidad de ver mi nombre en la cubierta. ¡Cosa difícil es ser blanco de las demandas del público!

—El libro se publicará en un par de meses —me dijo Ovalle por enésima vez— para darle tiempo a *La fuerza de la carne* de hacer sus últimas ventas. Pero puedo asegurarte, Ismael, que apenas esté en vitrinas Juan comenzará a fastidiarme con un nuevo libro...

Luego nos quedamos en silencio. De los cuentos que acababa de entregar a Juan estaba muy seguro, pero con mi aún balbuceante novela sobre un *ghost writer* no me sentía tan a gusto. No me convencía. Mi motivación para continuar se estaba deteriorando. Me dije que de persistir ese estado de ánimo, don Ernesto, quien decía avanzar rápidamente, me ganaría la carrera. Mis sentimientos hacia él habían cambiado, pero no mi decisión de ganar esa competencia. Y ya no estaba tan seguro de que Ovalle no estuviera haciendo nada. Me pareció resucitado en cuerpo y alma, más animoso. Incluso, aunque parezca una exageración, estaba físicamente más atractivo. Caminaba erguido y ponía más cuidado en el vestirse. Iba bien peinado y afeitado. Se veía, a fin de cuentas, diez años más joven. A los treinta años, pensé, debió ser un hombre interesante ya que aun en ese momento, echado en el sillón de su living, no aparecía con la estampa agobiada y del todo decadente con que cientos de veces lo había visto, sino con el aire de un envejecido pero aún hermoso patriarca que reflexiona en voz alta ante su concurrencia de acólitos. Me estremecí imaginando a Ovalle con su novela terminada antes que la mía, sospechoso de que su nuevo aire no estuviera insuflando manifestaciones somáticas de un renacimiento literario a mi costa.

Pero pronto Ovalle me sacó de mis cavilaciones diciéndome que nos adelantáramos al pedido de Juan. Estuve de acuerdo y creo que esa misma noche convinimos el título: *Desvaríos del alma*.

Permítanme ahora saltarme algunas semanas para llevarlos al lanzamiento de *Obsesión*, instancia que está grabada a fuego en mi memoria. ¿Cómo podría ser de otra manera? Fue la primera vez que me sentí protagonista del éxito aunque nadie salvo Ovalle lo supiera. Se celebró en el mismo local del lanzamiento de *La fuerza de la carne*, pero era otro Ismael el que estaba presente. Cómodo y seguro de sí mismo, no sintió resquemor ni afán de vociferar su existencia. Ovalle y yo éramos, o fuimos esa noche, una sola persona dividida en dos cuerpos, en dos voces, separados físicamente pero compenetrados en alma para lo que era o debería ser, como lo imaginábamos, un éxito aun mayor, una verdadera apoteósis literaria a bordo de la cual treparíamos a inmensas alturas. Vi y reconocí a las vetustas *socialités*, a los patanes del mundo de la crítica literaria, al personal de la casa editorial y también a gente indistinta en sus profesiones, de fama y gloria inexistentes pero frecuentadores porfiados de esta clase de eventos; en fin, vi a la chusma de siempre, a gente muerta de ganas de codearse con algún escritor, de zamparse los bocadillos y beber gratis. Pero incluso en medio de esta fauna pude sentirme parte integral, sin importar que mi nombre no tuviera existencia y mi rostro fuera tan borroso para ellos como lo eran para mí los de esos personajes de tercera fila.

Seguramente reflexioné en el significado de ese nuevo estado de ánimo. No pudo pasárseme por alto. ¿Acaso la obra no sería nuevamente celebrada como un hito más en la carrera de Ovalle mientras mi persona flotaría, invisible, en la estancada e inmensa atmósfera del anonimato? Esa condición subsistía ya que ciertamente Ovalle recibiría los aplausos y las felicitaciones, no yo. No lo ignoraba. Estaba por escuchar, me dije, los halagos de los presentadores para un autor que no era tal. Sin embargo, por más que las condiciones se repitieran casi calcadas, no sentía ni la más mínima dosis de resentimiento. ¡Qué grato era estar en paz, incluso sintiendo cierto afecto por el viejo! Me alegró que estuviera a punto de darse un enorme gusto. Y Ovalle, esta vez, no intentaba rehuir mi presencia, sino que me miraba y sonreía, como diciendo: «Esto es nuestro, Ismael, es nuestro triunfo».

Se trató, en verdad, de una noche triunfal. Los presentadores no ahorraron elogios insistiendo en la presencia notable del humor, lo que me dejó perplejo pues nunca fue mi intención desplegar ese tono. Me sentí al mismo tiempo halagado y preocupado. Me halagaba que se detectase un matiz nunca antes visto en el género, algo original, pero me preocupaba que la bella prosa romántica, que apenas mencionaron, no se tomara en serio como era debido. Me resentí un poco. ¿Es que esos cretinos eran incapaces de apreciar la belleza? Porque no todo en *Obsesión* era lujuria, no todas las escenas tenían a esa hembra tirándose al jardinero. Había lirismo aquí y allá. Y al final un toque inesperado que me costó inmensamente crear, pero nada de eso fue mencionado por esos imbéciles. Debí conformarme con el rostro de Ovalle, quien rebosaba satisfacción. Lo miré con cariño y respeto. Estaba lo de mi anonimato, es cierto, pero vistas las cosas desde el presente, desde una más madura perspectiva, ¿qué pudo haber hecho Ovalle en ese momento? ¿Renunciar a su nombre? ¿Entregarme ceremonialmente su procesador de textos?

Mientras meditaba en eso distinguí entre la concurrencia el rostro de Emilia. Estaba a mi izquierda, al otro extremo del salón. Ella no me había visto, pero al sentir mi mirada tornó el rostro, descubrió mi presencia y manifestó sorpresa. No sabía de razones por las que yo debiera o quisiera estar ahí. Nunca le había hablado de mi relación con Ovalle y posiblemente su recuerdo de mi asistencia al primer lanzamiento era algo sin importancia y ya olvidado. Creo que fue en ese momento, viéndola de lejos, descubriéndola como un rostro más en medio de esa turba vulgar e indistinta, cuando toda la magia con que me había seducido se hizo humo. Sin el misterio de su hechizo era el suyo un rostro bastante corriente y hasta algo feo. Llamémosla una revelación brutal e instantánea. Lo cierto es que miré esa cara desprovista de esplendor con la sorpresa de quien descubre haber estado contemplando un espejismo. No había ahí absolutamente nada. Me pregunté qué pudo llamarme la atención en ese rostro e incluso hubo una dosis de repugnancia en el tono de mi pregunta. Tratando de entenderlo convine que era el efecto de estarla viendo en ese momento bajo una luz meramente física, sin compromiso espiritual, sin captar la radiación de la belleza divina que emerge de todo ente mirado con amor. Entregado a sí mismo, sin dicho sostén, ¿qué o quién deja de aparecer como una imperfecta y hasta ridícula suma de elementos corruptibles e insignificantes?

Vaya caída. La caída, digo, desde el amor y sus resplandores a la zafia y pedestre realidad de la materia. En esa caída, lamentable caída del amor, junto con Emilia cayeron también en tumultuosa compañía Anita y Jorge; desde mi flamante posición como miembro del exitoso equipo de don Ernesto Ovalle todos me parecieron personas vergonzosas y repudiables. ¿Qué había visto en ellos como para dedicarles tantas veladas que bien pude invertir en mi obra literaria? Y entonces, mientras consideraba todo eso, me asaltó un ataque de angustia: me había puesto en manos de una pandilla. ¡Dios, lo que sabían de mí! Cerré los ojos, me estremecí y me sobrevino un vahído. La alegría y el tibio confort de la triunfal jornada se desintegraron en mil pedazos. Mi corazón se aceleró y mi frente se cubrió de sudor frío tal como señalan para estos casos las novelas vulgares. Luego la angustia se convirtió en sorda desesperación y se vio unida al pueril e imposible deseo, tan frecuente en mí, de retroceder en el tiempo y anularlo todo. Anular mi salida al cine con Anita, anular mi relación con ella, anular mi encuentro con Emilia, anular mi amistad con el imbécil de Jorge, anular los bailes vespertinos y que nunca hubiera existido esa equívoca y artificiosa amistad. Bien me había advertido Gonzalo sobre lo inadecuado que era meterse con gente así.

4

Cada paso dado en el curso de esta narración se me hace más fácil y al mismo tiempo más difícil. Lo primero, pues me acerca a mí mismo; lo segundo, porque me aleja de quien fui. Los hechos y sentimientos narrados en los capítulos iniciales me son tan ajenos ahora que apenas los entiendo. Es cierto que fue arduo escribirlos, pero leerlos es aún peor. Es como enterarse de la biografía de un tipo completamente ajeno a mis valores, uno con el cual es imposible generar esa empatía tan necesaria para apreciar una pieza literaria. No me reconozco ni como persona ni como escritor. Es la suya, la de Ismael, la torpe vida y también la torpe escritura de un otro. Y al mismo tiempo dado que no soy ese fulano siento una ilimitada libertad para contar su historia, describir sus razones, sus delirios.

Retorno, por ejemplo, a esa tarde cuya narración dejé inconclusa cuando con hambrientos labios y ávidas fauces Emilia y yo nos besábamos a más no poder. Sé que ya no me importaba nada y consideraba válido cualquier medio que me permitiera un rapto de elevación. Os digo que junto a Anita y Jorge entramos en comunión y abrazados quisimos volar al cielo. Y si bien no encontramos un camino en el sentido espiritual del término, al menos sí hallamos uno que nos llevó a la cama de Emilia, donde nos dejamos caer con gran crujido de resortes, lo que aumentó nuestra hilaridad. La luz era solo la que venía del living del departamento. En esa cómplice penumbra intensificamos nuestra fusión. No éramos ya individuos, sino un solo ser y un solo cuerpo. ¿Cómo describir ese momento para hacerle justicia?

> *Me esfuerzo por reconstruir su atmósfera y me resulta imposible. Solo puedo recurrir a las palabras, torpes sonidos intentando equiparar una inefable música. Era, supongo, la atmósfera del amor primordial previo a las distinciones, el manifestado en el principio de los tiempos antes que se separaran las cosas y se partieran en dos las almas y en dos los cuerpos. (cit:* Desvaríos del alma*)*

Luego de esa sesión nuestro vínculo fue como el de aquellas comadres que en el colmo de su mutua confianza van al baño juntas y sueltan pedos.

5

Tuve un sueño que tal vez signifique algo. Frente al espejo del baño y de entre los pliegues de mi *lingerie* sacaba el miembro para orinar mientras me embargaba la sensación de estar compartiendo ese espacio con otra gente. Y realmente era así: ahí estaba Ismael con el pene en la mano y ahí estaba, al otro lado del espejo, esa chica de ojos castaños. A nuestro alrededor incluso las cosas más duras y sólidas vibraban llenas de improbabilidad y desazón, amenazando cobrar otras formas. En la escena siguiente estoy en la calle. Avanzo tomando del brazo a otras tres lindas chicas. Siento un deseo no sé de qué erizándome el cutis a lo largo de los muslos y corvas. Camino, como las otras, con amplias oscilaciones de cadera.

6

Regresemos a esa noche durante el lanzamiento de *Obsesión*, cuando experimento una caída desde el amor al asco y una vez más me sobreviene el deseo imposible de anular el pasado. Cerré fuerte los ojos y me dije «visitaré al Ismael de hace un año atrás y lo pondré sobre aviso, me apareceré en sus sueños, le advertiré que no conteste el teléfono o corte de inmediato apenas le digan "llámenme Ismael"». Mi complacencia se había evaporado. Postrado me hallaba en un vacío preñado de amenazas, en medio de esa caída libre del amor al asco. Emilia ya no se encontraba donde la había visto. De hecho, se dirigía rauda hacia mi posición. Cuando estuvo encima le sonreí con un esfuerzo considerable y ella me devolvió una sonrisa amplia y sardónica.

—¿Qué haces aquí? —me preguntó, a lo que sin tono ni expresión contesté.

—Recuerda que escribo, estas cosas me interesan.

Traté de ocultar mi asombro por el hecho de que ese rostro vulgar y de ojos sobresaltados me hubiera tenido en ascuas por tanto tiempo. ¿Qué pude haberle visto? me pregunté una vez más. Ni Emilia ni yo dijimos ni una sola palabra. Encapsulados quedamos en la esfera de un silencio que era solo nuestro. Ignoro qué sucedía en su mente, si acaso pensaba en la relación tan ambigua e intermitente que celebrábamos o si, como yo, quedó suspendida en ese gelatinoso bloque desprovisto de sonidos, gestos o señales. En mí solo había mucho pasmo ante cómo se daban las cosas; para el lanzamiento de *La fuerza de la carne* todo parecía converger hacia ella y hoy yo era el centro de todo y ella solo un vulgar asteroide. Literalmente su magia se deshizo, sus ojos desorbitados saltaron como resortes, se desplomó su nariz aquilina, como un papel que se incendia se arrugó su frente cerúlea, me horrorizaron sus enjutas nalgas, me hastió su voz, sus cabellos y todas sus gracias y desgracias volaron y se desperdigaron por doquier y no valieron nada.

Me parece que finalmente Emilia habló, pero no recuerdo lo que dijo. Es probable que desde su punto de vista haya sido yo quien se desintegraba y dejaba de ser lo que había sido. Seguro notó cómo se desvanecía mi adoración sumisa y cómo en mi ánimo no había otro deseo salvo olvidarla, deshacerla, anularla. Entrecerrando los ojos para no verla, para no ver su desencanto y quizás su despecho, no podría decir si su rostro realmente traslució la sospecha o la certeza de que el asunto terminaba ya.

—Te encuentro raro —me dijo dejando en claro que no quería reconocer nada.

Posiblemente le contesté algo breve y cortante porque el rostro de Emilia manifestó mucho asombro, emoción que nunca antes le había visto. Estaba acostumbrada a controlar la situación y mi respuesta manifestaba un inesperado repudio. Luego retornamos al silencio y presentí que ya no las tenía todas conmigo. Tras una fachada de determinación mi ánimo se estaba erosionando como siempre sucede cuando trato de aparentar solidez. Como desde muy lejos oí los aplausos coronando el fin de la exposición de Ovalle. Emilia se acercó uno o dos pasos más y su rostro quedó encima del mío, a solo unos centímetros, como si fuéramos a besarnos. Sin querer pensé en Julia y en cómo ambas, sin saber la una de la otra, recurrían a la misma táctica amedrentadora. Emilia quería probar si podía restablecer su dominio. Me escrutó de forma casi insultante, intrusiva. Creo que pretendía obtener mi rendición. Esperaba que sonriera y le besara la mejilla o alguna otra señal de acatamiento. No hice nada, pero ya me faltaba el aire. El salón estaba repleto, la atmósfera era asfixiante, el sudor me hacía arder los sobacos, el ruido de cien conversaciones simultáneas me ensordecía. Estaba incómodo, al borde del derrumbe, tentado a entregarme una vez más a la potestad de Emilia, a terminar con esa intolerable escena y postergar toda idea de liberación para un momento futuro. Ella lo notó y en sus labios comenzó a insinuarse una sonrisa. Era el triunfal izamiento de la bandera a punto de proclamar una inminente victoria.

Entonces apareció Ovalle. Se hizo presente con la oportunidad con que los galanes del cine comparecen a salvar a la heroína en grave peligro. Puso su mano izquierda en mi hombro y extendió su diestra a Emilia diciéndole «Hola, ¿cómo estás?» y con solo eso, tan simple, la situación cambió del cielo a la tierra como si junto con el saludo la hubiera alejado de mí y puesto en su lugar. Emilia parpadeó sorprendida por tan súbita irrupción y esa mano empujadora.

—Supongo que ustedes se conocen, ¿no? —dijo Ovalle en tono festivo. Y de inmediato agregó— espero que usted, señorita, me conozca a mí.

Luego rió. Su mano izquierda sobre mi hombro derecho no me pesaba. Al contrario, la sentía protectora y amigable. Me sentía bien con ella encima, aliviado, salvado. Respiré hondo. Ovalle y Emilia intercambiaron un par de frases y siguió un diálogo que me tocó directamente no solo por rescatarme de la situación, sino porque me puso muy por encima de quien, después de todo, no era más que ejecutiva de cuentas de una agencia de publicidad.

—Yo también soy amigo de Ismael —decía Ovalle—. Lo conozco desde hace años.

—Ah, mire... No, yo no lo conozco hace tanto tiempo —repuso Emilia con desgano. Parecía desinflada, empequeñecida, marchitada como si Ovalle, amistoso y sonriente vampiro, le estuviera sorbiendo sus jugos.

—Ismael ha estado trabajando conmigo —prosiguió mi tutor y protector— desde hace un tiempo ya y puedo decirte que en breve dará una inmensa sorpresa y apabullará al mundo literario.

¡Cómo me sentí al notar la presión de sus dedos en mi hombro! Pese a los años transcurridos puedo rememorar perfectamente mi emoción al tenor de esas palabras. Porque cuando lo que se dice de uno es halagador, las palabras mismas son las importantes y no quien las dice. Y el efecto que tuvieron fue que esa Emilia ya disminuida de tamaño se hiciera cada vez más distante como si yo estuviera a bordo de un tren iniciando su marcha y ella se quedara en el andén. Nos alejábamos sin remedio. Me sentí conmovido y algo asustado. Tuve la impresión de que por segunda o quizás tercera vez en el curso de ese año tan repleto de inesperadas peripecias mi vida cambiaba de riel y poco a poco surgía un nuevo Ismael. Supe también que el anterior no desaparecería del todo. Él y sus circunstancias se adherirían a mí con la persistencia porfiada de un chicle pegado a la suela del zapato. No, no era ni Emilia ni los demás quienes suscitaban mi repudio, sino esa imagen de mí mismo y que me observaba desde muy cerca.

Seguramente hubo más, pero ha pasado el tiempo y mucho de lo ocurrido durante el lanzamiento de *Obsesión* se me borra o vuelve muy impreciso. Creo que nos fuimos a casa de Ovalle a celebrar con esa botella de champán que guardaba para una ocasión como esa, mi mala cabeza para el alcohol me jugó una mala pasada y un sueño irresistible me invadió después de la tercera copa. Y creo ver a Ovalle levantándome del sillón y tendiéndome en su propia cama con tierna solicitud mientras bisbiseaba palabras cariñosas. ¡Ah, yo era su preciada criatura capaz de elevar su carrera una vez más, rescatarla del profundo cenagal donde se había hundido! Era su hada madrina, su inspiración, la niña de sus ojos, el talento joven que hacía manar de su pluma las bellezas necesarias para engatusar a las ancianas y esperpénticas putas que constituían su audiencia. ¿Cómo no iba a atenderme, pues, con dedicación?

Amanecí sintiéndome muy bien. Al momento de hacerlo, Ovalle entraba al dormitorio con una bandeja sobre la cual vi una taza humeante, un platillo con pan tostado y una mantequillera.

—Despierta, mi bien, despierta… —canturreó, bromista y dicharachero.

EL DESPERTAR

1

He dejado inconclusa la narración de un sueño muy especial. Narré que avanzo por una calle y estamos disfrazados de chicas. Es una calle sin salida dotada de su propia luz y sus propias tinieblas. El aire apesta a basura quemada y tengo el presentimiento de estar ingresando en terreno peligroso. A nuestra derecha un sitio eriazo luce manchones de maleza reseca y tierra ennegrecida por viejos orines y detritus. A la izquierda nos mira la fachada de un edificio cuyas ventanas tienen sus cristales rotos o cubiertos por una gruesa costra de mugre. Nos mira en nuestra desastrosa y torpe encarnación como horda de travestis. Me abochorno. Tuve la sensación —y las sensaciones de los sueños son aún más fuertes que las de la realidad— que una multitud se iba a hacer presente y pensé: «Esto es como en uno de esos sueños donde te hayas corriendo en pelotas a lo largo de una avenida repleta de gente».

En esa dilapidada cuadra la noche cae con pasmosa velocidad. Y están esos fulanos. Los veo salir del interior de un auto. Caen sobre nosotros. Enarbolan cuchillos. Hay empujones e insultos. Nos llevan hacia la entreabierta puerta del edificio en ruinas. Es un asalto en regla. Con la mayor brutalidad nos arrojan al suelo. Alguien solloza. Tinieblas. En el sueño deseo creer que sueño, pero no lo consigo. Me despojan de mis magníficos zapatos de taco alto. Nos están desnudando. Me suben la pollera, cierro los ojos, a tirones me bajan el calzón. Siento sobre mis nalgas y muslos temblorosos un remedo de caricia previa y solo entonces, como si alguien levantara la cortina de una pieza en penumbras, comienza a entrar la luz del despertar, esa sospecha de que solo estamos en un sueño y podemos permanecer tranquilos pase lo que pase. No es posible describir con sangre fría la extrañísima sensación que eso produce. En medio de tan inconcebible mezcla de ternura y violencia mareantes sensaciones se apoderan de mí; es como si habitara un espacio cálido pero neblinoso que me hace imposible distinguir dónde me encuentro, destinado a qué, a qué dulzura inenarrable. Y así, suspendido en ese estado, el aliento caliente y húmedo que ese malhechor arroja sobre mi nuca me produce inmenso asco. Ah, pero soy mimado y regreso a una antigua condición desvalida e inocente. Soy un niño sorprendido tras los arbustos con una mano en el poto y quiero emitir estentóreos alaridos para aclarar el sentido del asunto, quiero convocar ante mi presencia la vida consciente de la galaxia entera para hacer mis descargos. Pero entonces el sueño me arroja de su Paraíso y despierto.

2

—Despierta, mi bien, despierta... —dijo don Ernesto en tono de broma, lo que me bastó para saber que todo estaba en orden, que nada irreparable me amenazaba y ese callejón donde me habían reventado el culo no era sino el escenario de una pesadilla como lo era ese edificio desastroso, el sitio repleto de basura y mi ridículo disfraz y el de mis amigos. ¡Pero qué real había sido! Absolutamente nada manifestó siquiera por un instante esa amenaza de disolución que ataca a los sueños comunes y corrientes. Emití un gran suspiro de alivio mientras estiraba piernas y brazos y arqueaba la espalda como un gato que se despereza. Recuerdo con precisión esos gestos porque en ellos quedó marcado el inicio de una nueva etapa de mi vida.

Esa misma mañana decidí irme a vivir con Ernesto. ¿Qué sentido tenía continuar en una pensión de mala muerte si nuestra colaboración iba viento en popa? Es lo que Ovalle me dijo y le encontré toda la razón. Celebramos el comienzo de esta nueva etapa saliendo a almorzar a un restorán y nos sobrepasamos un poco con el vino. A la hora de los postres estábamos ya en territorio de confesiones y se me llenaron los ojos de lágrimas al notar la benevolencia con que me escuchó decirle cuánto lo había detestado. A borbotones salía de mi boca esa sustancia maligna que por tanto tiempo me envenenó. Él no se quedó atrás en materia de franqueza. También me había detestado, dijo, por considerarme una amenaza. Pero eso ya no sucedía y solo era parte del pasado.

—Cuando te contacté —me dijo—, mi desesperación por cumplir con las exigencias del editor era tal que solo por esa razón, muy a disgusto, recurrí a ti. Te había visto hacía poco, un día que pasé por fuera de la librería en que trabajabas…, te vi haciendo de vendedor y de inmediato me di cuenta de que estabas en una situación vulnerable. En ese mismo momento decidí usarte, sí, esa es la palabra, usarte. Pero también es verdad que apenas pedí tu ayuda tuve un miedo terrible…

Y prosiguió por largo rato detallando sus sentimientos. Noté que él también se aliviaba. Dimos vuelta la hoja y quedamos purificados. Fuimos al mismo tiempo penitente y confesores. Hecho eso comenzamos a afinar los detalles de cómo iría cobrando yo existencia literaria sin dañar la cooperación entre ambos. Así se nos pasó la tarde y era casi de noche cuando abandonamos el restorán, medio borrachos ya. Me parece que visitamos un bar para empinar otra ronda y más tarde acudimos a la disco, donde le presenté a Gonzalo, cliente habitual. No tengo palabras para describir lo bien que se llevaron desde el primer minuto. ¡Era como si se conocieran desde siempre! Gonzalo mostró reverencia por Ovalle en su calidad de afamado escritor, respeto por el arte, cortesía y buenas maneras. Luego, para ofrecerle a Ernesto un ejemplo de las experiencias que compartimos Gonzalo y yo buscando enriquecer *Obsesión*, fuimos a la pista y bailamos de buena gana. Ovalle nos aplaudió con entusiasmo y nos instó a hacerlo de nuevo. La segunda era una pieza de muy lento ritmo, una balada de Sinatra que bailamos con verdadero sentimiento. Ovalle manifestó cierta melancolía con esa canción.

Entonces ordenamos una nueva ronda de tragos y coincidimos en apreciar la abismal distancia que media entre las bellas melodías de antaño y la basura que oye hoy la gente joven. Recordamos a los viejos artistas del pasado y, de verdad, esta fue la primera vez que vi a Ovalle en actitud nostálgica, con los ojos velados por la emoción y la mirada perdida aunque sin dejar de sonreír ante el espectáculo que le ofrecían sus recuerdos. Estuve seguro de que en su mente no solo oía esa música, la de su propia juventud, sino además miles de imágenes de su pasado desfilaban ante sus ojos. Hubiese querido ingresar a su cráneo y verlas pasar, una tras otra, como si se tratara de una sala de cine. Y estoy hablando del mismo Ovalle que el viejo y desvanecido Ismael veía como la encarnación de todo lo peor que puede albergar un anciano. Pero la percepción que tenemos del prójimo cambia apenas nos damos la molestia de sobrepasar la barrera de los prejuicios. Me bastó ponerme dentro de su piel para entender sus razonables miedos, su honda angustia. Allí, en la disco, todo eso adquirió su verdadero perfil. Me conmoví y es posible que Gonzalo lo notara, pues posó su mano sobre la mía para prestarme apoyo y consuelo. Ovalle hizo lo mismo. Se formó una colina de manos prestándose apoyo mutuo y solidaridad. Me dio la impresión de que firmábamos una suerte de pacto. Fue cuando Ovalle manifestó su deseo de bailar conmigo.

¿He precisado ya que pese a su corpulencia y sus años Ovalle era hombre de movimientos gráciles, casi elegantes? No imaginan la liviandad con que me condujo por la pista, como consumado profesional que lleva años en el oficio, gran maestro de ceremonias sabedor de todos los trucos. No recuerdo qué bailamos; lo importante es que oficializábamos un nuevo comienzo, un período flamante donde nada de lo que había sido válido en el lapso previo tenía ahora la menor trascendencia. Me parece que nos quedamos hasta el cierre y que, en el transcurso de esas horas, Gonzalo llegó a ser parte de nosotros.

Hasta aquí llegan mis memorias lo suficientemente claras como para ser transcritas. De ahí en más los días y los años tienden a confundirse, aunque recuerdo bien la serie de éxitos que coronaron la fructífera colaboración mía y de Ovalle. Fue con el título *Amores ambiguos* que salí parcialmente del clóset literario pues aparecí, aunque en tipografía de menor calado, como coautor de dicha obra, que agotó tres ediciones. La editorial también publicó una modesta edición de 1.500 ejemplares de mis *Cuentos interminables* y aunque no se vendió por entero, tampoco resultó un desastre; ese resultado fue para mí motivo de gran orgullo y satisfacción.

¡Qué nostalgia y hasta tristeza siento siempre al orientar mi mente hacia ese período! No hablo de la pesadumbre que suscita evocar emociones moribundas, sino la aún peor de no ser capaz de recordarlas. Solo puedo suponer que sentí orgullo y satisfacción cuando mi obra fue publicada, pero también es posible que ya sintiera una dosis del total descreimiento que me embarga hoy cuando mis libros ven la luz del día, la sensación de haber perpetrado una estafa de la cual seré culpado muy pronto, revelado como impostor a la mirada del público, como riflero y farsante. Y en cada ocasión debo hacer un esfuerzo para mantener la sonrisa, el gesto del exitoso autor que entrega un nuevo aporte a la literatura.

Por entonces Ovalle ya no me acompañaba a los lanzamientos. Estaba enfermo y yacía en cama todo el día, baldado, quejándose de sus dolores y de su incomodidad pese a mis esfuerzos para mantenerlo lo mejor posible. De vez en cuando me llamaba pidiéndome vaciar la bacinica y me contaba los planes para su nueva novela sentimental. Entonces yo me sentaba al pie de su cama y lo oía con paciencia. Nunca me animé a decirle que su clientela de lectoras había cedido, como él mismo, a los achaques de la vejez y seguramente estaba más inclinada a leer devocionarios que novelas de amor. ¿Para qué y cómo le explicaba que incluso yo, Ismael, a duras penas mantenía el tranco para igualar las chocantes cosas que se estaban perpetrando?

Es increíble cuánto nos degrada y disminuye el paso de los años. Nos hace ridículos. Cuando lo conocí, Ovalle era hombre corpulento y de indudable prestancia, pero en ese estado de postración inspiraba lástima y hasta repugnancia. Era duro verlo tendido en su cama, convertido en esqueleto, la cara adelgazada y reducida a su mínima expresión, sin energía ni siquiera para sentarse con sus propias fuerzas y peor aún dando muestras de un acelerado déficit mental. Solía llamarme a gritos como víctima de una emergencia y cuando acudía y le preguntaba qué pasaba no era capaz de decírmelo. O decía tener magníficas ideas y con la mirada huidiza perseguía saltando de un punto a otro de la pared un argumento que acababa de escapársele o nunca tuvo. Luego me reprochaba por no ir presentándole los adelantos de la nueva novela basada en tan fantástica idea. Le respondía entonces que estaba trabajando en eso, única manera de calmarlo y regresar a mi trabajo y avanzar en alguna novela firmada por Ovalle pues su firma aún valía, la del maestro indiscutido del género, la del genio de los sentimientos aliados a cierta cochina pero velada pornografía, mi especialidad.

3

De Gonzalo debí sospechar mucho antes. Su excesiva cortesía y refinados modales ocultaban algo. Se insinuó en nuestras vidas tal como primero se había insinuado en la mía, en sordina, suavemente. Se hizo compañero inseparable. Casi parecía vivir con nosotros y sus amabilidades y servicios eran infinitos. ¿Necesitaba don Ernesto hacer un trámite en el centro de la ciudad? Gonzalo se ofrecía de inmediato. Incluso yo, indudablemente la figura más modesta del elenco, era beneficiario de sus favores. Muchas veces me pregunté qué ganaba con su servilismo, pero seguramente lo hice como no queriendo ser escuchado ni siquiera por mí mismo. Todo sucedía de igual modo ambiguo y lejano, sin nunca decirse ni reconocerse nada, sin darse ningún paso decisivo hacia ninguna parte. Cuando después de las cenas que compartía con nosotros Gonzalo bailaba con Ovalle, nunca, lo juro, nunca dio muestras de propasarse. Jamás, en esa atmósfera de irresolución, notamos que nos substraía dinero. Al principio fueron cantidades pequeñas, más tarde sumas mayores. ¿Cómo pudimos otorgarle tanta confianza?

Tal vez Ernesto estaba demasiado prendado de él. Alguna vez se lo reproché, pero lo negó de plano.

—¡Cómo se te ocurre semejante barbaridad, Ismael! —me gritó. Se encontraba en el baño, frente al espejo, dedicado a la laboriosa faena de con una pinza retirar los vellos blancos que se asomaban por sus narices. Esos remilgos eran una coquetería de sus últimos años y jamás los aprobé. Me daba la espalda y parecía gritarle a su imagen.

—Y cómo no creerlo, Ernesto —le dije— viendo tu actitud realmente vergonzosa... —La voz me temblaba, pero en lo principal supe contenerme. A eso siguió un confuso y muy molesto altercado que debimos sostener a media voz por estar Gonzalo en el living, esperándonos para llevarnos a un restorán peruano. Una discusión sostenida de esa manera, a media voz, es como una sopa en ebullición con la tapa puesta: su presión y su ferocidad aumenta entre esos estrechos límites, se hace aún más hiriente y decisiva. Nos dijimos cosas horribles que no voy a repetir. Ernesto temblaba y vi colgar de sus ojos de anciano, de color indefinido, dos gruesas lágrimas, una en cada uno. De algún modo pusimos fin al pleito. Teníamos que recomponernos para no hacer un papelón. Ambos nos lavamos la cara y despejamos toda huella del incidente.

Lo cierto es que Gonzalo se aprovechó de nuestra confianza. Fuimos presa fácil de ese encantador de serpientes por razones distintas y hasta opuestas. Ernesto fue seducido a tal punto que olvidó su experiencia de hombre viejo y ducho. La vejez es así, atiborra el alma de temores por haber sido tantas veces testigo de la miseria humana, pero no por eso se fortifica, sino, al contrario, se convierte en blanco fácil del prójimo, especialmente frente a alguien como Gonzalo, encarnación del fulgor y la salud, prodigio de carne fresca, alegría y entusiasmo. En cuanto a mí no era su juventud lo que me atraía, sino las abundantes hebras de madurez y hasta la relativa descomposición que se mezclaba en ellas. Olía en su persona el primer aroma de la vejez aun en medio de sus más resplandecientes rasgos y adivinaba mucho de vencido y laxo tras el vigor de su entusiasmo. En fin, era esa mezcla de lozanía y desfallecimiento lo atractivo, esa fragancia a cosa perdida y superada que vibraba incluso en sus palabras más vivaces.

Como sea, nos engañó. Y si bien cuando nos apuñaló por la espalda Ernesto aún podía recortar personalmente su bigote de septuagenario tardío, el comportamiento inaceptable de ese bandido nos dolió hasta que, ya avanzado en años, Ovalle no pudo extraer más los vellos que le aparecían en manojos por sus fosas nasales. No pudimos olvidarlo ni perdonarlo, pero aún bajo el peso y el dolor de la traición Ovalle y yo fuimos capaces de producir *Amores de otro tiempo*, *Adiós, vida mía* e incluso un éxito que repercutió en el difícil mercado español y mexicano y del cual seguramente usted ha oído hablar, *El gusano del deseo*.

4

Creo que no he narrado cómo se inició el deterioro de Ernesto. Todo comenzó mientras trabajábamos en *El gusano del deseo*. Acababa de terminar un borrador y él, mirando sobre mi hombro, comenzó a leer en voz muy baja salpicando como era usual una fina lluvia de esputos en mi oreja. Esa mañana la ducha de saliva sobrepasó lo habitual. Me preparaba a hacer algo al respecto cuando sus manos se separaron bruscamente de mis hombros y se oyó el golpe sordo de su caída. Fue un ataque que el mediquillo del servicio de ambulancias describió como una advertencia. Ese mismo día se inició también a mi tarea de enfermero de Ovalle, y digo Ovalle porque nunca más pude verlo como Ernesto. Viéndolo desplomado e inerte, respirando con dificultad y con el rostro encogido, ya no pude sentir ante él otra emoción que un poco de desprecio. Reducido a ese estado parecía menos una persona que un bulto de ropa sucia. Tales, lo confieso, fueron las emociones que me embargaron. Presumo que eran restos de la inquina del viejo Ismael contra el Ovalle de su anterior encarnación, la del viejo cabrón dispuesto a chuparme la sangre. Yo mismo me sorprendí cuando emergió súbitamente a flote desde el fondo cenagoso donde yacía sumergida y casi olvidada. Luego vendrían otras crisis, pero fue esa primera la que accionó el interruptor de su declinación. Después él ya no pudo colaborar en nuestro trabajo común, si llamamos colaboración a sus breves comentarios desperdigados al borde de las páginas. El asunto en sí no hacía ninguna diferencia, salvo porque cada vez era más difícil ocultarle la verdad a nuestro editor.

¿Era necesario dicho esfuerzo? De seguro el editor conocía la identidad real del autor de las novelas firmadas por Ovalle. Tal vez fuera un conocimiento vernáculo de la casa editorial que ya se transmitía por tradición oral. Y si lo sabían, ¿para qué iban a revelarlo si de ese modo podían arruinar el estado de las cosas? El cinismo de un editor no tiene parangón. Bien podía Ovalle estar muerto y atado con alambres a la cabalgadura de su fama literaria, su nombre aun vendía libros. Mejor no decir nada pese a su evidente derrumbe. Aun así, cuando el editor, al visitarnos, preguntaba por el avance de su «nueva, rentable y respetable novela», lo cual en ocasiones hacía en un tono al borde de la mofa, el viejo misericordiosamente entendía solo la mitad y miraba a su interlocutor con espanto, pero no por el tono sino por no poder seguir el hilo de la frase. Creo que vagamente se daba cuenta de que le tomaban el pelo y entonces se quejaba. «Se burla usted de mí», decía. Luego seguían silencios que ni siquiera la actitud desenfadada del editor podía llenar. Solo los ojos de Ernesto eran elocuentes en su movilidad nerviosa. Se veía pasar por ellos toda clase de emociones, especialmente la frustración de estar postrado, la cual se agudizaba cuando recibía visitas. Sentía vergüenza ante su incapacidad de seguir las conversaciones y quizás ser, por eso mismo, víctima de burlas sangrientas. A eso se sumaba su temor ya obsoleto de que descubrieran su exigua o en verdad nula participación en las últimas cinco o seis novelas. En una atmósfera tan cargada, tan apesadumbrada, incluso el desenfadado editor apenas luego de unos minutos se veía vencido o al menos fatigado por la atmósfera de la pieza y el sucumbimiento de uno de sus autores más rentables, por el espeso aroma a cuerpo y a sus emanaciones, a colonia barata, encierro y desesperanza. Luego, dirigiéndose a mí, simulaba recordarle a Ovalle los plazos de entrega, lo que la editorial necesitaba y el estado del mercado del libro en ese momento. Eso era todo y así fue siempre.

¿Les hablé ya de *Adiós, vida mía*? Fue publicada pocos meses antes del derrumbe de Ovalle y no vendió mal. Aun así, el editor nos fastidió casi desde el día de su lanzamiento para que siguiéramos por la misma senda, pero profundizándola porque era un momento difícil para el mundo editorial. Se me dijo, incluso, como aliciente adicional para un esfuerzo extra, que mis propias publicaciones dependían de seguir dichas indicaciones.

El mensaje fue claro y no hice comentarios. Desde entonces han pasado muchas cosas. Vino, por ejemplo, *El gusano del deseo*, pero luego se produjo una prolongada sequía. Me he propuesto vencerla forzando mi inspiración y para eso y durante horas me paseo por el pasillo que va desde la puerta de entrada de la casa hasta la biblioteca enumerando en voz alta las alternativas posibles, recordando ideas y examinando recursos ya conocidos e intensamente explotados en este tipo de literatura. Ese ejercicio creativo era, hasta un tiempo atrás, interrumpido frecuentemente por Ernesto, quien me llamaba para solicitarme algo más para comprobar que seguía en la casa, que no lo había dejado solo. Era difícil trabajar en esas condiciones.

5

Ahora tal contrariedad no existe y puedo poner fin a esos paseos dejándome caer por largo rato en el sillón imperial, desde donde presido el silencio. Pronto se cumplirá un año desde que Ovalle estiró las patas. Una mañana lo encontré frío y tieso en medio de amplia e indiscreta mancha de orina esparcida en las sábanas. Tenía los ojos abiertos en total descreimiento como si, propietario de una póliza de inmortalidad, acabara de percatarse que lo habían estafado. Desde entonces y por las tardes suelo quedarme echado en su sillón respirando el aire de ese cuarto sin ventanas, su intensa fragancia a polvo y a papel, quizás la misma que respiré por primera vez hace tantos años cuando vine a oír una conveniente proposición de trabajo. Los libros, apretujados en los estantes, siguen aguardando un lector que rara vez llega. Es en medio de esta atmósfera rancia donde le dedico unos cuantos pensamientos a cómo responderé a las presiones de la editorial. A veces siento como si el piso se hundiera bajo mis pies para malignamente dejarme en el aire, ingrávido, a merced de la más leve brisa que quiera arrastrarme y dejarme caer en cualquier parte como a las inútiles hojas de un diario de anteayer. Y en otras ocasiones recuerdo a Menares. ¡Menares! Se había acercado a nosotros, a Ernesto y a mí, con ocasión del lanzamiento de un enorme éxito nuestro que ya cayó en el olvido. Era un escritor casi completamente desconocido, ganador de un segundo premio en uno de esos concursos de cuentos que organizan las revistas de modas y estilos de vida orientadas a un público de señoras; tenía alrededor de cuarenta años, era corto de estatura, delgado, muy pálido, de aire ratonil, meloso en sus modales, sibilino y en todo sentido despreciable. Se nos acercó y abundó en felicitaciones y halagos ambiguos.

—No saben el gusto que tengo de saludarlos, a ustedes, el equipo literario más efectivo del país...

Ernesto respondió algo muy parecido a un gruñido y enseguida volteó su cara hacia otro lado en una brutal muestra de desprecio y desinterés, pero Menares no se dio por aludido y concentró sus fuegos en mí.

—Quiero que sepan... —agregó, como si Ernesto siguiera siendo uno de sus interlocutores— que siempre he apreciado su obra y la estudio concienzudamente para aprender de sus técnicas...

Ante esas palabras percibí que Ernesto, aunque ostensiblemente mirando hacia otra parte, comenzaba a prestar atención.

—... y aunque no lo crean —continuó— he intentado adaptarlas a mi propio trabajo...

—¿En qué sentido y para qué clase de trabajo? —preguntó entonces Ernesto, quien incluso se dignó mirarlo con un apenas contenido aire de repugnancia y algo de asombro como si no pudiera creer que un insecto así fuera capaz de emitir palabras. Una vez más Menares no se dio por enterado y prosiguió con el mismo e invariable tono melifluo que le es propio, obsequioso y con una apenas detectable brizna de sorna.

—Bueno, don Ernesto, espero que no se moleste si le digo que intentaré escribir una obra donde pueda ir aún más lejos explorando los vericuetos del alma femenina… Si lo logro diré que me apoyé en los hombros de gigantes.

No recuerdo lo que siguió a ese sarcasmo espetado con expresión inocente, pero no creo que la charla haya continuado mucho más. Sé que Ovalle, apenas Menares se fue a pegar la hebra a otro corrillo de asistentes, hizo un comentario despectivo, pero su contenido se me escapa en este momento. Luego nos olvidamos completamente de su bravata literaria. ¡Y luego el infeliz publicó un libro precisamente dentro de las fronteras de nuestro género! ¡El nuestro! Y quizás había cumplido su palabra de no solo imitar nuestras técnicas, sino de ir más allá. ¿No era lo que decía el editor con lo del «paso hacia adelante»? Y ahora me lo dice a mí y una vez más es el teléfono, ese odioso artefacto, el mensajero de los malos ratos y debido al efecto casi insoportable de esas presiones mi inspiración me ha estado fallando y en los paseos desde un extremo a otro de la casa no logro encontrar ideas; muy pronto me descubro divagando, fantaseando, perdido en esos vericuetos de naderías a los que con más y más frecuencia la mente se deja llevar cuando ya no tenemos las energías de los veinte años y pronto nos invade un deseo irresistible de dormir donde sea que nos encontremos, en el asiento del bus, en el escaño de la plaza, en la silla del comedor, en el sillón del escritorio. Ya ven que no logro encontrar ideas sino solo malos recuerdos. Me he pillado, incluso, pensando en Anita, Emilia, Jorge y, sí, también en Julia, a quien imaginaba como dueña de casa y madre de dos o tres hijos.

De Anita nada he sabido en el último tiempo y en verdad uno de los pocos puntos altos de este período es haberme librado de ella. Hace unos dos o tres años supo darme una desagradable sorpresa. Un día sonó el timbre, abrí la puerta y ahí estaba aunque solo lo supe después porque no la reconocí. De mujer madura había devenido en una veterana con el cabello rabiosamente teñido de rubio.

—¡Ismael querido, tanto tiempo sin vernos! —dijo alborozada, como esperando la más cálida de las bienvenidas.

—¿Perdón? —le contesté. No tenía idea de quién era. Su sonrisa desapareció.

—No me digas que no sabes quién soy… —respondió con expresión de reproche. Al fin su nombre, resonando en alguna parte de mi cabeza, me permitió reconocerla o, al menos, asociar esa figura desastrosa con un lejano período de mi vida, con doña Anita, la jefa de la librería.

—¡Anita, claro que me acuerdo! Doña Anita, la jefa —dije entonces, consternado, rehusándome a creer que había fornicado a destajo con ese despojo humano y que solo esa ruina quedaba de la interesante cuarentona de aquellos años. Su expresión fastidiada cambió a una de hondo pesar. Mi tono lo dijo todo. Debe haber sonado como la exclamación de incredulidad y horror de quien es convocado a la morgue para reconocer a un familiar muy estropeado luego de un horrible accidente. Además no sabía qué medidas tomar. ¿Hacerla pasar, invitarla a entrar? ¿Por qué? No me agradaba su repentina aparición. Después de todo Anita era parte de un pasado que reconocía como propio, pero que al mismo tiempo ya no existía.

—Veo que no me invitarás a entrar —dijo en ese momento. Quizás aún esperaba que la refutara con palabras amables, que le dijera «¡Cómo se te ocurre, pasa, por favor, pasa!», pero me quedé de piedra. No supe qué decir, pero sí sabía lo que quería: deseaba que esa puta envejecida jamás se hubiera presentado ante mi puerta o al menos partiera de inmediato o nunca hubiera existido o jamás la hubiera conocido. Además me sentí víctima de una injusticia. ¿Con qué derecho se presentaba así? ¿Venía a cobrarme alguna cuenta? Considerar tal cosa hizo pasar mi ánimo desde la molestia al estado preparatorio de la ira, pero antes de que se desarrollara Anita recobró la iniciativa e hizo el próximo movimiento.

—¡Eres un infeliz, un desgraciado, un concha de tu madre! —gritó.

Su propia agitación la dejó sin aliento y no pudo continuar, pero se recuperó casi al instante y reinició su retahíla.

—¡Con todo lo que hice por ti ahora te haces el imbécil! ¡Me hace la desconocida el gran señor! Y, ¡mira!, si eres tan cara de raja que no puedes decir nada... Siempre, siempre es lo mismo. Conocen la fama y se olvidan de quién les mudó los pañales sucios.

—Pero, Anita —dije, en el fondo sin decir nada.

—¡Estoy en la ruina, Ismael! Necesito ayuda y sé que ahora tú eres rico. ¿O crees que no leo los diarios? Sales en todos lados, el gran autor de best sellers, cabrón. Estás forrado en plata y yo necesito ayuda.

Y antes que yo pudiera reaccionar —y aún no sé qué reacción pudo haber sido— cambió bruscamente desde su postura de ira a una de conmiseración consigo misma. En un dos por tres ya estaba llorando.

—Necesito unos pesos, Ismael, mijito, de verdad —agregó en tono patético.

Tal vez si no hubiese dicho esa palabra final le hubiera entregado alguna calderilla. Quién sabe. No soy tipo mezquino, pero el «mijito» me molestó profundamente. Insinuaba la persistencia de una familiaridad extinta desde hacía muchos años. Más aún, esa sola palabra pretendía que, conforme a una presunta relación inmarchitable, ella era titular de ciertos derechos financieros. Y todavía más: me pareció olfatear una amenaza. Todo eso pasó por mi cabeza en tan solo unos segundos. En ese momento oí los gritos de Ernesto desde dentro de la casa, pidiéndome algo.

—Anita, mira —dije aprovechando la coyuntura—, estoy a cargo de un enfermo, de don Ernesto. Y ya lo oyes, el pobre está muy malito, de verdad que no puedo atenderte ahora. Pero hagamos algo, ¿por qué no me llamas uno de estos días y conversamos?

Dicho eso y con una suerte de audacia redentora reemplacé mi postura pasiva por una de activa indiferencia y retrocedí medio paso dando a entender que me aprestaba a cerrar la puerta. A Anita se le dilataron los ojos de asombro. Nunca se había esperado algo así. ¡Después de todo había compartido el lecho con esa mujer!

Merecía, supongo, un tratamiento algo más cordial. O tal vez no. ¡Qué descaro suyo el venir a pedirme plata de esa manera! Lo cierto es que aprovechando su pasmo hice un vago gesto de despedida y cerré la puerta. No alcancé a dar más de tres pasos por el pasillo cuando Anita comenzó a insultarme a gritos y a aporrear la puerta. ¡Por Dios las cosas que dijo! A los insultos genéricos agregó imputaciones personales muy injustas. Con una grosería extraordinaria me acusó de maricón, pero entendí su molestia. A la gente vulgar no se le ocurre otra expresión hiriente cuando saben de dos adultos del mismo sexo que comparten una residencia, un trabajo común, respeto y afecto mutuo. Sus palabras me estremecieron, pero la impresión se desvaneció rápido. A Ovalle le dije que solo era un borracho pidiendo dinero. Quise olvidar el incidente lo antes posible. Tenía cosas más urgentes de qué preocuparme. Atender a un anciano enfermo no es cosa baladí.

Tras este incidente cara a cara Anita cambio su táctica y comenzó a fastidiarme por teléfono. ¡Otra vez ese maldito aparato! Al principio insistió en la ayuda económica; más tarde, perdida la fe en esa demanda, me solicitó contactos para encontrar trabajo. Finalmente no supe para qué me llamaba. Durante el proceso interrumpía sus lamentaciones para mantenerme informado de los movimientos de Jorge y de Emilia. Me pregunté por qué no les pedía dinero a ellos. ¡No crean, eso sí, que dejé de lamentarme por Anita! Más de una vez me sentí apesadumbrado por su suerte. Con los años, en mi colaboración con Ernesto Ovalle, aprendí a desarrollar la parte femenina de mi ser, mis emociones, la solidaridad con el prójimo. Traté de imaginar qué hizo tras ser despedida de la librería, pero no pude lograrlo; el personaje presentándose ante mi puerta en tan malas condiciones testimoniaba una caída casi irreparable y sin estaciones intermedias. Sentí alivio por no haberme dejado inmiscuir en el asunto. La sensibilidad empieza por casa.

Y así, poco a poco, fui quedándome solo. Ovalle murió, Gonzalo desapareció hace mucho, de Anita no he sabido más y de Jorge y Emilia solo tuve los fragmentos de información que esa vieja roñosa me ofrecía.

Ernesto ya no está conmigo, creo haberlo dicho. Desde entonces, desde su muerte, deambulo de habitación en habitación como si se me hubiera perdido algo. De vez en cuando para afirmarme en algo sólido recuerdo esa tarde en que Ovalle me citó y me entregó su borrador.

REENCUENTRO

1

Deambulo tardes enteras como si se me hubiera perdido algo y no recordara bien qué ni dónde. Últimamente el teléfono apenas suena. Quizás el editor confía en que estoy avanzando en mi trabajo o perdió ya la esperanza de que lo haga. Reina, entonces, el silencio. A veces se me presenta la imagen de Julia. Años atrás, cuando la rememoraba, su rostro se me aparecía borroso e indistinto, pero últimamente lo hace con mucha nitidez. No solo eso, sino además la recuerdo con nostalgia y ternura. Veo con detalle sus delicadas facciones, su cara menuda, sus labios casi imperceptibles.

Descubro también que no he olvidado sus desdenes ni sus menosprecios, pero me parecen de poca monta, episodios intrascendentes agigantados por el sentimiento de menoscabo que me abrumaba en esos años. Tal vez la amé, me digo, luego de lo cual me pregunto por qué dejé de hacerlo. Y si no la amaba quizás esperaba de ella algo que nunca conseguí y aun me pesa. Esas preguntas agudizan mi terrible sensación de pérdida. El rostro de Julia es la estampa conmemorativa de un tiempo dilapidado.

2

Ayer, un día tan coagulado en su vacía inmovilidad como todos los demás, volví a recordarla con insistencia. Supongo que por medio de su presencia intenté retornar a aquellos días difíciles pero al menos dotados de vida. Movido por un impulso repentino busqué en la lista de odontólogos su ubicación y teléfono. Ya se sabe: es dando un paso vacilante o firme, dándolo en un momento cualquiera o no dándolo nunca, como hacemos y deshacemos nuestras vidas. Encontré su nombre y su número. Mi corazón comenzó a latir desbocado y en ese estado de agitación hice la llamada. Dije a la secretaria ser un viejo paciente que deseaba saludar a la dentista. Julia no se tardó en tomar el aparato y tuve un desagradable presentimiento: me contestaba sin demora porque su consulta dental casi no tenía clientes, no atendía a nadie en ese momento, pocos llamaban o iban y todo a su alrededor era un completo fracaso. Se me fue el alma a los pies. Nada más triste, más pegajoso y más demoledor que el fracaso, incluso el fracaso ajeno. Apesadumbrado, quise cortar, pero ya era tarde. Dijo «Aló, ¿quién es?» en ese tono tentativo que mezcla una dosis de esperanza con otra de temor. O la llamaba un acreedor o alguien con una emergencia dental. La llamaba cualquiera menos yo. Yo no era nadie, ni siquiera una hipótesis.

—Soy Ismael —contesté en un suspiro, arrepentido ya, lleno de culpa.

—¿Tú, Ismael?

—Sí, yo —agregué, o mejor dicho me disculpé. Las emociones me inundaron el gaznate. Seguro se preguntaba qué hacía yo al otro lado del aparato. Ahogado en ellas no pude decir ni una palabra más. Siguió una larga pausa. Ni siquiera la oía respirar.

—¡Pero qué sorpresa! —dijo Julia poniendo término al embarazoso silencio. Su entonación daba a entender que se trataba de la clase de sorpresas que no agradan en lo absoluto, un evento tan inesperado como molesto. No había, en las cuatro o cinco palabras que hasta ese momento había pronunciado, ni el más mínimo indicio de los sentimientos que uno espera de alguien con quien se ha sostenido una larga relación. Siguió otra pausa y no supe qué hacer. Me sentí un estúpido. Nunca debí haberla llamado. Cerré los ojos y enrojecí. A mi edad uno debiera estar libre de eso, del rubor, pero helo ahí, de regreso a los mejores tiempos de adolescencia o juventud. Agradecí al Señor que no hubiera nadie que me viera así.

—Perdona, Ismael, pero ¿por qué me estás llamando? —preguntó Julia, haciendo exactamente la pregunta que no podía contestar.

—Necesito verte —respondí en un alarde de audacia, pero apenas lo dije me pregunté si era cierto. Al menos no lo era en ese momento. Si acaso necesitaba algo era revertir la flecha del tiempo y retornar al minuto en que había buscado su teléfono, esta vez para no hacerlo. También necesitaba salir de mi marasmo y todo lo demás era indefinible; llamar a Julia había sido un acto espontáneo para el cual no tenía razones. En ese largo segundo estirado de modo inconcebible entre mi afirmación y su respuesta todo lo que había sentido o creído sentir de nostálgico acerca de Julia se me hizo dudoso, ilusorio, resultado de una indigestión espiritual y nada más. Lo que estaba haciendo era absurdo, concluí, mientras apretaba la bocina del teléfono contra mi oreja para detectar un indicio no sabía de qué. Ignoro por qué dije esa frase al borde de la claudicación. Después de tantos años como autor de novelas rosa tal vez había terminado contagiado por mi propia retórica. Mientras tanto el silencio fue asunto de ella. Se quedó sin saber cómo continuar.

—¿Verme? ¿Para qué? —respondió al fin con su tono desabrido de siempre. Aun así y por un instante, arrastrado quizá por mi vocación literaria, creí oír en su voz un matiz ansioso como si hubiera estado esperando mi llamado desde hacía años, a lo largo de inmensidades de tiempo, de innumerables noches en vela, decepcionada porque no ocurría, llorando con la cara hundida en la almohada debido a mi silencio. Por un segundo o dos, mientras imaginaba todo eso y tratando de plasmarlo en prosa, olvidé sus desdenes, desprecios y silencios burlones. El rostro que imaginé era radiante y expectante. La vi corriendo con los brazos abiertos, descalza, el pelo al viento, corriendo, damas y caballeros, bajo la dorada arboleda del parque.

Ensimismado como estaba en esa fantasía no recuerdo más detalles de nuestra conversación, salvo haberle dicho que necesitaba verla, a lo que, renuente, finalmente cedió. No sé qué la hizo ceder, no sé cómo llegamos a eso, pero acordamos encontrarnos para hablar de los viejos tiempos. Había logrado, al menos, despertar su curiosidad. Nos reuniríamos en el lugar de siempre, en la fuente de soda, al día siguiente.

Ese encuentro ya es historia. Se celebró hace veinticuatro horas más o menos. Ahora estoy, pluma en mano, preguntándome si me atreveré a confesaros el cariz de las emociones que me invadieron en las horas previas a la cita. Escenas de los viejos tiempos que ni siquiera sabía olvidadas de tan olvidadas que estaban retornaron a mi mente. Evoqué los paseos por el parque y las más bellas imágenes de nuestro pasado común. Y por cierto deseché tajantemente las de sus labios demasiado delgados y su integral insignificancia física. Llegada la hora me bañé, me vestí y me peiné con gran cuidado. Creo haber lucido encantador.

3

Tomé un taxi y me dirigí al lugar de la cita. Apenas descendí del vehículo mi ánimo sufrió un traspié: la fuente de soda ya no existía. En reemplazo había una importadora de artículos chinos. Y en ese mismo momento vi venir a Julia. No había cambiado en nada, salvo el mínimo absolutamente necesario que impone el paso de los años. Seguía siendo delgada de cara, de labios casi invisibles y su mirada era alerta y algo sardónica. Murmuró un «Hola, Ismael», me ofreció una mejilla y al besarla constaté su frialdad de mármol. Nada inusual.

—¿Y qué hacemos ahora? —preguntó indicando con el dedo la inexistente fuente de soda. Su tono era puramente inquisitivo, nada de sentimental. No pude detectar una sola traza de dolor por la pérdida de nuestro rinconcito. Eso me desilusionó un poco. Esperaba algo más de emoción, de nostalgia. No hubo nada—. Bueno, ¿qué hacemos? —preguntó nuevamente. Confundido por la situación y deseoso de escapar de ella le solté una frase aun más imprevista para mí que para Julia.

—¿Por qué no vamos a mi casa?

—¿A tu casa? —preguntó incrédula.

—Sí, ¿por qué no? La idea de la fuente de soda era para recordar viejos tiempos, pero si ya no está, ¿para qué ir a otra parte?

Me pareció un argumento contundente, pero debe haberle sonado muy extraño. Ni siquiera supo cómo refutarlo. Quizás tampoco sabía si deseaba negarse. Desconcertados por lo peregrino de la invitación, yo por hacerla y Julia por oírla, hubo un lapso durante el cual, mirándonos a los ojos, estuvimos a punto de soltar la risa; la vi en su mirada ya lista para trasladarse a la boca y estallar como se debe, pero no lo hizo. Tal vez, de haberlo hecho, si hubiéramos reído juntos, todo pudo comenzar de nuevo, ser alguna clase de principio, pero el espasmo murió apenas nacido.

—Está bien. Me da cierta curiosidad ver cómo te las arreglas, porque imagino que ahora no vives en una pensión, ¿verdad? —dijo al fin Julia con voz neutra

—No, ¿cómo se te ocurre? Heredé la casa de Ernesto Ovalle y en ella vivo —repliqué risueño.

—¡Vaya, qué suerte que tienes! —respondió también sonriendo.

Debí haber considerado sus palabras como una inocente muestra de satisfacción por mi buena fortuna, pero me pareció detectar algo desagradable, una leve insinuación de haber sacado yo provecho de las circunstancias. Primero me estremecí de vergüenza y luego me abrumó una aplastante sensación de desprecio hacia mí mismo por la debilidad que me había impulsado a llamarla y ponerme, por enésima vez en mi vida junto a ella, en la situación de quien está en falta. Me odié y la odié. Fue como estar otra vez en el parque y oírla llamándome «escritorzuelo». Cerré los ojos y apreté los puños, pero ya no estaba en edad para esas reacciones. Detuve un taxi, abrí la puerta y la invité a subir.

Viajamos sin intercambiar muchas palabras. Seguramente se preguntaba qué diablos hacía conmigo en ese taxi. Creo que ambos estábamos por considerar el encuentro como una equivocación, pero de todas formas yo me aferraba a la posibilidad de que algo positivo saliera del asunto. ¿No podría existir una chispa, un rescoldo siquiera, un átomo de mutuo interés que renovara parcialmente mi vida? Quién sabe. Es de la esencia de los sentimientos el ser ambiguos, a menudo falsos, construcciones posteriores, suerte de excusas o pobres explicaciones de lo que ya no entendemos. Al menos de ese modo lo sentía yo, pero Julia tenía una expresión de arrepentimiento sin nada de vago en ella. Adiviné que estaba a punto de pedirle al conductor que se detuviera para bajar e irse, pero no lo hizo. Cuando el taxi se detuvo frente a mi casa, ella descendió y esperó en la acera que yo pagara. Me pregunté si quedaba en mí algo, siquiera un poco, del espíritu que me impulsó a llamarla. Me pareció que no, pero seguimos adelante. Me pregunté por qué Julia lo hacía, por qué estaba ahí. Después de todo siempre había sido amiga de ir a la misma fuente de soda, al mismo hotel, a pasear por los mismos senderos del parque, a sentarse en el mismo escaño y acudir al mismo cine. ¿Por qué ahora acompañaba a un casi completo desconocido a un lugar también desconocido? No comprendí la razón, pero nunca he sido capaz de penetrar la mente de Julia. ¿Qué estábamos haciendo, realmente, frente a mi domicilio? Mi interés, cualquiera haya sido, se había evaporado. Vi que Julia estaba incómoda por haberse salido de sus caminos habituales, pero yo ni siquiera tenía a la vista caminos por recorrer.

Nada que hacer: por estúpido que fuera todo, me sentí irremisiblemente embarcado. No tenía más opción que comportarme como si jamás hubiésemos perdido el contacto. Y aparentando ese talante abrí la puerta y la invité a pasar. Julia se concentró en las fotografías del pasillo y me pidió que le mostrara la de Ovalle. Luego pasamos al living y avanzando por los trillados senderos del protocolo le ofrecí una bebida. Yo me serví un vaso grande de gin. Terminados estos menesteres y sentados frente a frente ya no hubo a mano otros gestos de cortesía que llenaran el tiempo. Ahí estábamos, cara a cara, sin nada que decirnos después de lo poco que nos habíamos dicho.

—Así que aquí vives, ¿ah? —dijo Julia mirando a su alrededor sin ningún interés en lo que pudiera responderle. Y luego, en una pregunta llena de implicancias venenosas me preguntó cómo había conseguido que el viejo me dejara todo.

Traté de detectar en su rostro la intención con que lo decía. ¿Se estaba burlando de mí? ¿Me imputaba un delito? ¿Era solo curiosidad? Hacía tiempo no me sentía tan incómodo. Es muy desagradable cuando se cree de uno lo peor y estuve seguro de que Julia esperaba signos indirectos o evidentes de alguna cochinada. En su visión yo me habría convertido en propietario inmobiliario merced a aviesas intrigas y deslealtades y entonces a la bajeza asociada a mi calidad de «escritorzuelo» y/o servil ayudante, como alguna vez me había visto, se asociaría también el dolo, la traición y la puñalada por la espalda. Si así era, si eso pensaba, entonces el tipo que frente a ella ingurgitaba un gin era un bastardo que por medios inconfesables se había hecho de la modesta fortuna de un anciano. Ante sus ojos eso ratificaría mi despreciable condición pese a los años transcurridos y a mis éxitos, pese a todo lo que yo hubiera logrado. Sería, en fin, un escritorzuelo convertido en sinvergüenza.

Sobrevino un largo silencio. No creo que Julia estuviera esperando una respuesta. Esperaba precisamente ese silencio. Los silencios siempre dominaron nuestra relación y en este caso, además, era uno preñado de la culpa tácita de quien no tiene respuesta plausible frente a las acusaciones. Me pregunté qué había sido de las emociones nostálgicas que me abrumaran apenas unas horas antes. Las rebusqué y no las encontré. Lo que no quise preguntarme en demasía fue si acaso ella realmente me consideraba un aprovechador y explotador de ancianos, un mojoncete y puto de mierda. Simplemente pretendí que entre ambos reinaba la más afable familiaridad. Y le pregunté si quería conocer la casa.

4

Yo mismo me sorprendí. ¿Por qué invitarla a un tour inmobiliario? ¿Para evadir las preguntas de cómo la había hecho mía? Quiero suponer que existía una esperanza no muy clara de encontrar en otro lugar de mi domicilio el sentido de la reunión. Les parecerá difícil de creer, pero la idea del dormitorio y su mueble principal, la cama, no se me pasó por la mente. Algo distinto y crucial a lo que nos estaba entregando el protocolar living nos era necesario. Algo importante y no sabía qué. «Buena idea, estoy curiosa», dijo ella. Seguro quería conocer en detalle mi sucio botín. Entonces apuré de un trago el gin y la conduje al estudio. Valía la pena verlo, dije, pues acababa de remodelarlo. Ya no estaba la odiosa silla de palo en la que se me había relegado por tanto tiempo. Era ahora un sitio más cálido y acogedor por más que siguiera todavía atestado de cosas y con su aire espeso y rancio. Julia se detuvo en el umbral y lo examinó desde ahí. Luego se acercó a la gran mesa escritorio y vio las sólidas columnas que agrupaban ejemplares de los libros publicados en conjunto con Ovalle y también mi propio y más reducido opus personal. Tomó uno de estos últimos, lo hojeó a la rápida y se permitió una de sus sonrisas casi imperceptibles.

—¿Es del mismo tipo de los que hacía Ovalle? —preguntó mientras lo hojeaba.

—¿Qué quieres decir?

—Me refiero —agregó Julia, sin despegar la vista de la página que presuntamente examinaba— a si son novelitas de amor, novelas rosa. Porque esa era la especialidad de Ovalle, ¿no? Bueno, también la tuya…

Su entonación era suave, casi cariñosa, pero enrojecí. Estaba siendo víctima de una injusticia, otra más. ¡Yo no escribía como Ovalle, sino mejor! ¡Mis novelas traspasan las fronteras del género! Mientras me reconfortaba con ese pensamiento ella agregó que de joven reconocía no haber sido lectora muy alerta, pero ahora distinguía lo valioso de lo puramente comercial, el caviar del chicle. Dijo esto mientras seguía con su vista posada sobre mi libro y no pude sino deducir que a lo mío se refería cuando hablaba de esa pegajosa e insubstancial materia, la del chicle. Le bastaba un solo párrafo para desmerecer la totalidad de ese libro, qué digo, la totalidad de mi obra. Todo lo mío era, si ampliaba la significación de sus palabras, un «chicle».

Tan desconsiderado fue su juicio implícito, desprovisto de fundamento, hiriente y gratuito, que perdí el don del habla. ¿Por dónde y cómo se refuta un ataque masivo perpetrado con ese aire casual que ni por un instante abandonaba el semblante de Julia? Esa ligereza agravaba el vejamen; cualquier defensa parecería en exceso seria y fuera de lugar, una muestra de debilidad. Me pareció que Julia, solo simulando leer lo que tenía entre manos, me miraba de reojo para aquilatar mi reacción.

La odié, pero aun más me odié por haber organizado el encuentro. Bajé los párpados como un airado pensionista haría con las cortinas de su ventana para no ver a los gamberros adueñándose de las calles de su barrio. Los cerré e invoqué imágenes de venganza, pero ninguna acudió en mi auxilio. Mi desazón, mezcla de bochorno y de amargura impotente, me dejó paralizado. Julia estaba ganando sin oposición una pequeña y sórdida batalla. Tal vez era inocente de toda mala intención, quizás no se daba cuenta del alcance de sus juicios y solo hablaba de más y la traicionaba su ignorancia literaria, pero sospeché que el rubor lleno de vida que cubría sus habitualmente pálidas mejillas tenía como origen saber que me estaba vejando a quemarropa, aplastándome en mi propia madriguera, completando el trabajo iniciado hacía ya tantos años en el parque, cuando me motejó de escritorzuelo. ¡Ah, su pequeño y mezquino corazón palpitaba de felicidad mientras pisoteaba a la cucaracha! Sin saber qué hacer, reducido al silencio, sintiéndome batido en toda la línea, hice como todo ejército en derrota: cedí el campo. Dando media vuelta me dirigí a uno de los estantes y desde allí, dándole la espalda, la invité a ver algunas piezas interesantes.

—¿Cómo interesantes? —me preguntó seca y precisa. Ya no fingía leer mi novela. Esa batalla la había ganado y quizás se aprestaba para otra. Me costó encontrar la energía suficiente para darle una explicación.

—Son unas primeras ediciones de Pablo Neruda —le dije.

—¡Ah, Neruda! —exclamó entonces—, ese sí que era escritor de verdad, ¿no?

Pude haberme callado. Pude haber guardado silencio y hacer como que no entendía esa ponzoñosa alusión y arreglármelas para que se fuera lo antes posible, llamarle un radio taxi, ponerla dentro del vehículo, despacharla adonde quisiera, dar por perdida la jornada, hacer contabilidad de mis pérdidas, quedarme solo, olvidarla de nuevo y para siempre y apagar a pisotones ese fuego fatuo que no podía ser sino un espectro nacido de mi tedio y soledad. Pero no sucedió nada de todo eso. ¡Cuántas veces basta una palabra, un solo paso, la más mínima decisión o falta de ella para que una mano mueva esa aguja que cambia las vías de nuestra marcha y nos lance en dirección distinta, incluso opuesta! Lo cierto es que no pude callar y con el último resto de energía disponible pretendí reparar la situación.

—¿Qué quieres decir con eso, Julia? ¿Que yo no soy un escritor de verdad?

Es lo que le dije con tono algo petulante, tan perfectamente ridículo como una mala línea de diálogo de una pésima obra. Ella dejó el libro sobre la mesa, cruzó sus brazos y sonrió ampliamente. Su postura proyectaba la más serena seguridad.

—No, Ismael —respondió en tono condescendiente—, no te lo tomes como algo personal. Solo decía que...

—Me pareció que eso querías decir —insistí. Quise hacerlo de modo imperioso y firme, pero mi voz trepó un par de grados por la escala, sonando estridente y plañidera. Supe que una vez más saboreaba la amarga bilis de la derrota. Esta vez no tanto contra Julia sino contra mi sombra, la del repelente y eterno perdedor, el pobre de Ismael. No pude evitar un nuevo enrojecimiento de mi rostro. Lo sentí arder y dicho fenómeno acrecentó el incendio de mi pasmosa vergüenza. Julia siguió mis palabras y mis gestos con la destreza consumada de un eximio tenista que espera el trecho final de una blanda y torpe devolución para reventar la pelota en el campo adversario. E hizo algo aún peor que ganar el punto: me tuvo lástima. Dejó que mis palabras cayeran a su lado, inermes, para luego irse dando bote hacia el silencio que merecían.

Me dominó entonces una suerte de estupor comatoso, una absoluta pérdida de mí mismo. Vi al experimentado autor de novelas rosa en peor situación de la que jamás estuvo Ismael el Joven, su torpe predecesor. Julia me hizo un guiño y me preguntó si había algo más que quisiera mostrarle.

Debí haberla besado o abofeteado. Tuve, lo juro, esa oportunidad. O ambas. Debí primero abofetearla para poner las cosas en su lugar y luego besarla, perdonarla, estrecharla entre mis brazos con inaudita pasión, la que nunca antes hubo, violarla en la cama de dos plazas que por meses había sostenido el cuerpo desfalleciente de Ovalle o poseerla sobre el atestado escritorio. Pero no hice nada. Todo había terminado. Me sentí reducido a la condición de estar vacío, de ser un don nadie tal como me sucedió cuando la conocí en esa ya remota fiesta universitaria. Habían pasado décadas y seguía yo estando en el punto de partida. Para peor, en esta ocasión no había música ni baile como trasfondo y distracción de mi bochorno, ninguna otra presencia excepto quizás, si existen los espíritus, la del odioso Ovalle, su fantasma en la versión que había conocido hacía tantos años, el fantasma del viejo abusador, invisible ahora, sentado en su alto trono y observando feliz cómo Julia me aplastaba.

5

Entonces tuve un rapto de inspiración o acaso de locura. Me vino a la cabeza la insólita idea de mostrarle a Julia las bellezas de mi pequeño jardín. Ustedes tal vez no lo sepan, pero cuando la casa pertenecía a Ovalle el patio trasero era un espacio descuidado, un sitio eriazo en miniatura. Yo, en cambio, desarrollé ahí un pequeño jardín de flores. Y fue su esplendorosa imagen la que se me vino a la mente asociándola a la vida sin fracasos ni derrotas que nos promete el Paraíso. Allí mi desazón se desvanecería como por encanto y podría esclarecer de una buena vez ante Julia quién era yo, mi auténtica valía. Todo lo que hasta ese momento me parecía un grueso error tendría sentido.

«¿Vale la pena conocerlo?», preguntó Julia. Respondí que sí mientras por mi mente en desastrosa hilera desfilaban cada uno de los absurdos de la jornada, la charla telefónica, el fallido encuentro en la fuente de soda, el viaje en taxi, las venenosas insinuaciones en mi estudio. ¿Qué era o había sido todo eso? En busca de ayuda pensé en el final de mis novelas rosa, el glorioso *happy end*, pero no hallé nada de utilidad. ¡Qué fácil dotar de sentido las vidas de personajes de novela! Basta decidirlo y forzarles por sus gaznates de papel todas las significaciones, revelaciones y raptos que se nos ocurran. Esto, en cambio, se resistía a significar aun la más mínima cosa. Al contrario, se desplomaba en el abismo sin fondo de la gratuidad y la ridiculez. Me pregunté entonces si no era, esta inminente visita al jardín de flores, la guinda que coronaría una torta de mierda. Como hablando en sueños parloteé acerca de la gran variedad de lavandas que cultivaba. La fragancia del sitio era por sí sola digna de olfatearse. Julia aceptó conocerla.

«Nunca imaginé que te ibas a interesar en las flores», me dijo camino al jardín trasero. Le respondí que yo tampoco. Ya en el patio le señalé el sitio donde crecían esas deliciosas lavandas. Estaba oscuro y Julia pidió luz para verlas. «Y además no puedo oler nada», agregó. «Espera, te busco una linterna», dije yendo al galpón de las herramientas. ¡Cómo me latía el corazón! En mis obras eso es lo que le sucede al héroe cuando al fin decide manifestar su amor y depositar ese beso que hemos estado esperando a lo largo de trescientas páginas. ¡Ah, pero él lo sabe! Mis héroes saben lo que hacen y quieren. Yo lo sé todo por ellos, ya lo dije. En cambio yo no sabía nada, ni siquiera de mí.

¿A qué se debía, entonces, ese palpitar furioso, galopante, desbocado?

Todo se aclararía al abrir la puerta del galpón. En el acto mi nariz fue invadida por un fuerte olor a encierro, a herrumbre y descomposición e instantáneamente recordé una escena de mi primera obra, aquella donde la esposa del millonario inválido se revuelca por primera vez con el chico a cargo de los jardines. Cuando la escribí no tenía idea de cómo terminaría mi vida ni cómo terminaría la novela; mi única certeza había sido la necesidad de persuadir a Ovalle que nos desviáramos del camino habitual y permitiéramos a la bella joven y a su apolíneo amante matar al infame magnate, pero Ovalle no estuvo de acuerdo y *Obsesión* terminó como todas las novelas del género. Fue al elevar la mano hacia una de las repisas en busca de la linterna y recibir el asalto de esas fragancias que dicho final, cuya trama se me había negado y yacía en el olvido, pobre y reseco feto del pasado, cobró nueva existencia. La escena nunca escrita, vívida, brillante y decisiva como un aguafuerte, vino y repletó mi mente. Habría sido digna de mi pluma, si me permiten decirlo. ¡Dios, de pie a la entrada del galpón observé todo el asunto con lujo de detalles! Me consideré el beneficiario de una revelación; la mano trascendente tomando a Saulo del cabello en su camino a Damasco me sacudía a mí también. Experimenté una verdad sobre mi vida difícil de describir en detalle con el recurso de las palabras. Comprendí, a fin de cuentas, que había invitado a Julia a mi casa sin otro propósito que el de matarla.

Fue como si todos los dispersos hilos de mi vida confluyeran en ese punto del tiempo y del espacio y por lo mismo, aun en medio de mi asombro ante tamaña revelación, supe que sería un acto tan dichoso como el de los finales de mis novelas en donde luego de innumerables sinsabores los amantes contrariados encuentran su paz y plenitud. Entender esto me conmovió y me sacó de mí mismo, me arrebató de mi propio cuerpo y me puso al margen de los acontecimientos como es de esperar ante tan espléndida iluminación y entonces tomé la pala y me acerqué a Julia para descargar su filo en su cabeza.

Como lo leen. Sumido en un estado de verdadero arrobo, de hecho viviendo la consumación de los siglos, me aproximé a Julia y alcé la pala. Julia me daba la espalda y no vería ni sentiría nada, le ahorraría todo sufrimiento. Acabar con la odontóloga se me reveló como el único modo de resolver mis problemas y arreglar las cuentas pendientes. Entenderlo me colmó de júbilo, me erizó la piel y endureció los testículos. Me bendecía un sentimiento de culminación como si la totalidad de mi vida no hubiera tenido otro objeto que conducirme a ese instante de absoluto dominio sobre la pequeña y odiosa cabeza de Julia. Supe que no habría sino paz y cumplimiento. Por un instante me asaltó un enorme asombro por la facilidad con que ocurren las cosas más horribles y una vida con sus infinitos vericuetos estuviera a punto de terminar una noche cualquiera, tan fácil e inesperadamente. Como ilustración de eso una sucesión de escenas de lo que estaba por ocurrir desfilaron por mi mente: la cabeza abriéndose en dos, Julia desplomándose como un fardo, sangre y sesos en el suelo, su cuerpo agitando las piernas en una suerte de frenética danza, quizás una chusca pedorrera final. Y ya nunca más me podría motejar de escritorzuelo.

Julia presintió mi presencia y giró sobre sus talones. Apenas lo hizo dejé caer la pala y me abalancé sobre ella y la tomé entre mis brazos, henchido de amor. Acercaba ya mi boca a la suya cuando me empujó gritando «¡pero qué te crees, pedazo de imbécil». Perdí el equilibrio y me fui de espaldas. Caí parando las patas como en un número de vodevil. Ya no la vi pero oí su voz mientras salía del jardín. Dentro de la casa, encaminándose hacia la puerta de calle, a muchos metros de mi desplomada humanidad, pude oír fácilmente el desdén infinito con que una vez más pronunció numerosas veces la odiada palabra: «Escritorzuelo».

6

Supongo innecesario precisar que pasé muy mala noche. Sueños desagradables o extraños me inquietaron de principio a fin. Soñé que bajo la luz de las estrellas y envueltos en los fragantes vapores de mi jardín Julia y yo nos habíamos besado como nunca antes. Soñé que eso era solo un sueño pues en verdad había asesinado a Julia y me incliné sobre su cuerpo y le dije todo lo que siempre quise decirle, el desdén que me merecía su profesión, su figura desabrida, sus mezquinos labios y su culo de mierda, mi enorme desprecio por sus comentarios banales o colmados de malicia. Soñé que la sepultaba en una mediocre fosa de no más de medio metro de profundidad, donde recostaba el cuerpo y ponía en su regazo los restos de masa encefálica. Sobre el sitio, de adorno y cobertura, unas macetas con plantas.

Desperté en la madrugada, no muy seguro de si acababa de librarme de una pesadilla o si esos sueños eran la elaboración onírica de un crimen monstruoso que en verdad hubiera cometido. Tentado estuve de salir al jardín en bata y pantuflas a cerciorarme de eso. Me pregunto si estas escenas podrían ser parte de *Una novela rosa,* pero no lo creo posible; una obra del género debe terminar bien. Las lectoras han de cerrar el libro con una sonrisa. Mi editor no aceptaría otra cosa. El quiere almibaradas historias de amor salpicadas con un erotismo dosificado que solo humedezca levemente la entrepierna de las señoras. Es mi especialidad, aunque hoy en día mi receta personal difícilmente conmueve a nadie. Seguro consideraría un intento diferente como solo un tardío y patético esfuerzo por alcanzar la absolución literaria. Y jamás la publicaría; hablaría de demoras inevitables, tareas de edición impostergables, mejores fechas que la actual pues el mercado está muy difícil y me daría razones para mantenerla inédita, no nacida, cosa tan lastimera como el primer esfuerzo de cada patán de veinte años que aspira a la gloria literaria.

Convencido estoy ahora de lo que ya creía en mis años de vendedor de libros: mejor hubiera sido no haber escrito nunca. Mil veces preferible ser dentista, como Julia. No haber nacido sería aún mejor. Por eso, cuando dormito en el sillón del escritorio, no es porque me haya convertido en uno de esos viejos imbéciles durmiéndose apenas ponen el culo en algún sitio, sino más bien porque soy como el capitán de una fulgurante nave aérea entrando en picada, en rumbo sabido y deseado hacia la aniquilación porque nada importa mucho y solo nos rodea un decorado de cartón hecho a la diabla y el firmamento es tan exagerado en su atormentado e inmóvil furor como el de una ópera trágica. Entonces, en caída libre, me río. Las ambiciones literarias son las más hilarantes y ridículas de todas y nada es más cómico que haber invertido años en un libro que nadie leerá. Soy un soldado que acaba de perder las piernas y en su estupor y conmoción no atina sino a reírse a gritos. Se me insta a conmover el mercado con otro libro como los de siempre y digo que sí, calmo al editor, le hago promesas que son falsas y después de colgar el teléfono vago por el pasillo de la casa, cada vez más largo y fatigoso. Eso es también para la risa. Única luz en medio de estas sombras es un muchacho en quien reconocí buena mano. Lo he invitado a venir para tratar asuntos de mutua conveniencia. Me pregunto si con él podré darle un nuevo empujón a mi obra. Tocará el timbre con insistencia, con impaciencia, pero no le abriré enseguida.

ÍNDICE

La propuesta. 7

Revelaciones. 55

Experiencias inéditas 87

Investigaciones. 119

Nuevo encargo. 153

Nuevos amigos. 189

Crímenes y disfraces. 211

Obsesión. 241

El despertar 267

Reencuentro. 283

El papel utilizado para la impresión de este libro
ha sido fabricado a partir de madera
procedente de bosques y plantaciones
gestionados con los más altos estándares ambientales,
garantizando una explotación de los recursos
sostenible con el medio ambiente
y beneficiosa para las personas.
Por este motivo, Greenpeace acredita que
este libro cumple los requisitos ambientales y sociales
necesarios para ser considerado
un libro «amigo de los bosques».
El proyecto «Libros amigos de los bosques» promueve
la conservación y el uso sostenible de los bosques,
en especial de los Bosques Primarios,
los últimos bosques vírgenes del planeta.

Papel certificado por el Forest Stewardship Council®